笛拉的四季之旅

迷失的空房子

小森 著

重庆出版集团 重庆出版社

图书在版编目（CIP）数据

笛拉的四季之旅：迷失的空房子 / 小森著 . —重庆：重庆出版社，2024.3
ISBN 978-7-229-18332-5

Ⅰ.①笛… Ⅱ.①小… Ⅲ.①幻想小说—中国—当代 Ⅳ.① I247.5

中国国家版本馆 CIP 数据核字（2024）第 014245 号

笛拉的四季之旅：迷失的空房子
DILA DE SIJI ZHILÜ: MISHI DE KONGFANGZI

小森 著

责任编辑：谢雨洁
装帧设计：极宇林
责任校对：朱彦谚

重庆出版集团　出版
重庆出版社

重庆市南岸区南滨路162号1幢　邮政编码：400061　www.cqph.com
重庆三达广告印务装璜有限公司印刷
重庆出版集团图书发行有限公司发行
全国新华书店经销

开本：787mm×1092mm　1/16　印张：27　字数：402千
2024年3月第1版　2024年3月第1次印刷
ISBN 978-7-229-18332-5
定价：52.00元

如有印装质量问题，请向本集团图书发行公司调换：023-61520678

版权所有　侵权必究

目录

1. 动物世界 / 001

2. 雪天来客 / 015

3. 空房子旅店 / 026

4. 意识轨道 / 038

5. 春城囚徒 / 052

6. 飞车深寻 / 064

7. 偷话亭和三八云 / 081

8. 不一样的卷钩子 / 098

9. 关闭的隐耳朵 / 112

10. 空房子拍卖会 / 133

11. 逃跑的康巴里 / 149

12. 春城降落 / 165

13. 新年选择 / 186

14. 云笼与裱糊 / 208

15. 春城大浴场 / 234

16. 飞升航道 / 264

17. 管状云 / 300

18. 雨幡洞云 / 337

19. 第六道 / 385

20. 自己的战场 / 421

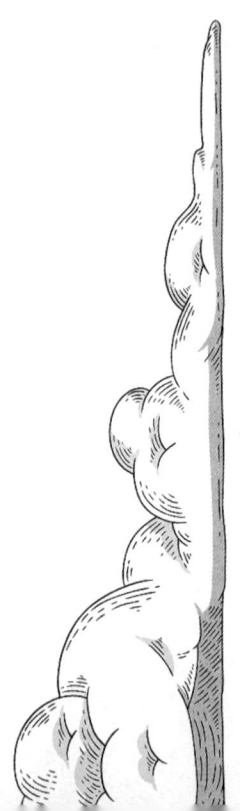

动物世界

天空的尽头，抵达了第一只交嘴鹏。它浑身褐黄，翼展足有3米长。

"啾，啾……"

这是交嘴鹏独有的叫声，来自上下两片侧交的长喙，它们难以合拢，即使到达了阴云密布的天际，看起来也再无飞跃的可能，交嘴鹏体内依旧涌动着往上飞的悸动，这让它焦躁难安，贴着厚厚的云层不断扇动翅膀。翅膀"唰"地一下，扫过一截白色的圆柱体，圆柱体从云中伸出，在交嘴鹏抵达之前就已经立在那儿。而现在，圆柱体一下缩进了云层，只等交嘴鹏飞远了，才慢慢又伸出来。圆柱体节节相扣，筒口处还压着一片反光的薄片，那似乎是个镜头，正不断关注着交嘴鹏的抵达情况。

抵达天际的交嘴鹏越来越多，叫声震天，它们都困惑地扇动翅膀，想要寻找继续往上飞的路径。一只体型中等的交嘴鹏突然像蝙蝠一样倒挂在云层上，用它附满羽毛的爪子抠住一块云片，这块云片立刻就不再是冰晶的结合物了，内里生成了千丝万缕，一下挂住了这个庞然大物。但云层中突然伸出一块冰冷的物体，抵住这只交嘴鹏的脚掌，将它一把推离了云层。跌落的交嘴鹏重新找回飞行状态，原来，云层中伸出了一架竹梯子!

梯子一架接一架地从云中探出,每架梯子上还站着一位脚穿白色中筒棉靴的人。他们每个人都摆着相同的姿势,一只提着布袋的手臂牢牢箍住扶梯,另一只自由的手从布袋里抓出棕褐色的东西往身前撒。

那些物体是一个个松塔,而松塔里面长满了成熟的松子。交嘴鹏蜂拥而上,抢到松塔的大鹏落到一块块斑驳的云片上,云片碰上它们的利爪,变得强韧起来。交嘴鹏将松塔踩在云层上,从松塔外部的鳞片中取出松子,交错的长喙有了用武之地,那简直就是为了嗑松子而生的,上下一合,美味的松仁就下肚了,这还是交嘴鹏自出生以来的第一次进食。

等待喂食的交嘴鹏很多,但站在扶梯上的"饲养员"们,似乎都是有目的地投喂。他们认真关注每只吃下自己食物的交嘴鹏,打量它们的个头、身体状态。当短暂的喂食结束后,被梯子围成一圈的中间云层突然出现了松动,那里的云片开始变薄、变亮,云层上泻下缕缕金光。交嘴鹏立刻躁动起来,那是通往云上的路径,它们要往上飞!往上飞!

饲养员开始模仿"啾啊啾啊"的声音,吃下松子的交嘴鹏准确地飞向不同的投喂者,每架扶梯前都围了好多只交嘴鹏,而饲养员又依照各自的标准,从面前的交嘴鹏中指定一只。

"啾啊,就是你了。"

一位理着寸头的少年,穿着一件脏兮兮的红蓝相间运动服,白色的棉裤已黑一块、灰一块。他用力吸了一把鼻涕,指着一只体形中等偏上的交嘴鹏,"去吧,冲破那层漏光云,你就可以回春城了,用力地向上飞吧!"

每位饲养员都交代着差不多的话,他们选定一只交嘴鹏,赋予它往上飞的资格。而其他躁动的交嘴鹏只能在一旁着急地抽打翅膀,到了天际,没有饲养员的许可,它们就不能再随心所欲地往上飞了。

"上吧!"

"往上飞吧!"

漏光云的出现让这些饲养员情绪激动,交嘴鹏飞得越快,他们就喊得越大声。但当第一只交嘴鹏进入金光后,稳健的飞行姿态就出现了卡滞,黄褐色的身体开始抽搐。

"飞飞飞!往上飞!"饲养员的声音就像皮鞭。

听到呼喊后的交嘴鹏毅然振翅,但情况变得有些惨不忍睹,那看似柔和的金光,具有刀刃般的杀伤力,飞进金光的交嘴鹏都被打掉了羽毛,露出一块块鲜红的皮肉。

"啾啊啾啊!"

"上啊上啊!"

血淋淋的肌肤暴露在寒冷的空气中,交嘴鹏瑟瑟发抖,但还是依照命令不断往上飞,飞羽飘零,天际飘荡着一股淡淡的血腥味。不断飞冲的交嘴鹏已不再具备往上飞的实力,它们惨叫着掉落,此番飞冲的结果是——

"全军覆没。"

"果然每年的第一趟都一样,不会有什么奇迹。"

饲养员们用司空见惯的口吻交谈着。

"不对啊,上面是不是还有一只?"

当金光散去,漏光云又重新变得厚重,一只歪着身子的交嘴鹏居然跌跌撞撞地飞了回来。

"怪了,还是头一回见到往回飞的。"

这只往回飞的交嘴鹏冲着鼻涕少年飞去,它被金光划伤了右翅,翅膀上的羽毛褪掉了一大片,鲜血滴滴答答,但总算保住了一条命。

"南扎,是你的交嘴鹏吧?"

"哈哈,它逃回来找你了。"

笑声中,那个叫南扎的鼻涕少年冲着交嘴鹏大吼起来:"回来做什么!飞啊！就算死你也得往上飞啊！"

受伤的交嘴鹏发出痛苦的"啾啊啾啊"，几颗松子，已经让它认定了眼前的主人。可它的主人与其他饲养员是一样的想法，没有哪只交嘴鹏会往回飞，这不是什么好兆头。

南扎在众人的议论中，将手摸向腰间，松开缠在腰上的藤鞭，当受伤的交嘴鹏再一次冲他发出"啾啊啾啊"的叫声时，鞭子准确地抽在了交嘴鹏的伤口上。

"咔！"它的右翅被抽断了，身边的饲养员都闭上了嘴。

交嘴鹏痛苦地跌落，接连撞了好几片云，才用爪子钩住一块云片。

"别再飞过来！"南扎满脸通红地警告道，"我可没多余的松子喂你！"

落入云片的交嘴鹏痛苦不堪，它蜷缩着身子，将脑袋沉进云层。无论是翅膀的伤，还是饲养员的态度，都让它感到心灰意冷。它决定不再理会顶上喂食圈的热闹，凄凉地待在云里，等待死亡的来临……

但死亡，却被另两位不速之客打断了！

那已是受伤后的第四天，断翅鹏躲在几乎要将它吞没的云块里奄奄一息。两只一模一样，体型却连断翅鹏一半都没有的小交嘴鹏，突然停在它的云层上休息。那么小的个头，不禁让断翅鹏怀疑，它们到底是走了多少好运才飞来的天际。它忍不住发出一声低吟，两只小交嘴鹏立刻注意到了云里还躲着一只大家伙。它们好奇地围着断翅鹏飞了两圈，用翅膀扇走它身上的云片，这着实让断翅鹏松了口气，它已经好多天没能正常呼吸了。其中一只小交嘴鹏还叼来一块被啄了大半的松塔，扔到断翅鹏嘴边。食物的香气立刻唤起了断翅鹏的求生欲望，它张开交错的长喙，缓慢地嗑动起来。两只小交嘴鹏见了，得意坏了，围着断翅鹏发出兴奋的叫声。

"啾啊，啾啊……"

就在这时，漏光云也迎来了第一次突破，所有饲养员都在兴奋地大喊大叫。那真是一场无比惨烈的飞跃，身形巨大的交嘴鹏，褪掉了半身的羽毛，但它天生神力，忍耐力超群。虽然被金光折磨，但它始终没有放弃向上飞的信念，最后冲破漏光云时，已浑身是血，只是不知这样的状态到了春城还能存活多久。但这种成功总是令人振奋的，有了好的开头，接下来的几天，居然又有七八只交嘴鹏成功飞跃了漏光云。

断翅鹏一直趴在低处的云层上看着，现在它有了两位好伙伴，它们不时给它带来维系生命的松塔，还给它扇走压在身上的云片，它开始有精力关注每一次飞跃，不管这些飞跃成功与否，都在精神上给它带来了极大的鼓励。此外，断翅鹏似乎还看出了一些云层的规律。那些金光的力量似乎会随着云片的不同而有所改变，可这里面到底有什么规律，断翅鹏总耐不下心来好好揣摩。因为随着精力恢复，腹中的饥饿感越发强烈了。两只小交嘴鹏虽然总给它带来食物，但它们因为个头太小，入不了饲养员的眼，平日里都是靠"捡漏"生存。捡漏得来的松塔，已不够三只交嘴鹏食用，断翅鹏想要摆脱云层的想法变得强烈起来……终于，机会出现了。

那些成功让交嘴鹏飞跃的饲养员没有再从梯子上下来，空扶梯留在了天际，但没过几天，扶梯上就出现了一些新面孔。断翅鹏看准了这个机会，它的伤口已愈合得差不多了。那块被金光打伤的右翅长出了白色的绒毛，而错位的骨骼保持在一种奇怪但稳固的堆叠形态。断翅鹏试着挥了一下，它能飞起来，只是飞行状态起伏不稳，右翅明显短了一截，速度更是连之前的一半都没有。但已没什么可抱怨了，断翅鹏挥动翅膀，准备和它的两位小兄弟往喂食圈里挤一挤，看看能不能多获得一些食物。

可情况不妙，被喂了两周的交嘴鹏有了护食的意识，很不欢迎新来的同类。加上断翅鹏"名声"在外，即使有些饲养员已经换了人，但认识它的总还是有的，他们根本不朝这三只交嘴鹏的方向扔松塔。正当它们决定还是飞去低空捡漏时，三颗沉甸甸的松塔朝它们飞了过来。

"啾啊啾啊……"

给它们投喂的是一个十一二岁的男孩，刚从云上下来。他穿着一条黑色的背带裤，上半身是一件歪歪扭扭、领口和衣袖都已脱了线的酒红色毛衣。初见他时，就看到他在笑了，满脸的笑容一下挤掉了所有的五官，只露出两颗土拨鼠般的大门牙，坦然地吹着冷风。他看起来心情好极了，这种状态在着急、紧迫的饲养员里找不出第二个。

"嘿！以后，我来喂你们！"

此话一出，身边的劝告就来了。

"吉冰飑，你那点松子喂不饱三只交嘴鹏。"

"是啊，别犯傻了，那两只小的，是今年这一群交嘴鹏里的倒数，能飞来这儿已经是奇迹了。另外那一只大一些的……"

"呸！"气愤的是南扎，他离吉冰飑不远，皱起的眉头像牛角一样。看来他还在懊恼断翅鹏给他带来的坏运气，到目前为止，他选择的交嘴鹏没有一只成功飞跃了漏光云。

"它可是春城有史以来的第一只逃跑鸟，你可把眼睛擦亮了，别等坏运气找上门，到时甩都甩不了。"

但吉冰飑继续将松塔抛给"难兄难弟"："没关系没关系，把你们的肚子吃饱就好。"

三只交嘴鹏兴奋地拍着翅膀，围着吉冰飑不断地叫唤。

与其他饲养员相比，这位吉冰飑就是个怪新人，浑身上下充满了好奇心。好奇交嘴鹏能嗑松子，所以自己也试着嗑了几颗。好奇扶梯下深不见底的天空，所以经常坐在扶梯上往下看。当然，最让他好奇的还是那些漏光云，所以总是仰着头左看右看。当其他饲养员发号施令，大吼大叫，恨不得与选定的交嘴鹏一起奔赴金光时，吉冰飑表现得像个忘我的傻子。他没有让交嘴鹏往上飞，即使它们急得一直扑腾翅膀。他只顾自己盯着看，嘴里还不时发出

"哇哇"的感叹声。这种时候，其他饲养员都在冲他摇头，但吉冰飚坚持将傻进行到底，还总是比起三根并排的手指，对准漏光云左看右看，没人明白他到底在看什么，有些看不过去的饲养员会劝他，

"吉冰飚，你爷爷做了那么多偷话机才让你下来的，赶紧多放飞几只交嘴鹏吧，再过三天就要结束了。"

三只交嘴鹏展示般的在他面前挥动翅膀，它们越来越强壮了。

"你养它们又不让它们飞，这是对交嘴鹏的不尊重，还有两天就不会有漏光云了。"

两只小交嘴鹏已经急得拒绝进食了。

"是啊，你要是不准备放飞，就不要占这个机会嘛。等漏光云消失，不飞的都得化成云，明天就是最后一天了，你看看，都被你浪费了。"

最后一天，吉冰飚同样带着一袋松塔下来了。两只小交嘴鹏已经躁动了一晚，再一次无视吉冰飚给它们的食物。断翅鹏冲它们叫了几声，两个小家伙急得上来啄了它两口。

看到交嘴鹏起了内讧，吉冰飚安慰道，"不要着急。"

"啾啊，啾啊……"

天际的交嘴鹏没有不着急的，这是因为蕴藏在它们体内、想要往上飞的冲动越来越强，如果饲养员再不让它们飞，这些交嘴鹏怕是会被欲望折磨疯掉。很多饲养员都拿出了藤条，用来防身。

简单的喂食结束，基本没有哪只交嘴鹏好好吃松子了。大家似乎都知道今天是飞跃的最后一天。吉冰飚的神情也终于有了一丝紧张，他盯着中间的云层，已经开始变薄。其他饲养员蓄势待发，只等金光出现，他们就会号令选中的交嘴鹏往上飞。

金光在层层酝酿，交嘴鹏叫声震天，饲养员扶着梯子的手在跟着云层颤动。

第一道金光划破云层。

"飞！"

所有金光一泻而下。

"飞吧！这是你们最后的机会！"

得到允许的交嘴鹏如离弦之箭，但吉冰飚还是没说话，他的目光牢牢地盯着漏光云，一只手比出三指对准云层。

"啾啊，啾啊……"

两只小交嘴鹏飞上去啄吉冰飚，吉冰飚挥手驱赶它们，"你们要等！现在还不是时候！"

吉冰飚继续盯着漏光云，耳边尽是杂乱的叫声，突然脚底一滑。"啊！"他的身体"忽"地脱开了梯子。

是两只小交嘴鹏啄了吉冰飚的脚，右手原本只是箍在梯子上，没有抓牢，他整个人顺着扶梯往下滑……所幸吉冰飚抓住了最后一级，可小交嘴鹏又冲上去啄他的手，它们已经彻底被往上飞的冲动打乱了神智。

"赶紧让它们飞吧！你再不让它们飞，它们就该要你的命了！"身旁的饲养员自顾不暇，不断挥舞着藤鞭。

吉冰飚挥起手去够扶梯，这时断翅鹏飞了下去，用厚实的背部顶住吉冰飚，帮助他爬回了梯子，两只小交嘴鹏继续冲过来攻击他。

"时间不对，你们现在飞上去只能送死！"吉冰飚用力驱赶它们，想比出三指，却困难重重。

断翅鹏想安慰两位同伴，但却引火上身，三只交嘴鹏直接打作一团。

吉冰飚实在没办法了，指着两只小交嘴鹏，"去吧，但记住了，往云片大的金光下飞，能听明白吗？"

吉冰飚知道它们听不懂，也料定现在让它们飞是在害它们，但两只小交嘴鹏立刻停止了攻击，一个转身，向着金光飞冲而去。断翅鹏用力扇动翅膀，围着吉冰飑打转，它虽然是交嘴鹏中最有耐心的一只，但依然能感觉到体内越来越不受控的飞行冲动。它仰着头，焦虑地看着它的两位小兄弟。

"啾啊，啾啊……"

两只小交嘴鹏一同发出叫声，它们飞进金光了。漏光云不断变化，金光层层交错，只见它们轮流重叠着左翅和右翅，互相替对方遮挡金光，想必这就是它们能飞来天际的原因了，它们一定是轮流替对方遮风挡雨，才艰难地飞到了这儿。

"还不行还不行，"吉冰飑比划着三指，"你们飞不过去的。"

可小交嘴鹏听不懂，也听不到。

"啾啊，啾啊……"

隐忍的叫声令人心痛，可两只小交嘴鹏正在创造奇迹，它们居然能飞过比它们大了数倍的同类。它们虽然弱小，但绝不缺乏斗志，可越靠近漏光云，金光的力量就越强，大的交嘴鹏已经皮开肉绽，而小交嘴鹏……

"啾啊，啾啊……"

断翅鹏发出哀鸣，脖子上的羽毛都立了起来。

两道平行的金光，直接斩断了两只小交嘴鹏重叠在一起的翅膀！鲜血飞溅，它们惨叫着坠落，断翅鹏想要飞过去，但脖子却被一条藤鞭缠住了。

"别去！"吉冰飑第一次对自己的交嘴鹏使用藤鞭，"你托不住它们的。"

天际充满了血腥味，以交嘴鹏的性格，宁死也不愿原地等待，所以不管漏光云是什么情况，它们都不缺飞上去送死的勇气。

"断翅鹏。"吉冰飑痛苦地向它伸出手。

断翅鹏扇动翅膀，将毛茸茸的脸贴在吉冰飑的手上。

"这是交嘴鹏的使命。"吉冰飑浑身颤抖，"我知道你也想往上飞，可不是每一片漏光云都适合你们飞翔。我只想给你们找合适的机会，可你们不懂，你们听不懂。"

断翅鹏飞离男孩，用力地扇动翅膀，一对深灰色的眸子紧紧盯着他。

吉冰飑感到不可思议，不确定地问道："你能听懂我的话？"

"啾啊啾啊……"断翅鹏用力调动身上的每一块骨头，它在告诉吉冰飑，它已经准备好了往上飞，它要去完成两位伙伴未完成的使命。

吉冰飑迅速并拢三指，仰头对准漏光云。他像傻子一样观察了多日，但并不是在做傻事。能够飞跃的漏光云需要等待，需要时间凝聚，在焦灼的每一秒里，一点点汇聚。终于，漏光云里出现了……"宽过三指的云！飞！飞！飞！"

吉冰飑大喊起来，他用力地挥动手臂："断翅鹏，就趁现在，朝那块有阴影的云下飞！"

断翅鹏一鼓作气，它记住了那片云，确定了那个方向，向着金光飞冲出去。断翅发出"咔咔"的响声，那是钻心的痛啊，但痛苦让它无比集中，这是它最后的机会了，为了掉落的两兄弟，为了给它喂食的吉冰飑，它眼里只有那片云、那圈金光。它用尽全力往上冲，它已经快进入那道金光的轨道了……可右翅传来剧烈的疼痛，像是有一把尖刀，刺进了它的断骨！

"冲啊，冲过去！"

吉冰飑惊恐地看向不远处疯了一样的南扎，他正指挥着一只交嘴鹏，是它用力啄了一下断翅鹏的右翅。在断翅鹏出发时，南扎故意扔了一颗松塔在断翅鹏的羽毛上，他不是特意盯着吉冰飑的一举一动，但刚才两只小交嘴鹏的表现太令人惊讶了，所以南扎留了个心眼，而现在断翅鹏被对方当成了食物。

"做得好！干得漂亮！"

南扎看了一眼吉冰飑，又立刻将目光转向他的交嘴鹏。它几乎没有受伤，就顺着那道金光飞了过去！而吉冰飑没有再抬头，他已经不忍心看了。

可怜的断翅鹏因为强烈的撞击，整个身体在金光中打转，金光被鲜血打磨得越来越锋利，断翅鹏的身体被划开了无数道口子，而原本能够通行的云片被一些没有阴影的团状碎云取代，金光密布，已经没有适合往上飞的通道了。断翅鹏发出声声哀鸣，一道金光划过它交错的长喙，嘴断了！这回再也回不了头了……断翅鹏合上眼睛……

"你知道我费了多大的劲，才把你从第一次飞跃中拉回来吗？"

"唰唰"的坠落中，响起了说话的声音！

"你们太固执了，明知是飞蛾扑火，还一定要去飞跃。"

断翅鹏血淋淋的身躯在不断往下坠，两条翅膀都断了，飞羽不断从它身上飘落。

"拜托，试着动一动你的爪子，用它钩住一两丝云片，那不是你们最擅长的吗？我看到其他可怜的家伙也是这么干的，好歹你的爪子没有全部被割断，不是吗？"

云层还在不断地划过，断翅鹏根本没有采取任何行动。

"你放心，我这回肯定不是在教你逃跑，赶紧用你的爪子抓一抓，就当给自己准备一口棺材吧！"

断翅鹏终于听进去了，云层开始在它血淋淋的爪子边汇拢，坠落的速度终于放缓，断翅鹏奄奄一息，睁开眼睛都非常费劲，根本看不见与它说话的人。

"我不清楚你是否理解我的存在……我叫笛拉。"笛拉的声音变得更加清晰，似乎就是从交嘴鹏的身体里传出来的，"但你是从我身体里孕育出来的，这话有些奇怪是吗？但这还得拜你们春城的人所赐，他们将幼灵时的你们植入外界人的身体。我本和其他人一样，根本意识不到你的存在，但很不巧，我手里有一张春城的交换门票——我一触碰那张门票，门票细缝里就长出了一根羽毛。一开始，我以为我要在秋天进春城了，但那其实是证明你存活在我体内的一个标志——你是靠我的意识生存的。从那之后，我走神的时候、睡觉的时候,都会看到一只不断往上飞的鸟!老实说,我对带羽毛的动物没什么好感,一想到自己的身体里还住着一只飞鸟,就觉得很烦躁。尤其那只飞鸟还是你这样的,一直折腾着要往上飞,我真是烦死了!"

断翅鹏痛苦地咳出一摊鲜血,血珠像汗珠一样,大颗大颗地从割破的嫩肉上划过,云层已经稳住了它坠落的身体,却很快被染红了。

"啊,我终于把这话说出来了,我是真的很烦你!我不明白为什么你总想着往上飞,刮大风的时候、下暴雨的时候,为什么你就不能在云里多待一会儿呢?还有换羽毛的时候,你这只鸟简直太可怕了,你居然会自己拔掉自己的羽毛,就为了让它快一点长出新的!还有像现在这样……你的嘴都断了,你该如何活下去。"

交嘴鹏浑身抽搐,一双半睁的眼睛,绝望地看着身边掉落的连爪子都被斩断的同类。

"其实吴振羽的妈妈提醒过我,无论我看到什么,这一切都与我无关,这是你们春城的事,我只需当作看了一集动物世界就可以了。可是……"笛拉发出一声叹息,"为什么我觉得有点难过呢?"

交嘴鹏疼得发抖,云层只能托住它,并不能缓解它的疼痛,笛拉将全部意识都聚焦于它,像是紧紧地抱住它。没想到,断翅鹏用力折腾起身子。

"我怎么忘了?"看到断翅鹏有反应,笛拉又惊又喜,"没吃松子前,你是靠我的意识为生的,我可从没放弃过你,就算到现在,我也不会放弃你。"

断翅鹏用尽全力扑腾了一下翅膀,断掉的羽毛在云中飘散,右翅突然传来"咔哒"一声,剧痛遍布全身,断翅鹏痛苦地将脑袋埋进了云层。可当剧痛散去,断翅鹏的右翅居然能动了,而第一次受伤后长出的白色绒毛,一点没在金光中脱落,反而有了丰满的趋势。断翅鹏痛苦地仰起头,断嘴的样子惨不忍睹。

断翅鹏发出更坚定的"啾啊啾啊",白色的羽毛开始像雪片一样覆盖全身，它们在治愈断翅鹏的伤，接好它所有的断骨……断翅鹏开始从云上站起来，崭新的银色爪子巨大又坚硬。抬起头，断掉的嘴巴长了出来，但这回却不再是左右交替，而是耀眼的金色上下对称，前端还尖锐地向下勾起。

断翅鹏重生了！

洁白的羽毛像冰凌一样散发着光芒，它挥了下翅膀，以不可思议的速度往云下冲。

它在寻找！

死亡交嘴鹏的尸体像蒸汽一样，不断在空中消散。它很快就找到了它的两个小兄弟，但很可惜，它们快死了，失温的身体在逐渐失去起伏。断翅鹏钩来一块云片，用它托住两只小交嘴鹏，又用金色的长喙抚了抚它们的羽毛。

"啾，啾……"

断翅鹏的声音变得短促而有穿透力，它低头拔下一根自己的羽毛，盖在它们的断翅间，遮住那可怕的伤口。

断翅鹏飞离云片，最后看了一眼小交嘴鹏，扇动翅膀让云将它们包裹起来，被云托住的它们降落速度在逐渐变缓。

断翅鹏再次挥动翅膀，调转方向，这回是向着天际飞去。天空中出现了往回飞的交嘴鹏，漏光云飞跃结束了？它们在折返？断翅鹏避开它们，惊讶地发现，这些交嘴鹏似乎变胖了！身体正像蛋糕一样膨发起来，焦黄的颜色也越变越淡。

断翅鹏顾不得那么多，不断挥动翅膀，转动着金色的眸子寻找吉冰飑。

扶梯上，吉冰飑一直垂着头，他感受到脚下传来了一阵金光，他揉了揉眼睛，巨大的断翅鹏正向他飞来。其他准备离开的饲养员都停在了扶梯上，看着这只重生后的交嘴鹏，围着吉冰飑飞了好几圈，然后在他身前低下了巨大的头颅。

"断翅鹏？"吉冰飑挂着一脸的泪珠，"你是断翅鹏吗？"

吉冰飑破涕为笑:"你,你没有死?你没有死!"他迅速抹去眼泪:"那就飞吧!现在任何云都挡不住你了,你属于春城,我们春城见。"

断翅鹏箭一般地向着已经变厚的漏光云飞去,金光打在它洁白的羽毛上,瞬间被弹开。饲养员们发出惊呼,他们第一次看到金光往云上射,那是前所未有的。断翅鹏用力扇动翅膀,它无所畏惧,更感觉不到一丝疼痛。不管那些云有没有阴影,又是否宽过三指,它有绝对的力量,它会撞开它们,让它们拂过自己洁白的羽毛,送它进春城……

"学生,学生,该醒醒了。"

笛拉被公交车司机摇醒。

"睡得也真够踏实的,总站到了。"

笛拉顶着晕乎乎的脑袋,"总站?"

笛拉直接从椅子上跳了起来:"总站了!"

她的脚边围了一圈行李,今天放寒假,自己大包小包地拎了一大堆。

"赶紧下车吧。"司机师傅搓着手,已等得不耐烦。

笛拉看着外面空荡荡的车站,阴沉的天还飘起了雪花:"好家伙,你是到站了,我可就坐过站了!"

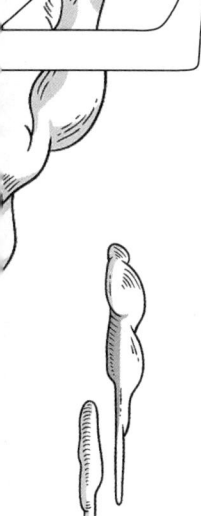

雪天来客

　　笛拉坐在一张四下镂空的不锈钢长椅上,大包小包的行李被搬到了站台,重新围成半个圆,堵在她脚边。这个公交站空旷清冷,笛拉打着哆嗦,缩紧脖子,两只手也缩在衣袖里,只露出两根手指,捏住那张咖啡色春城门票的边缘。

　　"为什么还在啊?"哈出的白气与雪片相融,门票的细缝里依旧探出那根晶亮的白色羽毛,"你不是已经回春城了吗?"

　　"春城是一座云层之上的城市,那里的人崇尚飞翔,拥有奇妙的踩云能力,但在每年春季,整座春城会降落到外界,进行为期三个月的调整。这并不是春城的秘密,整个四季城都知道他们是这样做的,不过能这么做的也只有春城。因为那里有一种神鸟,在未飞回春城前,嘴巴侧交,常被唤为交嘴鹏。它们的幼灵靠汲取外界人的意识为生,在外界时与人的意识一样是不可见的。进入春城后,它们便会用自己的身体载着整座春城降落。交嘴鹏的爪子能抓住云片和外界的事物,就像是连接春城与外界的桥梁。正常情况下,幼灵与外界人应该是互不干扰的,但笛拉你的情况比较特殊……"

"对，我的情况总是最特殊的。"笛拉咬着牙说道。

"不过放心好了，等神鸟飞回春城，这张门票应该就会恢复正常。"

"应该吗？"笛拉回忆着吴振羽妈妈的解释，脑子里还留着断翅、断嘴浑身血淋淋的交嘴鹏模样，"毕竟不是春城人，对春城的事肯定也不会太清楚。"

笛拉用手指拂了拂羽毛，像灯光照在手指上，遮着半截指腹，手指一挪开，就恢复了原样。"拜托啊，我已经放寒假了，你别又在我脑子里飞来飞去的。"

笛拉将交换门票放回一个红色小布袋，本来是用来装金银首饰的，现在用来放交换门票。系紧布袋口上的细绳，将它们一并塞进羽绒服内袋。这一整个学期，笛拉都随身带着它。

雪越下越大了，一会儿的工夫，行李上都积了雪。刚才给爸爸打电话，他说他不在工厂，出差去了，让笛拉直接联系妈妈。这可是笛拉最不想干的，要是被妈妈知道自己是因为睡着了而坐过站，肯定又得挨训。自从转校当了美术生，笛拉见到妈妈连喘气都小心翼翼的。因为传统的妈妈，脑子里并没有艺术生这一说，还批评笛拉想"游戏人生"。这话简直太重了，笛拉宁可挨冻多等一会儿，也绝不给妈妈打电话。

这个公交站真是又小又偏，目光越过入口处那段灰色墙体，都能看到外面起伏的山丘了。这里已经是清潭市的最边缘，坐到总站下车的乘客，目前只有笛拉一个。工作人员说，再等下一班得是一小时后。

"滴，滴！"又有其他公交车进来了，笛拉无聊地看着从对面车上下来的人，一位司机，外加一位并不像是睡蒙了坐过站的乘客。对方看着很有精神，一身银灰色的冲锋衣和冲锋裤，肩头背着一个高过头顶的旅行包，样子倒像是出来探险的。他一下车还从口袋里掏出一个小东西，放在掌心，煞有其事地对着站台比画起来。

"还带了指南针？"

这地方是偏，但也不至于要用到指南针指路。可紧接着，笛拉就意识到了不对劲。相比一路"咿呀"叫唤着跑进休息室的公交车司机，那位乘客在风雪里显得过于平静了。他一直将注意力放在手中的指南针上，完全没注意到正前方的笛拉正一眼不眨地盯着他。银灰色的着装、银白色的雪片，不仔细看，并不会留意那些雪花在触及他时，像是在故意回避，男子的身边仿佛有一道无形的——

"屏障！"

笛拉立刻想到之前交换去夏城，屠雪绒在草原遇到火射炮时，巨大的屏障挡在了草场上空。

"现在是冬季，难道他是从冬城交换过来的？"

那位奇怪的乘客正走出车站，他脚步匆匆，似乎是在赶时间。笛拉立刻跨过自己的行李，离下一班车还有些时间，她决定跟上去看一看。

鹅毛般的雪片打在脸上，但笛拉不敢撑伞，她的米白色羽绒服与对方的银灰色冲锋衣一样，在灰蒙蒙的雪天里多少有些隐身效果。那位乘客埋头走路，拐出车站后就一直顺着一条笔直的马路前行。笛拉对这里不熟悉，不清楚一直往前走会遇到些什么，只觉得越来越靠近那连绵的山丘了。

这样持续走了近10分钟，走在道路前方的游客突然一个转身，消失在了视线里。笛拉跑步跟上，对方是拐进了道路右面，一块人工打造的景观带。那位乘客小跑起来，从一旁的木桥栈道跑进景观区里的一块大草坪，草坪上已落满了雪花，视线一览无余，笛拉没法跟上去，便半蹲在木桥边，以栏杆做掩护，远远地看着跑到草坪中央的乘客。

他摘下背包，一只膝盖半跪在草地上。他从背包里拿出一个盒子，握住盒子上方的一个把手，划圈转动。笛拉注意到乘客又从包里掏出一本本子和一支笔，他直接将笔咬在嘴里，随后似乎又将笔伸进了刚转动完的盒子里。一切准备完毕，便站起身，挥了一下右手，果然！他的身侧围有一道屏障，正晃动着，逐渐脱离他的身体。如果不是翻动的边缘不时闪出一些光泽，笛拉很难察觉到那层近乎透明的屏障在越变越大，大到已经盖到自己的头顶了。

屏障下停止了下雪，那位乘客张开手掌，将手臂伸长，做了一个将屏障往上推的动作。笛拉仰头往天空看，屏障的颜色开始变得浑浊，中间逐渐裂开一个洞，洞越来越大，一道划着红光的闪电，在洞里闪现。

"这个季节怎么会有闪电？"

笛拉又将目光移向那位乘客，他打开本子，一边抬头看，一边飞速在上面记录着。

头顶上的闪电越来越吓人了，还伴随着大风。原本分散的乌云聚拢成更大更黑的团状云，这完全是夏天暴风雨来临前的景象。可笛拉稍微挪动一下脚步，让自己的视线移到屏障之外，发现头顶上空依然阴沉沉地下着雪。

"难道是把别的地方的天气，移过来了？"

笛拉又一次挪进屏障之下，浓黑的云层里慢慢探出了一根旋转着的乌云柱体，像是一根从云中伸出的手指！

云手指一点点从洞里探出，乘客却不为所动，继续在本子上写写画画。很快，云手指的颜色开始变淡。屏障收拢，又裂开！浓黑的乌云已散去，这回洞里出现了一大块皱皱巴巴的白云，一下就变成了明亮的好天气，只是这白云有些奇怪，云层中不断长出细尾巴的"水母"，"水母"越来越长……

笛拉口袋里传来了振动，手机响了！是妈妈来电，这可是重大事件，笛拉没法留在原地接电话，最后再看一眼云层，有只"水母"掉了，白云中出现了一个大洞，而掉落的"水母"化成了一摊水蒸气，大风刮来，笛拉已经开始往公交站跑。

"到哪儿了？"妈妈的声音从电话那头传来，"都这个时间了，今天有暴雪，你别和同学在外面瞎玩。"

"我没有玩，很快就要到了。"笛拉尽可能稳住呼吸，但妈妈还是听出了异样。

"你怎么在跑步？"

笛拉一边跑，一边当心脚下湿滑的路面，裤腿已被溅起的冰碴打湿。"我，我在赶车。今天都放假，我等不到车，不过我马上就能上车了，很快很快。"

笛拉不是一个爱撒谎的人，但面对妈妈，她总会条件反射般地报"喜"不报"忧"。还好，电话那头的妈妈尽管有些不悦，终究还是信了。笛拉挂了电话，一看时间，还得再跑快些，要不就赶不上下一班车了！

公交车在以龟速前行，路面积雪越来越严重，司机开得无比小心。笛拉一上车就从包里翻出速写本，学着那位乘客，把刚才看到的云都画了下来。

"这不会又是四季城的什么传统吧？"

之前在夏城，冬城的驯鹿师每年都会赶往夏城的迷失森林获取火焰果子，据说这可以给寒冷的冬城传去热量。但这种事情，在正常世界是无法想象的。笛拉合上速写本，公交车上空调开得很暖，笛拉伸手擦了擦模糊的车窗，已经是傍晚6点了，道路两边都亮起了灯。一路上，司机像在用嗓子开车，大呼小叫的。而南方城市在防冻防滑方面确实也没什么经验，已经看到很多追尾事故了。

司机开得越小心，车速就越慢，不知挪了多久，终于看到路边出现了穿着工作服的行人，笛拉估摸着快到了。爸妈将工厂开在清潭市的一个工业小镇上，这里都以做纺织类制品为主，笛拉的爸妈做的是牛仔布染色，创业已是第五年，但笛拉还是头一回来这里。

"哦！"

笛拉看着窗外发出一声惊呼，手机振动，是妈妈来电。笛拉举起手机向窗外挥了挥，站在对面站台的妈妈也看到了她。

"你怎么从那个方向来？"同样是一身工作服的妈妈，打着伞从对面跑来。

"我不小心坐过站了,主要是这班次太少,我等了一个多小时才等到回来的车。"笛拉没敢提自己睡着的事。

"还以为你被封在路上了,这雪越来越大。"妈妈将伞递给笛拉,直接背起一大半行李。

"那我今天还能回家吗?"笛拉着急地将伞移到妈妈头上。

"肯定回不了了,路上太滑,这种天气,除非有天大的事才出门。"

"可我和爷爷奶奶都说好了,晚上要回去的。"

"今天就住工厂吧,刚好你爸出差去了,有地方睡。"

笛拉妈妈脚步很快,背着那么多东西也毫不含糊,笛拉却有点不开心了,"爸爸怎么这个时候出差?"

"年底了,都要出去收账,走快点,一下雪就降温了,真是冷。"

笛拉一时想不通自己为什么要来工厂,但后悔也不敢表现得太明显,她从小就害怕妈妈,她时常绷着脸,做事严肃又认真,整个人的精神状态会让笛拉想到天际的那些饲养员,完全是"冲冲冲"的精神领袖。笛拉不否认自己的性格里也有这一面,但她也会渴望放松,而自己的妈妈,是个随时随地都让人放松不下来的人。

进了工厂,妈妈举起一大串钥匙开办公室门,所谓的办公室,不过是两间一层高的平房,一间办公用,一间生活用,并排过去的还有七八间员工宿舍,看起来也非常简陋。自从爸妈创业后,他们就不在家里住了,一天24小时都守在工厂。笛拉注意到妈妈脚上穿的还是单鞋,鞋子有点脏,融化的雪水踩在地板上,留下蓝色的水渍。

"来吧,赶紧吃饭。"

一张长条形的玻璃餐桌上,放着一口炖锅,里面"咕嘟"着已经炖得很浓郁的鸡汤。笛拉妈妈又从一旁的泡沫箱里端出三个小碗,里面都是炒菜。笛拉有些意外,每道菜都是自己爱吃的。虽然这里环境简陋,餐桌旁就是晾衣架，晾衣架旁又堆着几箱口罩、几盒勾刀，还有大大小小的透明胶带，但笛拉并不觉得这样的环境倒胃口，相反，她感觉自己饿极了。

喝下第一碗鸡汤，笛拉妈妈已吃完了一碗饭，她又迅速给自己盛了碗汤，中间压根顾不上说话。笛拉在高中，不管是之前的重点高中清潭，还是现在的普通高中图德，接受的都是吹哨吃饭、吹哨洗碗的军事化训练。但笛拉练出的速度还是没法跟妈妈比，对方火急火燎地喝完一碗鸡汤，就"啪"地放下碗筷。

"你慢慢吃，我还得去车间看看，雪下太大，雨棚上的雪要铲掉，要不明天会塌。"

"啊，等一下。"笛拉终于想起自己为什么执意要先来一趟工厂了，她跑去书包旁，从里面拿出一沓照片。

"是什么？"笛拉妈妈接过，翻了翻，"合照？怎么每张照片上都是5个人？每张上都有你？"

笛拉努力压制着得意，"每门功课的前五名，老师给拍的合照，你数数有几张？"

妈妈真的数了起来，"9张啊。"

"我们一共9门课。"笛拉说完就假装不在意地大口吃饭，目光却不时瞄一眼妈妈。

妈妈依旧没有太多的表情变化，只将手里的照片来回看了两遍，最后笛拉感觉她终于要说点什么赞扬的话了。"你这是在图德美术班的排名……"

还不如不说！笛拉发出很响的扒饭声。

"你吃吧，吃饱了，浴室就在车间旁边，我得出去看看了。"

笛拉有些气恼地"哼"了一声，妈妈放下照片，打着伞出去了。炖锅上的鸡汤还冒着热气，笛拉反复咀嚼着嘴里的米饭，再一次打量这小小的房间。真是挤满了工业制品，鸡汤的香味再浓，也盖不住空气里的那股染料味。

从浴室出来，积雪已没过鞋面，每走一步，都发出沉闷的"扑哧"声。笛拉看到有辆黑色轿车正停在办公室门口，车厢里一闪一闪的，是有人坐在车里抽烟。雪依然没有转小的趋势，笛拉费劲地踏雪前行，车上有人下来了。

"您是……"她看到一位身穿黑色呢子大衣的男子，站到雪地里，"一坎叔吗？"

笛一坎，笛拉家的邻居。

"啊，是笛拉啊。"真的是笛一坎。

"您怎么来了？"笛拉热情地招呼笛一坎进办公室。

灯光下，笛拉反倒有些认不出这位叔叔了。在笛拉的印象里，这位比爸爸年轻了近10岁的叔叔，接受过很好的教育。可他原本意气风发的模样没了踪影，苍白的脸颊此刻胡子拉碴的，眼圈有些乌青，肩头还白白的，那不是落下的雪花，而是头皮屑，整个人看着非常颓废。

"你怎么在厂里，今天不用上学吗？"笛一坎说话的语调也和往日不同了，飘忽不定的。

"我放寒假了。"笛拉提醒道。

"哦，放假了……笛拉是在读清潭吧，现在成绩怎么样？"

"还、还行。"笛拉顿时有些慌张，找来杯子给他倒水，请他先坐一会儿。

"那个，你爸爸妈妈在吗？"笛一坎边问，边用凹陷的眼睛打量这间窄小的办公室。

"我爸出差了，我妈还在车间呢。"笛拉庆幸，对方没有就清潭高中的话题继续往下问，"您是从家里过来的吗？外面这么大的雪。"

"不，是从我……我工厂。"笛一坎直接端着滚烫的茶水喝了起来。

笛拉觉得他精神恍惚，便提议给妈妈打个电话。电话才拨出，门外就传来了电话铃声。穿着雨鞋的妈妈站在门口，看到笛一坎，也很意外。

简单几句对话后，笛拉便明白笛一坎的来意了，他冒着大雪是来借钱的！

两年前，笛一坎辞掉了工作下海创业，但经营不善，现在反倒欠了债。马上要过年了，说是已经发不出员工工资。

"我没有经验，有时候东西能做出来，但原材料买得不对，时间一长，产品的材料就出了问题，304不锈钢全是锈斑，客户就要求退货。"

笛拉听着笛一坎低如蚊蝇的声音，工厂没经营好，让他整个人都没了底气，神情举止都有些发虚。给他倒的热水，他吹都没吹，就喝了下去，仿佛只有这样，才能给自己往下说的勇气。

"那你们订单是有的吧？"

笛拉看了眼妈妈，好像已经猜到妈妈问这话的用意了。

"订单有，有的！"笛一坎急切地证明道，"我们活儿是有的，以后肯定也能慢慢做好的。像304不锈钢，可以加点药水，看它变不变色，还有检查它的磁性。我一直有在总结经验，我们是会做好的。"

笛拉觉得笛一坎都快哭了。

"那你要借多少？"

"看你……"笛一坎探起身子，"看你借多少方便。"

"笛拉爸爸今天刚收了些钱回来，才到账上。"笛拉见妈妈拿出手机，想到下午给爸爸打电话，他的声音听起来很高兴，原来是收到回款了。

"能借，20万给我吗？"笛一坎扶着腿从椅子上站了起来，"我会连本带息还给你们的。"

笛拉妈妈听着沉默起来，隔了一会儿，突然问道，"一坎，你晚饭吃了吗？"

笛一坎绷着脖子摇了摇头。

"下这么大雪，亏你还过来。"妈妈看向笛拉，"你给叔叔泡碗面吧，我出去打个电话。"

打电话的过程中，笛拉又给笛一坎续了杯水，他看起来很急迫，眼睛一直往外瞅。泡面好了，笛一坎也没心思吃，只将叉子死死地握在手里。笛拉却很轻松，她早看清了妈妈的态度，更知道爸爸是个比妈妈还要心软的人。

果不其然，妈妈一进屋，爽利地拍了拍头上的雪花："笛拉爸爸说了，你一个读书人出来创业，开口借钱一定是真的遇到了难处。邻里邻居，就不提利息了，我们都盼着你好，他今天收回了23万，23万都借给你。我们一开始也是靠借钱过来的，办工厂不容易，你一定要好好经营。"

笛一坎听完直接痛哭起来。

"赶紧吃吧，吃完就赶紧回去，雪这么大，亏你还赶过来。"

笛一坎边哭边吃，拿叉子的手不停抖动着，笛拉和妈妈笑着看笛一坎把一整碗面汤都喝光了。

送走了笛一坎，外面已经不刮风了，但雪依旧下着，静静的，就如笛拉现在的心情一样。她半躺在床上，心满意足地在这间四面白墙、透着染料味的卧室里看妈妈吹头发。

"之前，吴振羽还问我借了二十五块钱。"

"二十五？"笛拉妈妈笑道。

"他可是都还了，还请我吃了一暑假的早饭呢，都是他妈妈做的。哦对了！"笛拉突然激动起来，"你知道吴振羽的爸爸在造什么吗？"

吹风机的响声戛然而止，笛拉妈妈很认真地看着笛拉："吴振羽，到底有几个妈妈？"

笛拉见妈妈还真数了起来，赶紧纠正道："一个，就一个！"

笛拉妈妈显然是不信的，又打开吹风机："吴振羽也不在清潭高中念了？"

话题完全跑偏了，笛拉也只好往下接："这回他跟着他妈妈走了，应该是在那边的学校念书吧。"

笛拉从开学后就再没吴振羽的消息了，到秋天结束也没见他回来，不知道是不是要等到明年秋天了。

"你们啊！遇到问题就扭头跑，这种习惯带到社会上试试，什么都做不成，不管是开厂、开公司，都得跑……"

"我睡了！"笛拉一把拉上被子。

"吹干了头发再睡。"妈妈提醒道。

"我火气大，早干了。"

空房子旅店

"啵，啵。"漆黑的夜空，已下了近一夜的小云团！

云团拳头般大小，它们从云层间落下，不断发出这奇妙的声响。已飞行一夜的断翅鹏正落在一块巨大的岩石上休息，金色的眼眸转动着，看到不远处亮起了一片光，断翅鹏立刻挥动翅膀，向岩石下的一片草原飞去。草原上围挤着一堆堆羊群，每堆羊群边都散落着两到三只白色棉靴。断翅鹏飞进一个低凹的峡谷，那里也围挤着一群羊，羊群边立着两只大小不一的棉靴。断翅鹏滑翔落地，用坚硬的利喙在其中一只小棉靴上，轻轻啄了啄。

"嗯，起了起了。"

棉靴里传出人声，断翅鹏扇动翅膀，找了个高点。原本立着的棉靴倒向一侧，不等细看，睡眼蒙眬的吉冰飑已侧卧在草地上。

"早啊。"

吉冰飑向断翅鹏支吾了一声，迷迷糊糊地坐起来，盯着地面呆滞片刻后，才起身拍了拍身上的寒霜渣子。

"爷爷，"吉冰飑对着草地上的另一只棉靴说道，"我要去空房子旅店了，今天来不及放羊了。"

"不用担心羊。"棉靴里很快就传出回应，"你今天会交好运的。"

"希望吧爷爷，"吉冰飑又打了个哈欠，"那我走了。"

吉冰飑打着哈欠向断翅鹏挥手，断翅鹏扇动翅膀，叫唤了一声，迅捷地向夜空飞去。

黑暗中突然闪现出一根落满寒霜的细绳，紧贴着断翅鹏的羽翼，将它往下压。寒风从背部滑过，断翅鹏降低了高度。那根从天而降的细绳上，传来了"呼呼"的滚轴声。是一只拳头般大小的蝴蝶风筝，正吊在绳上飞速滑动。

"那就是送信儿，春城的送信小风筝。"吉冰飑边说边仰头打哈欠。

一块小云团正打中他的面孔，随即顺着鼻梁，拉扯着落到了吉冰飑的掌心。

"正常云团是能带动10公斤以内的东西。"吉冰飑捧着云团用力眨了眨眼，"但旅游局特制的，可以带动一栋房子。"

吉冰飑捧着云团来到一条小溪前，蹲下身，将小云团放进溪水中，云团"咕嘟"冒泡，沉进了水底，很快便消失不见了。

"还有那根细绳，那是风筝线。当送信儿的滑轮转动时，就是将寄件人与收件人两家的风筝线连在了一起。高云层上的房子，都是靠各式各样的风筝牵引的。"

吉冰飑说着捧起一汪溪水："我真的需要洗脸吗？是不是挺干净的？"

"啾，啾……"

与往常一样，断翅鹏用急促的叫声，回复着这跨物种的交谈。

洗完脸的吉冰飑彻底被冻醒了，他小跑起来，柔软的棉靴很快就被洇湿。"空房子旅店已经开始收信了，我们得快点！"

断翅鹏放平翅膀，跟上那只蝴蝶送信儿。送信儿双翅夹紧，顶上的两个滑轮飞速转动着，它正顺着细绳向草原上的光亮处滑去，那里，就是低云层的空房子旅店了。

　　由云组成的春城，分了上下两个云层。分别是断翅鹏飞抵的低云层，和不断落下小云团的高云层。据说高云层上建满了房子，而低云层只有空房子旅店这半栋房子——大概是低云层的人都能住在自己棉靴里的缘故吧，压根也不需要房子！天亮时，能清晰看到一根从空房子旅店伸出的风筝线，细长笔直，伸入云端，连接在那头的风筝一直悬飞在云层之上。断翅鹏飞不到高云层，吉冰飑他们也上不去，两个云层之间，平日里也没有多大的关联，不过按吉冰飑的说法，"空房子旅店是隶属于高云层的，每天都很忙碌，尤其是今天！今天立春了……"

　　每年立春的日子，春城都会举办一项活动，而有资格参加这项活动的，都是之前让交嘴鹏飞跃成功的饲养员。吉冰飑没料到自己会得到这个机会，他已兴奋了好久，每天的话题都离不开空房子旅店。这或许也与前不久那个鼻涕少年南扎恶人先告状有关。交嘴鹏飞跃结束后，南扎就向空房子旅店举报了吉冰飑，说他提前知道了漏光云的密道，这件事性质恶劣，对其他没有飞跃成功的饲养员很不公平。吉冰飑因此被喊去空房子旅店问话了，但问话的结果却很令人意外。

　　"桑丘说了，同样是抬头看天，有些人能看到云聚云散、节气变化，而有些人，却只灌了一肚子的西北风。"吉冰飑每次说起，都能笑到打嗝，"桑丘总叮嘱我们要多看书，空房子旅店存的那几本《云朵采集大赏》《春城云图》《看云识天气》，都是以前低云层的脱靴定云员安格写的。桑丘让我们多向安格学习，多看安格的书，现在什么形状的云我一看就能报出名字，自然也能找出漏光云的通道了。可南扎呢？他整天就忙着和人打架，桑丘可是警告南扎了，让他别得了便宜还卖乖。我告诉你哦断翅鹏，空房子旅店还有一架往地底下看的望远镜，它一直在关注着大鹏的情况，桑丘才没那么好糊弄呢！"

　　吉冰飑不断提及的桑丘，是空房子旅店的店长助理，也是现在站在旅店外，胸前挂着一个造型别致的圆形轮线盘的年轻人。与所有饲养员一样，桑丘脚上也穿了一双白色棉靴，身上则穿了一件打满补丁的黑色燕尾服。但与其他睡眼蒙眬的低云层人不同，桑丘任何时候都保持着一种准备好的状态，灼灼的目光像火炬般盯着天空，两只手牢牢地握住轮线盘两侧的把手。那一根根从天而降的细线正不断绕上他身前的线盘，细线越绕越多了，还不断有新的风筝线加入。

"啾，啾……"

断翅鹏目视前方，不时有与它一样身形巨大、长着冰凌般白色羽毛的大鹏从它身边飞过，它们也在躲避那一条条从天而降的细绳。

桑丘开始从细绳上取下一只只送信儿，检查它们身后的包裹，拆下来抛进脚边的竹篮。完成任务后的送信儿化成了水汽，消失在了晨色中。

轮线盘上已经绕了5根风筝线。

"过来帮忙。"

桑丘指挥率先到达的几位饲养员，让他们一人抓住一根轮线盘上的风筝线。

"绑过去。"

抓着线的饲养员，将风筝线绑在空房子旅店外的一根粗短铁柱上。绑好后，线的那头同时松了，松掉的风筝线在空中缠绕，变成一条很粗的铁链，铁链那头又很快在高空绷紧。天空开始传来"叮叮"的金属声，交嘴鹏们都自动飞离那根铁链，而顺着铁链的方向能看到一团金色的火焰在逼近。随着距离越来越近，能看到火焰下方挂着一个巨大的铁笼，而铁笼里装满了人！

"啾，啾……"

大鹏们变得躁动起来，笼子里的人看起来都晕乎乎的，像是睡迷糊了或是喝大了，但这些人都不再穿白色棉靴了，每个人的脚上都穿着不同的鞋子。

正当断翅鹏看得入迷时，一只尖叫着的秃鹰送信儿从它的翅膀间划过。

桑丘并没有转动轮线盘，但有一根细绳自己绕了上去，桑丘只好将手搭上，跟着转起来。而此刻被吓了一跳的断翅鹏在空中翻飞，很不巧撞上了同类。自从飞回春城，"交嘴"被勾起的"利喙"取代后，大鹏便开始以肉食为生了，食肉动物肯定比食草动物脾气暴躁，大鹏们立刻打作一团。

断翅鹏躲闪不及，左翅在打斗中刮到了一根细绳，情况不妙，这是碰到了空房子旅店的风筝线！旅店前已围了不少饲养员，看到空中的情况，都发出驱赶声。但越急越乱，最后断翅鹏直接缠着风筝线摔了下去。

一团巨大的黑影在桑丘面前砸下，直接压住了轮线盘上的细绳。桑丘被大力拽了出去。所幸"地面"柔软，桑丘砸在了断翅鹏结实的胸脯上。而从另一侧飞来的秃鹰送信儿，巧妙地挣脱了风筝线，轻佻地跃过了断翅鹏，最后稳稳地踩在了桑丘胸前的轮线盘上。

"别拿你的脏手碰我！"桑丘刚要碰它——它又是怎么感受到的，"恶心的棉靴族！一股臭味！"

"你这个住在棉靴里的臭虫，啊！"秃鹰的头歪了。桑丘直接给了它一拳。

"你怎么敢如此对待尊贵的高云层，噢！"桑丘又一把折断了秃鹰的翅膀。

伴随着一声接一声的惨叫，秃鹰的身体被拆开了，桑丘像掏内脏般从架子后拽出一个卷轴。

"你个垃圾，杂碎，居然敢以下犯上！"理应消失的秃鹰还在顽强地骂人。

桑丘站起身，由着秃鹰滚到草地上，默默地取下了身前的轮线盘，高抬手臂抡起它。

"春城监狱……不会放过你……"趴在地上的秃鹰还在骂骂咧咧。

"哐！"轮线盘和秃鹰都被砸得粉碎……这一会儿，饲养员和四脚朝天的断翅鹏都不敢多"哼唧"一声。

"那是吉冰飚的断翅鹏！"南扎却跳出来多嘴，还一脸邀功样，手里提着放包裹的竹篮，"五大社的包裹，都好好的。"

"你去核对囚徒人数。"桑丘将手中的卷轴扔给南扎,南扎喜滋滋地接住,朝着空房子前的大铁笼跑去。

"吉冰飑,"桑丘面向断翅鹏,话音里透着威胁,"如果你的大鹏,继续这么爱出风头……"

"没有没有,"吉冰飑在南扎举报前就冲出了人群,此刻正与另一位穿着长裙的小饲养员一起帮断翅鹏解风筝线,"谁会为了出风头,从那么高摔下来。"

"我现在就把它的翅膀斩掉!"桑丘绷着一张不会开玩笑的脸。

"别别别!"吉冰飑捧着一大堆混乱的风筝线,"马上就好,马上就好了。"

这一会儿断翅鹏倒是很听话,它仰卧着看着夜空,金色的眸子一动不动,原来它是在盯着夜空中出现的一只,不,是半只!菱形风筝看。

"那是去年飞灵师从外界带回来的,"桑丘按压着被轮线盘撞疼的肋骨,"春城还没到降落时间,风筝线要是断了……"

"对不起对不起。"吉冰飑解释道。

"144号云区就别想降落了!"

"好了好了!"吉冰飑终于解了线,半只菱形风筝又升回了高云层,隐入了厚厚的云中。

断翅鹏这才有了反应,尴尬地从草坪上跃起,嘴里不断叫唤着,"啾啾……"

桑丘看到风筝线终于回到旅店上空,这火总算能压住了,刚准备再训话两句。

"桑丘。"南扎的声音又出现了,但这回带着点哆嗦。

"又怎么?"

南扎一手捧着卷轴,一手指向大铁笼:"和名单上的数量不对啊,好像,好像少了一个囚徒。"

饲养员们立刻低语起来,吉冰飑则用手拍了拍断翅鹏,断翅鹏配合地叫了

空房子旅店

两声。

"行了，赶紧走。"桑丘现在没工夫追究断翅鹏了。

吉冰飑立刻推了断翅鹏一把，"走吧走吧。"

"啾啾……"在断翅鹏身体里半梦半醒的笛拉，揉了揉发冷的肩膀。

"我已经数了两遍，真的少了一个囚徒。"

南扎还在解释，桑丘已经走到铁笼前，笼里的囚徒依旧东倒西歪的，桑丘晃了晃笼门："门锁着，能少谁？"

"笛一坎！"冰冻的窗外传来撕心裂肺的吼声。

笛拉彻底醒了，将伸在被子外的胳膊缩进被窝。一翻身，原本压在被子上的那本《走进联考色彩静物》，掉到了地板上。

"笛一坎，你这狗娘养的杂种！借了钱就跑路！"

笛拉不得不将脑袋缩进被窝。"大清早的，为什么都这么暴躁啊！"

"笛一坎！你个鳖孙！借钱给你，我真是瞎了眼了！你演技那么好，怎么不去当演员啊！演王八羔子都不用化妆，说台词都用不上编剧，你这畜生！编编编！早晚有一天，你会把自己编进牢里！"

笛拉拖着扫把从家里出来，每天一大早就沐浴在这样的氛围里，想多睡会儿都难。"毒嗓子"——这是笛拉给她取的外号，已经嚎了一小时。笛拉再也找不到比这个称呼更配得上她恶毒的话语以及难听的声音了。"毒嗓子"终于肯停下来歇一歇，一屁股坐在一张自带的折叠小凳上，呷了几口保温杯里的水，目光射向笛拉。

"每天都是你打扫的？""毒嗓子"的脸上并没有露出与人交谈应有的和悦表情。

笛拉没理她，拿起扫把，率先清理自家门口的水泥地。每天扫，也就没什么可扫的了，连灰尘都被西北风刮干净了。

"这种人不值得同情,听说你家也借钱给他了?"

"毒嗓子"边说边喝水,她也是个工厂老板,年纪比笛拉妈妈稍大一些,同样留着女强人的标配短发,只是个头太小,时常会让人误以为是一位爱骂脏话的小学生。

笛拉没兴致理她,这几天在家,爷爷奶奶因为借钱这事,把笛拉的爸妈好一通训,好心办了坏事,但这还不是最气人的,村子里有人开始嚼舌根,说笛拉的爸妈明知笛一坎染上了赌瘾,还借钱给他赚利息。这话笛拉听了都要吐血,笛一坎跑路两周多了,任谁提他的名字,笛拉都恨不得堵住耳朵。

"毒嗓子"见笛拉不理她,合上杯盖,清了清喉咙。笛拉清楚,这是要做今天的收尾工作了。

"毒嗓子"一站而起,一手叉腰,一手指着笛一坎家的空房子,"笛一坎,你这个畜生!别以为我找不到你,我上面下面都有人,你就给我等着,我早晚把你收拾了!"

"毒嗓子"发泄完,心满意足地抹了抹嘴,收起小板凳,又一溜小跑,跑去门口,用力拔下插在门缝里的菜刀,"人在做,天在看,像他这种人,老天都会收拾他!"骂完还不死心,又将耳朵压在大门上。一番折腾后,"毒嗓子"终于开着她的黑色大奔离开了。笛拉便提着扫把来到笛一坎家门口,

"行了,让我来看看你的战况。"

自从笛一坎跑路后,笛拉唯一同情的对象就是邻居家的三层楼房。这栋房子与笛拉家的紧贴在一起,有一堵墙还是共用的。平日里,邻里邻居一不小心就被"偷听"了,但到了关键时刻,笛拉一家可半点跑路的风声都没听到。还是笛一坎工厂的工人最先了解情况,辛苦一年没收到工资,便火速跑来老板家,抡起石头、锄头,将玻璃窗、防盗门都教训了一遍。屋里有脚的都跑了,只留下一栋没脚的空房子,现在已伤痕累累。

最初几天,笛拉的工作量还是很大的,总有大片大片的碎玻璃要等着清

理。而现在，笛拉撑着扫把仰着头，玻璃窗已被砸得差不多了，不锈钢大门与防盗窗也没法更凹凸不平。或许只有像"欠债还钱，天经地义"这样的血红色涂鸦可以再多加几笔吧。

"好了，朋友，"笛拉挥起扫把，用调侃的口吻说道，"和平时一样，我不问你要钱，但你得听我背书。"

这些天，笛拉总会边扫地边为下学期的功课做准备，"先用普蓝打形。"

下学期专业课要开始学色彩了，好学生笛拉提前买了各种书籍自学，开头得硬背各种水粉颜色的调配法。

"黄苹果暗部是中黄加蓝莲，加少量赭石。"笛拉用扫把模仿画笔，先将笛一坎家门口的水泥地圈起来，再左一下，右一下，假装在填暗部的色块。

"灰面是淡黄加柠檬黄，亮面是淡黄加柠檬黄，再加白！"

"集中注意力！我还要背红苹果配色呢！"笛拉自己训自己，她已经听到头顶传来的奇怪声响了，但她依旧不断划动着扫把，坚持继续"填色"，"红苹果的亮面和灰面，是在黄苹果的亮、灰基础上再加粉红。而暗面与黄苹果是一样的，除了要再多加一种……"

"啵啵啵……"

笛拉再也忍不了了，一把按下扫把，一抬头，肩膀就猛地抽动了一下，面前的场景惊得她倒退了两步。怎么有团云落在笛一坎家的屋顶上！

平日里笛拉也不是没见过压得很低的层云，它们像雾又像霾，待在高一点的楼层上，宛如仙境。但笛拉现在膝盖发软、后背发冷，整个人还打起哆嗦来，因为那团落在房顶的云在动！它就像烧熔后沥青的质感，白色液滴状的触角正顺着墙壁不断往下淌。

笛拉整张脸都皱了起来，有一部分云还渗进了自己家与笛一坎家的那面公共墙壁。

"一坎叔，你还问谁借钱了，这都踩着云来要债了！"笛拉说完，嘴巴就合不上了。

伴随着"啵啵"的声音，那布满整栋房子的云，开始像织网一样收紧。笛拉听到刺耳的碎裂声。云网正使劲将墙体撕成碎块，碎裂的声音在不断上移，云网勾起了一大袋碎石……

"欸？不见了！"笛拉立刻放平目光。

眼前的房子并没有上天！但抬头低头间，却只剩下了黑白两色。笛拉马上确认自家的房子——

原本一楼处贴着的镜面红砖，现在黑了。原本二楼往上是用粉色碎石和翠绿色碎玻璃装饰的墙面，现在也都灰了！原本就装修得很相似的两栋乡村房子，现在成了一对黑白双胞胎。但更惊人的是，笛拉发现失去颜色的不光是这两栋房子，连着周围的一切，那些四季常青的植物，那原本湛蓝的天空……"哦！"笛拉条件反射般缩了缩脖子，头顶突然压下一片阴影，一抬头——半栋房子悬在了上方。那是米白色的砖石墙、蓝色的木格窗，还有屋顶铺的是红棕色的牛舌瓦！笛拉不明白自己为什么又能看到颜色了。

半栋房子更加靠近笛拉，房底还伸出一个白色镜头，镜头很快就缩了回去，再次伸出的是一个大红色的手握轮线盘，轮线盘不断放线。笛拉看到轮线盘微微颤动起来。

"喂喂，能听到我说话吗？"轮线盘里传出一个苍老、尖细的男人声音。

"谁、谁啊？"笛拉故意左右确认道，天气冷，并没有人在外面遛弯。

"我是144号云区，空房子旅店的店长，我叫康巴里。"

笛拉在心里哀叹，不想承认也得承认了，这哪里是笛一坎借钱的事，今天立春了，这半栋房子是空房子旅店！

"很遗憾地通知你，"老头的语气可听不出半点遗憾，"你的名字，笛拉，出现在了春城监狱发来的囚徒名单上。"

"你说什么？"笛拉已不自觉地摆出逃跑的架势，"我是春城的囚徒？"

"有交换门票却、却……"老头打了个哈欠,"却不用。"

"有门票不用就是囚徒?"

"那是当然了!"老头似乎在顶上蹦跶了一下,"行了,速战速决吧!事情那么多,居然还让我下来抓囚徒,瞎子秃鹰是越来越会使唤人了。听清楚我的话小姑娘,根据春城对外界囚徒的处罚规则,春城监狱有权扣押你最在意的东西。"

"最在意?"

"很多很多年前了,春城扣押过一位外界歌唱家的嗓子。"老头说这话时微叹了口气,但又马上恢复了不耐烦,"在没完成任务前,他在外界唱的任何歌曲,都是动听的蛤蟆叫。"

笛拉顿感胃酸上涌,再次看了看四周,她没敢说话,但在心中确认,自己应该是被扣押了视觉的颜色。

"你必须下深寻,替旅行社找到合适的空房子碎石。这就像……你们外界的劳动改造吧。当然了,空房子找到了还没完事,等上了拍卖会,得有旅行社愿意买下你的石头,这样罪行才能抵消。"

笛拉已经听不大懂了。

"总之,如不想对你的家庭、事业以及生命安全造成永久性的损害,请立刻抓住轮线盘,赶赴空房子旅店,时间不等人,春城在往下掉。哎呀,掉吧掉吧!"头顶传来了跺脚声,"每年都是这套,真是烦死人了!"

抽搐的轮线盘逐渐冷静下来。

笛拉还是不敢相信:"门票不用真的得当囚徒?"

轮线盘像听懂似的"唰唰"往下放线,提醒般地碰了碰笛拉的手背。

"我就不该在这里背调色法!"就算内心有万般的不愿,笛拉也只能硬着头皮上了,"我好不容易在图德高中重新开始,却看不见颜色……"

笛拉哭丧着脸伸出手,指尖才碰到轮线盘,就像被胶水黏住了。笛拉立刻扔掉扫把，另一只手也握住轮线盘。轮线盘开始往上绕线，她的双脚缓缓离地，一仰头，脸颊直接埋进了那块弹性极佳的"橡胶块"房底……

意识轨道

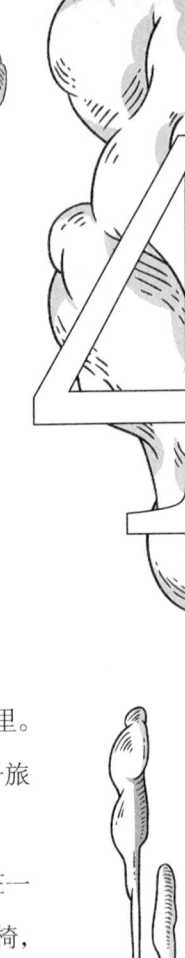

4

"橡胶块"变得越发透明,笛拉感觉自己就像在一个瘪了气的气球里。

"啵。"轮线盘刺破了"橡胶皮",笛拉吊着手臂,被拉进了空房子旅店内。她有些意外地打量着四周,这是一间堆满了包裹的仓库?

房屋内部远比外面看到的大得多,包装盒堆积如山,沉甸甸地压在一起,看起来似乎都还没来得及拆封。脚边就有一张裹着包装纸的缎面椅,笛拉很想把脚搁在上面歇一歇,但她的手依旧被吊着,双脚更像是踩进了浆糊里,根本站不住。

"就没什么像样的衣服!"

笛拉听到抱怨声,晃动着向身侧看去,房间里勉强挤出一块空地,一位戴着红色睡帽的老头,正站在一张行军床旁。他个头不高,又佝偻着背,正对着一块简易的试衣镜用力拉扯身上的衣服。笛拉不时眯一下眼睛,行军床旁是一扇圆形的木格窗,不断有阳光射进来。

"外面还是黑白的。"

本该金色的阳光像糖霜一样苍白,巨大的天幕依旧黑乎乎的。旅店还在不断往上升,屋顶突然传来"噼里啪啦"的动静,窗口由上至下,像是被蒙进了一块黑布。不过旅店很快就穿越了这层黑暗,屋内再一次亮了,旅店还在继续往上升,透过圆窗,这回笛拉看到了不少用云网吊起的碎石袋,或快或慢,最后都落到了自己身后。轮线盘已将笛拉悬到了屋顶,不知过了多久,她的两条手臂都已经被吊麻了,窗外又出现了团块状的云朵,云层在不断加厚,光线变得越来越昏暗,房子在云层间发生剧烈的颠簸,就像飞机遇到了强大的气流……

"砰!"一声卡滞的动静,房屋终于固定住了,笛拉握着轮线盘上下晃了晃。

这时房门开了,进来的是桑丘,那位店长助理。他熟练地穿过各堆包装盒,来到老头身边,说话的语气比砸秃鹰送信儿时急迫了些:"您可回来了!"

"我是出去玩了吗?"老头立刻没好气地回道。

"康店长,早上好。"跟在桑丘身后的居然是吉冰飑,怀里还抱着一堆白色棉靴。

"好得了吗我?"老头龇牙咧嘴起来,"诶,我的卧室是大铁笼吗?什么货色都能闯进来,赶紧给我滚出去!"

吉冰飑弯着腰不敢动了。

桑丘轻咳一声,"还不抓紧!"

吉冰飑这才直起身,将白色棉靴放到书柜旁,又挑了一双,抬起头,寻找笛拉。只见他扶起翻倒的凳子站了上去,仰着头用力一蹦。

"小心……"吉冰飑摇摇晃晃地拉住了笛拉的右脚,但笛拉身体一斜,左脚直接踢中了吉冰飑的嘴巴。

吉冰飑撇着嘴,将手中的一只棉靴套在笛拉的保暖鞋上。笛拉惊呼一声,她一下就握不住轮线盘了。吉冰飑赶忙拖着笛拉的脚跳下椅子,这会儿笛拉就像一只被牵着走的气球,吉冰飑将笛拉穿棉靴的右脚压在了地板上。

"我能踩住了?"笛拉单脚落地,套着棉靴的脚稳稳地踩在地板上。

"可以放手了。"吉冰飑指着轮线盘。

笛拉半信半疑地松了手，红黑轮线盘迅速升回到天花板的位置，卡住不动了。

"用右半边身体发力，试试你的左脚。"吉冰飑蹲在地上，用手拍了拍地。

笛拉抱着无比酸痛的胳膊，单脚站立，有些迟疑地放下了没套棉靴的左脚，还是踩不住！又像之前那样，像是陷进了一块"橡胶团"。

"当心站好，"吉冰飑顶着膝盖在地板上滑行，迅速给笛拉的左脚也套上了棉靴，"再试试。"

笛拉放下左脚，这回与正常走路没差别了，两只脚都稳稳地落在了房内。

"只有穿上棉靴才能踩住云。"吉冰飑露出门牙，松了口气。

笛拉却盯着他被踢肿的上嘴唇："对不住啊，不是故意……"

"你就是故意的！"老头在一旁发出惨叫。

桑丘已经帮老头摘掉了那顶红色睡帽，也翻挺了他缩在脖子里的衣领，以及?塞在两只白色棉靴里的裤管。简单的整理后，老头不伦不类的造型一下就可以看了。上半身是一件白衬衫搭配一件米黄色格子马甲，下半身是一条配套的西装裤。着装完毕，桑丘又伸出修长的十指，用力插进老头鸟窝般的白发。

"小心我的脖子！"

往下顺时，带动老头的脖子，发出可怕的"咔咔"声，还不断扯动那张沙皮狗一样的老脸，在紧绷又松掉间来回转换。

"行了，留条命吧！"老头一把推开还想再来一遍的桑丘，那堆白发只是被收拾得更有筋道罢了。

"那您就赶紧洗漱。"桑丘提醒道，"旅游局的送信儿是有时限的，囚徒都在外面等着您做咨询呢。"

"哈！咨询！"老头像无头苍蝇一样在屋里乱转起来，"他们可不是来做咨询的，不是！他们就是来看我笑话的，对，看笑话！"

"那您务必得整理得精神点……"

"精神？"老头神经般地冲向桑丘，瞪着对方手里的外套，"就凭这廉价的布料！"

"您知道预算有限。"桑丘扫了一眼屋里的包裹。

"那这落伍的款式呢？"老头一把夺过外套，"你把我打扮得像个小丑，就像你一样！"老头还用力将外套甩到了桑丘脸上。

"喂！"笛拉看不下去了。她耳边马上隐隐传来吉冰飚的声音："别说话。"

可笛拉最看不惯这样胡搅蛮缠的人："你一把年纪，怎么跟个小孩一样。他们是把最好的衣服给你了吧，你还有那么多意见。"

老头立刻将喷火的目光射向笛拉，桑丘也在一旁向她摇头。

"来了个蠢货啊！"老头步步逼近笛拉，"你一个低劣的外界人，连春云都踩不……"

"你也穿着棉靴呢！"笛拉毫不客气地回怼道。她又听到吉冰飚压得更低的声音："千万别这么说！"

老头气得浑身发抖，拎起一条裤管，露出靴子上还箍着的一条金链子，"睁大你的眼睛好好看看，高云层的人穿棉靴，不箍条链子是穿不住的！我只是被下放，下放明白吗？与你们那种只能睡在棉靴里的棉靴族可不一样！"

"哈！"笛拉没控制住，笑了一声。

她吊在屋顶时，早将床垫上那个凹陷的脚印看得一清二楚，显然老头和饲养员们是一样的，都是睡在棉靴里的。

"好啊好啊！"老头彻底被这一笑激怒了，丑陋的面孔呈现出猪肝色，"她在嘲笑我，是不是？一个春城的囚徒居然敢嘲笑我！"

"我才不是囚徒！"笛拉听着就恼火，"我告诉你，春城的交换门票不是我要的，是你们春城人硬给的。现在又一声不吭地扣押了我眼中的色彩，还让我来春城当囚徒,你们春城也太……"

"太自负了吧!"老头抢先一步骂道,"如果不是飞羽门票,你以为你有机会,像现在这样,没教养地和我大呼小叫?"

"显然你的教养也没多好。"

"你们!"老头扫向桑丘和吉冰飑,"出去!出去出去!我现在就要开始做咨询了,我一定要给这位从外界来的、不识好歹的囚徒确定一个好深寻,最好能是一去不复返,就算有飞羽门票也救不了你的那种深寻!"

"康店长,咨询得所有囚徒都在场。"

"桑丘,你确定要提醒我吗?"老头像唱戏一样威胁起来,"哎哟哟,那些飞回春城的大鹏,在别的云区好像还得再精挑细选一遍吧,砍掉几只随心所欲、没有时间观念的?"

"祝、祝你好运。"吉冰飑在老头的目光射来前就逃出了书房。

"还有什么要提醒的吗,桑助理?"老头扭曲着面庞,"没事就别影响我做咨询,出去!"

桑丘没法子了,经过笛拉时再次向她摇了摇头。

房门关上了,笛拉紧握拳头,她不清楚老头到底要做什么咨询,但她绝不会向这样无理取闹的人服软。

"以你的罪行,"老头从兜里掏出一份小卷轴,扯开时里面还飞出了一根黑色羽毛,"我可以说我的咨询还是非常客观的,绝不会带半点故意要为难你的意思。毕竟像2000……"老头的目光从卷轴移向笛拉,"你去年和飞灵师交换了?"

笛拉愣了一下:"哦哦,没有,是他硬给……"

"那就行了,"老头不耐烦地打断道,胡乱将卷轴塞回口袋,"2000深寻的空房子啊,就算是对犯了普通罪行的囚徒,也没什么竞争力可言。他们都会乞求我,拼命地给我塞钱,就为了让我允许他们去更深一些的深寻。但我心疼他们呀，5000深寻那鬼地方哪里是一般囚徒能去的，让我来告诉你5000深寻里有什么好吗？"

笛拉现在更想知道"深寻"是什么。

"那里有很多卷钩子，"老头自顾自地说道，"它们都是一些令人惋惜的失败者，它们愤怒、不甘，一心想让你们也体会一下它们的痛苦，所以一不小心就会把你们的嘴角勾破、眼珠子勾走。但其实我不用太心疼你们的，就算你们被勾走了心脏，那一颗颗血淋淋、还噗通乱跳的心脏啊……"

笛拉感觉到不安了。

"你们也不会感受到太多的痛苦，因为深寻越深，含氧量就越高，高云层的囚徒醉氧醉得那么迷糊了，哪里还会有什么知觉……啊！"老头吓人地叫唤了一声，"我怎么忘了，你与他们是不一样的，你本就是从氧气更足的外界来的，加上你还有一张那么珍贵的飞羽门票。就算你大言不惭地说不想要它，但它还是会不计前嫌地保你在各个深寻不缺氧、不醉氧，让你过分地精神抖擞，过分的自以为是。到时，一定会让你清清楚楚地体验到每一丝疼痛。"

老头夸张地抽搐了一下，"但对你来说，5000深寻的折磨都是不够的。"

"什么？"笛拉现在听得一片茫然。

"以你这个年纪，在外界一定还是个没用的学生吧！口袋里有钱吗？"

笛拉面露尴尬。

"没钱可下不了5000深寻，"老头幸灾乐祸地说道，"我已经仔细观察了一下你，真是一点长处都没有啊。不仅口袋里没钱，身上还没本事，特别是性格，简直太令人厌恶了。我是真的替你考虑，如果你想要抵消自己的罪行，拿回被监狱扣押的……什么？"

"色彩。"

"破色彩！"老头喷了笛拉一脸口水，"那你就必须确保自己从深寻找回的空房子，一定能够被旅行社买走，所以我的建议是……"

老头朝笛拉不怀好意地笑了笑，走到一张桌板立起的书桌前，旁边是一架倒扎进地板的由骨架拼接而成的望远镜。身后是排布混乱的书架，上面堆放着各种成卷、折叠的纸张、书籍，老头拉开书架上四个并排的小抽屉，各抓了一把，放进一个木盒里。盖上木盖，打了一半的喷嚏，倔强地收了回去。

笛拉见他握着盒子上的把手转动起来，这个动作是不是在哪儿见过？当老头将一支笔杆透明的毛笔含在嘴里时，笛拉想起来了，那天在大草坪上看到的冬城人，也是做着同样的动作。

老头打开木盒，将润湿的毛笔伸进盒子，透明的笔杆马上变黑了一半。

"这里面是萨启墨汁。"老头邪魅一笑，在立起的桌板上展开一张窄长的青灰色纸片，"用它在青草纸上写下的内容，高云层立刻就能收到，想反悔都不给机会。"

笛拉不安地看着老头伏在纸片上写写画画。

"我的建议是，一辆双人飞车，配一位棉靴族。至于深寻嘛，就10000好了。"

"10000！"

"没错，10000深寻的空房子是所有旅行社都渴望的，只要你能找到，没有哪家旅行社敢说不要你，我没法为你考虑得再周到了。"老头已经写完，十分满意的样子。

"既然你是从外界来的，这多难得呀，刚好趁此机会好好去各个深寻体会一番。对了，让我想想该找哪个倒霉的棉靴族陪你一起下去，"老头用毛笔挠了挠头，"吉冰飑！就刚才那位小伙。既然是他为你穿的棉靴，迎你进的春城，那就让他送你一程也挺好。"

老头说完又做作地按住自己的胸口："怎么办呢？我已经预感到悲伤了，但不用替我担心，我会很快走出来的。毕竟活着只是短暂的，死才是永恒的嘛，你说对不对？"

迷失的空房子

笛拉第一次有种想要掐死对方的冲动:"我从没见过像你这么恶毒的老人。"

"恶毒?"老头发出颤抖的笑音,表情变得越发狰狞,"更恶毒的你还没遇到呢,也没机会遇到了。滚!快滚!"

"真是个老疯子。"

笛拉冲出房门,结果走太快,直接撞上了一堵柔软的墙面,书房外是一条窄小幽暗的走廊。

"这边这边!"吉冰飑正站在透着光的门口,大声招呼笛拉。

笛拉想起来了,空房子旅店只有半栋。

"给给给!"吉冰飑手里端着一杯金灿灿的液体,不等笛拉跨出门槛,就忙着递给她。

空气里有股很浓郁的橙香。"这是橙汁吗?"笛拉问。

"她不需要。"桑丘也过来了。

"你没有不舒服吗?"吉冰飑一脸怀疑。

"当然没有!"突然跳出来的是南扎,结实得像个小老虎,"吉老鼠,你居然敢怀疑桑丘的话。"

南扎一把抢过吉冰飑手中的橙汁,还故意把他撞倒在地。吉冰飑立刻爬起来追了上去,两人一前一后冲着大铁笼过去了。笛拉这才发现,南扎比吉冰飑大不了多少,两人的个头都还没笛拉高,打打闹闹,都还是小男孩模样。

"多少深寻?"桑丘的问话抓回了笛拉的注意力。

"哦,10000。"

桑丘完全是二十五、六岁沉着的大人模样,听到笛拉的回答,神情从严肃变成了凝重。

"那个,你能告诉我,什么是深寻吗?"这是笛拉首要的疑问。

桑丘立刻用一只脚点了点草地:"是春城的一个深度计量单位,以我脚下的云层为0深寻基准层,越往下,深寻就越深。康店长每年都会依据囚徒的罪行,告知其所要去到的深寻。"

"那我要下的10000是……"

"那是死囚要去的。"

笛拉的五脏六腑瞬时冻住。

"我们这个云区,之前也有人下过10000深寻,但连着几年都没人回来,之后的死囚就基本不从高云层下来了,他们会选择飞炮刑。"

"什么刑?"笛拉现在得尽快理解各种陌生的话语。

"就是把人塞进炮筒,打散到天上。那种死法据说是没什么痛苦,比较安乐。"

笛拉的脸已经惨白一片。

"你太爱抱不平了,对于陌生人,你本不需要说那些话。"

"我这就要死了?"

"但也不用太担心,"桑丘又安慰道,"你是从外界来的,又有飞羽门票,去得越深,理应越有优势。"

优势?不缺氧,不醉氧,过分的精神抖擞?笛拉想到老头刚才的话,心跳得更快了:"我下深寻,是要去打怪兽吗?这种时候,我最好还是晕过去吧!"

桑丘微怔了一下,"不是打……是找空房子,空房子碎石,都是你们外界的。"

"空房子?"笛拉想到来时路上的碎石袋,还有笛一坎家的那栋净被欺负的空房子,脸上才勉强恢复了一些血色。

"这是我们春城的传统,每年都是如此。"

"传统?"笛拉瞄了一下自己的衣服,"我能再确认一件事吗?我现在,真的是在春城了吗?"

"春城低云层。"桑丘绷着一张不可能说谎的面孔。

"可是，以我自己的身体？不是意识？这合理吗？"

桑丘看着困惑的笛拉，微抬起下巴，"我大概知道你要问什么了，你现在确实是在春城，并且是自己的身体和意识一起过来的。"

"这怎么可能？"笛拉咬住了舌头，她拿不定主意是否要告诉桑丘自己有进过夏城，去年因为吴振羽的关系，她在本该按春城门票的时候，按了夏城的火焰门票，去到了一个奇怪的交换车站，车站的检票员告诉笛拉，外界人是没法直接进四季城的，第一步得先选择那座城市的鞋子，而选鞋是为了与那双鞋的主人进行意识交换。只有通过意识交换，外界人才能进到四季城。笛拉当时是选了一双鞋头有红色血迹的运动鞋进了夏城，并同时与巴卓儿和屠雪绒的信件进行了交换。

这样一半一半的意识交换是为了让笛拉帮助夏城破解水影诅咒，可水影诅咒应该算是夏城的隐私了吧，笛拉不确定这件事能不能由她讲出来。

"你之前应该有去过其他城市吧？"桑丘反问道，"要不然你也不会问我这个问题。"

"啊……"笛拉打起了马虎眼。

"那你应该知道四季城在人的意识运用方面，与外界是不一样的吧。"

那倒是，在夏城时，指纹中都能读出意识，当然更夸张的要属秋城，据说意识都能转换成实物。

"你来看。"桑丘招呼笛拉，带她来到一个一米高、两米多长的木箱前。木箱的顶面有七个大小不一的孔洞，有两位饲养员正在往洞里放置一种很像杠铃的轮线盘，依据裹在上面的包装纸，笛拉能判定它们就是天亮前送信儿带下来的包裹。饲养员将一头的线盘拔下，将木棍穿过孔洞，又将拔下的线盘从木箱下伸入，重新装上。

"这上面的是我们的深寻仪，能展示春城的部分区域。"

桑丘指着一条嵌在木箱侧面、近二十厘米宽，与木箱等长的透明仪器。仪器里有很多悬浮在同一水平线上、形状不一的云团，而云团外都包裹着一层往下延伸的透明气泡。

"要进春城的云层，首先得通过云层外的这些气泡，它们是春城的意识轨道。"

"意识轨道？"笛拉还是头一回听说。

"没错，四季城与外界，一直都处在两个不同的轨道上。你们是现实轨道，我们是意识轨道。"

"原来是这样。"笛拉跟着蹲下身，更加凑近这台奇怪的仪器。

"气泡本来是连在一起的，就像是一条水平向，无限延长的透明带子。它能很好地帮助隐藏春城的云块，当外界事物靠近时，它们会很敏锐地察觉到，然后上下左右地波动避让。"

"那为什么，现在意识轨道变成了一个个气泡？"

桑丘扶住膝盖："春城有一种饲养在外界的大鹏鸟，冬季结束前，它们都会飞回春城。大鹏鸟的爪子可以撕开意识轨道，轨道破裂后会发生收缩，就形成了这些气泡。你能进来，我只知道大鹏鸟的爪子，是制作飞羽门票的原材料之一，至于门票的具体使用效果……"

"其实我并没有使用啊。"笛拉很冤枉地拍了拍心口。

"随身携带应该就能进意识轨道了吧，"桑丘也只是在猜测，"至于进入云层……今天立春了，目前负责承载春城的云层已不再具备拦截性。"

"拦截性？"笛拉想到之前断翅鹏飞进云层，费了那么大劲，自己却毫发无伤地进来了，"你们春城的云？"

"都是由没飞回春城的大鹏幻化而成的。"

"大鹏变成云了？"笛拉想到断翅鹏最后往回飞时，确实看到很多大鹏在迅速地膨胀。

"进入意识轨道的大鹏,一旦失去飞回春城的信念,就会变成云,一朵大鹏在飞行途中遇到的,最令它记忆深刻的云。"桑丘说着有些微微蹙眉,"膨化后的大鹏会冲出意识轨道,遇到与自己相同的云,就会在天空聚集,组成的基本都是能量巨大的风暴云。"

"风暴云!在外界吗?"笛拉瞪大眼睛。

"你们是感受不到的。因为大鹏在冲出意识轨道时,会携带部分气泡。就像刚才空房子旅店下去接你时,外面其实也裹了一层看不见的气泡。"

笛拉轻叹了一声,心想那带走空房子的云网,应该也是这个情况吧。自己是因为有飞羽门票,进了气泡才看到的。而其他外界人,是根本意识不到的吧。

"当云聚集时,意识轨道会包裹在云层外部,阻挡其对外界产生气候方面的影响。同时,当意识轨道感觉到包裹物存在意识时,又会彻底让云从空中隐形。"

"我没听错吧,"笛拉急忙追问道,"你是在说大鹏变成的云,有意识?"

"是的,春城每年还都要降去外界,将这三种有意识的云搜集回来。"

"还有三种?"

"大鹏每个季节都会更换羽毛,这种青黄不接的时候,遇到恶劣天气,难免会印象深刻。所以幻化云,分别代表了夏季、秋季和冬季。它们包裹在春天的云层之外,随着季节的更替,依次从云上剥落。冬季结束前,云层底部会黏留下一些对三种气候都留有印象的云片,这种云阻拦性非常强,看到新一年被邀请回春城的大鹏——这是它们在还是大鹏时都没有得到的机会,就会竭尽全力地拦截大鹏飞回春城。而今天,立春了,留在春城的只有去年春天的云,它们更多的只是起到承载作用,不会想要拦截谁。"

"那大鹏就应该在立春后再飞回来啊。"笛拉小声嘀咕道,看到桑丘向她侧过了头,"哦,我的意思是,大鹏应该是在立春后再飞回来的吧。"

意识轨道

笛拉假装寻找，天空中并没有大鹏的身影，"现在春城的云，连我这样交换门票都没使用的人，都放进来了。那大鹏，应该也比较适合在这个时候飞回来吧。"

可桑丘对笛拉的提议摇了摇头，再次看着深寻仪，"气泡裂开后，春城被分成了一个个云区，我们现在所处的云区是144号。每个云区都有自己的高低云层、自己的空房子旅店。深寻也是各下各的，都在自家云区的延伸气泡里。"

笛拉注意到木箱的边缘，刻着2000、5000和10000的数字标记，气泡的底部，都基本与10000深寻的刻度线齐平了。

"每年的一降一升，是云区间云块的争夺，也是云区内部的一种较量。春城的大鹏是要肩负承载云区的重任的，一路的磨砺不可或缺。如果大鹏连去年没飞回春城的云都赢不过，还要期待它承载云区？怕是有些靠不住。"

"桑丘！"有位饲养员指着天空提醒道，"旅游局的送信儿到了。"

天空中飞来一只五彩斑斓的飞鸟送信儿，桑丘立刻起身，抬起手臂。风筝线直接绕在他手腕的一个小轮线盘上，送信儿在桑丘身前停下，嘴巴一张一合，"注意收飞车！注意收飞车！"

桑丘接住一个落下的包裹，飞鸟送信儿在笛拉眼前化成了水汽。包裹拆开后，里面又有两个一大一小的杠铃状轮线盘。桑丘将轮线盘递给身边的饲养员，自己则小心揉搓着手腕上的风筝线，居然又搓出了一条细细的新线。

"东杰叔。"桑丘将新线递给一位年长的饲养员，他个头很高，体格健硕，灰白的头发还有些贵族气。按他的年龄，在一众小年轻饲养员里找不出第二个。

东杰叔将那条细细的新线绕在刚送来的小轮线盘上，并将小轮线盘插在7个孔洞的最外侧。最中间的位置留给了来自旅游局的大轮线盘，桑丘将风筝线绕上后，向东杰叔点头示意。

迷失的空房子

"吉冰飑,"东杰叔大喊一声。跟着南扎跑进牢笼的吉冰飑探出了头。"去把铁链松掉。"

吉冰飑迅速跑出牢笼,把绑在短柱上的铁链解开。解开后,铁链像被软化的麻花,一根根在空中分开,又都恢复成了细细的风筝线。

"革杉,转,转!"东杰叔提醒身旁的年轻饲养员,两人看起来还有些神似,一同将箱子里插上的轮线盘转动起来,飞在空中的五根细绳都主动绕上了一支。

这样,7个轮线盘上都缠上了连接高云层的风筝线。桑丘撸起袖子,从深寻仪对面一侧的一个小洞里伸进手臂,分别从底部的轮线盘上抽出细线,等7根风筝线都被牢牢地拽在手里,用力一拉,木箱便缓缓腾空了。木箱下伸出了7个并排的螺旋桨,桨叶在转动。桑丘一把将风筝线拉长,木箱连着双向的风筝线,向草原上空移去。

笛拉这才有功夫打量眼前这个世界,进春城了,颜色都回来了,一望无际的草原平铺在空房子旅店前。草场还处在休眠期,但深灰色的枯草上,已经透出一簇簇明亮的橘金色,金光一块接一块地延绵到远处的山脚,山间正弥漫着大雾,雾气连接到天空。

"这天。"笛拉深吸了口气。高云层呈现出很多个宛如奶牛乳房般的悬球状云。

"准备接飞车!"

春城囚徒

"所有人，尽快完成手里的工作！"桑丘大声提醒道。

"灌不进去啊。"南扎还蹲在牢笼里，他正给牢笼中最后一位身穿灰色条纹西服、体重有近300斤的胖囚徒灌橙汁。

风筝线上的力量在不断加大，已经有好几位饲养员跑去帮桑丘拉线了。笛拉见南扎匆匆放下橙汁，一记重拳，直接砸在胖囚徒的胸口。

胖囚徒从昏迷中坐了起来，一下绷掉了粉色衬衫上的纽扣，还蹬掉了脚上的一只棕色皮鞋。

"抗氧化的圣品！"南扎嚷嚷着，迅速往胖囚徒张开的嘴里灌了半杯橙汁。

这时吉冰飑抓着橙子皮跑了进去，用橙皮塞住胖囚徒的嘴，不让他吐出来，两人配合得倒挺默契，但还是互看不顺眼，一个做了踢腿动作，另一个立刻挥拳回敬。胖囚徒开始剧烈咳嗽，吉冰飑拍打他的后背，橙皮吐出前，橙汁总算喝进去了一些。南扎又端着半杯橙汁出去折腾别的囚徒了。

"桑丘！"一位留着长长的头发、头发上还绑满了五颜六色石头挂饰的年轻女饲养员跑了过来。

她腊肠般粗壮的手指握着一根石杵，石杵下半截都湿漉漉、黄澄澄的，而女孩面盆般的大红脸上，黏了不少晶亮的橙肉。看来，春城是手工榨橙汁！

"桑丘，橙子不够了。"女孩说得胆战心惊。

"一个囚徒一杯，都是算好的。"桑丘站在拉绳队伍的最前方，风筝线的力量在不断加大，饲养员们已经斜着身子在拉线了，"尤其今年还多了笛拉一杯，凌兰花，不是你多给了，就是你偷喝了。"

凌兰花立刻叫唤着，"我没偷喝，我没偷喝"，惊恐地往回跑，跑到一位理着平头的女囚徒身前，向她做出双手合并的拜托手势。

女囚徒的年纪比笛拉大不了多少，小麦色的肌肤与极有特色的单线条五官，让她看起来无比洋气又无比傲慢。她听到桑丘的话后，一双眼睛灵活地翻了个白眼，嘟起紫粉色的嘴唇，用力将手里的橙汁推给凌兰花，责怪道："棉靴族就是小气，我在高云层，把果汁当水喝。"

"喝撑了……更难受！"一位趴在地上用头锄地的年轻男囚徒，才说完就吐了。

女囚徒跳着躲开那一摊污秽。

笛拉注意到，对方一身运动裙装下，配的是一双造型别致的运动鞋？不！前半双还是运动鞋，后半双就是鞋跟像钉子一样的高跟鞋了。每走一步，脚后跟都狠狠地扎进草地里。每拔一次，鞋后跟上的一长串翅膀造型，都精巧地扇动着，要把翅膀上的泥扇走。

"好有设计感的鞋子啊！"笛拉忍不住赞叹。

等她再回头，桑丘与饲养员们已经拉着风筝线，或是被风筝线拉着吧！跑去了更空旷的地方。

笛拉决定先四处看看，旅店外人很多，大家都很忙碌，说好了一人一杯橙汁，但要喝的人太多了。

笛拉看到那位叫凌兰花的女孩，偷偷抓了一把橙皮放进石罐，而一旁的饲养员立刻效仿起来。笛拉数不清到底有多少名醉氧的囚徒，这里太像醉酒集会了。囚徒们喝了橙汁是醒了，但姿态各异，光是躺在草坪上的囚徒，就有唱歌的，吃草的。笛拉注意到一位半靠在牢笼外的中年男囚徒，他眼圈乌黑，头发凌乱又油腻，身上穿着一件发黄的白袍，样子很像是刚熬完夜的医生。他低着头看人，眼神像是会拐弯，嘴里还不断发出"扔棉靴，扔棉靴……"的叫喊。

这是，之前与吉冰飑一起帮断翅鹏解风筝线的小饲养员穿着长裙走了过来。居然是个穿着裙子的小男孩！只见他小心翼翼地端着一杯橙汁，向那位"医生"走去，生怕洒了。

"医生"却一直盯着他的脚，"棉靴里面有娃娃，娃娃哭，娃娃叫……"

笛拉感觉不对劲。

"您要的橙……""医生"猛地将小饲养员扑倒，抓住一只棉靴，用力甩了出去。小饲养员惊声尖叫，笛拉赶紧跑去捡棉靴，有位囚徒却冲上去一脚，直接将棉靴踢出更远。

"都说棉靴族能踩得住春云，把两只棉靴都拔下试试，说不定连春云都踩不住！"囚徒露出疯狂的讥笑。

"这种垃圾，掉出春城最好。"

"住手！"一位身穿灰蓝色西装的囚徒冲了出来，他抱住小饲养员的身体，大声呵斥道，"快住手！"

"娃娃哭，娃娃叫……"那位"医生"像疯了一样大笑着，硬要将小饲养员的另一只棉靴也脱掉。

人群中又冲出一个身影，直接拽起"医生"，顶着他的腹部撞向大铁笼，是南扎。铁笼里的吉冰飑更是跳起来，用双手箍住"医生"的脖子。南扎跳起来冲着"医生"的鼻子给了一拳，鼻血飞溅。

"你们怎么袭击高云层!"囚徒们呵斥起来。

"对,一定要反馈给旅游局,就算找回空房子,也不准他们参加踩云测试!"

"棉靴族要造反了,也不看看自己是什么东西,一群连云都踩不住的废物,还敢还手!"

南扎更用力地揍了"医生"两拳,吉冰飑则使劲箍住"医生"的脖子。有囚徒想上去帮忙,南扎马上朝他唾了一口,囚徒像躲病菌一样闪开了。

"好恶心!被棉靴族碰到,会踩不住云的!"

"医生"被打蒙了,笛拉跑去给小饲养员穿上棉靴。

"没事了。"笛拉安抚道。

小饲养员一脸苍白。南扎甩着沾血的拳头,走来拉起他:"旺普,你怎么一碰就倒啊,真是没用!"

旺普踉跄地站起身,对着笛拉和蓝衣囚徒深深地鞠了一躬。

"吉老鼠,不准放手啊!"

"医生"的脸已成绛紫色,南扎还准备揍他一拳,但被旺普拉住了,又向吉冰飑使劲摇头,指了指头顶的高云层,吉冰飑这才不情不愿地松了手。

鼻血直流的"医生"瘫坐在牢笼外,脸上依旧带着诡异的笑容,嘴里还是念叨着:"娃娃哭,娃娃叫,踩不住云的没人要……"

笛拉看了眼自己脚上的棉靴,自己不管什么云都踩不住。她不明白这些囚徒是因为醉氧才表现得如此疯狂,还是春城的高低云层,本就是这样的对峙情况。"春城的疯子可真多。"

没走两步,笛拉就感觉有光亮在晃眼睛,仔细一找,原来是一位女囚徒,穿着白紫相间的冲锋衣,脚上是一双藏青色的登山鞋,帅气又利落地倚靠在空房子旅店的外墙上。笛拉感觉她在发光,那是因为女囚徒的左半张脸,一直连到左耳的位置,都包裹在一张银色的面具下。她不时握住拳头,轻咳一声。

阳光打在颤动的面具上,折射出刺目的光亮。"酷的人也多。"

转了一圈,笛拉很想与吉冰飑沟通一下,但他搀扶的胖囚徒又在牢笼里晕了过去,另一只皮鞋也蹬掉了。此刻,吉冰飑正铆足劲,狠揣对方的人中。

笛拉只好继续在人群里徘徊,目光落到之前那位救旺普的囚徒身上。他正坐在榨汁桌旁,是目前唯一主动与饲养员们待在一起的囚徒。他个头不高,整个人都是灰调子,灰蓝色的牛仔裤、灰蓝拼接的西装外套,里面又配着灰色的衬衫,一双橘褐相间的运动鞋,很和谐地融进了白色棉靴里。男囚徒也注意到了笛拉,向她微微点头。

"康店长来了!可以咨询了!"喊话的是之前那位叫凌兰花的女孩,不知何时已经跑去了旅店前。

康巴里从屋里出来,手里握着那只奇怪的毛笔,还有一本厚厚的本子,本子里还夹着拖到身后的青草纸。他背对着大家坐在门槛上,随后高抬双腿,灵活地转了180°,棉靴落地,依旧是坐在门槛上,向所有人点了下头。

"装腔作势!"笛拉算是与康巴里结下梁子了。

"大家不要挤,听到名字再过来。"凌兰花接过康巴里给的名单大喊起来,"第一位,安格!"

囚徒们却都迫不及待,能走的像跑,能爬的很开始跳,笛拉左右避让。

"能帮我拿一下吗?"是救旺普的那位男囚徒,他安静地来到了笛拉身侧。

"安格,硬块旅行社的自由定云员安格,请先过来咨询。大家请排好队……"

"她在喊我,能帮我拿一下橙汁吗?"男囚徒轻声问道。

笛拉这才意识到自己走神了,男囚徒长着一双格外清亮的眼睛,与那样的目光对视,很容易产生恍惚感。

笛拉赶忙接过杯子:"没问题,我不会让其他囚徒偷喝的。"

"多谢。"男囚徒礼貌地谢过,向人群走去。

笛拉盯着他，不过三十岁出头的模样，后脑勺却白了一圈。"可是，安格？"

笛拉在脑子里搜索，自己是不是在哪儿听过这个名字。

"安格吗？"接话的居然是那位终于醒了的胖囚徒，吉冰飑正费劲地把他从牢笼里扶出来，他走路摇摇晃晃的，有很大一部分原因是因为吉冰飑帮他把两只鞋子穿反了。

而吉冰飑一边费劲地把自己的脚从草地里拔出来，一边慌张地确认道："安格吗？真的是安格？那位写《云朵采集大赏》《春城云图》《看云识天气》的自由定云员！他可是低云层的骄傲啊，怎么会下来当囚徒？"

"他在高云层，煽动脱靴者罢工。"胖囚徒说起话来像嘴里嚼着棉花糖，"为抗议高云层推行新创社，他被抓了……他就是因为这个进的监狱，我们还是一个牢房的。"

"忙完的棉靴族，赶紧过来帮忙！"远处又传来了东杰叔的大喊。

这一会儿，棉靴族忙坏了，木箱已离地很远，而另一侧连接到高云层的七根风筝线，最中间的那一根上滑下了一张骨架状的双人椅。椅子下方还有两个螺旋桨。所谓的飞车正顺着风筝线稳稳地从空中滑下，紧挨着木箱停住了。风筝线上的拉拽力在不断加强，最前方的桑丘整个人都像挂在了绳上。笛拉很想上去帮忙，但手里还拿着安格的半杯橙汁……囚徒们还在凌兰花的招呼里前推后揉，安格已经上前一步，一条腿半跪在地上，有点奇怪，他似乎在与康巴里商量着什么，两人还不时看向笛拉的方向。这回康老头倒是没发火，甚至还有些愣神。直到安格向他重重地低下头，他才若有所思地提笔写起来。

"你要下多少深寻？"笛拉询问小跑回来的安格。

安格拿回了自己的橙汁："10000。"

"10000！你、你是死……"

"看！那是我的飞车。"安格指着天空，笛拉看到又一辆双人飞车顺着线滑了下来，紧靠着自己的那辆停住了。

安格又向笛拉伸出手："还没认识呢，我叫安格，是硬块旅行社的自由定云员。不过，之前也是低云层的棉靴族。"

"哦，我叫笛拉。"笛拉有些激动地握住对方的手，"我是刚从外界来的，也要下 10000 深寻。"

安格露出微笑："刚才听康店长说了，我还在想，为什么旅行社会有穿棉靴的囚徒。"

"为什么……"笛拉之前就有疑问了，"你们为什么总在说旅行社，还有旅游局啊？你们春城都和旅行有关吗？"

"是这样的，"安格转向了天空，"我们春城是由五家固定的旅行社组成的，分别是硬块、软肢、板脸、立筒还有串串，这都是以你们外界的风筝类型命名的。"

"春城，全是旅行社？"笛拉惊叹道。

安格点了点头，"除了那五家，另外的两根线，最中间的代表的是我们 144 号云区的旅游分局，而最靠边的是新创社。"

"你就是因为它才下来的，刚才，说什么，抗议！"笛拉发现自己有些过于起劲了，"我的意思是……你虽然……但肯定不是坏人吧！你刚才不欺负棉靴族，还帮他，这、这点挺好的。"

笛拉说得语无伦次。安格听着咧嘴笑了，一双眼睛弯了起来："真好，你还没沾上高低云层的偏见呢。"

"偏见？"

安格一口喝完了橙汁，将杯子放去一边的榨汁台。"愿意帮忙吗？"安格说着就踏进了草场，"消耗点氧气可以缓解下深寻的紧张哦。"

"你是在说有氧运动吧。"笛拉赶紧跟上，"你要去拉飞车吗？等等我！"

每根风筝线上都开始有飞车滑下，但飞车都固定在风筝线的不同位置上，有的靠木箱近，有的离木箱远，同一根风筝线上的飞车，车与车之间，还都留出了长短不一的距离。

"都干什么呢？拉住啊！"南扎发出惨叫。

拉绳队伍里的饲养员们看到安格和笛拉过去，纷纷放下手里的活，朝他们九十度鞠躬。拉住绳的只有南扎和桑丘，飞车力量太大了，就看到绳子"嗖"地从身旁溜走，大家这才意识到情况不妙，转身飞扑上去。笛拉和安格也加入了拉绳队伍，拽住绳，用脚后跟蹬住草地。还好，绳子被拖住了，最前方腾空的桑丘也安全落地。

"康店长到底要订多少辆飞车？"南扎整张脸都憋得通红，这也是队伍里每个人的状态。

"40名囚徒，"东杰叔费劲地说道，"还有19位棉靴族，总共59人，就算前面的都给双人车，也得29辆。"

才说完，笛拉就看到风筝线上出现了单人飞车，座位下只有一个转动的螺旋桨。

"怎么，还有，一个人，下深寻的吗？"笛拉使出吃奶的劲往后拽，脚上的棉靴有些打滑。

"不是单人，是三人。"安格在笛拉身后咬牙说道，"一个棉靴族，负责两位囚徒。"

"负责？"

"找到空房子后，棉靴族会把他饲养的一种春城大鹏，唤去深寻……连人带车……带回低云层。"安格多少还是受醉氧影响，不适合边干活边讲话。

"能带动人和车？还是三个人？"笛拉这才想到，来了春城，她最想见一见的就是断翅鹏，立刻在内心呼喊起来。

"还有一个棉靴族，同时负责三位囚徒的，基本都是下2000深寻。"站在笛拉前方的东杰叔很清楚地解释道。

"我怎么没见到大鹏？"笛拉狠拽着，风筝线上的飞车越来越多，最后忙完的吉冰飑、凌兰花也加入了队伍。（吉冰飑路过安格时，看样子很想与对方握个手，但南扎又吼了一声，"干什么呢！"）

"这个时候，它们千万不能出来，会被飞车绞进去的。"东杰叔解释道。

"绞？"笛拉脑子里立刻浮出菜场给活鸡褪毛的滚筒，赶紧在脑中停止了呼喊，还默念着，"别来别来，我开玩笑的。"

"各位！"桑丘站在最前方，"所有飞车都到齐了，今年总共有26辆双人车、7辆单人车。"

笛拉注意到，站在空房子前的囚徒队伍，黑压压一片。"他们就，不能来，帮个忙？"

"高低云层的偏见。"安格憋着劲说道。

"接下来，我们要将飞车绞成一股车队，大家分批选择风筝线，我们做顺时针跑圈，车队形成后，听口号，向同一个方向聚拢，各位听明白了吗？"

"明白！"大家异口同声，笛拉跟着喊完口号，就学饲养员如何选风筝线。

笛拉和安格还有那位东杰叔，负责同一根。随后拉绳队伍就开始以跑圈的方式，大范围转动起来。笛拉和安格还是负责拉住绳，东杰叔负责控制跑圈方向。所有人奔跑起来，木箱上侧的飞车随着绳开始绕动，7根风筝线逐渐拧成一股，由于绳上的飞车都处在风筝线上的不同位置，拧靠时，位置精准，没发生半点碰撞。

这只能用神奇来形容了，笛拉感觉自己的体能比身后的安格还好，一点不喘，还特别兴奋。这可比每天扫地来得痛快，别说高处缺氧了，奔跑时，大风带给肺部充沛的氧气，冰凉又爽冽，笛拉大口呼吸，兴奋得直想尖叫。

"啾……"

笛拉奔跑的双腿瞬间被注入了铅块，心内一沉："不会吧！"

"桑丘，那是吉冰飑的断翅鹏！"任何时候，南扎都是那个最先认出断翅鹏的人。

跑圈队伍慢了下来，大家抬头看着从天边飞来的一只晶莹发亮的大鸟，隔着那么远，笛拉都能感受到它浑身散发的那股欢天喜地的劲儿。

"吉冰飑！"桑丘更多地注视着才绕了一半的飞车队。

笛拉身后传来吉冰飑的叫声，"走啊，谁让你过来的！你会被绞进去的！"

但断翅鹏只管扑腾翅膀，欢快地鸣叫着。

"快，快转啊！大家跑快一点。"笛拉觉得最好的办法是在断翅鹏飞来前，就将车队拧完。有些停下的饲养员立刻又奔跑起来。

"快啊，快啊！"吉冰飑在身后喊着，又不时抬头补一句，"断翅鹏，不是说你，你回去！"

南扎抓着绳踢了一脚前面跑慢的饲养员，车队在飞快地成形。笛拉看到断翅鹏越飞越近，但被打到的风险应该不大了。

"往我的方向！"桑丘注意到飞车绞得差不多了，"大家一起拉！"

所有人向着一个方向聚拢，笛拉感觉自己都快飞起来了，合并到一起后，大家又纷纷拽住了7条绳，配合得相当默契。木箱在缓缓降落，箱后长长的飞车队像蛇一样飘在空中，也有了降落的趋势。

笛拉不断回头看，天哪！断翅鹏在飞冲，冲着拉绳队伍就过来了。耳边又传来桑丘的大喊："闪开！"

原来队伍前方出现了一个粉红色的大胖子，是之前那位好不容易醒过来的胖囚徒，他依旧反穿着鞋子，走路摇摇晃晃，但已脱了西装外套，撸起袖管，他显然是想来帮忙的。但看到一大队人马向他飞奔而去，立刻掉头，可才跑了两步，就摔了！

桑丘从他身边闪开，喊着，"大家小心！"

但饲养员们还是接二连三地被这块"巨石"绊倒，眼看拉绳队伍的速度降了下来，飞车又开始重新往上升。这时，断翅鹏瞄准笛拉猛扑了上来，撞上摔倒的人群，连鸟带人，跐着草地飞快地往前滑了出去，整个拉绳队伍完全失去了控制，笛拉感觉自己要被埋进泥里了，狠擦着草皮，飞速向空房子旅店冲去！

　　这场混乱不知持续了多久，等稳定下来，笛拉感觉整个低云层都静悄悄的，她被活埋了！急需一个人把她从土里挖出来！安格帮了这个忙。

　　两人眼冒金星地回到地面，用力地咳嗽着，冲着草地吐了好几口泥。

　　"真臭！这得出多少汗啊！"说话的是那位理着平头的个性女囚徒，她正用力捂着鼻子。

　　囚徒队伍出现了往后退的脚步声。

　　"妈妈说，我需要多运动。"声音像嚼着棉花糖，又带着些许哭腔，倒在地上的胖囚徒正被南扎揪住衣领。

　　南扎的嘴巴、鼻子都流血了。"让你往死里动了吗？"

　　"冤枉啊！它不是下来出风头的。"同样摔破相的吉冰飚连跑带摔地冲去恳求桑丘。

　　桑丘直接用膝盖压住断翅鹏的头，这么大一只鸟居然一点还击之力都没有："一大早下来两次！你们是在挑战我！"

　　"它，它就是爱凑热闹。"吉冰飚拜托桑丘别伤断翅鹏。

　　笛拉也赶紧跑去劝架。

　　"桑丘，飞车没事啊，你放过它吧，还多亏它这么撞一下，是不是？"

　　"是啊，你们看，飞车没事，大家成功了。"安格也用安抚的口吻说道。

　　终于有饲养员发出欢呼声，26辆双人车、7辆单人车，还有车前的木箱，都稳稳地悬浮在草地上方，而之前大家拉的风筝线，自动打了个结，卡在了木箱的小洞上。连上高云层的那些风筝线，也都缩回了木箱，仔细地编织在飞车底部，将一行飞车队，编排得妥妥当当。

"过程是乱了点，但好歹成功……"笛拉正恳求着。

断翅鹏却趁桑丘不注意，一把将他掀翻，然后迅速将笛拉扑倒在地，冰凉的羽毛在笛拉的脸上乱蹭。

"吉冰飑！"桑丘吼道，"找我的斧头来！我现在就要斩掉它的翅膀！"

飞车深寻

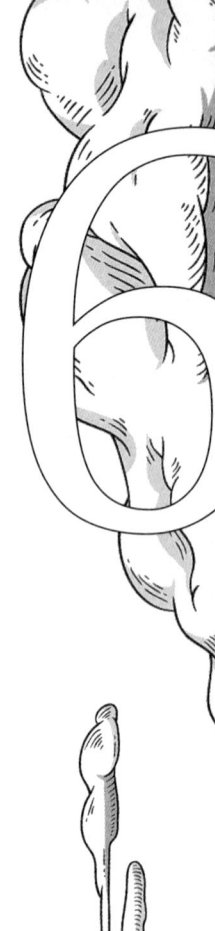

飞车队横浮在空房子旅店门口,"呼呼"的螺旋桨声不断从脚下传来,笛拉顶着一头炸开的蘑菇发型坐在飞车上,相比在清潭高中时,她的头发终于留长了些。

"你们真的给他塞钱了?"她问。

坐在门槛上的康巴里,正叼着烟斗数钞票,喉咙里还不断发出"咯咯"的笑声。

"越看越丑陋。"笛拉说完就"嗦嗦"地吸气,"打群架"受伤了,嘴上裂了两道血口子,一不小心,就尝到一股血腥味。

"那是买空房子地址的钱。"安格一上车就将后脑勺靠在椅背上,仰天揉着胸口。刚才劝架时,他被断翅鹏结结实实地拍了一下,花白的头发瞬间变得更白了。

"是买5000深寻的吗?"之前康老头挖苦笛拉身无分文来着。

"嗯,那部分囚徒有很多是五大社赞助下来的。"

"赞助当囚徒?"笛拉费解地挤着一边脸颊。

"从深寻回来后,五大社就会买我们找回的空房子,为了能买到好的,他们都会提前与一些想要更换工作的人沟通，为他们提供资金支持。"

"更换工作还得下来当囚徒吗？"

"在春城是的，要跨旅行社工作，风险是非常大的。"

"那要是没人赞助呢？"笛拉扒着椅背，"想换工作还换不成了？"

"那就得有存款，没人赞助就自己买，5000深寻的空房子不像2000，肉眼分辨不了，下去之前都会买地址。"

"那下10000的呢？"笛拉不安地问道。

"10000深寻唯一的优势，就是那里的空房子碎石都是康店长选定的，不需要挑选，找到就能带回。"

笛拉心中一喜："那听着不难呀。"

安格却摇了摇头："那是因为，整个春城关于10000深寻的线索都非常有限，仅有的一条也是下5000深寻的囚徒给的。"

笛拉期待地拉长了脖子。

"巨响，一声巨响，"安格盯着顶上越来越收缩的云层，"有些云确实没有想象中的安静吧，但巨响，好像也不应该。"

"你也不应该下来吧。"突然插话的是坐在安格左前方，那位顶着半张金属面具的女囚徒，扭转过来的右侧脸洁净无瑕，是个气质绝佳、右脸与左脸一样冷酷的女人。

安格立刻坐直了身子："你是……"

女囚徒却跳过安格，向笛拉伸出手："你好，我叫橘沁竹，目前是立筒社的主要定云员。"笛拉匆忙去够她的手。

"你就是橘沁竹？"安格的语调略带意外。

橘沁竹却依旧不理他，继续将目光移向笛拉的棉靴。

"哦，我刚从外界来，踩不住云。"笛拉边解释边收回手，感觉像刚握完一块冰。

"外界啊，"橘沁竹终于将冷冷的目光扫向安格，"只要不是棉靴族就好，脱靴的也不……"

话还没说完，飞车就猛的向橘沁竹一侧翻转，橘沁竹直接从位子的一侧滑向另一侧，安格眼疾手快，一把拉住了双手悬空的橘沁竹，这才没让对方摔下去。

原来是坐在橘沁竹前方的胖囚徒上车了，他的两条象腿才搭上飞车，飞车队就立刻失去了平衡，螺旋桨都跐到了草地。

橘沁竹甩开手，丝毫不感谢安格，只是尴尬地咳了一声，转过身去了。

"你们认识吗？"笛拉小声问道。

"她在春城很有名，"安格轻声回道，"橘沁竹原本是板脸社很有天赋的定云员，但为了提高自己的定云水平，选择在不同的旅行社积攒经验，一直不断下深寻。"

"不断？"

"嗯，一开始也是自费下来的，第一回下的就是5000，但之后五大旅行社就抢着赞助了，算一算，"安格微皱眉头，"这应该是她第四回下深寻了。"

第四回！笛拉心想真有人愿意连进四次监狱吗？

"她很厉害，每次都能带回5000深寻的空房子。只是上次下5000时，受了很严重的伤，这才两年时间。"安格担忧地摇了摇头。

"东杰叔。"一身"袈裟"装（被断翅鹏扯掉了一根袖管）的桑丘从车旁走过，手里拿着康巴里写写画画的青草纸，安排每位囚徒和饲养员上到指定的车位。

"金宏就交给您了，"桑丘略有不安地看了眼胖囚徒，"一定要平安回来。"

东杰叔拍了拍桑丘的肩膀，让他放心。

"你们三个是下10000深寻的……"

另三位帮忙的饲养员，与橘沁竹一车的是南扎。还没上车，笛拉就听到南扎急迫地向橘沁竹作自我介绍。

"我的交嘴鹏没受伤就飞跃了低云层。它是19只里面实力最强的，与我一车您就放心吧！"

"就会吹。"走在前面的吉冰飑听不下去了，可一多嘴，就被南扎推倒在地。

"吉老鼠，找打是吗？"南扎举着拳头威胁道。

笛拉心生佩服，他们要下的可是10000深寻啊，怎么还有心情打架呢？

"革杉的大鹏才是最厉害的。"吉冰飑抓着扶起他的高个子饲养员，笛拉再次感觉，这位叫革杉的年轻人，与东杰叔很神似，"他的大鹏是19只里面第一个飞跃的。"

"我呸！他就只会靠爹，得意什么。"南扎捏着拳头，准备大打一架，却被紧随其后的东杰叔一把拎起，拖去另一边，扔上了飞车。

"你就是东杰大哥的儿子？"安格向与他同车的革杉伸出手。

笛拉悄悄将"难怪"咽进了肚里。

"您好，我是唐革杉。"革杉的声音有些粗钝，他不是与吉冰飑和南扎一样的小屁孩。他的模样也很英俊，大眼睛，高鼻梁，浓黑的卷发堆在头顶。革杉有些腼腆，眉宇间还带着一丝忧郁，但身材与东杰叔一样高大，一把握住安格的手，轻松翻上车。

"我能跟您握个手吗？"安格的鼻子差点被戳到！

是吉冰飑，他一爬上车就端正坐好，等待时机，见安格的手松开了，立刻伸直双臂，横在安格面前。

"安格先生，感谢您的抗议，感谢您为低云层做的一切！"吉冰飑才说完，前排就传来橘沁竹的一声"哼"。

吉冰飑一把扯过安格的手，用力摇晃起来。刚才被断翅鹏划到的细小伤口，都在脸上炸开了。"就是五大旅行社不对嘛，明明说好的，低云层帮忙唤大鹏、找空房子，他们就带低云层降落和飞升。结果出尔反尔，总让一堆水平很差的新创社载我们。新创社太不安全了，去年降落就散了一家，全死了。安格先生，感谢您总想着低云层，为低云层抗议。"

"果然没错啊，"橘沁竹再次转过身，冰冷的目光射向吉冰飑，"低云层，脸皮就是厚。"

南扎放声大笑，但笑了一半发现不对劲："吉老鼠脸皮是厚，但我们可没有，我们唤回了大鹏，还要陪你们下深寻。"

"所以高云层！"橘沁竹不耐烦道，"才答应为找回空房子的棉靴族，提供踩云测试的机会。都已经做到这一步了，为什么还要负责整个低云层的降落和飞升？"

"可踩云测试是为了高云层呀！"南扎辩解道。

"是啊是啊！"吉冰飑急切地补充道，"如果高云层能在棉靴族里找到一个能踩住云的人，这不是一件大好事吗？就像安格先生这样，脱了靴，这么优秀！"

橘沁竹一声冷笑，将目光转向一脸尴尬的安格："你听到了？原来你们低云层是这么考虑问题的，踩云测试是为了帮助高云层从低云层里找到优秀的人。你们会不会太看得起自己了？"

"你说什么！"跳起来的吉冰飑被两条白色打叉的安全带拉回椅背。

笛拉身前也多了两条，是飞车上的安全带吧，正在逐排出现。

"这都是我第四回下深寻了，发现棉靴族还在将同情当本事，真是半点长进都没有。"橘沁竹优雅地抬起手臂，让安全带将她绑紧，"我告诉你们，高云层有那么多好东西，为什么还要学着从垃圾堆里捡宝贝呢？"

"垃圾！"飞车上的棉靴族都弓起了身子，吉冰飑更是将两条安全带拽得"砰砰"响。

"各位各位！"是康巴里的声音，他正捧着一箱钞票站在门槛上，看起来心情好极了，"不管你们现在是在忙着吵架，还是忙着交朋友。我都奉劝各位一句，省点感情吧！下了深寻，你们很快就会见识到彼此的真面目了，交际完全是浪费时间，不如听我宣布一件非常有意义的事啊！"

"哎哎！"笛拉注意到康巴里没站稳，端着钱箱往门外倾，但平行于地面后又立了回去。

"不会有事的。"吉冰飑气鼓鼓地抱起手臂，"所有云区的店长都出不了旅店。"

站定后的康巴里像没事人一样，又继续往下说："今年的囚徒中有位身份非常尊贵的姑娘，她现在就坐在第一车，我答应出发前要送她一份大礼的。"

"第一车吗？"笛拉身后就是长条形木箱，她可不信康巴里会送她什么礼物。

"咱们是最后一车。"吉冰飑不痛快地翘起嘴。

"来自立筒社的天才骨架员，葵娜！"康巴里两手拍打钱箱，说的原来是那位很有个性的平头女囚徒，"葵娜为了支持我的工作，花了十倍的价格，买了2000深寻的空房子地址。"

议论声一下就起来了："2000深寻还买地址？这是钱太多吗？"

"为了向她表示感谢，老朽决定送葵娜一栋，连门都没有的空房子。"

议论声瞬间炸了。

笛拉注意到葵娜在安全带出现前，从车上站了起来，板着脸与同车的凌兰花交代了两句，随后便扭动着下车了！

"什么是没有门啊？""没有门！这是不用下深寻的意思吧。""关系户关系户，既然有关系，还下深寻恶心谁啊！"

大家都在随意发表着议论。康巴里则侧着身子站在门槛上，做作地邀请葵娜进旅店。

笛拉看到康巴里的侧脸多了一只鞋子，整个人直直地往屋内倒，这回桑丘立刻冲进去扶住了他。

"康店长,您每年赚得比高云层还多呀!"扔鞋子的囚徒阴阳怪气地说道。

"可得起劲点花,要不今年就能买下空房子了。"囚徒们发出讥笑。

"他们在说什么呀?"笛拉听得一头雾水了,"康老头也能买空房子?"

"能买,"吉冰飑虽心情不佳,却一直在认真回答笛拉的问题,"一般都是五大旅行社买,个人买的话就是用来创办新创社。"

"那康……"

吉冰飑摇起头:"店长不会想要创办新创社的。旅游局规定,只要旅店店长能买下一栋空房子,就能从店里出来了,以后就能长住高云层了。不过……"

"空房子很贵?"

"贵是贵,但其他云区的店长好像五六年也就攒到了,康店长是有购物综合症,每次不等拍卖会开始,就会把钱花光,他已经做了快30年店长了。"

"那这30年,他都没有出过门?"笛拉见吉冰飑虎着脸地点了点头,"难怪脾气那么差了。"

"哎呀!"吉冰飑抓狂般砸了下自己的大腿,"要是棉靴族也有自己的旅行社就好了!就不用总受五大旅行社的欺负了!"

"那就得创办新创社啊。"南扎回头挖苦道,"让新创社像五大社那样降下去,再自己飞回来,这样就能成为春城的第六大旅行社了。可是吉老鼠,别忘了你刚才在拍谁的马屁,还感谢您总为低云层着想、感谢您的抗议,你的偶像可是在抗议新创社诶!"

安格在南扎的怪声怪调里一言不发,吉冰飑瞬时蔫了下去。

笛拉更小声地问道:"那棉靴族能买空房子吗?"

"当然不能!"南扎耳朵太灵,又嚷嚷起来,"新创社是五大旅行社的内部活动,只有高云层人才能参加。"

"谁说要创办新创社了！"吉冰呲嘟囔着，"就不能……不能直接送低云层一家第六大旅行社吗？"

"做梦吧你！"南扎大声嘲笑，"谁给你送啊，五大旅行社吗？那不还得创办新创社。"

"都别瞎说了，"东杰叔在前排稳稳地打断道，"新创社是非常危险的，从这个制度推行开始，就没有新创社成功飞回过春城，每年还会因此死掉很多棉靴族。安格就是因为这个原因，才不断在高云层抗议的。"

笛拉望向安格，他还是不说话，只是外翻的耳廓此刻已变成了深红色。

"康店长没什么话要交代了。"桑丘在接替被砸蒙的康巴里说话，"空房子旅店祝大家好运，希望各位，能竭尽全力，替144号云区找回合适的空房子。"

说完，便将皮鞋扔进了一旁的火盆。

"你！"扔皮鞋的囚徒大怒，"你小子还不是店长呢，这么目中无人！"

桑丘完全不理会，面无表情地扶着康巴里回屋去了。

"还是砸晕了好，没工夫购物了，我倒想看看这个糟老头能栽进什么样的空房子里。"

"是啊，高云层又能多一处旅游景点了，如果我能从深寻活着回来，一定多砸他两扇窗户，好好让康店长感受一下高云层的热情。"

囚徒的笑声很刺耳，笛拉是对康巴里不满，却更看不惯高云层这种欺负人的态度！

"唰，唰，唰！"

脚下的轮线盘越转越快了，洁白的桨叶带动飞车往上升，车队缓缓地来到旅店前的草原上，木箱拉动车尾往上抬，逐渐拉成了一条垂直于地面的长直线。笛拉和吉冰呲坐在最后一车，处在最高位。

"断翅鹏会下来接咱们吧？"笛拉心有不安地握着飞车把手，生怕安全带不靠谱地松了。

"肯定会!"吉冰飑的好奇心很快就占了上风,沮丧感消失了,探着头东张西望,"好高啊,都看不清哪个是我爷爷。"

一股冰凉的气流从草原的裂缝中往上涌,强烈的失重感紧随而来,笛拉什么都不想看,紧闭双眼,伴随着一车的尖叫,笛拉又埋紧脑袋。飓风彻底将身体包裹,心脏也悬空了,整个人像散了劲,只尝到一股浓烈的血腥味在嘴里乱窜。

下坠不知持续了多久,像是再也停不下来了似的。等彻底绝望了,尖叫声反倒散开了,下坠感也变得不再那么强烈。飞车被逐步拉平,压在脸上的猛烈气流终于能够被再次吸入,可第一口呼吸就让笛拉恶心干呕,嗓子太干了。

吉冰飑做起了各种鬼脸,为的是崩碎凝固在脸上的血渍。他的好奇心战无不胜,笛拉却流下了眼泪,当然她并不是真的想哭,只是冰凉的气流刮得她眼眶发涩,泪水在眨眼间被磨了出来。

太丢人了,笛拉赶紧抹了下脸,目光下移,用力踹了两脚身边的云团,状态才有所恢复。

下深寻了,眼里的色彩再次被夺走。笛拉已经明白,真正的春城,并不是单一的意识轨道,也不是随处可见的云层,而是处在意识轨道里的那些具有季节属性的云。离开了那些云,即使身处意识轨道之中,眼里的色彩还是会被带走,但春城的人和物,总算还保留着令人心安的颜色。

"就在下面了。"又是一阵持续的降落之后,吉冰飑兴奋地提醒道。

紧贴在身后的深寻仪,出现了一条横穿 2000 深寻的蓝色标注线。而转动的螺旋桨之下,已经能看到悬浮的碎石袋。它们一个个就像是巨型沙包,往上收紧的袋口处堆积着一团洁白的云块,将碎石袋封得死死的。

碎石袋高低不一,横铺在深寻道路上。飞车队一进入,笛拉就完全失去了方向感。每个方位都有石袋，体积也差不多，色调在笛拉看来又近乎一致，黑白灰，根本看不出任何区别。

此时，连接在飞车座椅下的风筝线传出"嘣嘣"的收缩声，下2000深寻的飞车逐一从车队上脱离，分成四人一组或三人一组。

"咱们不继续下吗？"笛拉问道。

少了一半人数的飞车队，悬停在2000深寻。

"看来，大家都想适应一下深寻的含氧量。"前排的安格用力搓了把脸。

笛拉却没有任何不适。

"飞车是按大家的意识行动的。"吉冰飑的状态也不错，还不断将身子探出车外，"说不定，咱们可以等2000深寻的囚徒都结束，再往下潜。"

"这里有时间限制吗？"笛拉看着压根望不到底的深寻，浑身发软。

"有的有的，"吉冰飑回道，"螺旋桨都有时间限制，囚徒必须在桨叶脱落前，找到康店长选定的空房子，这样才能顺利喊来大鹏。"

这时，一人坐一辆双人飞车的凌兰花从车前晃过。她是2000深寻唯一只需负责一位囚徒的饲养员，而现在她的身侧还空着。只听她说道："清潭……"

"清潭市？"笛拉诧异。

"每个云区都有一个指定的空房子搜寻范围。"安格侧过脸，目光紧盯着凌兰花。

"清潭市武宁区溪湖小镇48号。"

凌兰花的声音有些颤抖，飞车听完地址后，便静悄悄地往前行。

"绝大多数空房子，都是升上来混淆视线的。"安格说着，与笛拉一起用力推开身边的一袋碎石。

飞车队动了起来，似乎所有人都对凌兰花要找的空房子感兴趣，大家一言不发，车队便顺从大家的意愿，悄悄地跟在凌兰花的车后。

"飞车是很灵敏的,要去哪个方向,就在脑子里用力想。"吉冰飑煞有其事地皱眉,仿佛整条飞车队都由他一人驱动。

凌兰花的脸像发烧一样涨得通红,一双眼睛焦急地盯着从眼前晃过的碎石袋。

空房子林里的"悉索"声越来越大,飞车往前行进一段距离后,又开始往下潜,车上的哈欠声此起彼伏,笛拉看到有几位囚徒含着眼泪狠掐自己的大腿。绕了一会儿后,凌兰花终于在一袋碎石前停住了,长长的车队也在空房子林中折了好几道。

"怎么会?"笛拉远远地打量着那袋碎石。

"石头在动,是不是?"吉冰飑惊喜地喊道。

就像一颗被包裹在网袋里的心脏,碎石在不断地膨胀和收缩。

"这就是康店长选中的空房子,"安格也在观察,"它们被赋予了重建的使命,所以比普通的空房子碎石更活跃。"

凌兰花从双人车上站起来,安全带被拉长了。她伸出两只手轻轻往上拂,像是在给碎石挠痒痒,袋子里立刻有了更大的起伏。

飞车队碰撞着往后退,网袋里的小碎石堆叠成了大砖块,大砖块又组合成了墙体。云网被迅速撑大,一栋两开间、十多米高的两层楼房,立在了飞车前。

飞车队在林立的空房子之间晃动,笛拉注意到墙体侧面挂着断裂的横条,还有一个大窟窿。而房屋二楼的阳台都是用镂空石板拼接的,上面雕着最传统的"福禄寿喜","喜"字之后的墙面上,有个被框在圆里的"拆"字,旁边还写着吊车电话。

"原来是拆迁房。"笛拉惊叹道。

"真的没有门!"吉冰飑指着黑黢黢的门洞。

不仅没有门,连门框、窗框都被卸掉了,屋顶上也只留下几块破碎的砖瓦。

凌兰花站在车上，冲着空空的大门喊了声："啾啾。"

"啾啾"的声音刺激到了云网顶上的白色云块，云块里伸出一张尖利的嘴，一只洁白的飞鸟送信儿，挂着网袋上的一根细绳飞了出来，它张嘴将凌兰花的声音扩散出去。

"啾，啾……"声音绵长，响彻深寻。

送信儿扇动两只翅膀，带着这栋空房子，毫不费力地向顶上飞去。

"旅行社的送信儿，能带动一座房！哇，已经飞那么高了！"

"吉老鼠，我们又不瞎。"

正当飞车队准备去别处看看时，天空传来了大鹏的叫声，是凌兰花的大鹏。它收拢翅膀，飞进碎石林。等靠近了，凌兰花向大鹏的脖子抽了一鞭，直接将飞车挂在大鹏的身上。大鹏扇动翅膀，并没有多吃力的样子，顺利带走了第一辆飞车。

"原来2000深寻这么容易。"飞车上的囚徒议论纷纷。

"可第一车这么快，不见得是好事。"前排的东杰叔不安地说道，"2000深寻的空房子，情绪是最不稳定的。"

"您在说情绪？"笛拉才说完，耳边就传来阵阵啃咬脆骨的动静，"咔啦啦，咔啦啦"，碎石在网袋里变得不安分了。

"空房子碎石会急着想让囚徒们找到它，会乱的！"东杰叔说道。

碎石在网袋里变换着位置，现在不光是康巴里选定的空房子碎石，连没选中的碎石在网袋里来回滚动。2000深寻的车队，人数都维持在三到四人，囚徒们争抢着对飞车下达"往前、往左、往下"的命令，但飞车只依照意志力最强的人的意识前进。

正常的空房子碎石，在组合成房子后，大门都关得死死的，据说是只有囚徒抓着门把手，留下自己带有"打开"意识的指印，屋门才能被推开。但并不是每位囚徒都能幸运地找到能打开的空房子，找不到的囚徒就飞扑着去抢别人的碎石，好多飞车上的人都打了起来。

"扔棉靴，扔棉靴，棉靴里面有娃娃……"

混乱中，笛拉又听到了那诡异的嘀咕声，循声望去，那位袭击旺普的"医生"，居然从安全带下钻了出来。他不找空房子，只晃晃悠悠地站在飞车上，盯着来往的车队，当旺普的飞车队从他身旁飞过时，他又一次扑了过去。

"旺普！"吉冰飑的叫声像一把钩子，直接把旺普的车队钩了过来。

"哐当"一声，旺普车队顶到了木箱上。原来，是有个坏脾气的碎石袋，直接推出一个阳台，将旺普的车队顶了过来。而飞扑过去的"医生"此刻正弓着身子，颤颤巍巍地扒着网袋。他所在的车队正忙着找空房子，已经飞远了。这时云网又开始收缩，"医生"抓不住了，惨叫着掉下了深寻！

笛拉感觉自己快缺氧了："他为什么总和旺普过不去啊？"

安格似乎在前面叹了口气："他是和所有的棉靴族过不去。"

"活该！"南扎用力朝下唾了一口，"棉靴抛掷工！"

"抛掷工？"笛拉回想"医生"唱的，"棉靴里面有娃娃……难道你们？"

"春城低云层的由来，"安格的侧脸挂着苦笑，"踩不住云的婴儿，就塞进棉靴，从高云层扔下来。"

"扔下来！"笛拉颤抖着重复道，"那吉冰飑他们？"

"他是棉靴族的后代。就像高云层会生出踩不住云的孩子一样，棉靴族也能生出踩得住云的孩子，但必须进行一次踩云测试，确定踩云能力，才能升为高云层人。而要获得这个测试机会，就得下深寻，帮囚徒找到空房子。"

"找不到呀找不到，"一直在与旺普沟通的吉冰飑，哭丧着脸转过身，"旺普的车队，到现在都没人找到空房子。"

"那大鹏？"笛拉忍不住打起哆嗦来。

"大鹏听不到喊声是不会下来的，太难了，真的太难了！"吉冰飑说完便抓紧盯着晃过的碎石袋,他是想帮旺普找空房子。

笛拉不确定地凑到安格脑后,压低声音说道:"其实不难……"

安格立刻贴住了椅背。

"我发现一件事,春城监狱扣押了我眼中的色彩,但只要是春城的人和物,就都是有颜色的。"

"那选定的空房子?"安格惊喜地问道。"是,有颜色的就是被选中的,凌兰花找第一栋空房子的时候,我就发现了。"但笛拉更小声地问道,"可我能帮他们吗?康巴里知道我被扣押了颜色,你们春城有作弊这一说吗?"

"你到底想不想帮他!"橘沁竹的训斥声从前排传来,她正压着面具教育南扎。

南扎在给旺普提供线索时,不像吉冰飑和革杉那样压着声音,而是指手画脚,生怕旺普听了别人的。

"可吉老鼠说得不对!"南扎生气地抱住手臂。革杉立刻控制住要吵架的吉冰飑:"父亲说,如果帮得太明显,这些空房子都能感受到。""就你父亲会说……啊!痛痛!"敲南扎头的是东杰叔。

东杰叔郑重地警告道,"2000深寻的碎石,大多是在外界时被落空、心里失落的空房子,而春城马上又要让这些性格别扭的空房子接纳人,到时还要接纳一家旅行社。在推门前,囚徒最好是能自己找到它,这样能安抚空房子的情绪,更能得到空房子的认可。这不是玩笑话,等回了低云层,每栋空房子还要进行检测。"

"可旺普这衰队都找不到房子,"南扎怒气冲冲的,"还管什么检测呀,大鹏能下来就不错了。"

"你小点声,"橘沁竹喘着气提醒道,"每栋空房子的脾气不一样,运气好,找到一栋脾气还行的,说不定就能通过旅游局的检测了。对你们棉靴族来说,喊下大鹏是保现在的命,而一栋好的空房子,有机会保住你们以后的命。"

笛拉意外地望着橘沁竹。

"哎哎哎，"吉冰飑着急地叫唤起来，"飞车下去了。"

车队为了避开越来越不受控的碎石，已经开始往下潜。旺普车队还留在原处，被一群兴奋的空房子碎石包围着。

"越离越远了，这可怎么办？"笛拉想帮忙，但现在根本控制不住下潜的飞车队。

"如果有足够的专注力，专注到能在深寻发生一场车祸。"橘沁竹望向安格，"撞！撞回去！"

安格立刻转过身，笛拉注意到他紧蹙眉头，目光牢牢地锁定旺普的方向，嘴巴微动，"光靠我可不行。"笛拉也赶紧转过身，又拍了一下四处乱窜的吉冰飑，"专注！"

在众人的努力下，飞车下落的速度真的减缓了。悬停片刻后，开始重新往上飞。木箱撞上了一堆石袋，车队遭到左右夹击，但还是努力挣脱了，向着旺普的车队飞去。

笛拉在近乎疯了的碎石林中寻找。"有颜色的，有颜色的！"

"笛拉。"安格为笛拉指了一袋石头，就在飞车的左前方，这时木箱重重地撞上旺普车队。

"我不是很确定，"笛拉盯着安格找到的空房子，"它是只有白色吗？还是？为什么我看不到别的颜色？"

飞车顶着旺普车队经过那袋碎石，石袋外还飞出好多铁棍，分不清它们是在招手，还是在赶人。

"低头！"安格在后面推了笛拉一把，一手抓住一根飞来的铁棍。

"有了！"笛拉扬起眉毛，身下不远处有一个小巧但颜色绚丽的碎石袋。

安格放开了那根铁棍，木箱顶住旺普的车队，以更快的速度向斜下方那袋五彩石头撞了过去。碎石袋受到撞击，静止了一秒，便开始激烈地堆叠，飞车队向后退让，碎石组成了一间小巧的公寓。

"我的！"一位戴着眼镜的囚徒，眼疾手快，压着同车人抓住门把手，"打开打开，统统打开！"囚徒嘴里念念有词，一把推开了房门。

"快！快！"吉冰飑催促旺普，让他别去管打起来的囚徒们。可旺普才喊完"啾啾"，动力不够的螺旋桨已经撑不住飞车了，开始往下掉。

"旺普，旺普！"吉冰飑够不着旺普的手，革杉和南扎挥起的鞭子也没来得及挂上。飞车队斜在深寻，车尾想要往下，可车头却悬在原处。

僵持中，木箱里发出了一阵令人不安的"嗒嗒"声。车上的囚徒马上开始抗议，他们态度激烈，

"你们适可而止！这才2000深寻，飞车要是坏了，我们都会死！"

安格也向笛拉摇头，在冰冷的环境里大口喘气，额头已浮出汗珠，大家只能眼睁睁地看着旺普车队往下落。

"啾，啾！"送信儿带着空房子往上飞，2000深寻的飞车队，只有旺普车队落了下去。

"啾！啾！"是旺普的大鹏！它比之前收到"啾啾"信号的大鹏都要飞得快。

"快啊！再快些！"飞车上的饲养员们重新看到了希望，都在大喊。

笛拉紧盯着飞冲下来的大鹏，它已经将身体绷成一支箭，以极快的速度从天际飞冲下来。可碎石袋已无比兴奋，不断拦截大鹏的去路。大鹏砰地撞上石墙，发出沉闷的呻吟，身体在石袋间颠来倒去，翅膀不时被网袋钩到，飞羽被刮落，鲜血溅在石袋上，这让碎石们更疯狂了，甚至立起半栋黑白房子，用力地撞向大鹏。可这只大鹏是块硬骨头，无论如何都不肯减弱下冲的速度……

大鹏终于摆脱了碎石袋，从飞车边鸣叫而过，空荡荡的深寻传出了期盼已久的挥鞭声。笛拉攥紧拳头，吉冰飑在位置上不断跺脚。革杉提醒他："别把

自己的螺旋桨踩掉了！"他才勉强消停了一下。

"旺普！"南扎率先看到了大鹏，也开始挥拳跺脚。

饲养员爆发出欢呼声，大鹏的飞羽已经被撞得乱七八糟，但它用力地扇动翅膀，带着旺普车队一点点往上，惊魂未定的旺普向大家挥手道谢。

"谢谢。"吉冰飑激动地望着笛拉和安格。

笛拉有些心虚地缩到一边，而安格正注视着斜前方的橘沁竹，她弓起的后背不断颤抖，一手按着面具，一手压着胸口，简直快把肺咳出来了。

笛拉对橘沁竹刚才的反应很意外，她应该是个面冷心热的人吧。可这么一想，不由更担心了。下深寻前，与橘沁竹握手，她的手掌很冰，还冒着冷汗。她的身体肯定没恢复，这样真的能下10000深寻吗？5000怕都有问题吧。

"呼呼，呼呼！"但更大的问题出现了，响亮的呼噜声引起了所有人的注意。打呼噜的是胖金宏，在东杰叔忙着给其他人传递信号时，他居然睡着了！现在不管东杰叔怎么喊都无济于事，只迷迷糊糊地说着梦话："我知道……地址……"

"对啊对啊，下5000深寻的都买过地址了，他一定告诉您了吧。"吉冰飑将手搭在革杉的肩上，革杉的忧郁从眉宇间弥漫开来，整张脸都黯淡了下来。

大家不安地注视着东杰叔，他的眼角挤出了一大片皱纹。

"这回好了。"南扎用力拍了拍椅背，"金胖子—好心呐……"

木箱像起哄般，发出了更响亮的"嗒嗒"声。

7 偷话亭和三八云

平阔的天空，不时刮来阵阵大风，飞车在"嗒嗒"声里像船一样波动起来。

"金宏不说，是为了保护东杰叔。"吉冰飚努力不让自己吐出来，随着飞车继续往下潜，深寻的含氧量在不断增高，"卷钩子只攻击知道地址的人。"

"到底什么是卷钩子？"笛拉不解地问道，之前康巴里说得那么吓人。

"都是前不久飞跃云层失败的交嘴鹏，"回答的东杰叔神情凝重，但他的身体状况，反倒比一车的年轻人好很多，"交嘴鹏的肉体被云团包裹住了，而云团在下落中又不断腐蚀死亡的肉体，肉体消失后，云团逐渐变轻，轻到再也落不过5000深寻，就形成了卷钩子。"

"可大鹏怎么会攻击人呢？"笛拉现在觉得大鹏比人还靠得住。

"不一样，卷钩子浸透的是飞跃失败的交嘴鹏意识。那些失望、不甘还有愤怒，让它们在云层里不断钻牛角尖，形成的卷钩子变得无比敏感又无比偏执。它们的触角只要一碰到人，就能轻而易举地感知到人内心深处的想法。一旦让卷钩子感知到你想要它们藏起来的空房子，它们就会攻击你。"东杰叔还是摇不醒金宏。

安格在低云层和2000深寻都消耗了力气，此刻整个人显得有些苍白。

"你没事吧？"笛拉担忧地问道。"之前我只下过2000，必要的时候，麻烦你抽我两巴掌。"笛拉不免苦笑，"可5000深寻大家不都买地址了吗？像2000深寻的凌兰花那样，应该会很快找到空房子吧。"

"光有地址还不够，"安格有气无力地说道，"囚徒得下车，卷钩子喜怒无常，为了安全起见，到时我们也会直接下潜。"

安格说着将目光投向满脸担忧的革杉，他的目光牢牢锁定自己的父亲，随着飞车越潜越深，金宏更没有醒来的意思了。

"我提议！"前排的南扎在使劲揉脸，都快把五官揉到一起去了，"直接暴打他一顿，彻底打残他，这样就察觉不出金胖子在梦里还想什么了。"

"这是什么话！"东杰叔不认同地绷起脸，"这可是个负责任的小伙子，要不谁还在梦里想着空房子。""是啊是啊，每次都是往死里负责。"南扎一头撞在椅背上。

深寻突然变安静了。

"嗒嗒声没了！"笛拉转过身，快到5000深寻了，但深寻仪上却没出现之前那样连贯的标注线，而是在每个气泡里都浮起一层半透明的云丝，一条接着一条，像是在天空中连起了一条长虚线。

"云层到位了。"说话的橘沁竹无力地趴在扶手上，看着下方。

飞车下出现了一大片泛起微波的云，云层面积巨大，像天幕一样横裹住了整个深寻。悬浮在云片上方的碎石袋无比清晰，但越靠近，越感觉它们正被一片片白色的纤维状物质蒙起来。

"那些就是卷钩子吗？"

轻薄的纤维状物质就像一层层半透明的薄纱，正顺着碎石袋打圈。石袋被一圈圈包裹起来，越裹越厚，直到厚得彻底看不出碎石袋了。被裹成柱状的空房子开始往下落，落到巨大的云片上，一根紧挨着一根，组成了近似山林的壮观景象。

"银灰色的石头山，"吉冰飑说，"连一根草都没有。""卷钩子……"橘沁竹的声音像蒙了一层雾，"是把空房子藏进了肚子里。""它们到底长什么样？"笛拉除了在下方看到飘渺的云丝，并没有辨认出更具体的形状。

"外形上很像卷云，但差别其实很大。"安格看着云，"如果只是普通的卷云，它们是从外界的低空升入的5000深寻，抵达这个高度时，体量已经非常少。遇到风，很容易被吹成笔直、细条状的云丝，它们保持不了卷钩子那样厚重的头部。"

"卷钩子就像蝌蚪。"认真听安格描述的少不了吉冰飑。"但最大的不同还是在这儿，"东杰叔点了点自己的太阳穴，"卷钩子是有意识的。"

随着车队降到石林上方，云丝间飘出一群时虚时实、拖着长长尾巴的卷钩子，它们很快就包围了车队。有条卷钩子顺着扶手爬上东杰叔的肩膀，略粗的腹部像伞面般张开，透明的边缘伸出无数条细小的触须，而伞面中间横穿出一条长长的类似脊柱，却又无比柔软的触角。触角与笛拉的手臂一样粗细，伸出"伞面"，绕着东杰叔的脖子一圈圈往上。

这时，金宏又开始说梦话了，"我知道……"

飞车开始摇晃，醉氧严重的囚徒像无力的人偶，随车摆动着。原本缠绕东杰叔的卷钩子辨识出了金宏意识中的地址，松开东杰叔，缓缓绕上了金宏的脖子。两三圈之后，触须顶端喷出了一团烟雾，一只雾状的交嘴鹏脑袋出现了，它呈半透明状，一双眼睛愤怒地竖起。伞面般张开的腹部，显现出一根根尖利的胸骨，胸骨上穿着腐烂的内脏。卷钩子拉扯着自己的身子——这是把交嘴鹏肢解后，串在一起的怪物啊！

飞车上爬满了这样诡异的生物，伴随着身体的扭动，还能听到骨骼碎裂的动静。而那漂浮的内脏，上面布满了啃咬的蛆虫。

偷话亭和三八云

"啾，啾！"有些交嘴鹏脑袋只有半个，有些还张着已经断掉的嘴巴，它们模样狰狞，不断地尖叫着，声音无比刺耳。

卷钩子长长的尾部也没闲着，它们变成一道道弯起的"锯条"，绕上了飞车间的风筝线。"锯条"上都布满了尖利的"锯齿"，"锯齿"划过每段风筝线，不断发出压迫人心的声响。

"抹了我一脸鼻涕！"南扎的脸被一条卷钩子的触须划过，留下黏腻、透明的液体。

卷钩子并没有因为后面三车是下10000深寻而放弃盘查，当没有感知到空房子后，卷钩子就继续往后。

"嘣！"响亮的动静从5000深寻的头车传出，有段风筝线被割断了。张牙舞爪的"锯条"开始割断更多风筝线，不断有饲养员和囚徒，坐着飞车往下落。

"父亲。"革杉绝望地看向东杰叔，卷钩子正在拉扯他们的风筝线，金宏还是在迷迷糊糊地说梦话。"好好完成你的任务，一定要保护好安格先生。"东杰叔神情坚毅，双人飞车已完全偏向金宏，晃晃悠悠地落了下去。

"石林"上方只剩下往10000深寻去的三辆飞车了，卷钩子的云雾也逐渐散去。正当所有人以为可以离开时，缠在吉冰飑脖子上的一小段触角，明明已经松了，却对着笛拉的侧脸，呼出一团冰凉的气息。

笛拉侧过头，一只逐渐成形的交嘴鹏脑袋，挂在吉冰飑的脖子上。两只发亮的眼睛，还朝笛拉眨了眨。

"嘣！"是连接木箱的风筝线被割断了，三辆飞车猛地往下沉。

"砰！"下沉没多久，身后就传来了一声巨响，笛拉的后背像被揍了无数拳。可这都比不上脚下传来的"咔咔"声吓人，惊恐已漫到笛拉的嗓子眼，螺旋桨全面罢工了！

"啊！"三辆飞车一并往下砸，车队直直地砸进了"石林"。当螺旋桨触及地面，由云片组成的路面弹性极佳，下沉后，又将飞车反弹了出去，飞车翻转着砸在"石峰"上，螺旋桨被悉数折断，好一通翻滚后飞车才停下。

所有人都横七竖八地挂在碎裂的骨架车上，笛拉是最先恢复意识的，她查看了一下四周，卷钩子并没有跟过来。她试着动了动手脚，发现自己并没有受伤，不管是"石林"，还是身下的"路面"，硬度都没有想象中高。

"吉老鼠！看我不揍扁你！"南扎被压在车下，骂完后又大口喘气，"你有地址藏着不说，金胖子附身啊！"

笛拉赶紧将同样压在车下的吉冰飑拖出来，他也没受伤，还有力气朝南扎蹬腿，"我不知道！我怎么可能知道！""那还有谁，这里就你属幺蛾子最多！"

虽然卷钩子是缠在吉冰飑脖子上的，但笛拉一想到它看自己的眼神，手一松，吉冰飑落到了地上，"可能是我。"

吉冰飑一跃而起，又头昏脑涨地摔倒在地，"笛拉，你有地址，真、真的吗？""假不了！"南扎发出急促的鼻息声，"和你一队的哪个正常了！"

"我来之前，看到邻居家的空房子被云网带走了。"笛拉的胸膛剧烈地起伏着，"可我不知道它是被康巴里选中的，我真的不知道。"

"笛拉，"安格一开口，吉冰飑马上爬起来去扶他，"你邻居家的地址……具体地址，你现在能报出来吗？"笛拉捣蒜般点头，"能能能！我家是28号，笛一坎家是……"

"喂！"南扎大吼一声，"你们真的想知道吗？这些卷钩子可只攻击知道地址的人。"

笛拉马上咬住嘴唇，惊恐地打量着四周。

"不知道的人也是等死。"这寒冰般的声音是橘沁竹发出来的，她坐在破损的飞车上，垂着头，左侧的脸颊像是沉在一片阴影里。她的面具掉了！露出一张像被吹皱了的左脸，脸上还布满了针脚，左眼皮耷拉，只能睁开一条细缝，左耳更是可怕地少了一大半，"5000深寻的云，寻声而来，都是有时限的……我们离不开这儿……等它们从 5000 深寻散去……我们会直接掉去 10000……醉氧，不，是直接摔死。"

捡到面具的革杉，站在一座石峰旁，他不知所措地听着橘沁竹这番绝望的话。

南扎立刻从车下钻了出来，气呼呼地冲向革杉，一把夺过面具："走开！找你自己的囚徒去。"

他又气喘吁吁地跑去扶橘沁竹，扶她下车，将面具递给她："醉氧醉得我眼神都不好了，什么都看不清。"

"我们会离开这儿的。"安格一直注视着橘沁竹，脸上也满是震惊，"我们现在就去找偷话亭，我们会回去的。""什么亭？"笛拉小声问道。"没有用的，"重新戴上面具的橘沁竹，精神似乎垮了，"囚徒问康巴里买的，不光是 5000 深寻的地址……还有云码。"

橘沁竹咳嗽着看向笛拉："就算你知道地址，可你能告诉我……空房子主人离开家那刻……他的头顶具体是哪朵云吗？"

笛拉局促地看着大家，"什么，什么头顶的云？你们都在说什么？"

"是这样的，"安格在吉冰飑的搀扶下，努力调整着自己的呼吸，"下了 5000 深寻，购买地址的囚徒得去找偷话亭，那是一种类似于你们外界电话亭的设备。"

"是我爷爷用大鹏的骨头做的。"吉冰飑快速说完，南扎紧跟着"喊"了一声。

安格趁机调整了一下呼吸，"我们得从卷钩子那里，寻回被藏起来的空房子，就必须想办法与它们沟通。而沟通的唯一法子，就是对着偷话亭报出地址，同时再按下云码。"

"云码？""就像是你们外界的电话号码，是康店长以空房子主人离开家那刻，头顶的云编制而成的。"

笛拉勉强听明白了，却只能摇头，"对不起啊，我从来没有看云的习惯。"

"啾，救命……"

天空中飘来一阵及其微弱的呼救声，笛拉一抬头便认出了他，是之前那位在葵娜脚边呕吐的年轻男囚徒，他被一条卷钩子钩住嘴角，拉向天空，半张脸已经血淋淋的，但他的身体却完全不反抗，发出的呼救声也越来越小。

"你可站好了！"南扎一下就扶不住橘沁竹了。笛拉立刻跑去橘沁竹的另一边，用力搀住她。

橘沁竹剧烈地气喘，还不断发抖："卷钩子会模仿自己残缺的样子……将触角伸进他的嘴里，然后，然后再撕破他的面颊，他的……""别说了！"安格一改温和的语气，"我们现在就去找偷话亭，现在就去！"

笛拉和南扎马上架起橘沁竹，她的两条腿已经完全使不上劲了。

"咦，革杉呢？"吉冰飑扶着安格走了几步，发现革杉一直没跟上来，一回头，他还是离得远远的，"跟上啊，你醉氧很严重吗？"

革杉一脸抱歉地走上两步，"对不起，我，我能去找我父亲吗？""没用的家伙！"南扎咒骂了一声。

"去吧。"安格却毫不犹豫地答应了他。革杉重重地向所有人鞠了一躬。

"革杉！"吉冰飑喊住要离开的对方，"等我们找到空房子，就让东杰叔带金宏离开，我们还要继续下10000深寻，我们要一起去找10000深寻的空房子呀！"

革杉痛苦地摇了摇头，"这里不是2000深寻了，藏每袋碎石的卷钩子不一样，就算你们找到了笛拉说的空房子。可金宏，他脑子里还有一栋。那条卷钩子不会放过他的，而我父亲……"革杉又弯下了腰，"我父亲也不会放弃由他负责的囚徒，真的很对不起！"

"革杉！"安格用力拉住吉冰飑。革杉离开了，队伍的气氛变得无比沉重。

"石林"间不断冒出呼救声，笛拉的身体在控制不住地发抖，但心里更多的是愧疚。"对不起，我明明看到一坎叔家的房子被云网收走了，可我只顾着和康巴里吵架。他说得没错，是我太自以为是了，是我害了大家。"

"笛拉……"安格拉长声音，冲她摇了摇头。"即使有飞车……我们也下不了10000深寻。"接话的是迷迷糊糊的橘沁竹，"我一直以为，木箱里录制的嗒嗒声……"

"录制的？"南扎惊呼道。橘沁竹发出沉吟，"那声音，是为了召集云层聚集到5000深寻。我一直以为……这些云层拦截的只是下5000深寻的囚徒，没想到……我听过太多次那声巨响了。"

安格也低头认同，"那声巨响，应该不是什么下10000深寻的动静，就是爆炸声。""爆炸声？"笛拉的后背，此刻还麻酥酥的，"难道刚才是？"

"木箱炸了？"吉冰飑从自己的毛衣上拔下一根拖着毛线的碎木头，"它这会儿就炸，那正常的囚徒是怎么下10000深寻的？""要下10000的……本就是死囚。"橘沁竹的话让所有人都陷入了沉默。

"这么听来！"南扎却显得很是兴奋，"吉老鼠还得感谢那条卷钩子啊。"这回连橘沁竹都忍不住扭过头看他。

"保住了你的屁股呀，吉老鼠！"安格一把拖住吉冰飑，大家笑得很无奈，但队伍的气氛却意外得到了缓和。

"走吧，"安格搭着吉冰飑的肩膀在前方带路，"现在谁都别自责了，我们从那么高摔下来，但这地面的云层却能够把我们弹起来，就算木箱不炸，我也不认为飞车有那么强的动力，能带着我们冲下去。"

"那我们还能下10000深寻吗？"吉冰飑担忧地问道。"不管能不能下，做目前能做的事吧。"安格回头看了眼笛拉，"现在也别去回忆当时头顶有什么云了，你想不起来的。"

"对不起。"看到安格完全没有责怪自己的意思，笛拉更内疚了。"别再说对不起了，天上的云对你们外界人而言长得都一样，换谁也描述不清。但现在，你需要好好回忆一下当时的天气。"安格朝笛拉露出安抚的笑容。

"天气？""你能估计一下，你邻居空出房子时的大概天气吗？是天晴？还是……""是暴雪之后！"这一点笛拉记得太清楚了，"一坎叔，就是我邻居。他是借完钱的第二天跑路的，大雪下了一夜，但第二天就天晴了。"

"很好，"安格用轻松的语气在前面发问，"那温度呢？有印象吗？""降温了，降了有10℃，一下变冷了很多，这我也记得。"笛拉迫不及待地说道。

"那空房子主人离开是在上午还是下午？""是半下午！"笛拉生怕说慢了就忘了似的，"当时积雪影响了路况，我一直到半下午才和我妈妈从工厂回家。一到家就遇到拎包出门的一坎叔，他当时说要出差，回来拿衣服，其实就是跑路了。当时还有太阳，对！我记得我妈妈还说，冬天的太阳一点力量都没有，照在身上都不暖。"

"还有太阳，"安格停住了脚，回头看向橘沁竹，"你怎么看？"橘沁竹微微匀了口气："暴雪……那就是大面积的雨层云……下了一夜温度又骤降，云层肯定会被抬升，就会变成高层云……但第二天有阳光，又是大晴天……"

"那就是万里无云啊！"吉冰飑先一步喊了出来。南扎将拳头握得"咯吱"作响："吉老鼠，现在是推无云的时候吗？""是万里无云啊。"吉冰飑为难地挠了挠头。

"说得没错，推云的水平都比得上飞灵师了。"安格鼓励似的拍了拍吉冰飑的肩膀，这让小朋友欣喜若狂，"可惜咱们春城人过不了万里无云的日子。笛拉，当时有风吗？还记得吗？"

"没有，肯定没有！"笛拉看着惊讶的众人，"下暴雪的夜间，风就停了，晚上10点左右吧，外面静悄悄的，主要是我的内心非常平静，与我妈妈在一起的时候，很少有这种感觉，我一定不会记错。而且这种感觉持续了好几天呢，直到我妈妈工厂放假，回来后，她就整天盯着我写作业了。"

安格的眉毛微挑了一下，点了点头："那很可能是夜里冷锋就过境了。"

"大概率是有卷云，"橘沁竹疲惫地说道，"但卷层云、卷积云，只要是高云族的云，就都有可能，而且还会出现晕现象。"

"那就把目标锁定为高云层的云，晕现象作为参考项。"安格果断下了决定。"这样搜寻，范围不会太大吗？"橘沁竹面露不安，但好像也没有更好的办法。

"只是笛拉……"笛拉立刻从听不懂中回过神，看着安格："你问，只要我记得。"安格弯起眼睛，"这回不用再回忆什么了，只是找到了偷话亭，还得麻烦你认真听一下。""听？"

"石林"上空突然响起了碎石滚动的声音，有座石峰像陀螺般转动着出现在天空，裹在上面的"薄纱"被一个越变越大的团状云吸走了，彩色旋转的碎石袋逐渐显露出来，一条卷钩子正从碎石袋背面爬出来，分散的器官正在慢慢重组，逐渐有了交嘴鹏的形态。

雾状的卷钩子显得愤怒异常，透明的身体时虚时实，"石林"间充斥着它的尖叫声，它不肯把网袋从它断裂的爪子下放开。但当那团云慢慢靠近它时，卷钩子却有了安静下来的迹象。

"三八云会说服卷钩子的。"橘沁竹说完感觉到了身旁的疑问，用脚在地面上蹭了蹭，"嗒嗒声召集的云也叫三八云，等我们找到偷话亭……得先通过偷话机里的嗒嗒声来与它们沟通……三八云是往年释怀后的卷钩子，它们能成为我们与现在卷钩子之间的中间人，因为它们不光清楚空房子地址，更清楚卷钩子真正想要的东西。""真正想要的？"笛拉疑惑道。

此刻，天空中的三八云团在不断变大，像个巨型的肥皂泡。当卷钩子残缺的身体触碰到云团时，云团并没有破裂，而是慢慢变大，仿佛能将整只卷钩子吞噬进去。

"卷钩子总想证明自己不比飞回春城的大鹏差，所以……它们总想要得更多，总想更进一步……想要说服它们……不光要空房子地址……还要……还要空房子主人现如今的居住地址。"

碎石的滚动声像打雷一样，在笛拉的脑门上方震了一下。天空又有石峰转出，笛拉的左右眼皮轮番跳动，但还是把"不可能""没人知道一坎叔现在住哪儿"统统都咽回肚里。她故作镇定地重新抬头，之前那团云，已经彻底将卷钩子裹了进去。碎石袋从残缺的爪子下脱落，空房子很快便从"石林"间建起，是一栋巨大的别墅，灰蓝色的斜屋顶，搭配米白色的横条状木革板，房型端庄优雅。

"啾啾"的声音在5000深寻响起，飞鸟送信儿带着空房子冲向天空，而裹进气团的卷钩子开始愤怒地扇动翅膀，但越扇，气团外壁却越厚。透明的气团很快就呈现出了浓重的乳白色，气团还在膨胀，像云一般扩张，开始往下沉了。

随着云团下沉，脚下的云层像波浪般滚动起来，大家都努力站稳。

天空中，5000深寻的第一栋空房子被送信儿带走了。

"大家蹲下……一些走路。"每当"啾啾"声靠近时，橘沁竹都在努力提醒，"没有察觉到选定空房子的卷钩子……没有那么愤怒，飞不到太低……大家可以避开它们。"

天空不时垂下卷钩子的尾巴，所有人根据橘沁竹的提醒，弯下腰走路，这一路还算顺利。除了看到倒在血泊中被肢解了的囚徒们。他们活不了了，却还在张动嘴巴，嗓子里发出听不懂的呻吟，像是在求救，更应该是在喊疼。每当看到这一幕，笛拉都会下意识地闭上眼睛。幸运的是，那条将大家卷下5000深寻的卷钩子，一直没有出现，但所有人都不敢放松警惕。

路过一个山谷时，有位只穿了一只皮鞋的囚徒正捧着一团沉在掌心的云走来。他不断乞求着："飞啊，飞啊。"

"他找错了。"橘沁竹说完又重重地垂下了头，其他人的状态都有所好转，都在适应5000深寻。唯独她，灵魂与肉体在不断脱节，身体素质够不上，全靠意志力顶着。"这里没有与那团云对应的空房子……三八云是先将空房子地址……与碎石确认。石头认可后，会激动地旋转……三八云才会兴奋地飞起……遇到选中的，才会有机会当着卷钩子的面与碎石确定现如今主人的居住地……而飞不起来的三八云，就是没有听众的，不管是选定的，还是没选定的空房子……这里都没有……那是不对的三八云。"

这时石林间传来了"咚咚"的撞击声，橘沁竹咬着牙再次提醒，"这条卷钩子很愤怒……飞得很低。"

"石林"间已腾起浓重的水汽，一只卷钩子几乎是贴着地面朝他们迎面扑来，所有人躲闪不急。

"这儿！我在这儿！"山谷的一侧突然传出喊声，有位小棉靴族站在一个转角处挥手大喊，"我知道你要的空房子地址，来啊！到我这儿来！"

卷钩子立刻调转方向，腾飞起身子在"石林"间横冲直撞，向着小棉靴族奔去。

"他真知道地址吗？"笛拉惊恐未定。"他救的是自己的囚徒。"南扎回头寻找，那位找错云的囚徒已迅速躲了起来。

"一般囚徒都会告诉棉靴族地址……遇到危难的时候……""还能帮着转移卷钩子的注意力。"南扎迅速接过橘沁竹的话，重新调整了一下扶橘沁竹的姿势，"也就金胖子瞎好心，不说不说，逞什么能。"

"不知道革杉他们怎么样了。"吉冰飑担心地说道。"我们还是尽快吧。"安格提醒道，"这个方向应该就有偷话亭，抓紧一些。"

大家以更快的速度在"石林"中寻找，这回没走多远，在一个下凹的拐角处，有一个用柱子支起的房屋状木盒，木盒做成了空房子旅店的屋顶造型，上面细致地铺了用木头做的小牛舌瓦。屋檐前长后短，延长的部分，刚好将偷话机罩在里面。

往偷话亭去的那段路面凹凸不平，上面都是一些软硬不一的泡沫状物质，而偷话亭的柱下，更是沉积了一大堆像是凝固的橡胶一样的东西。

南扎将橘沁竹靠在偷话亭旁，偷话亭的侧面，还用红漆写着"啾，啾"两字。

"你可以先擦一擦。"橘沁竹双手扶膝，叮嘱笛拉拿起听筒。

偷话机与台式电话差不多大小，但外形却完全不同。尤其吉冰飑之前说过，偷话机是用大鹏的骨头做的，这听筒就是一根细长的棒骨，两端凹凸不平，上面还扎了很多小孔，听筒下端的小孔上浮着一层白棉状的物质，用手一拂，就融成了水渍。

"输云码的时候，你就报地址。"橘沁竹提醒道。

笛拉注意到本该刻数字的小圆骨键上都刻着不同形态的云，3×3 的排布，最下方还有个空白键。

"安格。"橘沁竹示意安格去按云码。但安格却退后了两步："还是你来吧。"橘沁竹睁着浮肿的眼皮，就算神志不清，她的倔强还在："我不需要你的同情……我还要下10000深寻。""那是当然，"安格顺应地说道，"可我毕竟是自由定云员，推云码这种考验基本功的事，我还挺担心的。"

"真的吗？"吉冰飑一脸不信地望着安格。南扎则非常用力地拍了拍手，"快点吧，谁行谁上，反正咱们都要下10000深寻。"安格向南扎竖起大拇指，也示意橘沁竹抓紧。

天空中又建起一栋空房子，比之前的米白色别墅体量还大，通体都是深褐色，外立面上开着大小不一的玻璃窗，有些鬼屋的感觉。

橘沁竹明白拒绝无意义，便扶着偷话亭来到笛拉的右手边，颤抖且用力地按下一连串云码，骨键不断撞击偷话机底部一大块带有裂纹和血渍的骨骼，那应该是大鹏的胸骨吧，发出的声音与之前的"嗒嗒"声一样。

"飞跃各个高度的骨骼声，会扰动云层。"吉冰飑在后面激动地说道。

偷话亭和三八云

笛拉则用最清晰的声音报出，"清潭市新方区南古村 27 号。"

橘沁竹按下最后一个空白键，脚下的路面就开始传出"咕嘟"声，随着声音加大，地面像波浪般滚动起来。路面下方开始出现一些光斑，光斑在逐层往上渗透。

安格一把拖走吉冰飚，"其他囚徒锁定的三八云范围精准，但我们锁定的范围太大了，往下去的三八云多到影响了路面。"

安格又拉了一把南扎，脚下的光亮发出"啵"的一声，原本站立的位置出现了一个漏洞。

笛拉将听筒凑到耳边，里面都是"呼呼"的风声。

"你得认真听，三八云是一群很有意思的家伙，它们叽叽喳喳，吵个没完……但只要发现有人愿意听它们讲话……不管多高多远，都会飞奔上来……然后顺着听筒流出来。"橘沁竹指着两人脚下的泡沫，"木箱里的声音只是召集起了一部分三八云到 5000 深寻，但它们会按照云码和地址，帮你找到你要找的云，只要你认真听，它就会从听筒里流出来。"

可听筒里传来的还是风声，笛拉不由担心："要是三八云根本没有听到呢？空房子主人压根都没说自己要去哪儿呢？""康店长是不会选择这样的空房子的房子，"橘沁竹对此很确定，"只要是选定的房子，云码和地址就足够找到那朵三八云了。""可那位扔鞋的囚徒？"笛拉不自信地问。

"当然了，这事也不能打保票……"橘沁竹疲惫不堪，"三八云非常会捕风捉影，关注了太多别人的事，就容易搞混自己的事。而人，更是如此……但你要相信，只要是选定的空房子，只要你足够专注，就一定能确定那朵知晓一切的三八云。"

"你家孩子回来过年……"

"有声音了！"笛拉举着听筒，浑身都起了鸡皮疙瘩。橘沁竹吃力地扶住膝盖，"有一些三八云会围绕你邻居家的事说个不停……你要听的就是这些，找到你邻居现如今的居住地……好好听着,听得越仔细越好。我们锁定的范围太大了,你会听到比其他囚徒多出很多倍的声音……你要做的,就是不断搜索……等确定好了,就不断地听,不断地听……"橘沁竹疲惫地滑向地面,说这些话已经快把她的能量耗尽了。

笛拉一只手紧紧抓着听筒,除了吵吵嚷嚷的人声,还能感觉到自己的心跳,但笛拉不敢走神,她努力听清每一个字,稍有机会就将听筒压得更紧。

"我家儿子今年29了,就是不肯结……""不对!""今年没赚到钱,就附近旅游……""不对!"

笛拉更用力地压紧听筒。

"现在过年一点气氛都没有,不烫猪头,不腌……""不对不对!"

"不要着急。"橘沁竹拉住笛拉垂下的手,比之前更凉了。

"过年请客吗?请多少……""会不会去他老婆家了?笛一坎不是离婚……"

"对了!"笛拉激动地简直要蹦起来。

"好好听着。"橘沁竹想松开手,但却被笛拉用力拉住。"你别睡啊,我会找到的,我们会回春城的。"笛拉努力抓住这一点点的信心。

"赌场,去找过了,没有……""笛一坎的父母躲去哪……"

声音一点一滴地涌进笛拉的耳朵,她的脸颊不断触碰到冰凉的东西,白色的团状物源源不断地从话筒下方流出,温度非常低,笛拉很快就打起了哆嗦,但还是用力压着耳朵,不错过任何声响。随着听到的声音越来越多,笛拉的一侧脸颊都快被涌出的云团冻僵了,神经也在胀疼。

"别踩那些泡沫,它们太软,会掉下去的。"安格在提醒试探的南扎和吉冰飑。

笛拉依旧集中精力听着,都是在找笛一坎的声音,但唯独没有确定他在哪里的。"拜托拜托。"笛拉已不知耗了多久,嘴唇都冻紫了。

"喂？"

笛拉的大脑抽搐了一下，声音太难听了——是毒嗓子！

可橘沁竹已没了反应。

笛拉更用力地压紧听筒，循着"毒嗓子"的声音不断往下听——"找到了……在哪里？武宁区溪湖小镇，那个拆迁区吗……"

笛拉想到了之前凌兰花报的地址，更用力地往下听。

"他躲那儿干嘛？手里莫非还有资产能拆迁……什么，住在工棚里！当拆迁工人！年假期间三倍工资……开什么玩笑，他是影帝诶，这种屁话你们都敢信，他肯定又在那儿装可怜，好好看着他……对对对，我马上就过来，别再让他遁地了……亲娘啊，当拆迁工人还债，这债得还到猴年马月……"

一团凉凉的很有质感的云团，推着笛拉的脸颊离开了听筒。笛拉松了听筒，两手一接，一团宛如年糕状的云团落到了掌心。笛拉半张脸都冻僵了，但还是歪着嘴笑了。

"当心橘沁竹！"安格在身后大喊。

一旁的橘沁竹已经迷糊，在笛拉松手后，往左一倒，沉进了已没到笛拉膝盖处的云泡沫。笛拉直接把云团抛了出去，蒙头扎进云里，橘沁竹顺着身旁的漏洞掉了下去！笛拉在慌乱中拽住她的一条腿，两人一并探出了松软的云层，笛拉拼命用脚钩住云片，深寻像会波动一般，往更深处涌动了一下。

"噢！"笛拉惊恐地吸了口气，"我拉住你了。""放手，"橘沁竹已落出5000深寻，用最后的力气在与笛拉说话，"告诉安格……我输了。"

"什么输不输的！诶！"笛拉身体也在往下滑。"放手，我回不去了……卷钩子……把我变成了怪物……"

"你才不是怪物！"笛拉更用力地抱住橘沁竹的腿，但她已不敢大声说话，"还没到放弃时候，我们会回春城的。"

"我来了，坚持住。"南扎突然从不远处的云层里钻了出来，他吊着手臂，抓着云，凭借强大的臂力，一点点从5000深寻下方移了过来，但云层松软，看着随时有塌掉的可能。

"你当心啊，千万别掉下去。"笛拉咬着牙说道，她急需帮助，已经快拉不住橘沁竹了。

这时，吉冰飑也远远地探出脑袋，但他又忽地上去了。等下一回出现，又离笛拉近了点，他臂力不够，只能用在云上摸索的办法爬过来。

"笛拉，坚持住！"是安格的声音，"云团飞起来了。"

笛拉更用力地抱住橘沁竹的脚，南扎终于来到笛拉身边，翻上云层，一同拉着近乎昏迷的橘沁竹往上去。这时，吉冰飑也在云上抓住了笛拉的脚，一起拖着往云上钻。原本浮在表面的云泡沫与路面发生了凝固，大家顶着越来越沉的云团，费了好大劲才探出头。

"别乱动，云层还站不住人。"安格身体重，没办法靠近。他盯着转来头顶的碎石袋，三八云在不断吸走裹在外面的云丝，"奇怪了，卷钩子没来？"

笛拉迅速抹掉眼周的云泡沫，失望像尖刀一样刺向她冻伤的脸部神经。

"它没有……"笛拉头痛得想哭，"这栋空房子，没有颜色！"

不一样的卷钩子

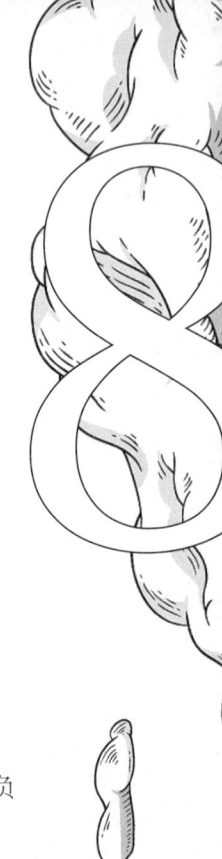

"没有颜色?"

南扎不顾云层松软,一脚深一脚浅地走去敲打碎石袋。"这也太欺负人了。"网袋里的石头,打着哆嗦挤在一起。

"费了那么大劲,地址也找对了,居然不是选定的!"

整袋石头都在瑟瑟发抖,笛拉心里无比失望,却也没法责怪这位怯懦的"邻居",它一直就是个"受害者",不管在外界,还是在意识轨道,它都是被无辜牵扯进来的。

"卷钩子是绕在我脖子上的,"吉冰飑的话充满了担忧,"笛拉的地址不对,那我是不是真忘了什么?"

石林间突然传出一阵抽鞭子的动静,南扎惊恐地往回跑,空中飞转出一袋碎石。

"有颜色!"笛拉惊呼道。

"咚"的一声,彩色碎石直接将黑白石头撞了出去,网袋悬在半空,彩色石头变得非常活跃,砖块开始垒叠,数不清的碎石落向地面,但奇怪的是,碎石像是陷进了云里。云层上并没有盖起常规的房子,只留下几根柱状的不锈钢管,猛地扎进地面,"叮叮当当"地搭起了一个简易的梯形框架。数不清的玻璃碎片将框架包裹,裂纹逐渐消失,一个钢结构的玻璃入口出现了。

"这也叫空房子?"吉冰飑和南扎像跑圈一样,围着玻璃入口打量。

"刚才不是有一大袋石头吗?都去哪了?"笛拉扶着橘沁竹走上两步,紧闭的玻璃门内,是往下延伸的楼梯。

"吉冰飑!南扎!"是东杰叔的声音,还是从顶上传来的。

天空中,一段由三辆双人飞车组合而成的飞车队,正冲着大家的方向驶来。东杰叔用力挥动手臂,革杉和金宏也都坐在上面。"大家都好吗?"

车队稳稳地落在"玻璃入口"的一侧,一触地,飞车便歪七扭八地翻倒在地,连接车队的居然是条卷钩子!

"不用担心。"东杰叔一脸兴奋地跳下车,"这条卷钩子很不一样,它不会伤害大家的。"

卷钩子放下飞车后,又变成一条拉长的"蝌蚪",微展腹部,缥缈的云丝搭上了每个人的肩膀。

东杰叔大步向安格走去,"实在抱歉了,革杉这孩子居然丢下你来找我!"革杉也从飞车上下来,耷拉着脑袋,看起来是被东杰叔训斥过了。虽然个头高大,但也不过是与笛拉年纪相仿的男生。

"他一定帮了您不少忙吧。"安格大度地说道。"你这么说,我就更惭愧了,"东杰叔满脸歉意,"真正帮忙的根本不是我们,而是这条卷钩子!"

卷钩子正在逐一盘查,但碰到人就散开了,唯独缠上吉冰飑后,柔软的身子像蛇一般往下绕,还有种越缠越紧的意思。

"吉冰飑,放轻松,它不会伤害你的。"东杰叔似乎已非常信任这条卷钩子了,而吉冰飑的下半身,很快就被绕成了茧蛹状。

"一下飞车,它也是这样缠住金宏的,但完全不伤他,还挥着尾巴,暗示

不一样的卷钩子

我跟它走。可我哪明白那是什么意思，还用力抽了它好几鞭，但它只挨打不还手，我还从没见过这样的卷钩子。"

"我知道了！"南扎手舞足蹈起来，"吉老鼠！这条卷钩子还真是为了保护你的屁股！"

笛拉也发出惊叹，当卷钩子的触角绕上吉冰飑的脖子后，一下喷出了两个雾状的交嘴鹏脑袋。

"你还没认出来吗？"南扎又叫又嚷，整个"石林"都回荡着他的声音，"它们是你的小交嘴鹏啊，那两只被各砍了一边翅膀的小交嘴鹏啊！"

"小交嘴鹏？"吉冰飑一声轻唤。

卷钩子散开了，云雾间飘出一根洁白的羽毛，吉冰飑急忙伸手托住。

"一定是你那只断翅鹏给的，它当时不是掉下去了嘛，后来它又飞上来了，一来一去，肯定是找它兄弟去了！"

笛拉盯着"神算子"南扎，身边的橘沁竹都被他吵得有了些精神，又开始发出咳嗽声。

吉冰飑盯着断翅鹏的羽毛，一句话都说不上来。

"原来是这样。"东杰叔很是欣慰，"这两只大鹏活着时就不一样，现在变成卷钩子了，不光保护金宏，还帮我们收集飞车。如果不是中途与别的卷钩子打了几架，我们还能更快一些找到大家，但已经很走运了，这两只小交嘴鹏帮了大忙。"

如云丝般的小交嘴鹏围着吉冰飑打转，吉冰飑开口询问看不出模样的它们，"你们真的是小交嘴鹏？真的是你们？"

轻柔的身体穿过吉冰飑的手掌，它们彻底放松了，像是围着吉冰飑在撒娇。这时，林间传来一阵惨烈的叫声，卷钩子瞬时聚起带"锯齿"的尾部，直直地刺向天空，所有人的心都提了起来。

"还是尽快离开吧，"东杰叔提醒道，"5000深寻不安全，三八云随时可能会散去，必须赶紧把大鹏唤下……南扎！"

南扎已悄悄走去飞车边，捶了金宏好几拳，"在低云层，我就是这么叫醒他的。"

"金宏快氧中毒了，一点意识都没有。"东杰叔上前拖走他，"你这样会把他打死的。""可他这样没法开门呀，这房子就算浪费了？"南扎说完，发现所有人都望向橘沁竹，她一下泄了气，知道下不去了。

"橘小姐，"东杰叔拖着南扎走向笛拉和橘沁竹，"金宏这样子是没法开门的，空房子感受不到他的意识。但……5000深寻的空房子会比2000的成熟很多，只要你愿意打开它，你了解的，它肯定会是一栋能通过检测的空房子。"

可笛拉向东杰叔摇了摇头，橘沁竹一点反应都没有。

"笛拉，"转了一圈的安格也过来了，"在外界，这栋房子怕是很厉害吧？"笛拉不清楚安格的葫芦里卖什么药，"估计，是个地下商城的入口吧。"

"商城！"南扎一把挣脱了东杰叔，"是很大、很巨大的意思，对吗？""我是……不会按的。"橘沁竹带着强烈的气喘说道。

笛拉有些责怪地望向安格，这样的解释只会让倔强的橘沁竹更加抗拒。但安格却显得很有把握，还嘱咐东杰叔去重新编排飞车，"准备四个下10000深寻的位置就可以了。"

"那这座商城算我找到的吧！不能反悔啊！上了低云层肯定能通过检测吧！你们能保证……"厚脸皮的南扎被东杰叔拖走了。

安格则上前一步，半蹲在橘沁竹面前。

"我说了……我不会开的。""是吗？"安格温和的语气中透出一丝失望，"我还以为，你能明白呢。"

橘沁竹身体颤动了一下，僵着脖子抬起头："你到底想说什么？""我原本以为，你肯定会比其他人更懂它们呢。"安格将目光转向两只小交嘴鹏的方向，"你也受过伤，很严重的伤。我以为，你一定会比其他人更明白，它们在地狱里升太阳，到底是用了多大的力气。"

"地狱里……升太阳，"橘沁竹紧绷的脖子又垂了下去，转而提起手臂敲向自己的面具，发出一阵令人心颤的"铛铛"声，"你怎么知道我不明白……受伤后，我的脑子里就像被融进了滚烫的油……它们每时每刻不在折磨着我……我从没想过，有一天……连挽回正常的理智，都需要花费那么大的力气……"

安格听着轻叹了一声，"其实按原计划下5000，已经足够你去硬块旅行社了吧。"

笛拉惊讶地望向橘沁竹，她只用下5000深寻吗？

橘沁竹咳嗽起来，"你知道？""其他四家旅行社你都去过了，就差硬块旅行社了。我之前也读过你的采访，你说过，硬块旅行社的首席定云员一职，是你人生最重要的目标。"

"那你一定觉得很可笑吧，"橘沁竹带着浓重的鼻音，"把自己搞成这样，追求的不过是一个被你拒绝了太多次的职位。""可笑？"安格垂下了头，"真正可笑的人应该是我吧！你可以为了你的目标，一次次地下深寻，付诸行动。而我，却天真地寄希望于抗议……我已经给自己找了太多年的理由了。""所以你是把自己说服了？"橘沁竹带着气喘追问道，"这才放弃2000，硬要下10000？"

笛拉倒抽了一口气——安格竟然只用下2000深寻！

"我从没见过硬块旅行社会那么看好过一个脱靴者，他们说你是全春城最好的定云员，不断许你首席定云员的职位。可你却一再拒绝，你知道我心里有多愤怒，有多不服……无论如何都要赢你一次……"橘沁竹激动得浑身颤抖，却又瞬间散了劲，"算了……你哪里可笑……我想我已经猜到你要做什么了……比起你要做的事情……我才真是一个盲目可笑的人。我收回我的话……之前说低云层，说这些孩子是垃圾的话……"

迷失的空房子

笛拉见安格搭在膝盖上的手攥成了拳头。

"他们很出色，只是缺少机会……你完全可以相信他们。"安格抬起了头，眼里又含有笑意了，"是不辜负他们才对吧。""辜负？"橘沁竹从喘气变成了叹气，示意笛拉将她往前扶，她愿意打开这栋小交嘴鹏找到的空房子了。

橘沁竹用力推开门，南扎冲着下斜的入口，大喊完"啾啾"。车队已经重新编排，笛拉将橘沁竹扶上飞车。橘沁竹和金宏坐在一辆双人飞车上，而南扎和东杰叔将自己绑在车后，另两辆双人飞车都留给了下10000深寻的成员。

"螺旋桨已经没有动力，"橘沁竹询问替她绑安全带的安格，"你们该怎么下去？"安格将目光转向吉冰飑，他还在逗他的小交嘴鹏，时而站着、时而跳起，云丝一样的小交嘴鹏落不到太低，总是往上浮。

"地狱里的太阳，是很明媚，"橘沁竹拖着疲惫的声调，"可要升起它的人呢？只会一天比一天难过吧！""有什么办法吗？"笛拉担忧地问道。

安格指了指她找到的那团云，随着时间过去，云浮在空中，有些发软下沉，"这个形态的三八云，只能接纳听懂它说话的同类进入。""同类？"笛拉好像明白安格的方法了，"你是想让小交嘴鹏带我们一起进入云团，然后沉下去是吗？"

安格点了点头，并向飞车上的人示意了一下："我们春城见吧，吉冰飑！"吉冰飑听到安格的喊声，交代他的小交嘴鹏别乱跑，一脸笑容地过来了："它们真是我的小交嘴鹏，真的是。"

"我们得下10000深寻了，"安格让自己的语气轻松自然，"不过，得和你的小交嘴鹏一起下。"吉冰飑瞪起了眼睛："您要带上它们？""是我们需要它们，"安格的语气非常诚恳，"飞车目前没有动力了，我们要下去，必须靠三八云的外壁保护，但要进去，又得靠小交嘴鹏的帮忙。"

"您想怎么做？""能把这根羽毛借我吗？"吉冰飑完全没有犹豫，就将断翅鹏的羽毛交给了安格。冰凌般的白色羽毛已经被溶解得很不完整,安格让革杉把鞭子往上绕。

"您是希望它们带上这根羽毛,把我们带进去?"吉冰飑看明白了,但边说边摇头,"安格先生,它们现在什么都叨不起来了,连我的手都碰不到。它们已经找来了空房子还有飞车,现在就像雾一样轻,我想它们已经没有力量了。""力量是可以再生的,"安格平和但坚定地说道,"绝大多数卷钩子的力量来自于愤怒,来自不甘,但你的小交嘴鹏与它们不一样,它们有不一样的力量来源。"

"不一样?"吉冰飑的神情却黯淡了下来,"安格先生……那这回……这回又会变成什么?"吉冰飑红了眼眶,"进入云团之后,下沉之后……它们又会变成什么怪物?"

安格立刻神情严肃,"它们不会变成怪物,现在也不是。下沉之后,它们会变得和普通的云一样,活得非常热闹,还总有一大堆聊不完、吵不完的新话题。""三八云吗?"吉冰飑急声问道,"可这算……这算好事吗?这算没有烦恼吗?"

"烦恼还是有的,"安格冷静地答道,"它们飘来飘去,会变得有些琐碎。所以到时,它们再谈不上有什么大目标、什么飞跃云层、超越别的大鹏,这些想法统统都不会有了。它们会重新过一种,一种对什么都好奇的生活吧。"

吉冰飑不确定地看向笛拉,又看向革杉:"我还是不明白,这对它们来说到底算好还是不好?它们那么想飞回春城,现在却……"

"不如……"安格将绕好后的羽毛交给吉冰飑,"让小交嘴鹏自己选?"

吉冰飑却并不情愿。"吉老鼠,你还想不想下……"南扎被东杰叔捂住了嘴。

吉冰飑最终还是接过了羽毛,在所有人的注视下,拖着缓慢的步伐走到空地上,再次看了眼安格,又看了眼手中的羽毛,这才缓缓仰起脖子:"嘿!"

迷失的空房子

云雾样的小交嘴鹏立刻飘了过来。吉冰飑极度缓慢地抬起手中的羽毛："我来把它还给你们。"小交嘴鹏似乎感觉到吉冰飑要离开了，立刻将他围了起来。

"你们是听得懂的，听得懂的对吗？"吉冰飑盯着看不出形状的云雾，"可为什么……为什么在飞跃漏光云的时候……我告诉过你们时间不对，告诉过你们要等，等合适的云出现，等合适的光出现，可你们硬要往上冲，结果……"

卷钩子的颜色似乎比之前白了些，吉冰飑在云雾间看向安格，抬了抬手，好像是手中的羽毛被带动了。安格向他点头，鼓励他继续往下说。

吉冰飑吸了口气，更用力地绷直手臂："如果你们真的听得懂，真的能明白，那我现在就告诉你们……这回时间对了，你们不需要再等了，有一团合适的云，它就在这儿。"

飘渺的云丝里，开始浮现出断裂的骨骼、残破的内脏，两只各断了一条翅膀的小交嘴鹏模模糊糊地出现在了吉冰飑的正前方，它们重叠着身子，重组身体是那么痛苦，但小交嘴鹏的眼里却带着喜悦、带着迫切，更带着令人心碎的信任！这让吉冰飑垂下了头，握着羽毛的手臂也垂了下来。

笛拉看到吉冰飑的肩膀在抖动。

"我只是喂了你们几颗松子，你们就那么相信我吗？"山谷间传出吉冰飑的低吟。

再次抬头的吉冰飑已经哭了："可我在骗你们啊！这回迎接你们的云，根本不是带你们飞跃，而是往下沉……对不起，真的对不起啊，让你们变成了卷钩子，变成了别人嘴里的怪物！没做好的是我，却让你们那么痛苦……"

两只小交嘴鹏张着嘴，风沙打磨着它们脆弱的喉咙。小交嘴鹏轻轻挤过吉冰飑的脸颊，它们在替他拭去泪水。小交嘴鹏又猛地飞高，在吉冰飑的头顶悬飞两圈后，再次向吉冰飑猛冲而去。这回，它们分开身体，用彼此的伤口，从吉冰飑下垂的手里夹住羽毛，带着羽毛向三八云飞去。革杉冲过去抱住大哭的吉冰飑，迅速跑回飞车。

笛拉与安格已在后排坐好，两只小交嘴鹏扇动各自的一条翅膀，飞车被拖离地面，云团像充了气的气球，迅速膨胀起来。

"啾，啾……"南扎的大鹏飞下来了，很多条卷钩子都向它飞涌而去。可大鹏只是飞扑翅膀，便无比轻松地将这些"宿敌"拍得粉碎。

此起彼伏的"啾啾"声充斥着笛拉的耳朵，两只小交嘴鹏仰头看着南扎的大鹏，笛拉能想到它们的目光有多灼热、内心有多期待，但小交嘴鹏还是掉转方向，扇动翅膀坚定地向云层沉去。

"吉老鼠！要活着回来！"

南扎的大鹏原地飞扑了好几下，终于带起飞车，缓缓地往上升，而透明的云壁在小交嘴鹏的扇动下，开始出现洁白如米粒的物质，颗粒物越变越大，逐渐形成絮状。飞车开始往下潜了，垂下的双脚能明显感觉到一股往上顶的阻力，是三八云在挤过云层。小交嘴鹏不断挥动翅膀，让三八云不被云层融合。但每扇一下，笛拉都能清晰地听到爆破声，那是骨骼和内脏在不断地爆裂，小交嘴鹏的身体像发泡了一样肿胀起来。

吉冰飑不断抽泣："不能再挥了，它们真的会死的。"安格却指着变厚的已遮住了不少光线的三八云壁："吉冰飑，这个云你一定认识，告诉我它叫什么？""絮状，絮状卷积云。"吉冰飑哭着答道，当他看到有只小交嘴鹏的翅膀从身体分离了一半，痛苦地抱住了自己的头。

"它有多高呢？好孩子，赶快告诉我。""6、6000深寻！""把背挺起来，你得更坚强一些，才能当定云员的助手。"

吉冰飑的抽泣顿时像卡碟了一般，满脸泪珠地回过头，"安格先生，我、我不见得能通过之后的踩云测试，成不了高云层人，我是没法给您当助手的。"

笛拉也红着眼睛望向安格。只见他胸口起伏："如果低云层就要建立新创社，创办属于低云层的第六大旅行社，为什么还要通过踩云测试？"拉着鞭子的革杉也回过头，震惊冲淡了他脸上的忧郁："安格先生，您在开玩笑吗？"安格笑了："革杉，如果你能通过踩云测试，你想离开低云层吗？"

革杉怔住了，随后缓慢但坚定地摇起头："是父亲希望我能脱靴，他总希望我能有更好的生活，可我不认为在低云层过得不好，我不想离开我的家人。"吉冰飑也马上瘪下嘴："我也不想离开我爷爷，要是我离开了低云层，他、他就只有一个人了。"

"可你别忘了，你是因为抗议建立新创社才下来的！而且、而且东杰叔之前不也说没成功过吗？"笛拉不明白，这一点为什么现在要由她一个外界人来提醒，这难道就是安格下10000深寻想做的事——创办第六大旅行社？

"如果让一群把新创社当实习、当体验的人去申办，肯定不会成功，但换成是棉靴族，"安格的眼里闪着激动的光芒，"就不一样了。""可棉靴族不能买空房子！"笛拉又提醒道。

"安格先生，"吉冰飑又难过又兴奋，"您是不是已经安排好购买空房子的人了？"笛拉吸了把鼻子，"不会是康……"

"是一位高云层人。"安格喘着气打断道，空气中的含氧量在不断升高，"是一位老朋友。""一定是之前，您帮他的旅行社飞跃两个云层高度的新创社社长，对吗？"

笛拉和革杉，甚至是安格，都意外地望着吉冰飑。

"您在《云朵采集大赏》的序言里提到过，脱靴那年，您为一家新创社定云，帮助那栋从2000深寻找回的空房子，飞跃了两个云层高度……当时新创社在那个高度就被硬块旅行社并购了，那位社长一直对最后没能飞跃第三个云层而感到遗憾吧。"

安格低头笑了："吉冰飑……你记得可真清楚。""可他的钱能买得起10000深寻的空房子吗？"吉冰飑小声问道。

"买得起，"回答的是革杉，"是我父亲说的，10000深寻的空房子与另外两个深寻的很不一样，它们是天空中最孤傲的石头……它们只服从找到它的人，其他人没法给它定价，但它……却可以为找到它的人撕掉标价。"

"撕掉？免费赠送的意思？"笛拉见安格点头时身体往前栽，一把拽住他的外套猛摇起来，"现在可不能睡，你们一定得找回10000深寻的空房子！一定！"

安格感谢笛拉没扇他，强提精神敲了敲椅背："吉冰飑，告诉我，变成什么云的时候，就证明我们已经靠近10000深寻的底部了？"

"絮状卷积云会变成高层云……高层云又会变成高积云。"吉冰飑的声音开始变得机械了。

"吉冰飑！你也不能睡啊！"笛拉大喊道。"高积云长什么样？"安格再次蜷缩起来，膝盖顶着眉心发问。

"什么样？"吉冰飑抬起头，有一只小交嘴鹏的翅膀融进了云壁，三八云迅速发生收缩，原本像纱布般的云层，薄厚不均地凝聚起来。飞车像钟摆一样，在三八云里乱晃。另一只小交嘴鹏一边挥动翅膀，一边回头看吉冰飑。笛拉不忍看它的眼神，只能低下头，听着吉冰飑有气无力地说道："就像打翻的、装棉球的罐子……"

"吉冰飑！"吉冰飑昏倒在革杉的肩上。

"我的头也快裂了，有人在我的眼睛里砸钉子。"但革杉还是竭尽全力地拉住鞭子。

"大家坚持住啊！"笛拉不断给他们鼓劲，"马上就要到10000深寻了，再坚持一下！"

此刻的三八云，就像一块块凝固成型体积不均的蛋清。空气里的含氧量在不断升高，安格半弓着背："高积云分布在8500深寻，差不多了，现在……大家要注意跳车。""跳车？"笛拉哆嗦地向安格确认，"你还清醒吗？"

"快接近 10000 深寻了，你们可都有棉靴……高低云层相隔 2000 深寻，婴儿从那个高度坠落……都没事……现在距离缩短了，大家会像裹了好几层棉被……往下跳，不会有事。"

"安格先生，您来我的棉靴。"革杉马上发出邀请。"还是进我的吧。"笛拉也发出邀请，"新鞋说不定会牢固一些。""那就麻烦了。"安格咬着牙认同了笛拉的想法。

革杉弯下腰，努力去够吉冰飑的靴子，用力拔下一只："吉冰飑，别睡啊，说好的，一起下 10000 深寻。"革杉也是在提醒自己："一定要出来喊你的大鹏……知道吗？"吉冰飑从革杉手里拿过自己的棉靴，支吾了一声，缩进了棉靴里。

"笛拉，"安格向笛拉伸出手，"你得拉住我。"笛拉拽住安格的衣袖："再见了，小交嘴鹏，谢谢你们！"笛拉抓住自己的一只棉靴，用力拔下。

"10000 深寻见。"革杉也松开了鞭子。

鞭子间蹦出零星光亮，小交嘴鹏化成了块状积云，撞向三八云最薄弱的地方，云片被划开，坠落感再次出现，笛拉身下像是浮现出一条柔软的滑梯，往下滑，往下滑。

"春城的浮云棉靴，"安格在下落时大喊，"根据惯性意识，我们会着陆在你的卧室。""卧室？""在着陆前，你可以在脑子里整理一下，毕竟是女生卧室。"

笛拉用脚后跟蹬地，她听出了安格的不好意思，"完全不用整理，我让你见识一下，外界女高中生的卧室。"

脚下的阻力开始变大，她的双腿像陷进了泥沼，一层柔软的物质漫上头顶，当两条腿能微微使上劲了，包裹感又像潮水般退去。有光亮照进来，笛拉立直了膝盖，发现自己正踩在一张单人床上，粉白相间的格子床单……"咚"的一声，安格落到了身后的地板上。

棉靴突然一个大颠簸，笛拉和安格又向着一侧的墙壁撞了过去。被子、枕头，还有书桌上的书籍，都飞起来砸向他们。安格摔进了书堆里，笛拉在红木地板上弹了好几下才停下，又是软着陆，地板就像蹦床一样。一股熟悉的香味钻进鼻腔，看到地板，笛拉就会忍不住想起妈妈，放假后，她几乎每天都在大扫除，还总会往拖地的水里加几滴洗衣液，说是只有这样地板才不容易落灰。

笛拉大口呼吸着鞋子里的香味，把安格从书堆里扒出来，扶他靠在墙壁上："呵呵，欢迎。"安格微笑的样子像老了好几岁："你的卧室……还真有意思啊。"

房间已乱成一团，尤其是笛拉引以为傲叠成豆腐块般的被子也散了，空气中还飘着几根鸭绒毛，手一挥，打到了落在身边的《走进联考色彩静物》，刚好翻在红苹果那页。笛拉俯下身，一瞅上面的文字，就忍不住来气。

红苹果暗部是，中黄加蓝莲，加少量赭石……以及后面的内容还是想不起来，书本就不负责任地留了一块空白。

"笛拉？"安格则两眼迷离地盯着一旁摔开的速写本，"你不是说，你不观察云吗？"安格俯过身子，速写本上有笛拉之前画下的云手指和水母，这些内容笛拉都记得，也都出现在了本子上。

"管状云……"安格非常吃力地用指尖翻过一页，"雨幡洞云……不知道的，还以为你有答案呢。""答案？"

可安格突然抓起速写本，拿上面的钢圈猛砸自己的头，"头快裂了！"

笛拉赶紧从安格手里夺过本子，"托你的福，我终于想起红苹果暗部缺什么了，朱红！你可别把自己的头砸出血了！"安格头痛欲裂，换用拳头砸脑袋，"还不到吗？"

笛拉抱着速写本挪到书桌前，书桌旁有一扇斜斜的玻璃窗，一触摸，玻璃就像水面般泛起一圈圈波纹。笛拉爬上书桌，将脸颊贴着"水波"窗往上看，吉冰飑和革杉的棉靴落得慢一些，但都能看到。一低头，"哇，我看到碎石袋了！"

五彩斑斓的碎石袋，像倒置的热气球，数量不多，但都稳稳地悬在空中。革杉之前说它们孤傲，可笛拉却觉得，比另两个深寻的黑白石头让人安心多了。而深寻的底部，黑压压一片，越落越近了。

"安格，我们要着陆了。"笛拉期待地扶住窗框，"你赶紧扶好。"

窗外飞起了焦黑的……爪子？棉靴感受到了阻力……可棉靴下沉的速度似乎一直没有减缓。

"是我们太重了？"笛拉越发觉得不妙，下沉的感觉甚至在加剧，靴外传来密集的钩拉声，简直要将靴子划开，窗外飞起的爪子快淹过水波窗了。

"难道……"笛拉用手按住心口，"不好，我们最好还是出去！"

关闭的隐耳朵

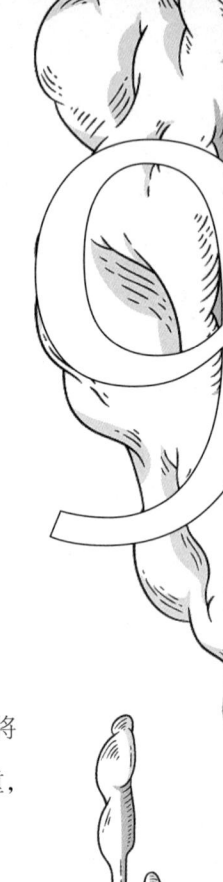

笛拉跳下书桌，准备去穿她脱下的棉靴，但天突然黑了，"爪子"将所有光亮都拦在窗外，棉靴内部遭到强烈的挤压，安格的呼吸声在变重，而笛拉已被挤得无法动弹。

"不好！不好！"

笛拉不断念叨着，直到一束光线射入，压迫感从身体上松开，窗外又恢复了光亮，但坠落感又出现了。笛拉在靴内翻转，看到明亮的积云从窗外划过，身下传来一阵震颤，棉靴在往下沉，但速度有明显的减缓，慢到几乎停滞不动时，又开始往上浮，最后终于稳住不动了！

笛拉翻出棉靴，迅速往脚上套，并拽住安格的一条胳膊。一股强劲的推力出现在笛拉的脚底，推着她，将他们一并顶出卧室，又不断往高处推。速度太快了，笛拉站不稳，只能向一侧倒过身子，出棉靴了，

"啊！"笛拉身侧一空，整个人掉了下去。

"拉住！"胳膊被猛地抽紧，安格趴在云上，死死地拽住了她。

寒风从四面八方刮来，笛拉吊着手臂往下看，居然看到了灰黑的田地！

"我们好像……"安格的脸憋得通红,眼里布满了红血丝,"掉出春城轨道了。"

笛拉钩着云丝往上翻,等翻上云层,安格已经力竭,发出沉重的呼吸声……"安格!"笛拉发出尖叫。安格对着云层咳出了一大团粉色血沫,笛拉整个人都僵住了,她还记得去年在公交车上凤灵说的话,他说,在四季城之外,不是他的季节一刻都不能多待。

"立春了!今天立春了!"笛拉颤抖着声音,迅速从口袋中掏出飞羽门票,不管有用没用,这是她能想到的唯一法子。

笛拉小心地将门票放到安格掌心,白色羽毛一下缩进了票壳,笛拉的喉咙也猛地一紧,像是被一双看不见的手,掐住了脖子。"没事,没事的,"过了好久,笛拉才艰难地将呼吸捋顺,"我没事。"

安格也不再用那风箱般的声音喘气了,飞羽门票大概是起了一点作用吧……但笛拉的情况却开始恶化,头痛像涌浪般一阵阵地向她袭来。"噗通!噗通!"心脏的跳动声越发明显地出现在耳膜里,醉氧?不,是缺氧的症状吧!寒冷又让笛拉浑身发抖,她缩成一团跪在云上,大脑在冷风里逐渐发木,思维也变得像云层一样苍白。阳光好刺眼啊,笛拉闭上了眼睛,更加蜷缩起身子……

变幻的云层,正不知不觉地将她与安格分开……可她的意识越来越混沌,眼皮重得像是要把脑袋从脖子上扯下来……"我要死了……"可混沌中,总有一股若有似无的力量在冲击笛拉的眼皮,笛拉知道自己千万不能睡,但就是睁不开眼睛。

"我还没死……"有股力量在撑着她,推着她……"不能假装自己死了。"像是有对翅膀,从后背长了出来……"天哪!"笛拉真是费了九牛二虎之力才将眼睛睁开,像是冲开了一场怎么都醒不过来的噩梦,泪水不断从发胀酸涩的眼眶里涌出。

关闭的隐耳朵

她大口喘气，身下的积云已被风吹乱了形状，自己就像趴在一片时刻会垮掉的网袋上。

乌黑冰冻的田地还是那么刺目，但笛拉已经感觉不到害怕了，也没觉得不害怕。麻木的脑袋似乎已做不了明确的反应，她只能凭知觉摇晃着爬去安格身边，视线模模糊糊的，能看到安格的嘴角殷红一片。

笛拉跪倒在云上。"安格？"她握住安格的手，已经像冰块一样寒冷，"安格，你还好吗？"

可无论笛拉怎么喊他、推他，他都没了反应……"安格，"笛拉忍着不让眼泪掉下来，"我带你回去。"笛拉颤抖地从安格手里拿回交换门票，里面又立刻生出了白色羽毛，"我们现在就回去。"

笛拉吃力地拔下一只棉靴，两人再一次往下滑，落到依旧混乱的卧室里。这回，笛拉任由自己躺在书堆上，没多久，水波窗外就落下了焦黑的爪子。

"安格先生，能听到吗？"是革杉的喊声，"笛拉！你们在哪儿？"

笛拉和安格挤在棉靴里，等斑驳的光亮重新射入，水波窗外出现了一只巨大的金色爪子。爪子贴在窗外，带着靴子飞行了一会儿，很快便松开了，靴内不再挤压，笛拉重新将靴子套上，这重复的动作，快把她的精神耗尽了，再次出了棉靴，侧卧在一片僵硬又硌人的地面上，原来是交嘴鹏的爪子。

"啾，啾！"飞在上方的是兴奋的断翅鹏，它白色的身体血淋淋的，就像穿了一件花衣裳。

革杉喘着粗气，跌跌撞撞地扑了过来，怀里抱着一只棉靴，吉冰飑没有从靴里出来。

"你们去哪儿了？"笛拉看到革杉的两只手全是血，两条衣袖都被爪子划破了。"断翅鹏……一直在用身体撞击意识轨道，深寻……我感觉深寻都下移了。"革杉说。

笛拉听着革杉的话，终于忍不住哭了："我们掉出深寻了，我有交换门票，

迷失的空房子

我能穿过意识轨道，安格……我害死了安格！"

断翅鹏驮着笛拉与吉冰飑往上飞，吉冰飑还待在棉靴里没出来。革杉则背着安格，趴在另一只大鹏背上。笛拉打开10000深寻的空房子后，革杉便将他驯养的第一只飞回春城的大鹏，喊了下来。两只大鹏并排飞行了一段距离，突然向着不同的方向侧翻，有一大堆碎石从顶上砸了下来。一路上，深寻里的碎石袋都呈现出松散、下垂的状态。网袋变薄、变淡，最后化成了水汽，碎石落得到处都是。

快到5000深寻了，没了听众的三八云也陆续从5000深寻散去，两只大鹏很顺利地穿过了5000深寻的云层。

"诶？"身前的靴子好像有动静了，笛拉撑起手臂，拍了拍靴面，"吉冰飑？"吉冰飑蜷缩着身子出现在断翅鹏的背上："10000深寻的风这么大？"

笛拉从后面抓住他的背带："你抓牢，我们要回春城了。"吉冰飑迷糊地打量着身下的大鹏："断翅鹏都下来了？"

"它太聪明了，好像与你有感应似的。"革杉在另一边大喊。"啊！"迎风张嘴的吉冰飑，打起嗝来，哆哆嗦嗦地向革杉的方向伸出手，"安格先生怎么了？他，他……"

"他还活着。"笛拉紧拽住吉冰飑，"就是和金宏一样，氧中毒，伤到了肺。""没错，有心跳，还活着。"革杉对此非常确定，当笛拉说安格已经死了，他不肯放弃地不断按压安格的胸口，听心跳。

"还活着……还活着就好。"吉冰飑后怕地嘀咕道。

"就是没找回10000深寻的空房子，"笛拉不免有些丧气，"我们想帮安格也找一栋，但每当大鹏载着安格靠近，10000深寻的空房子就不断往后躲。"

"与金宏先生的情况一样，"革杉解释道，"不光囚徒得找到它，空房子也得感受到囚徒想要寻找它的意识，彼此认可非常重要，一回城就能检测出来。""检测?"

"有棍子!"吉冰飐大喊起来。头顶上不知为何飞来了很多舞动的棍子,拦住了大鹏的去路。

"铁棍?"笛拉用胳膊护住脑袋。

已经到2000深寻了,空气中满是沙尘,大鹏悬停在空中,只能原地飞扑翅膀。吉冰飐往前移,几乎要骑到断翅鹏的脖子上了,"快闪开!安格先生需要治疗!"笛拉却拍了拍吉冰飐,带着确认的口吻,"你看那边那袋石头。"

棍子的后方,有一众即将散掉的石袋,但其中有一袋姿态非常奇异的碎石,它们就像在做引体向上,缩紧下半袋石头,努力不让重量压在网袋上,而袋子外面也飞舞着不少铁棍。

"我们之前是不是见过?"笛拉一伸手,稳稳地抓住了一根飞来的铁棍,"我以为是没有颜色的。"她内心的激动开始一丝一缕地往外冒,"可纯白,也是一种颜色吧!"

笛拉想了想,用劲将铁棍甩了出去,棍子砸中碎石袋,石头一下被激活了,在已经快失去捆绑力的网袋中,努力将自己建起。是一层高的斜屋顶房子,房屋的底部还有一些生锈的轮子,轮子不是立起,而是平行于地面,就像之前飞车下的螺旋桨一样。有些勉强能转,有些已经完全锈死。房屋建成后,挥舞的铁棍又在屋外密集地拼接,组成了一个将空房子包裹的方正框架,框架顶上铺着一块块银灰色的板子,这般造型的空房子……"它在等安格!"笛拉现在也顾不上它有多奇怪了,"之前替旺普找空房子的时候,安格就已经看到它了,真的,他们肯定已经互相认可过了。"

"这个大门,都用不着安格先生开。"吉冰飐惊喜地打量着,两扇白色的铁门,其中一扇,被砸去了一半,门锁与把手那块刚好都不在门上,"这与凌兰花的那栋没门的一样,只是安格先生下的是10000深寻。"

"不!"笛拉庆幸地说道,"安格下2000就够了,真的,是他自己坚持要

迷失的空房子

下10000深寻的。""但还得通过检……"

"吉冰飑,"笛拉直接打断革杉的顾虑,"你介意帮安格唤一栋2000深寻的空房子吗?""当然不介意。"吉冰飑恨不得从断翅鹏的脖子上跳起来,"靠近些,只要能卖出去,安格先生就不用坐牢了。""也不一定能卖出……"

"啾,啾!"断翅鹏将革杉的大鹏从屋前赶走,笛拉伸长手臂,用手指钩住吉冰飑的背带,吉冰飑扒住那道裂开的铁门,用尽全力喊道:"啾!啾!"

网袋上方飞出一只略显无力的飞鸟送信儿,吉冰飑与革杉指挥大鹏飞去空房子下方,大家互相使劲,扛着空房子朝春城的云飞去。

天际的云层被顶开一个大洞,大家正埋头顶着空房子,耳边却传来"呼呼"的风声。只见两团晃动的"宝蓝色"涌了过来,直接将空房子和大鹏围住了!

"是羽轮车!"革杉大喊道。

所有人一下被困在了"宝蓝色"中,吉冰飑发出"咯咯"的笑声,革杉也开始手舞足蹈。"宝蓝色"是由无数绒毛组成的,非常柔软,滑过袒露的皮肤,留下直钻人心的麻痒感!

"开始做检测了!"革杉大喊,"确认空房子与囚……徒的认……可度,安格先……生没有开门……"革杉痒得连话都说不清了,笛拉也使劲抓挠胳膊,像是有数不清的蚂蚁在她身上乱啃,挥舞的双手早已从顶上的网袋间脱开。

"我什么都听不到了!"混乱中,笛拉看到吉冰飑的耳朵上黏了两片亮晶晶的东西,是从顶上落下的。空房子在"宝蓝色"的挠动下变得异常亢奋,除了落下呛人的沙尘外,还从墙体里蹦出很多像是跳蚤一样的晶亮物质。

笛拉伸手准备帮吉冰飑拔下耳朵上粘的东西,才发现自己的手背也黏上了一片!"哎!"笛拉用力甩手,更激烈地撞到羽毛,她快痒疯了,但还是能感

关闭的隐耳朵

觉到黏在手背上的是块活物，正在不断吮吸她的皮肤。

"能想想办法吗？"笛拉大喊。

两只大鹏也忍不了了，收拢翅膀往下沉。它们本就飞得不高，从"宝蓝色"中自由落体后，直接砸在草场上。两只巨大的"白鹅"狼狈地飞扑翅膀，蹭着草皮滑行了一段。断翅鹏对此更有经验，大叫着"啾啾"，比革杉的大鹏更快一步飞离了草场。

冷风缓解了笛拉的麻痒感，喘着粗气回过头："羽轮车？"

那是一个巨大的透明木轮，里面有着录音磁带般的构造，木制的齿轮和纯白的磁带？笛拉又注意到木轮的外缘插满了宝蓝色如旗帜般的羽毛，木轮中间还横穿着一根木棍，木棍两端又各立着一副木框架。架子上各站着一位身穿军绿色连体棉服的工作人员，他们全副武装，口罩、眼镜一应俱全，肩头还都背着一个横向的长条形风筝。两手扶着木架，黑色的大头皮靴蹬在木轮踏上，羽轮车是靠他们踩动的。

羽毛飞转，齿轮也转了起来，但与正常的"磁带"发出的声音不同，是白色的"音带"直接从轮盘间飞了出来。飘出的"音带"，将残破的云网重新编织，在送信儿的带动下，空房子升到了半空。之前回来的房子，也都以绑在网袋中的形态，稳居在空中。

"靠边着陆！靠边着陆！"

大鹏已来到空房子旅店上空，旅店外围了很多人，人群中跑出一个指挥的身影，是南扎。南扎指挥两只大鹏往人少的一边去，大鹏准备降落了。这时，一根晶亮的细绳从笛拉眼前闪过。一扭头，一只凶神恶煞的秃鹰送信儿正朝着她的方向飞来。笛拉立刻推着吉冰飑趴倒，秃鹰从他们背上跃过，顺着风筝线飞进了一扇敞开的圆窗，那里是康巴里的卧室吧。

"你们谁带回了10000深寻的空房子？"南扎奔跑在两只大鹏下方，跳起来与吉冰飑打招呼，可吉冰飑现在什么都听不到，正使劲拉扯着自己的耳朵。

两只大鹏同时抠住草皮，颠簸着上下弹跳，翻起的泥土都打在了南扎脸上。"那是隐耳朵，呸！"南扎吐了口泥，"硬拽没用，呸呸！"

南扎又跳起来与革杉打招呼，这回看到了绑在革杉背上的安格，直接掉头跑，嘴里还大喊着："这里！这里！这里需要一个衡氧盒！"

落地后，疲惫不堪的断翅鹏"呼"地散开翅膀，革杉的大鹏被打了一下，立刻折腾着回拍了两下，直接把断翅鹏的长喙拍进了泥里。

笛拉与吉冰飑顺着滑梯一样的翅膀落到地面，扶革杉和安格下来。再次冲过来的南扎，一手举着一根鸡毛掸子，一手提着一个长条形透明盒子，大小刚好能容纳一个人，而提住盒子另一头的是东杰叔。

南扎用鸡毛掸子拂过安格的后背，黏在背上的晶亮物质立即"唰唰"落下。东杰叔直接将安格放进了那个盒子，盒子上还有一条拉链，那就是个透明的收尸袋吧！

"安格还活着呢。"笛拉担忧地提醒道。

"放心吧，这是衡氧盒，金宏也待在里面呢。"东杰叔指着不远处，铁笼外一个被撑大的盒子，一位年长的棉靴族正在给迷糊的金宏喂药，而旺普正提着裙边踩动衡氧盒外的一个脚踏，盒子里不断冒出浓白的气体，搞得金宏像是待在蒸笼里一样。

南扎已经举着鸡毛掸子跑了，而东杰叔拉上拉链，走到盒子一头，也快速踩动起脚踏，衡氧盒里立刻冒出白气。

"安格伤得挺严重啊，一点反应都没有。"革杉凑上前说了两句。东杰叔的神情一下就严肃了，"不管如何，保住安格的命要紧。"东杰叔注意到了革杉受伤的手，他喊道："南扎！"南扎正忙着将吉冰飑扑倒在地，举着鸡毛掸子暴力地敲打对方的头："隐耳朵就得这么敲！"

"我来吧。"旺普过来了，他向笛拉鞠了一躬。笛拉立刻注意到他眼睛红

关闭的隐耳朵

红的，满是"萝卜丝"的脸上还挂着两条干掉的泪痕。笛拉还没来得及发问，旺普已经抬着安格离开了。

"啾……"断翅鹏在一旁发出呜呜，笛拉转身走向断翅鹏，它终于把长喙从泥里拔了出来。

断翅鹏将脑袋在笛拉的肩膀上蹭了蹭，洁白的羽毛间渗着血，笛拉看了很心疼，轻轻给它拂了拂，这就是"隐耳朵？"她轻轻拨开一片羽毛，被爪子勾破的伤口上，正吸附着好几片隐耳朵。

笛拉抬起自己的右手，隐耳朵呈乳白色的月牙状，外面是一圈尖利的锯齿，隐耳朵吸得非常紧，锯齿的下半截都洇出了淡淡的血红色，表面浮出放射状的脉络。

"一定很不舒服吧。"笛拉不好直接拔断翅鹏的隐耳朵，便试着拔了一下自己的，吮吸感一下蔓延到了肩部。

"真是奇怪，"革杉正坐在大鹏的尾羽上休息，他看向笛拉，"大鹏一般都不亲近人……当心！"

笛拉耳边"呼"的一声，南扎举着鸡毛掸子向她挥了过来，笛拉反应迅速，抬右手一挡，被吸吮的手背立刻松了。"赶紧敲掉它。"南扎拿着鸡毛掸子将笛拉从头到脚都敲了一遍，"枯萎前，它会偷听你说……哎！"准备敲第二遍时，南扎一个转身，假装在给断翅鹏清理隐耳朵。

原来是桑丘过来了，他提醒革杉去清理伤口，一转身，桑丘背上也背着一只长条形风筝，风筝的两头刚好都顶上了大鹏，他进不来，笛拉便从大鹏间跟了出去。

"你怎么这个打扮？"桑丘耸了耸绑紧的肩膀，"拍卖会开始前，我得处理掉几只没有空房子配对的大鹏，骨头可以用来做偷话机。""骨头，"笛拉胃里发沉，"是东杰叔的大鹏吗？""不，是旺普的。"

"旺普！"笛拉差点喊出来，"为什么是旺普啊，我们看着他的大鹏救了一整车的人，它把自己都弄伤了。"

"就是因为受伤了，"桑丘也有些无奈，"对大鹏来说伤得倒不重，但囚徒不想自己找到的空房子与这样的大鹏配对，担心会影响拍卖成绩，所以选了东杰大哥的大鹏取代。"

"东杰叔同意了？"笛拉想到旺普难过的样子。"这不是棉靴族能决定的。"桑丘说着将目光移向了断翅鹏。

"啾……"断翅鹏立刻在笛拉"无声"的催促下起飞，吉冰飑和南扎还没清理完，连拖带拽，拉着尾羽，"急什么呀断翅鹏，还没好呢！"但断翅鹏已急急地飞向天空。

"没事没事，"南扎大刺刺地拍了拍吉冰飑的肩膀，"没打开的隐耳朵很快就会枯萎的，也就难受一会儿。""那你还那么用力地敲我的头！"

"对了笛拉，10000深寻的空房子，是哪只大鹏……"

革杉的大鹏突然"扑腾"了一下，桑丘拽着笛拉往旅店边闪。吉冰飑和南扎转去给它清理隐耳朵，但这只大鹏可没断翅鹏脾气好，鸡毛掸子还没碰到它，就已经发出不祥的"咕噜"声了。一双眼睛狠狠地瞪着南扎和吉冰飑，尖利的长喙时刻会上去啄他们一口，吓得两人不断把对方往前推。

"你上。""你上！"

"那位从外界上来的笛拉……"油腻的声音从一旁的圆窗里传出。笛拉本就不想回答桑丘的问题，转而更加贴近窗户。

"……她只用下2000深寻吧，为什么带回了10000深寻的空房子？这中间发生了什么？"两位耳尖的小家伙也跟了过来，大鹏又不满地用翅膀猛拍他俩。

"发生了什么？"屋里传出康巴里漫不经心的声调，"年轻人好奇心重呗，说难得来一趟春城，一定要好好探索一番。她坚持要去各个深寻见识一下，拦都拦不住。不过幸好没拦住，要不，怎么能带回10000深寻的空房子，你

关闭的隐耳朵

说对吧？"

吉冰飑和南扎蹲在窗下，向靠在墙上的笛拉投去同情的目光。笛拉攥紧拳头，想冲出去理论，却被桑丘一把拉住："康店长不喜欢被偷听。""我还不喜欢下深寻呢！"笛拉压着嗓子恨恨地说道。

"那安格呢？"秃鹰继续在里面发问，"那位硬块旅行社的自由定云员，你好像也让他下了错误的深寻吧，他也只需下2000。"

"真的吗？安格是想不开……"吉冰飑一把捂住了南扎的嘴。"你确实瞎，"康巴里不客气道，"他带回的不就是2000深寻的空房子嘛。"

"可2000深寻的囚徒，怎么会与下10000深寻的笛拉，一同回到春城呢？"秃鹰洋洋得意，"时间不对吧！还有那两只大鹏，一只是听到10000深寻的啾啾信号下去的，而另一只……"

"哐！"桑丘纹丝不动，另三位差点原地起跳，屋里怎么传出了劈柴的动静。

"康矮子！"秃鹰在屋里尖叫起来，"你又偷袭我！""偷袭你怎么了，"屋里不断传出劈柴声，"每年阴阳怪气地不请自来，谁给你的脸！"

"康矮子，袭击我也没用，安格肯定是下了10000深寻，你是心虚了！你出去看看，他找回的那堆破铜烂铁，里面的隐耳朵都掉光了，不可能卖出去！""卖不卖得出去，轮得到你说吗？"

大团大团的黑色羽毛化成浓烟飞了出来，吉冰飑和南扎刚要探头看一下屋里的情况。一把插着秃鹰脑袋的斧子，贴着两人的发梢飞了出来，一落地，把革杉的大鹏都惊飞了。

这时，天空中又闪现一根风筝线，也伸来了圆窗。四人立刻散去，假装在旅店前各忙各的，只等一只五彩斑斓的飞鸟送信儿飞了进去，才又聚回窗外。

"康店长，早上好啊，"这回屋里传出的，是一阵格外阳光的年轻男声，

"哟！秃鹰又来过了？"

"飞鸟扇动翅膀，屋里又飞出几根黑色的羽毛。"康巴里喘着粗气质问起来，"秃鹰居然说安格的空房子卖不出去。"

"哦！"飞鸟发出了一声尴尬的笑声，"是这样的康店长，秃鹰应该也和您说了吧，依据羽轮车上的数据，安格那栋2000深寻的空房子，里面的隐耳朵都是关闭的。羽轮车一挠，就全掉光了，我看安格在深寻是忘记开门了吧！这样的空房子，上了拍卖会确实很难卖出去，您看看，要不要我动动手脚，把它送给您当退休礼物啊？"

笛拉向桑丘举起手背上的月牙印。"隐耳朵？"桑丘轻声说道，"是你们在外界，偷听别人家声音留下的。"

笛拉疑惑地望向吉冰飚和南扎，他俩正像壁虎一样扒着墙面，耳朵牢牢地贴在墙上，可墙壁上面并没有出现任何异常。

"空房子旅店的墙体是云块做的，不会有反应，"桑丘解释道，"外加飞灵师也没在墙体里种下'隐耳朵'。""种？"笛拉感到不可思议，"隐耳朵是种植物？"

"是一种会在郁结上生出耳朵的植物，"桑丘的解释更让人摸不着头脑了，"在外界，如果一个陌生人，想要探听一栋房子内部的声音。不管离得近还是远，只要这种想法被房子捕捉到，房屋就会因反感、抗拒而在墙体里形成一个个郁结。这些郁结，遇上'隐耳朵'的藤蔓，就会在藤蔓上长出类似耳朵状的果实。"

笛拉不自然地拂了一把耳朵，无论如何，她都不会称自己的耳朵为果实。

"这些隐耳朵能帮助飞灵师探听空房子的心声，因为很多空房子每年都参加深寻，但每年都落选，受挫后肯定会抗拒再次参加。送信儿是没法带走不想参加深寻的意识的，所以飞灵师必须提前与空房子沟通好、说服它们。而当送信儿将同意参加的空房子意识带进深寻时，也会一并将隐耳朵从藤蔓上采摘下来。空房子被摧毁又重建，这段时间内，隐耳朵会不断成熟。

而第一位打开门锁的囚徒，如果他能得到空房子的认可，那包覆在隐耳朵上的那层郁结，那层包含着反感、抗拒的情绪，就会彻底散去了。春城要的就是这样的隐耳朵，这种隐耳朵也被称为是打开的，羽轮车在检测时都能测出来，并将打开的隐耳朵留在房体之中。只有打开的隐耳朵数量超过总量的一半以上，才能证明这栋空房子与开门的囚徒是相互认可的，更能证明，这栋房子是可控的，它愿意在之后接纳更多的陌生人进入。"

"那安格没有开门？"笛拉终于理解革杉之前忧郁的神情了。"没人会买一栋情绪无法预测的空房子，即便现在让旅行社进去了，在之后的降落与飞升中，还是会存在很大的风险。像心情不好在空中解体，那可不是闹着玩的。"

"您觉得我的提议怎么样啊？安格这栋房子的房型，看着还不错呢。"飞鸟在里面不断追问。"你少跟我耍花招，"康巴里一字一顿地回道，"真要说卖不出去……也该是葵娜的那套拆迁房。"

"是啊是啊，她可是连深寻都没下。"吉冰飑马上补充道。"没错，那房子甚至连门都没有！"南扎激动地捶打地面。

笛拉注意到，那位理着平头的葵娜，此刻正站在草场上，往黑漆漆的门洞里扔东西。

"你有信心卖出她的，怎么就……""不好意思啊康店长，"飞鸟打断道，"我虽然是144号云区的区长，又是拍卖会的主持人，但空房子能不能卖出去，归根到底也不是我说了算的，而是……安格根本没法和葵娜比嘛！您不知道吗？葵娜是现任立筒社社长的千金。"

"社长家族！""他们身份尊贵，世代都能踩住云。""虚伪！""您动怒也没用，就是没法比。"

"安格下2000，那是硬块旅行社社长决定的！"康巴里不甘示弱道，"硬块可比立筒厉害多了，社长与安格的交情好得很，他那么看好安格的定云能力，肯定也会安排新创社拍的。"

"哦，还有件事我必须告诉您，硬块旅行社的社长在上面被弹劾了。"飞鸟说得云淡风轻，"一位社长，三番五次地邀请脱靴者去当首席定云员，社里本就很有意见。偏偏安格不仅拒绝，还闹事罢工，可社长还护着他，只让他下2000深寻。您也说了，硬块比立筒厉害，他们是不会由着社长那么照顾自己人的。现在，硬块的居民是把对安格的愤怒撒到了社长身上，他目前的处境与您差不多，连出门都被限制了。您觉得呢？他还会有余力去安排人买安格的空房子吗？我想现在整个硬块旅行社，也没有人敢在这个风口上去拍安格的空房子吧。"

笛拉与吉冰飑不安地对视了一眼。

"可安格是有真本事的，看好他的人一直很多。"康巴里倔强地说道。"您是在考虑别的旅行社吗？"飞鸟已经猜到了，"安格太自负了，连硬块旅行社的首席定云员一职都看不上，我想其他旅行社也不会自讨没趣，去拍一位浑身反骨、此刻还昏迷了的定云员吧！您说我分析得对不对？"

康巴里沉默了片刻，"那你刚才说的，把安格的空房子送给我。""这可不表示安格的空房子卖出去了，赠予的空房子只能用作高云层定居，安格还是得进监狱。但看在您的面子上，我会向监狱证明，他今年只下了2000。监狱就算找囚徒当人证，那些醉氧之人的醉话是不能作数的。您就放心吧，安格明年还有机会下5000深寻。"

"还会有明年吗？"康巴里的声音突然变得虚弱起来，"安格昏迷了，他这种情况回监狱，还有还手之力吗？秃鹰……秃鹰对他意见大得很，肯定会想办法弄死他，飞炮刑，安格等不来明年。""那就刚好了，"飞鸟的阳光像极了天际那一道道金光，"您差不多也可以死心了，都已经30年了吧，您还盼着脱靴者能改变棉靴族的处境呢？算了吧，除了安格，其他人早过起了自己的小日子。康店长，离开低云层吧，离开关了您30年的牢笼。您这几年为我找了那么多的优质空房子，作为感谢，我一定会为您在高云层安排好一切的，那时您就自由了。"

"自由！"康巴里像唱了出来。"我是为您好，希望您能在降落前赶紧想通。随时用萨启墨汁联系我吧，我还要主持拍卖会，先走一步了。"飞鸟说完便倒着飞出了圆窗，窗外的偷听者还没来得及散开，就被飞鸟水灵发亮的眼睛撞上了，"啊！差点忘了下来的正事。"

大家都不安地别过了头。

"高云层注意到有两名小棉靴，"声音变大了，在整个低云层通报起来，"在下深寻前袭击了高云层囚徒，无论他们是否找回了空房子，分局都决定，取消他们的成绩，取消他们本次的踩云测试资格。"

"取消！取消谁的？"南扎在囚徒们的口哨声里，把吉冰飑推了出来，"吉冰飑！还有旺普！要我把旺普找来吗？"

飞鸟似乎是笑了一下，随后便化成了五彩斑斓的水汽。

"谁允许你们偷听的！"康巴里猛地从窗口探了出来，桑丘招呼笛拉先离开这个是非之地。"还打人，都是跟谁学的！"康巴里用力拍打南扎的头，"也不看看自己穿的是什么鞋，棉靴！还没脱靴就这么不听话，我还能期待你们什么，期待什么！"

康巴里吼完，"砰"地关上了窗。

笛拉在南扎的哀嚎里追上桑丘："安格的那栋空房子，是在深寻等着我们找到它的，它一定是可控的，就算隐耳朵上的郁结没有褪去，是关闭的，它的情绪一定没有问题。我，我可以去解释吗？"

"你不明白，"桑丘弯腰捡起斧子，"隐耳朵的作用不光是证明空房子的情绪，更重要的，是之后能收听到飞灵师的歌声。""飞灵师的歌声。"笛拉僵硬地重复道。

"飞灵师，春城的守护师。他们会说云的语言，能在极端气候里通过歌声,为各家旅行社指路。等春城降落后,整个城市,也只有飞灵师知道飞回春城的路线。"桑丘叹了口气,"只有打开的隐耳朵才能收听到,而没有打开的隐耳朵很快就会枯萎,化成粉末了。安格这样的空房子,原则上就没有任何意义。"

"没有意义……"可笛拉还是不死心,"那葵娜的呢?""你听到了,她有个当社长的父亲。"

"那也没有意义啊!"笛拉很费解,"她的房子里隐耳朵也是关闭的,听不到歌声也飞不回来。立筒社的社长,为什么要让自己的女儿去送死?"

"只飞单程,就不是送死了。"说话的是橘沁竹,她握着一杯橙汁慢慢向笛拉走来。橘沁竹的脸色依旧很苍白,但冷酷的神情恢复了。

"什么单程?"笛拉迫切地问道。"只需要降落,降落用不着听飞灵师的歌声。"橘沁竹冷静地说道,"降落之后,立筒社应该就会找各种理由,收购葵娜的空房子了。"

"还可以收购吗?"笛拉很意外。"当然,"橘沁竹扫了一眼桑丘,"飞升的一路,五大社会收购各家新创社。要不然,只能上新创社的棉靴族不早就灭种了。"

桑丘不悦地将脸转向了别处。

笛拉一边思考,一边说道:"降落用不到隐耳朵,一降落又能被收购,那不管隐耳朵是开是关,有还是没有,就都没有什么影响了。那位答应买安格空房子的高云层人,说不定还是愿意帮这个忙的。"

橘沁竹歪过头看向笛拉,"怎么说?""其实安格也有约定好购买他空房子的人,他的老朋友,之前他做定云员的新创社社长。"笛拉看到橘沁竹的睫毛扑闪了两下,"但答应的是买10000深寻的空房子,现在只有2000的,加上硬块旅行社目前还因为安格闹了起来,社长都被弹劾了。你说,那位朋友还会有勇气买吗？"

"笛拉！"桑丘回过身的脸色更难看了，"10000深寻的空房子，到底是哪只大鹏的功劳？是断翅鹏吗？""不，断翅鹏是自己下来的。"笛拉看着桑丘吓人的神情，"我喊下的是革杉的大鹏，桑丘，还是会有人买……"

"不会了，硬块旅行社不会有人救安格的！"桑丘握紧手中的斧子，"我得赶紧走了，断翅鹏我会留到最后。"桑丘匆匆说完便快走两步，又提着斧子小跑起来，很快就迎风起飞了。

"那位曾经的新创社社长，"橘沁竹的语调冷冰冰的，"应该就是现在，被弹劾的硬块旅行社社长吧。"笛拉惊愕地望向她，"你在说什么？"

"当年，安格还是棉靴族时，唤回了大鹏，找到了2000深寻的空房子。那栋房子被用作创办新创社，当时身处低云层的安格，居然已经考到了定云员资格证，通过了那位社长的选拔，以棉靴族的身份，成了新创社的定云员。之后还帮那栋空房子飞行到了第二个云层高度，能力非凡，得到了当时的新创社社长，也就是现在硬块旅行社社长的高度认可，之后安格又顺利通过了踩云测试，就进了硬块旅行社。""可他，不可能只为一家旅行社定过云吧？"笛拉能感觉到自己在发抖，"说不定是其他新创社……"

"只有一家。"橘沁竹对此非常确定，"进入硬块旅行社后，安格就一直以写云为生。我想，大概只需当一次高云层的职员，安格就明白了吧，明白五大旅行社推行的新创社制度，不过是高云层为自己设置的一个跳板。是专为那些在职位上想要寻求更进一步的高云层人，提供的一个展示平台。当年安格定云时，如果不是社长坚持要求并购，说不定他真能让一栋2000深寻的空房子直接飞回春城。可创办第六大旅行社，压根不是那些新创社社长的目标，他们只是借新创社这一机会，展现一下自己的能力罢了，之后好回旅行社获得一个更好的职位，这与安格的目标完全不符。"

"那……"笛拉再找不到什么缺口了，"那就真的没办法了，没人会买了。""可是……"橘沁竹反问起笛拉,"安格怎么会把期望放在社长身上呢?不奇怪吗?他可是一直在拒绝对方的好意啊。"

笛拉顿时被点了一下,又开始仔细回忆:"可安格就是这么说的呀……在下10000深寻的时候……他说是高云层人,还是老朋友。""老朋友吗?"橘沁竹微抿嘴唇,带着笛拉的目光一并回头,盯着那扇关闭的圆窗。

"康老头!"笛拉瞪起了眼。"康店长就是高云层人吧,更是安格的老朋友。"

在深寻时,如果不是被安格打断,笛拉也有这个猜想,"可康老头一心想上高云……不,他好像不想上。""是一点都不想上吧,"橘沁竹抿了一口果汁,"康店长每年绞尽脑汁地购物,为的就是让自己买不起空房子。"

"买不起?"笛拉很是意外。

"低云层以为康店长有购物综合征,但高云层心里可都是清楚的。不过,一个店长能为了不上高云层,把自己关30年,也是够有骨气的。熬掉了一个又一个助手,我前两次下来的时候还是东杰大哥呢。"

"东杰叔是康老头的助手?""吉冰飑的爷爷好像也是吧,康店长教了他们不少技艺,做偷话机,唤回大鹏。东杰叔早做过踩云测试了,他踩不住云,但为了保证云区找回的大鹏和空房子数量,一次次地下深寻冒险,这都是康店长的安排。但现在是桑丘当助手了,这位太年轻,肯定是熬不掉的。康店长年纪也大了,早晚是要让位的,可他又不愿上高云层,你说呢?""难道这回是康老头想创办新创社?"

但橘沁竹吸了把鼻子,"我倒不认为他会有勇气说自己要创办新创社。即使曾经有,30年也足以把这份勇气消磨殆尽了吧。""那是安格自己提的?"

"依照棉靴族对康店长的尊重……"橘沁竹继续说,"你要知道,康店长能在这个位置上坐稳30年,一方面是分区的支持,康店长比任何人都懂得调整囚徒所要下的深度,区长很需要这份政绩。另一方面,是他找的空房子品质确实比其他云区要好很多。 低云层没有自己的旅行社,只能期盼在每年的降落与飞升中,进到牢固一些的空房子里。 棉靴族为此,非常感激康店长。如此尊重和感激一个人,我想安格是不会把创办新创社这样的难题交给他的,但是……"

"但是什么?"笛拉着急地问道。"有绝对的信心就不一样了吧,难事会变成好事。 看来,是安格把康店长说服了。"橘沁竹说着就把目光转向了笛拉,"以安格的定云能力,他不会在乎空房子来自哪个深寻,但要让康店长信服……10000深寻的空房子,这应该是康店长想要的信心。 只是要找到这10000深寻的空房子……"

橘沁竹的目光仿佛要将笛拉刺穿,"我想可能是你的缘故。""我?"笛拉害怕地缩起了脖子。

"难得有一位从外界来的囚徒,还不受深寻含氧量的影响,与你一起下10000深寻,这对任何一位囚徒来说,都是最有机会找回10000深寻空房子的时候。"

笛拉想到下深寻前的咨询,安格和康店长一并看向自己的目光,"天哪,明明是你们帮了我。 现在安格不仅没找到10000深寻的空房子,还昏迷了。 不过要是康老头肯买,就只飞单程!"

"如果是康社长的话,"橘沁竹提醒道,"30年的等待,是绝不会同意被收购的,我想安格选择康店长这位高云层人,就是这个原因吧。""也是,现在倒是有一位会坚决抵制收购的高云层人了,但不想被收购就得自己飞回来。"笛拉重重地垂下了肩膀,"哎,隐耳朵都要枯萎了,还听什么歌呀! 那到底是什么歌啊,听了还能飞回来?"

"一首……"橘沁竹慎重起来,"一首由云组成的歌。""云?""嗯,春城的大鹏,有像断翅鹏这样飞回来的,也有像小交嘴鹏那样飞跃失败的,更有大批量连飞回春城的资格都没获得的。 这样的大鹏会在外界组成三种云,分别分布在三个不同的高度上。旅行社降落后必须依次飞抵，收集这些云块，才能重新组成春城。但有意识的云一旦包覆上意识轨道，肉眼就看不到了，全靠冬城的雪幕师划破包裹在云层外的透明……"

橘沁竹注意到笛拉的嘴越张越大，"听不懂吧，其实144号云区外就有一层透明的气泡，那就是春城的意识轨道。""我懂我懂！"笛拉迫不及待道，"你往下说就好。"

橘沁竹带着怀疑的口吻继续描述："气泡划开后，雪幕师会抄录下这三个高度的云，然后将信息直接传递给飞灵师。飞灵师会根据云图答案……""答案！"笛拉重复时，十根脚趾都在用力抠着鞋底。

"嗯，根据答案出飞升题，然后用歌唱的形式，通过打开的隐耳朵，将题唱给大鹏听。""等等！"笛拉的心脏快跳出来了，"怎么会是大鹏听呢？打开的隐耳朵不都在空房子里面吗？""到时都会黏在大鹏身上，等拍卖会开始你就明白了。""可大鹏听得到啊，为什么还要隐耳朵？像我们在深寻发出'啾啾'声，它们都听得到啊。"

"简单的指令大鹏自然是能听到，也能听懂。但春城要收集的这三种云，可不是简单喊几声就能找到的。路上再来点狂风暴雨，大鹏根本听不到正常的喊话，只有飞灵师的歌声……"

这时，天边传来了凄厉的"啾啾"声。

"断翅鹏说不定会是个例外，"橘沁竹看向天边，"大家都在说这只大鹏与吉冰飑有心灵感应，如果吉冰飑可以从外部听到歌声……"

笛拉见橘沁竹又摇起了头。"我在说什么呢，飞灵师从来只在去年飞得最好的旅行社办演唱会。""演唱会？"

橘沁竹摇了摇头："别问了，听不到题的。""题重要吗？如果都有答案的话。""你说什么？"橘沁竹没听清。"哦，"笛拉心想对方毕竟是高云层人，"没什么。""安格这回，够呛了。"

关闭的隐耳朵

笛拉默默地转过身，看着蹲在窗下垂头丧气的吉冰飑和南扎，"我看我最好，还是去找一下康老头吧！"

10 空房子拍卖会

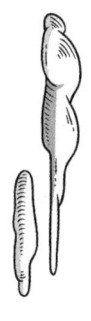

"康老头！"笛拉用力捶打房门，可屋内一点动静都没有，"康老头！听说你准备买安格的……"

门一下就开了！康巴里愤怒的倒八眉上支着一个白色的"鸟窝"，"鸟窝"里沾着几片凌乱的黑色羽毛。

"安格和你说什么了？"康巴里手里挥舞着一本《高奢品订购目录》，"我现在忙得很，喂！你要干嘛？"

笛拉闪身进屋，绕过一个个包裹"堡垒"，开窗通风。

窗户一开，屋里的氛围就让人轻松多了。窗外立刻传来扒墙的动静，吉冰飑和南扎肯定又开始偷听了。笛拉深吸一口气，在裤子上擦了擦冒汗的掌心："康老头，买安格的空房子吧！"

康巴里眼中一下呲出了火花："说什么疯话呢，出去！""你不愿上高云层，可你早晚要退……"

"啊！"康巴里尖声打断道，"刚才在外面偷听的还有你吧，别以为我不知道。你是故意来恶心我的？让我买一栋隐耳朵都掉光了的空房子！""我有云图。"

笛拉说得非常急促，康巴里显然没有听清，但笛拉已经清楚地听到窗外传来的脚步声了，橘沁竹也过来了，她是高云层人，还是定云员，但笛拉攥紧拳头，顾不了那么多了，说服康老头要紧。"之前在外界时，我看到冬城的雪幕师抄图了。他和你一样，也把毛笔含在嘴里，也在研磨什么东西，还不断把看到的云抄写在纸片上，我把那些云……"

"说什么呢？"康巴里迅速向笛拉推出一掌，他听明白了，但示意笛拉闭嘴，"你觉得我会相信吗？""我说的都是真的。"

"在春城！"康巴里强调道，"只有飞灵师才可能知道云图的真假。你现在在我面前胡编乱造一通，我有可能找人比对吗？你觉得我可能信你吗？""那你应该相信安格，安格在深寻救过我。"笛拉真诚地说道，"我也想救他，我不可能害他。"

"害吗？"康巴里僵着脸将目光转向了圆窗，"你窗外的那些朋友一定也是这么想的吧，他们到底是怎么教你来骗我的？还抄到了云图，呵！等我真的买了空房子，真的降落了，管他有没有真的抄到云图，你们都可以找五大社收购了是不是？你是不会害安格呀，但你会害我！那该死的隐耳朵都是关的！你当我老年痴呆、脑子短路？居然敢在我面前，拿云图编故事！"

"是这样的，"笛拉将手伸进口袋，"我并没有使用交换门票，如果使用的话，我不可能身体和意识同时出现在春……""还不需要你来解释！"康巴里不耐烦地打断道，"你被扣押了视觉色彩，即使到了春季，飞羽门票也没法交换不完整意识！"

原来还有这个原因，笛拉用手指捏住整张门票，"但这票壳里的羽毛，从去年秋天就出现了。"

康巴里转过头，盯着泛柔光的白色羽毛，逐渐瞪直了眼睛。

"这是因为，断翅鹏在吃松子前，是靠我的意识为生的。"笛拉立刻听到了窗外的交谈声，"我与断翅鹏意识相通，它在没有召唤的情况下，飞下深寻，撞击意识轨道，就是因为它能感受到我的处境，我也能感受到它。隐耳朵不开没有关系，到时你们可以把路线图告诉我，我再告诉断翅鹏。"

"你……"康巴里猛吸了一口气。"请你相信我，我说的都是真的。"

康巴里又大喘了两口气，猛地向书柜冲去，一通扒拉后，从两本厚书间拔出一本发黄的小册子。"《为什么不建议由外界人使用飞羽门票》……旅游局为此专门出了本书！结果……那群绣花枕头……第……第……"

康巴里发出沉重的喘气声，手指在本子上一行接一行、一页接一页地划过，"第九十九条！拥有门票的外界人，如同时还是大鹏在幼灵时的意识宿主。这种情况下，外界人的意识一旦进入春城，交换门票会无限放大外界意识的控制力，严重到控制大鹏的飞跃行动。"

笛拉松了口气，看来是赌对了："你可以买安格的……""想都别想！"康巴里一把合上书，态度依旧很决绝，"就算你说的都是真的，你那群过命的朋友难道就没告诉你，新创社要顺利飞升、要踩到你偷看的那朵云，是需要一步一步的路线图的吗？安格现在昏迷了，你告诉我，到时哪位定云员来负责确定飞升路线？"

"您、您啊！"笛拉慌张地看着康巴里，"您在5000深寻找到了那么多三八云……""诶！"康巴里一把将小册子拍进书柜，"小小年纪，见风使舵的能力一流嘛。还您，你知道我擅长什么吗？就敢给一位奋斗了一辈子的人，再安排工作！"

"抱歉。""把嘴闭上吧！我最讨厌你这种嘴巴好听，其实却一肚子心眼的人了。"康巴里重新拿起了目录本，"实话告诉你吧，压根都扯不上推云，扯不上！你多管闲事要创办的新创社根本就下不去，下不去明白吗？"

笛拉呆愣着："不明白啊。"

康巴里烦躁得想将目录本砸过来："听清楚了，春城除了定云员，还有骨架员、裱糊员、成本员，这是春城的四大员，也是成立一家新创社的必备职员。飞升时要全部集齐，而降落前至少要满足一半，也就是两位！""安格……""昏迷的可不算！"康巴里狠狠地说道。

笛拉的心情顿时沉甸甸的："但安格要创办新创社，肯定已经有安排了吧。他不算，那至少会有另外一位吧，他事先有提示您吗？""说了别用您！"房顶简直要被康巴里的声音掀翻了，"我跟你很熟吗？来套我的话，真是不知天高地厚，滚！马上给我滚出去！"

"笛拉笛拉！"吉冰飚激动地等在旅店外，"原来安格先生的那位老朋友，不是硬块旅行社的社长，而是康店长啊！"

看来橘沁竹已经向他们解释过了。

"原来断翅鹏听的不是我的话，而是你的话呀，真是太神奇了！""是够神奇的，康店长都差点被引爆了。"

笛拉现在没工夫搭理南扎的玩笑，望向橘沁竹，橘沁竹也正盯着她。

"云图？"橘沁竹在确认。"我真的看到了，"笛拉抱歉地说道，"但不是三个云层，而是两个。当时为了接我妈妈的电话，就错过了。我不敢告诉康老头，怕他拒绝。""那你还有告诉过别人吗？"

笛拉立刻摇头。

"这种情况，康店长就算愿意买，要是被其他高云层知道了……""为了您的定云员资格证，我们肯定不会说的。"

笛拉看着互相比出"嘘"的吉冰飚和南扎，有点不明白。

"橘沁竹，要为我们定云。"吉冰飚兴奋地攥着两个小拳头，"还让我当她的助手。""什么！"笛拉很是震惊。

"安格之前不也帮助一栋2000深寻的空房子，飞跃到第二个云层高度嘛。"橘沁竹看着瞳孔都在震动的笛拉，"这才那么受硬块旅行社社长的器重，而这回……不是刚好嘛，我来确定路线，把路线告诉你，你再控制断翅鹏。对外嘛，只说是断翅鹏和吉冰飑有心灵感应就好了。"

"不是……"笛拉想笑但又笑不出来，"你真是这么想的吗？""只要大家都不说出去，何乐而不为呢？"

"你今年都已经有5000深寻的空房子了，你不需要为了……""可惜有人找回了10000的，"橘沁竹向笛拉扬了扬眉毛，"你知道的，我的目标可是硬块旅行社的首席定云员。""是啊，首席定云员。安格说你在春城很有名，硬块旅行社肯定愿意……"

"安格太高看我了！"橘沁竹撇了撇嘴，"我这回下5000深寻，并没有得到任何一家旅行社的赞助。他们认为以我现在的身体状况，不可能再带回5000深寻的空房子。这倒也没错，但是笛拉，硬块旅行社可是五大社之首，我一定得拿出些不可思议的成绩才进得去吧。"

"可是……""没有什么可是的，"橘沁竹坚定地说道，"如果你真想救安格，那现在最好赶紧想一想，另外一位四大员在哪儿。"

笛拉终于收起了弓起的肩膀，只是眉头皱得更紧了，"那，你还有认识的四大员吗？除了定云员之外的，还能再推荐一位朋友吗？""朋友？"橘沁竹有些为难了，"我好胜心太强，在高云层几乎没有朋友。"

"要为棉靴族工作啊，没有点特殊关系，是很难找到的吧。"南扎故作老成地调侃道，"况且四大员可都是高云层的精英，眼睛都长屁股……哎呦！"还真有人踹了一脚南扎的屁股，直接摔了个狗啃泥。

"闪开闪开！"是一大群囚徒冲了过来。

"真是等不及要回去了。"踹人的囚徒朝南扎挖苦道，"垃圾，又要还手吗？"

"冷静！"吉冰飑抱住要冲出去打人的南扎。"小心新创社都不准上。"囚徒得意洋洋地说道。

"快看呐！"吉冰飑架着南扎，"高云层出来了，拍卖会马上就要开始了。"

原来囚徒们是在占据旅店前的最佳观赏位置，笛拉被挤得退后了两步，但一仰头，就注意到了原本天空中大朵大朵的悬球状云，现在都裂变成了五朵承载着密集房屋的云块。云块以半圆扇开的方式，分布在空房子旅店的斜上方。而云上的房屋，果然都是由一根根风筝线牵引的，只是风筝线不是笔直往上，而是斜斜地往中间聚拢，这就像是有人在半空抓了一把，将每朵云上的风筝线都拧成一束，分别挂在五个巨大的风筝骨架之下。

"你了解风筝吗？"橘沁竹询问笛拉，"春城的风筝都是以你们外界的风筝类型命名的。"之前笛拉也听安格提过。"但我从小就没怎么放过风筝。"

"别着急，"橘沁竹看出了笛拉的心思，"空房子拍卖是按找到的先后顺序来的，安格的空房子会留到最后，四大员的事，我们只能尽量留意着。""会有吗？"笛拉很是担忧。"走一步看一步吧，先带你了解一下五大社。"

橘沁竹说着一巴掌拨开挡在前面的囚徒，对方一看是橘沁竹，没敢多言。吉冰飑和南扎立刻兴奋地朝对方做鬼脸，还嘚瑟地吹起了口哨。

"有认识的骨架吗？"橘沁竹边走边问。笛拉跟着她挤到队伍最前方，看着天空犹豫了一下，指着排在最中间的很像蜈蚣般的骨架，"那是，串串吗？"

"没错，骨架一节挨着一节，就像排队一样，串串社也因此被称为是'排在队伍里的旅行社'。串串很守规矩的，几十年来，好像也只在最近几个月发生过一场贪污案，涉及的金额好像是，43块？"

"这很多吗？"笛拉问道。"就一个馕的钱吧。串串的居民，非常本分胆小。"橘沁竹说着将手指向串串社左边的一个骨架，"旁边的是软肢社，与串串社一样都是柔性骨架，升力片是那一根横向的主翅条。"

笛拉顺着橘沁竹描动的手指，主翅条的形状就像是一个展开双臂的人形。

"翅条下端都是软性的，没有依附的主条，一遇风，就会像丝带一样飘动。虽然软肢与串串一样都是柔性骨架，但两家旅行社在性情上却是完全不同的。相比串串心甘情愿地排在五大社最后一位的与世无争。软肢社是一家盛产'墙头草'的旅行社，在春城排名第二，历史上也冲到过几回第一。"

"墙头草这么厉害？"笛拉不解地问道。"墙头草的最大特点是身姿柔软，在极端环境中，反而更容易保命。高云层的人都知道，与串串社接触，不带脑子都行，而与软肢社，最好临时再借个脑子。"

笛拉受教地点了点头。

"软肢社左边的是立筒社。"

笛拉瞧见了一个圆筒状的骨架，上半截还是个六边形柱体，"这真的能飞起来吗？""飞得还非常稳定呢，"橘沁竹话音里透着一丝赞许，"这两年，我在立筒社工作。发现他们的骨架，浑身都是受风片，而且骨架还可以折叠，真是极具巧思。在春城，立筒社的能工巧匠最多了，不过他们的原则也多，倔起来，脾气就只比我们板脸社的好一点点。不过去年，立筒社排第四，我们板脸社排第三。"

"板脸社？"笛拉将目光从最左侧移到最右侧，一个由七个圆组成的六边形，对角还拉着两根横条。"我们板脸社的骨架就是个平板，升力片就是板子本身。上面不存在任何凸结，就如我们板脸社人的脾气一样，直接了……"

"当当当当！"天空传来了击鼓般的动静。

"大家春天好啊！"云层间回荡起了那只飞鸟送信儿的愉悦声音。

"好什么好！"戾气很重的囚徒捂住耳朵，"最看不惯这种轻佻货了。"

"就是，凭什么我们想换个社工作，就得冒着生命危险下深寻。而那些个区长，搞个轮流制，一人能管五个社！也该让他们下下深寻吧，一人下五次好了！""对对对，板脸社的家伙还能当区长，他们不都是急惊风吗？脑子来不及转弯，到时能直接冲到外界去！"

笛拉心里不舒服地"咯噔"了一下。

"别忘了，还有安格先生的硬块旅行社呢。"吉冰飑一直在旁边期待地张着耳朵。

空房子拍卖会

天空中，硬块旅行社的骨架，夹在串串和板脸之间，体格并不大。

"硬块旅行社的骨架，也是完全固定的。"橘沁竹略显尴尬地压了压面具，继续说道，"由上下两根横竹条做翅状，但它们又不是平的，而是两侧边缘高，中间凹，这就会形成一个通风道。在春城，硬块旅行社的居民集结了两大优点，精明的脑子和善良的心。"

"这两点……"笛拉又忍不住怀疑，"有可能共存吗？""有可能啊，就像安格先生啊。"

"说得没错，吉老鼠。"南扎附和道，"安格也太精明了吧，把自己搞昏迷了，救他的活儿全得咱们干！""不不不，安格先生那是善良，他是为了救我们才昏迷的。""拉倒吧，就是精明。"

"不管精明和善良能不能共存，"橘沁竹苍白的脸上已泛起一丝仰慕的神色，"硬块旅行社几乎是稳居春城第一大旅行社的位置，这一点，整个高云层都是认可的。"

顶上的高云层一直在传来打雷般的"隆隆"声，大家正不断涌出家门。

"亲爱的144号云区居民们，降落颠簸，大家可都把自家的贵重物品捆绑好了？空房子拍卖会即将开始，为了不耽误降落时间，客套话就不多说了，首先……"

这就开始了！

"首先向大家通报一下，今年的飞车深寻成绩，"急性子的飞鸟并没有等候观众的意思，已经自顾自地展开了拍卖流程，"总共有18栋空房子，获得了上拍卖会的资格。其中，更是出现了一栋10000深寻的空房子。"

飞鸟只在跃起的议论声中停顿了半秒，"另外，有11栋来自2000深寻的空房子，还有6栋来自5000深寻的……"

飞鸟说话时，一朵悬浮在空房子与五大社中间位置的小云彩上，出现了一栋灰蓝色的长条形建筑，笛拉心想，那应该就是144号旅游分局了吧。屋顶上方依次牵出五种类型的骨架，体积只有五大旅行社的四分之一大小，更为惹眼的，反倒是那些挂在骨架下方的一个个大圆环，不知到时会有什么用处。

"大家一定迫不及待了吧，开幕演出即将开始！""还有开幕演出呢？"

顶上也终于安静了下来，笛拉能看到密密麻麻的人群站在云上。飞鸟清了清嗓子："来来来，请尽情给黏云充气吧！"

飞鸟说完，五大旅行社便各飞出一位身背长条形简易风筝的工作人员，他们都虔诚地手捧一团焦黄色的云块。"来自五大旅行社的黏云，它拥有无限的伸展力，黏接力，是将空房子固定在大鹏背上的最好材料……"

工作人员飞聚在一起，将手中的云块黏合，随即各拉住一边，飞速向不同方向扯去。云条被甩动着拉长，旅游局前又陆续飞出很多手举长棍的工作人员。他们依次用棒头挑起云条，将云团拉扯成各种精巧细致的形状。

这一动作，让笛拉想到了拉糖！但麦芽糖却呈现不出天空中造型各异的花形，它们在空中绽放，并随着舞动次数增加，将越来越多的空气裹进云条，黏云的颜色发生了变化，焦黄逐渐过渡成米黄、米白，很快就接近纯白了。云块的体积也在不断增大，大得再也挥不动了。工作人员悬停成一条直线，挑着长棍有次序地一前一后，用力一错！黏云被无声地扯断，飘舞的云条往棍上收，工作人员就像是举着一根根巨型的"棉花糖"悬在空中。

"充气结束，要开始了。"更多的囚徒们挤到草场边。

一字阵型也从天空散去，只留下一位工作人员，手举"棉花糖"，徐徐地降到空房子们的悬挂高度。

"哇！"笛拉发出惊叹，在黏云表演的同时，原本包裹在空房子外的云网，都从底部散开了。一个个顶住送信儿，像雨伞般撑在空房子顶上。

"各位社长们可以准备竞拍了。"飞鸟毫不赘述地往下介绍，而看完黏云表演的高云层人，似乎都退回了家中，"第一栋来自2000深寻的空房子，它是由立筒社的骨架员葵娜找到的，它分上下两层，前后三间，面积宽敞，堪比5000

空房子拍卖会

深寻的空房子。"

工作人员悬飞到拆迁房前,抬起手臂,将手中的长棍,那团巨大的"棉花糖",从空房子的门洞里伸入,拔出时"棉花糖"已不见了,工作人员也迅速飞离。笛拉没看出有什么异样,但四周却像云丝落地般静了下来,大家好像在等什么?

"哦!"空房子突然像气球一样膨发起来,一下就有了之前的三四倍大小。

"值得一提的是,该房子历史悠久,前后已养育过五代人。家风淳朴,品性端正,是一栋易于合作,也值得敬重的……"

可笛拉却听到了刺耳的笑声,随着空房子不断膨胀,墙体已出现裂缝,墙角处还刺出了——"钢筋吗?"笛拉眯起眼。

"旅游局友情提醒,这栋空房子性格温和,但斗志有所欠缺,加上葵娜并没有下深寻……"

此话一出,天空传来了阵阵"嘘"声。

"这是一栋没有门的空房子,隐耳朵全部都是关闭的。如有意向购买的社长,等竞拍开始,可尽情摇动您家中的特质风筝线,祝竞拍愉快。""还愉快呢,看谁会买这关系户的房子。"囚徒们都在等着看好戏,"还骨架员,哼!果然是360°透风的!"

"去年云区寻回的空房子多过大鹏,"橘沁竹突然解释起来,"有一家新创社采用了葵娜设计的骨架大鹏。"

"就是她吗?就是那降落就散架,全死了的那家!"南扎咋呼起来,吉冰飑也瞪大了眼睛,"这都只用下2000深寻啊,有位当社长的爸爸可真好。"

"葵娜认为是新创社使用不当,"橘沁竹强调道,"所以今年亲自下来示范了。""示范?"虽然笛拉并不清楚骨架大鹏到底是什么,"可葵娜不是一对一,有自己的大鹏吗?"

"关于这点,"橘沁竹看向坐在榨汁桌前的葵娜,她并没有盯着天空,而是悠闲地喝着橙汁，一副事不关己的模样，"骨架员都是很有个性的人，所以才能设计出极具个人风格的骨架。有才华不假，但确实是任性了些。"

"第二栋来自 2000 深寻的空房子……"飞鸟不做等待，继续往下介绍。

笛拉却盯着葵娜的拆迁房挪不开眼睛，黏云似乎能感受到空房子的极限，已经停止膨胀了。刺出墙体的骨架，也缓缓缩了回去。

"快看快看，还真有人买了！"囚徒们大呼小叫，笛拉注意到立筒社的一大束风筝线在颤抖，而分局上方的立筒社圆环内喷出了晶亮的丝线。

"直接送给立筒社不就结了！"南扎挖苦道。

丝线在分局的环内组成形状，越来越清晰了，是 24 号。"还有 33 号！"又一个圆环内也喷出了丝线，吉冰飒兴奋地喊着，仿佛看到了安格的空房子也有可能受到旅行社追捧的希望。

这时，天空中飞出了一根风筝线，细线从拆迁房上的送信儿滑轮间出现，一端与空房子旅店上的风筝线相连，另一端向着旅游分局伸去。快抵达时，风筝线在空中分成两股，分别搭上那两个出现数字的圆环。环内马上喷出了墨绿色的气体，将歪歪扭扭的"24"与"33"都箍在了墨绿色圆环内，随后圆环便带着数字，分别滚到了风筝线上。

"三次出价机会，"橘沁竹看着一上一下，并排在风筝主线上的两个圆环，"出价越高者，滑轮就越靠近送信儿。"

"哟，33 号是志在必得嘛！"南扎一惊一乍的，"葵娜在别的旅行社也有亲戚？"

33 号与 24 号一前一后在风筝线上滚动着，但前者显然动力更足。"33。"橘沁竹说得意味深长。

"……恭喜软肢新创社！拍下了今年的第一栋空房子，第三栋来自……"飞鸟插播完，又迅速往下介绍。

天空中，为了竞拍第二栋空房子，又出现了一根分成三股的风筝线，更多的墨绿色圆环，像独轮车一样从分线滚上风筝主线，大家你追我赶，好不热闹。而随着拆迁房的竞拍结束，风筝线的一头从圆环上松开，33号圆环继续顺着风筝线向送信儿滚去。

"啾，啾……"原本固定在网伞顶上的送信儿，向天空传出叫声，并带动整个网伞发生剧烈地颤动。

"真是开眼了，这是放着活生生的大鹏不用，硬要自己造吗？"挤在前方的囚徒们都看明白了，葵娜的空房子下方正伸出一根根柔软的枝条，枝条缠绕，很快就有了大鹏的轮廓。

"葵娜的大鹏也来了，这可怎么办？"笛拉指着天边飞来的身影，她从没见过大鹏如此慌乱过，翅膀混乱地扇动着，飞行效率极低，身后似乎还跟着一个小黑影。

"是桑丘，"旺普带着哭腔过来了，他已经往安格的衡氧袋里踩足了气体，此刻正哆哆嗦嗦地走到人前，目光盯着天空，两只小手还交叉着抱在胸口，"逃不掉的。"

一道闪光从葵娜大鹏的翅膀上滑过。

"天哪！"大鹏的翅膀直接脱离身体，鲜血飞溅，凄厉的叫声令人心颤。

"当心！"吉冰飑拉着笛拉，南扎推着橘沁竹，往两边倒。旋转的斧头飞劈向人群，囚徒们纷纷扑倒在地，斧头直接砸进了泥里。

"啾！"拆迁房上的送信儿最后叫了一声，滚过的33号圆环灵巧地将斧头框了进去，继续顺着风筝线向空房子旅店滚来。而失去送信儿的网伞，没了拉力，巨大的伞面犹如落下的巴掌，重重地拍在空房子的外墙上。

笛拉瞪直了眼睛，空房子被拍吐了！

岩浆般的白色物质，从门洞里喷涌而出，骨架大鹏被迅速填满，惟妙惟肖的长喙间还传出以假乱真的"啾啾"声。恢复正常的拆迁房，黏在了骨架大鹏的背上。

"回来了回来了！"旺普跌跌撞撞地冲了出去，砍杀回来的桑丘，背上还绑着一只被割开喉咙的大鹏。巨大的脑袋毫无生气地搭在一边，鲜血流了一肚子。桑丘的半个身子也血淋淋的，样子很是瘆人。

一落地，旺普就跑上前托住自己的大鹏。想到它之前奋力拯救飞车的身影，笛拉心里一阵发酸。

"桑丘！"刚才一直没在的东杰叔，与草杉一起推着一车银色砂土过来了，他不断关注着草场，骨架大鹏越发沉重，"你赶紧去，骨头会被碾碎的。"

砍掉一翅的大鹏就落在竹骨架大鹏下方，桑丘转过身，撞倒才爬起来的囚徒们，再次迎风上扬，抵达半空后，又在空中急降，几乎是贴着枯草，箭一般地滑进了巨大的阴影之下。笛拉这会儿眨眼的工夫都没有，骨架大鹏背着空房子已砸进草场，四周腾起一大片水汽。还好！桑丘从另一侧，拖着大鹏的尸体滑了出来。而落地的骨架大鹏又迅速从砸凹的坑里飞起，不，不是飞起！而是被一根风筝线拽着，直接被拉向天空。

竹骨架大鹏背着空房子从头顶越过，笛拉顺着飞起的大鹏转过身，连在空房顶上的风筝线越收越短了，直到房顶触及"滑轮"，就是那竞拍成功后滚来的33号墨绿色圆环，它正卡在空房子旅店的风筝线上。

笛拉看明白了，"原来，是把大鹏变成了送信儿！"

"葵小姐。"

笛拉惊讶地发现，空房子旅店也不再是半栋了，原本缺失的一侧，已经由整栋拆迁房取代。粗糙且已经被敲砸过的门洞里，出来了一位脸颊瘦削、模样很是精明的年轻男子，他快步走向葵娜，"葵小姐，咳！我是33号新创社的社长，我叫高典。能为您服务，真是我的荣幸。""降落没问题吧？"葵娜别过头，也用力咳了两声。"鄙人有裱糊员资格证，加上您是一位了，了……"男子连打了三个喷嚏，"了不起的骨架员！"

空房子拍卖会

空气中飘起了细密的沙尘，吸到嗓子里火辣辣的。葵娜和那位裱糊员一前一后跑进了门洞，门洞很快就由另一扇实木门取代了，但这一半的房体依旧保持着拆迁房的模样。笛拉感觉自己没法留在原地了，周围的人都在咳嗽、打喷嚏，橘沁竹他们也不知去哪儿了。"阿嚏、阿嚏……"罪魁祸首……是现在站在上风口的革杉，他正挥着铁锹，将血淋淋的大鹏埋进银色砂土里。

一旁的旺普虽然没被呛到，却悲伤得很，直接从地上撩起裙边擦眼泪，露出两截肥肠般的棉裤。笛拉赶紧把目光移向东杰叔，他正被那位更换大鹏的囚徒缠着说东说西。东杰叔听得不耐烦了，当着对方的面拍打手套，立刻砂土飞扬，呛得囚徒满脸通红。

"人都去哪了？"笛拉换了个可以呼吸的地方站。

"死肥猪！你倒是使点劲啊，光我们出力有什么用！"大铁笼的方向传来了吵闹声，是围在铁笼边的监狱职员，正在努力架起迷糊的金宏，往笼里抬。"起、起啊，吃那么肥，就不能自己使点劲吗？"

"啪！"一声脆响，一个陶土杯像手雷一样，在职员的后脑勺上爆炸了。职员回了半圈头，看见橘沁竹，南扎也飞奔上前，配合地给橘沁竹递了一杯满满的橙汁。职员见了，直接吓晕了过去。

"拍卖会结束前，铁笼不许动！"橘沁竹是在警告几位准备打安格主意的监狱职员，他们都被银色面具吓退了。

旺普也抽泣着跑回去，继续往安格的衡氧袋里充气。橘沁竹去到金宏面前，将橙汁递给他，可金宏没心情喝。

"哎呦！"橘沁竹一把拽过了金宏的衣领，笛拉则被人结结实实地撞了一下腰。是吉冰飚冲了回来，怀里还抱着一把带血的斧头。

"你先歇一会儿呗！要是安格先生的空房子能卖出去，断翅鹏就不用被砍了！"吉冰飚是在与大步冲来的桑丘沟通。

桑丘现在的模样就是个恐怖的血人，笛拉马上张开双臂，护着吉冰飚往后退。"桑丘，安格的空房子可以……"

"桑丘！"南扎冲过来一把将桑丘箍住，"有戏有戏！不信你们看金胖子！"

橘沁竹已经松开金宏，而金宏从原本的抗拒，变成给自己猛灌橙汁了。

"金胖子是串串社的成本员！"南扎大喊道。"成本员！"笛拉扬起的嘴角抽搐了一下，"可、可他没带回空房子呀。"

"旅游总局有这样的规定！"如果不是斧头拽着，吉冰飑估计能蹿上天，"下5000深寻的囚徒，只要能从卷钩子手里活着回来，就算没找回空房子，也能通过出一大笔保释金的方式，把自己赎出来。"

"你们到底在闹什么？"桑丘试着挣脱南扎。笛拉赶紧解释，"只要能找齐两位降落所需的四大员，康老头应该就会同意拍下安格的空房子了。"

"康店长？"桑丘一用力，南扎直接被弹了出去。"不信你问橘沁竹。"

橘沁竹回来了，依旧用冰冷的目光扫过桑丘，"金宏之前，与安格是一个牢房的。"

"对对对。"吉冰飑在桑丘的注视下，声音越来越小。"说是在牢里就谈妥了，如果金宏没找回5000深寻的空房子，就上安格的新创社当成本员，安格答应要把他赎出来的。"

桑丘听着皱起了眉头。

"我原本只准备下5000，所以手里还留了一笔买地址的钱。"橘沁竹慢条斯理地说道，"就算安格不赎，我也打算把金宏赎出来，要不总觉得占了他的空房子。"

"那不就行啦！"南扎跳起来鼓掌，"笛拉，你赶紧去告诉康店长吧。降落需要的两位四大员够了，金胖子、橘沁竹。""谁？"桑丘以为自己听错了。

"可以告诉桑丘吧？"笛拉小心翼翼地征求橘沁竹的意见。

橘沁竹只是别过了头，没有说话。笛拉立刻凑到桑丘耳边，把云图和飞羽门票的事都说了一遍。

空房子拍卖会

"……还有绕飞车的时候啊,"笛拉抱歉地指了指桑丘的"袈裟装","就是因为我在心里喊了断翅鹏,它才下来的。"

桑丘确实很震惊,但一个劲地摇头,目光转向橘沁竹:"你可是有资格证的定云员啊,笛拉有……"

"嘘!"吉冰飚和南扎异口同声道。桑丘摇了摇头,"这种情况你给棉靴族定云……"

"说清楚了!"橘沁竹厉声打断道,"我是为新创社定云。"

橘沁竹说完就一把拽过笛拉,"别废话了,我现在陪你去找康店长。""哇!太好了太好了!"南扎和吉冰飚激动地跳跃起来。

"就算你愿意……"桑丘继续在身后大喊。笛拉听到橘沁竹很重的吸气声,猛地定住,回过头,"如果没有更好的办法,希望你把嘴闭上,我已经决定了。"

在橘沁竹的怒视下,桑丘看来是真的把原本要说的话憋了回去。"康店长真的答应你们了?"

笛拉感觉橘沁竹好像松了口气。桑丘又抬起手臂,指着空房子旅店上的半只菱形风筝,"他现在可是能出门的。"

"出门?"

"出门!"

11

逃跑的康巴里

阳光从倾斜的廊顶照进来，原本幽暗窄长的廊道，已经完全被扯开了。廊顶露出凌乱交织的钢丝线，钢丝外附着着一层透明的水波窗，窗户上不时浮现出被风吹起的波纹。

"康店长不在书房。""也不在储藏室。"

旅店里满是密集的脚步声，吉冰飑和南扎正忙着全屋搜索。

"不用找了。"桑丘指着从门廊顶上垂下的斜斜的风筝线，连着轮线盘被一起拉进了一侧的窟窿里。原本柔软的墙壁被葵娜的拆迁房取代了，拆迁房的一侧有个大洞，此刻黑黢黢的窟窿正对着康巴里的书房门。

"康店长只要握住轮线盘，就能直接进入外界的这栋空房子，"桑丘解释道，"这是葵娜的拆迁房，也是去年与飞灵师交换的人住的屋子。"

"小男孩家？"笛拉想到——今年被拆迁了？

"飞灵师会在这栋房子里，留下一间专门用来存放另外半只风筝的云屋，屋外会包裹上一层意识轨道。平日里，就算这栋房子里有人住，云屋也不会打扰到外界人。"

"那……"笛拉打量着风筝线，"我们现在是要把康老头拉上来吗？""想要控制这风筝线，除非我当店……"

"噢！"笛拉用力拍打额头，"我怎么给忘了，要是康老头愿意拍空房子，就得桑丘你当店长了吧。天呐，你刚才在外面飞得那么好！"

站在一旁的橘沁竹突然"哼"了一声。这不免让人尴尬，但桑丘假装没听见，还安慰笛拉，"不用担心，从我决定当康店长的助手，就已经做好当店长的准备了。"

"最好是啊，"橘沁竹还继续挖苦起来，"你的领导都跑了，这种话现在怎么说都行。"

桑丘沉默了。笛拉打起圆场："是我太大惊小怪了，在我们的世界，没有什么工作是需要把人成年累月地关在同一个地方的，这太苛刻了。""这是成为高云层的代价。"桑丘的拳头开始"咯吱"作响。

"康店长也不在厨房。"南扎拍着肚子从厨房里走出来，嘴巴一圈油油的，一只手里还握着一根大香肠，看到笛拉三人都瞪着他，"嘿嘿，羽萨作证，我就只拿了一根香肠，真的。"

吉冰飏也猫着腰来到笛拉面前，脸颊红红的："给。"是一杯橙汁和一块金色的馕。

"吃了也没用！"桑丘在努力让自己避开之前的话题，"这里是意识轨道，你只会感觉自己在吃东西。这些食物，对你们外界人的身体没有任何帮助。"

笛拉克制着咽了口口水。

"帮助也是有的吧，"笛拉觉得橘沁竹最好还是别开口了，"意识最会骗人了，骗骗自己，今年又能走运地分进一家新创社。再骗骗自己，这家新创社也一定能走运地被五大社收购。反正你们低云层一直以来的追求，不就是骗着自己多活几天吗？"

桑丘再也忍不了了，一个转身，笛拉以为桑丘会冲上去卸掉橘沁竹的两条手臂，但他只是猛地跳上石堆，扒住黑漆漆的窟窿，大喊道："逃跑有用吗？"

喊声直接喊倒了空房子,但是是屋外的!

笛拉先一步冲去门口,看向天空:"不会吧!"吉冰飑和南扎也踮着脚跑了过来,瞪着天空,"安格先生的空房子塌了?"

是原本撑在空房子外的框架塌了,现在正分成一根根铁棍,包围了手举"棉花糖"的工作人员。

"那栋苍白的空房子注意了!你现在表现得像个小流氓!我只是说2000深寻的空房子暂告一段落,拍卖会是按房子被找到的顺序来进行的,你作为最后一栋从深寻回来的空房子,心急什么!诶,你还袭击我……"

"啾,啾!"与天空的混乱相比,东杰叔正有条不紊地将手拢在嘴边,呼唤他的大鹏。而旅游局上方,旺普的那栋小公寓房似乎非常受欢迎,像串串社的圆环内,甚至都出现了扇面,三个竞拍数字同时出现在一个圆环里。墨绿色圆环争先恐后地滚到风筝线上,新一轮的你追我赶开始了。

"啾,啾!"东杰叔的大鹏已出现在天边,一场激烈的竞拍后,最后是串串社下的一家新创社,成功拍下了旺普的空房子。

"东杰叔肯定会把上新创社的机会让给旺普的,"吉冰飑坚定地说道,"虽然大鹏被砍了,但只要那家新创社能飞过第一个云层,旺普到时就有机会参加踩云测试了。"

"是啊,说不定旺普这衰鬼还能踩住云呢!"南扎不爽地将啃了半截的香肠塞进棉靴,"真是倒胃口。"

"啾,啾!"大鹏配合地飞到空房子下方,网伞拍落,混合着隐耳朵的黏云,顺着大鹏的背部往下流,很快它的腹部就像裹了好几床棉被。黏云又顺着大鹏的脖子流向利喙,这就像挂了一个大鼻子在上面,模样一下变臃肿了。

"虽然不好看,"桑丘和橘沁竹像两块同极互斥的磁铁,板着脸站到了队伍的两边,"但大鹏的腹部和鼻部,是接受声音最灵敏的部位。"

"我怎么听到有人在骂我?"质问的声音从后背传来。

逃跑的康巴里

"康、康店长回来了!"南扎和吉冰飑如临大敌,互相推搡着跨出门槛,但两人都被门槛绊了一下,一并跌出了旅店,偷藏的食物从棉靴里掉出来撒了一地。

手握轮线盘飞来的康巴里用脚背勾住门槛,整个身子往前俯冲:"说了我的房间不是大铁笼!"他鼻子都快碰到小棉靴了,又迅速弹了回来,松开的轮线盘在风筝线的拉动下,停在了廊道中间,"谁让你们扫荡我厨房了!"

南扎和吉冰飑连滚带爬,抱着食物跑掉了。

"康老头!"笛拉的面颊感受到了掌风。康巴里才在门槛上站定,就向笛拉挥出一掌:"你别说话,最烦的就是你。"

"康店长,您终于回来了。""桑丘!"康巴里拖着声调扭过头,"我要说多少次,我是出去玩了吗?为什么在我忙着接待提前抵达的游客时,你这个纸老虎,连吵架都吵不赢?"

桑丘尴尬地垂下了头:"我觉得她说得没错。""没错你就赢不了了?讲道理还吵什么架呀!"康巴里将一张表格拍在桑丘胸口,"这么多年不对夏城开放了,猴急!"

"夏城的?"康巴里一把推开笛拉,他已经在门槛上稳稳地转了180°。"哟!"康巴里操着阴阳怪气的声调,"怎么还有个高云层的精英在这儿呢?"

桑丘拿着表格进了书房,笛拉真想跟去看看,进来的是哪个夏城人,但现在这都不是关键。

"我想为您的新创社定云。"橘沁竹诚恳地说道。

"哈!"康巴里踩着门槛靠近橘沁竹,"别急着给我下套啊,我是去了趟前台,却非常注意着不在这一降一升中伤到任何一边的脑子。你确实是一位不错的定云员,比起安格嘛,"康巴里从指甲盖用笔画到整根小手指,最后夸张地画了一圈手臂,"不错和杰出之间,差异有多大你是清楚的。"

"你说话能不能……""说了闭嘴!"康巴里打断笛拉,目光继续盯着橘沁竹,"不用当真的,我知道你也只是客气一下,毕竟现在只有你一位多管闲事的四大员,能有什么用呢?"

"橘沁竹还会赎出金宏,他是串串社的成本员。""多嘴多舌的你,真是令人厌恶!"康巴里像放鞭炮一样骂完笛拉,又立刻凑近橘沁竹,吸了两下鼻子,"怎么去了趟深寻,连气味都变了,你们高云层精英迷人的自私恶臭呢?折腾没啦?在深寻没死成,还要来带上棉靴族吗?你这短暂的一辈子,到底是要把自己搞得多臭……啊!"

康巴里飞走了!

"笛拉!"橘沁竹都惊住了。"别跟他讲道理!"笛拉气不打一处来,直接将康巴里推出了旅店。

"啊!"康巴里又尖叫着向门槛飞了回来,"安格找回的,是那栋空房子!"

天空中,有位机灵的工作人员从"棉花糖"中扯下一小块,像逗狗一样扔了出去,铁棍们为了争抢那块小云团,"丁零当啷"地撞作一团。

"安格之前帮助过 2000 深寻的空房子,飞到过第二个云层高度。"笛拉边说边闪过身。

康巴里一回到门槛就马上跳了下来:"那栋房子和你一样,是疯子!""如果当时的社长同意,肯定还能飞过第三个云层。"笛拉不管不顾地坚持道。

"你个疯子!"康巴里惊恐未定,"疯子疯子!这样的空房子,生个闷气都有可能把自己搞解体。飞到第二个云层,那都得是运气中的运气,还第三个!那时运气早用光了,你是要所有人等着从高空坠落吗?还是要向高云层求饶?"

"是互相帮助!"笛拉反应迅速,"在深寻的时候,如果没有安格和橘沁竹,我们一定已经死在 5000 深寻了。而安格和橘沁竹,也是因为大家豁出命的帮忙,才活着回到春城。求助,不是什么可耻的事。"

"我算是明白了,"康巴里逐渐找回了思路,"难怪你能从 10000 深寻活着回来，我原本以为你只是个遇事爱嚷嚷的小姑娘，其实不是啊，你很有手段，是太有手段了！你比那些只会欺负弱者的傻子强多了，也比那些只会把自己送回监狱的垫脚石有手段多了。你年纪不大，但脑子还是有的，你懂得寻求方法，与人为善，遇到矛盾，化敌情为友情。最后，稳稳当当就你一人，带回了10000深寻的空房子。"

"你是不是……""我不是在表扬你！"康巴里为自己的表述不清很气恼，"你能说出求助这种厚脸皮的话，是你压根就没有飞抵春城的决心。我告诉你，如果安格现在醒着，他绝不会用这样的空房子来冒犯我！"

"为什……""把嘴闭上吧！""为什么棉靴族要那么尊重你？""什么？""就因为你能找到好的空房子？"笛拉望着比之前更讨厌她的康巴里，"可那不是你的职责吗？要说你为什么这么做，还不是因为你不想上高云层，想留在空房子旅店，想让旅游局不赶走你。"

康巴里压近的面孔无比狰狞："别以为能找回10000深寻的空房子就很了不起，你浑身上下沾了飞羽门票的多少光，心里没数吗？"

这话着实给了笛拉一记重拳。

"我告诉你一件事，"康巴里凑到笛拉耳边，"我答应安格的是购买10000深寻的空房子，2000的，不可能！"

"其实……""说了闭嘴！"康巴里真的要炸了。"其实安格从来没有告诉过我们，与他约定买10000深寻空房子的人是你。"这回，康巴里终于不急着骂回来了。

"我想他真的是非常尊重你，所以只想等一切都处理妥当了，才把你邀请上新创社。可我，你让我下10000深寻，我好几次都差点死掉，我没必要假装尊重你，我可以和你说实话。"笛拉将拳头攥得紧紧的，"安格下10000深寻，是为了他自己吗？不，连飞鸟都说了，其他脱靴者都过起了自己的生活。安格是为了低云层，为了棉靴族，才想创办新创社！可到头来呢，他组织抗议，下 10000 深寻，现在又要被关回监狱！创办第六大旅行社为什么变成了安格一个人的事？这事这么难，他一个人根本做不到呀！你也一定问他要什么信心、决心了吧，没有，没有信心，但……"

一大块"砖头"狠狠地拍在了笛拉脸上，是康巴里从棉靴里掏出的《高奢品订购目录本》。

"听不下去了。""但我们有勇气！"笛拉捏着被拍扁的鼻子喊住了要离开的康巴里，"在深寻的时候，安格让我们做好能做的事，我想这就是勇气，我现在就是在做能做的事。拜托了，买安格的空房子好吗？"

"滚蛋！"康巴里头也不回地进了书房，重重地关上了门。

笛拉感觉自己的脑袋被砸得晕晕的，自从转学后，她已经快忘记这种身心俱疲的挫败感了。

"笛拉，"橘沁竹拿着那本《奢侈品订购目录》走了过来，"你看。"

目录本里夹着一张青草纸，纸片上的所有订购项目都已经被划掉了，退货理由是："创业需资金！（另：没拆封的商品可以退吧！）"

笛拉感觉自己真的快晕过去了，"康老头，他之前就准备拍了？""我想，他大概是需要一个合适的台阶吧。"笛拉深呼了一口气，"好吧，不过现在还有一件大事。"

笛拉的目光落在门口那撒了一地的橙汁和被踩烂的馕上，"我好饿啊！"

"可算是消停了，"飞鸟喘着粗气，"让大家久等了，5000 深寻的竞拍马上就开始。"

铁棍们在几小团黏云的挑逗下，自己和自己干了好几架，现在终于颤颤巍巍地立回了空房子。

"第一栋来自 5000 深寻的空房子，在外界有个非常动听的名字，叫'并蒂小舍'，是由立筒社骨架员何笑找到的……"

5000深寻的竞拍，连2000的一半时间都没花到。不单是空房子数量少的缘故，更是因为参与5000深寻竞拍的多是五大旅行社。五大社无比清楚自己的需求，因此下手非常果断。像软肢社，直接就拍下了并蒂小舍——那栋灰蓝色斜屋顶，外墙用米白色横格板包附的雅致空房子。这栋房子也是他们赞助的骨架员找到的，房子的外形就像是将两栋别墅砌在了一起，正门就有两扇。一扇门呈红褐色，另一扇呈棕黄色。工作人员用棉球顶开了其中一扇木门，红褐色木门的一侧就先一步膨胀起来，随后云团自动跑向另一侧，顶着棕黄色木门的一边以更大的体积膨胀。云团就这样，一左一右地跑动着将房子的两边不断撑大。与2000深寻的空房子相比，仅一半房体，就完全超出了2000深寻的膨胀体积。橘沁竹分析道："两个门，没点脑子连旅行社的入口都找不到，确实很对软肢社的胃口。"

除了对胃口、目标明确的，更有丝毫不"恋拍"的。那栋在深寻见到的很像鬼屋的灰黑别墅，依照飞鸟的介绍，它是一栋民宿。膨胀起来比并蒂小舍更大，外墙与屋顶都是深灰色的木格板，但木格板间又使用了大面积的玻璃，阳光一打上就亮闪闪的。棉球放入后，很像一块被枯黄果壳包裹的巨型钻石。硬块社和板脸社都有意向拍，但圆环才滚上风筝主线，硬块旅行社就停住了。硬块的退出，让板脸社顺利拍下了这栋"钻石房"，橘沁竹对此坚信，"硬块旅行社只是试拍一下，它在为拍10000深寻的空房子蓄力。"

而其他几栋5000深寻的空房子里，有一栋历史悠久的古宅，房屋的主人刚刚才将其捐赠给清潭市政府。笛拉对这种外形的房子很熟悉，在旅游景点很常见，白墙黑瓦，两层高，横向有八个开间。房子外立面没有任何损伤，顶上的砖瓦也排得整整齐齐的。整栋房子就像是一位衣着得体姿态高雅的老学者。黏云放入后，也没有像之前那样粗鲁地快速膨胀，而是缓慢有序地扩张，生怕动坏了老房子的"关节"。或许是因为性格太过沉稳，不适合春城这种上蹿下跳的节奏吧，这栋老房子是由一家财力不错的新创社拍下的。

同样被一家新创社买下的，是一栋结合了桥梁和框架结构的空房子，房屋两侧的墙体像小山一样拱起，为了凸显框架结构，还搞得墙面空一块，实一块，笛拉一度认为那是一栋烂尾楼，五大社自然是不愿意去抢一栋过于创新的"烂尾楼"的！

"笛拉笛拉！"吉冰飑突然过来了，边跑还边从棉靴里掏出一个金色的馕，"我和南扎要把食物分给其他人，你愿意吃点吗？"

橘沁竹用手指顶住面具，像是在憋笑。从鞋子里掏出的食物，笛拉是不想接的，但胃里早唱起了"空城计"。

"谢谢啊。"笛拉还是颤抖地接过了馕，吉冰飑心满意足地跑回人群。笛拉注意到，人群中的很多小饲养员，身上都背了大大小小的靴子。

"2000深寻的空房子，允许上20位棉靴族。5000的是40位，10000的应该是60吧。"橘沁竹解释道。"那要是还有更多的棉靴族？"

橘沁竹耸了耸肩，"这几个数字，还得是旅行社好说话呢。""看来你没有骂错，低云层是得有自己的旅行社。"笛拉顺势咬了一口馕，嚼了两下才被自己吓了一跳，"其实我挺担心的，以现在这种条件创办新创社，真的可以吗？我也只知道两个云层。"

"就算只能飞跃一个，"橘沁竹看向笛拉，"这个尝试也是好的，毕竟棉靴族快没得选了。有一点你不了解，低云层可能也不是太清楚吧，"橘沁竹伸出一根手指，指了指顶上，"飞灵师在上面，一直在抗议新创社呢。"

"飞灵师！""你的门票就是飞灵师给的吧？"

"能送外界人交换门票的，也就他们了。但如果你出事，飞灵师好像和我们四大员一样，也是会遭到反……"橘沁竹摆了摆手，打断了自己的话。

"可刚才你说，他们在抗议新创社？"笛拉疑惑地问道，"这不就和安格一样吗？飞灵师这是要帮低云层呀。"

橘沁竹作惊恐状："飞灵师大概是整个春城最看不上棉靴族的人了，他们抗议新创社，只是因为新创社数量太多了，大大增加了他们的工作量。飞灵师是全才，成本、裱糊、骨架还有定云，他们每样都得学，成为飞灵师的天赋更来自羽萨的赐予。这么心高气傲的一群人，怎么甘愿被五大社当成钟点工呢。"

"钟点工？"笛拉反复咀嚼着嘴里的馕，回忆当初凤灵那光彩靓丽，与钟点工没半点关联的模样。

"飞灵师是拥有反扼春城能力的，"橘沁竹感叹道，"五大社不愿载棉靴族是事实，而飞灵师飞得怨声载道更是越来越严重的现象。等顶上的矛盾真正爆发了，你懂的，没有谁会顾得上棉靴族，低云层必须靠自己。"

谈话的空当，立筒社已经拍下了一栋很合适他们的空房子，筒状的外墙长满了植物，还拖着像蜗牛般的尾巴。紧接着要展示的就是小交嘴鹏的玻璃罩了。

"大家排好队。"说话的是那位颇有指挥能力的凌兰花。

吉冰飑将食物转交给她，再由她均匀地分给其他小棉靴族，自己则赶紧冲上去控制住情绪激动的南扎。

"五大社目前还是能用隐耳朵控制住飞灵师的……"橘沁竹有感而发。

"现在沾在大鹏身上的隐耳朵，与飞灵师手中的隐耳朵根是彼此关联的，即同一株植物。在降落过程中，飞灵师只有尽可能地保住隐耳朵，也就是旅行社，才能维持根的质量。而根的好坏，又直接代表了飞灵师的能力。飞灵师除了与生俱来的天赋，更得经过层层磨砺。正常情况下，他们是舍不得拿自己的职业生涯冒险的，但真要逼急了，以他们飞扬的性格……"

橘沁竹晃了晃脑袋，"低云层，必须要自己强大起来才行。"

"橘沁竹，"笛拉吞咽了一下，"你是高云层人，还不是脱靴者，这么替棉靴族着想……"

"这毕竟是我第四次下深寻了，"橘沁竹轻叹了一声，"又遇到了这么多事……之前，我一直没法理解，为什么身上有闪光点，在深寻还给过我帮助的棉靴族，会变成需要我去同情的弱者，板脸社最讨厌弱者！可这受伤的两年……确实是难的，没有机会，要从最低点往上爬……但这难吧，其实又与别人无关，与困难的大小也无关。唯独与一点最有关的，那就是自己退缩的心！一个人，一个云层，如果只会同情自己安慰自己，别说抓机会了，完全只会躲机会。"

天空中，小交嘴鹏找到的空房子，正不断地躲开工作人员。谈话间已错过了飞鸟的介绍，耳边传来的议论声也没有客气的。

"就是一个玻璃罩吧！能有什么惊喜？"

工作人员一下悬飞到空房子下方，趁房子不注意，贴着门槛，将云团往里伸，但木棍显然不够长，工作人员只好飞上去，跟着往里走。

"体积不大，喉咙倒蛮长的。""这是把人吃了？"工作人员已彻底钻进了玻璃罩。"云网还没拍呢，自己就要吐了？"

玻璃入口像胃袋一样，一起一伏地抽搐起来。一道光影"唰"地从玻璃内滑过，工作人员直接被喷了出来，一同喷出的还有白色的云团，云团之后黏了一长串格子样的房子。

"商城！真的是商城！"南扎发出的是惨叫。

空房子一节节地盘旋在空中，随着黏云的膨胀，从一条"小蛇"，变成了盘起的"大蟒蛇"。

"这么好的空房子，怎么就跟我一点关系都没有了！"南扎仰天长啸，跪在两个同伴的背上。

天空早没了非议声，取而代之的是惊叹和掌声。

"这是小交嘴鹏找到的，那两只小交嘴鹏。"吉冰飑想要起身，想要大声告诉所有人。

"啾，啾！"天边还传来了断翅鹏的叫声。

橘沁竹也给出了极高的评价，"这是我遇见的最好的5000深寻空房子。"

大鹏背着恢复正常的"玻璃罩"向菱形风筝飞来，有次序地排在了2000深寻的大鹏下方。

"降落还有顺序吗？"笛拉问道，同一根风筝线上，5000深寻的空房子都排在2000深寻的下方。"安全系数越高的，越早降落，这是为了不挡到后面的。"橘沁竹解释道。

"那要是有一栋下不去呢？"笛拉并不想乌鸦嘴，"后面的也跟着下不去了？""预定时间一到，上面的就可以直接往下撞。"

"撞啊？"笛拉被嘴里的馕给呛了一下，咳嗽着指向头顶，"那安格的空房子，说不定会是最上面的一栋，最安全。"

目前排在最上方的，是葵娜的拆迁房。

可橘沁竹却不这么认为："不管哪个位置，大家的降落时间都是公平的，上面就算没有旅行社，还有风筝呢。越靠后，风筝的浮力就越弱，到时说不定会晕飞。"

"橘小姐，"串串社的工作人员出了门洞，他们拍下了小交嘴鹏的商城，也算是风格特点都非常符合他们的诉求。

"我去交接一下。"橘沁竹说着快步向串串社的门洞走去。

"接下来，就是本云区期盼已久的时刻了。10000深寻的空房子，这在整个春城也极其少见。据资料显示，该栋空房子来自于清潭市绿色建筑规划园，这是首栋通过国家海绵城市安全评估的自然科学基金项目，用于研究雨水径流中的污染物质通过生态滞留设施渗入后在自然土壤和地下水中迁移的情况……"

飞鸟停下来喘气时，出现了满天的差评。

"开什么玩笑，这也太寒酸了吧？""这是10000深寻的空房子？确定不是一个铁皮盒子？"

笛拉一直没有描述自己找到的 10000 深寻空房子，实在是因为它的外形太过简单了。

飞鸟也感受到了这份惊喜的平庸，但还是得硬着头皮往下介绍，"该房子在园区很受欢迎，除了本身拥有极其规整的内部空间，地理位置也是园区最佳。个性与功能的完美结合，让这栋空房子成为了建筑园区的明星外租空间。瞧瞧，外立面上的小波浪多生动啊……"

"呸！不就是个集装箱嘛！"——笛拉听了都想拍手，描述得太准确了。"还那么招摇，刷了橙红色！"

"黏云赶紧吧，"飞鸟也没了耐心，"动作要快！黏云进去后，立刻就会显出不同来！"可黏云进去后，"集装箱"也只是普普通通地膨胀。

"10000 深寻的空房子，也不过如此嘛！""我看是康巴里压根就没料到，会有人找到 10000 深寻的空房子，以次充好呗。""这回硬块旅行社栽大喽！"

五大社的框架还都悬在空中，但除了硬块旅行社留有一大把风筝线外，其他所社剩下的人几乎都能数清根数。

"那些棍子，你们怎么又出来了？离远一点！"风筝线上传来此起彼伏的笑声，安格的空房子不嫌事大，正指挥几根铁棍去敲打"集装箱"。一棍子捅进去，集装箱的侧面就凹了，但黏云又将它撑了回来，并鼓出一个越来越透明的包。

"砰！""集装箱"橙红色的侧面，弹出一个金黄色的盒子。

"呀！原来它不是单体膨胀！"飞鸟嚷嚷得很大声，生怕别人都没看清，"大家都看明白了吧，10000 深寻的空房子被激活了，它的膨胀简直没有边界。"

"集装箱"正像堆积木一样，从各个侧面长出颜色绚烂的新体。

"我最好快些介绍那栋 2000 深寻的空房子，要不很快就看不见它了。"天空传来了翻纸声,"哎呦,真没想到啊,原来这两栋空房子是来自同一个建筑园的,它们认识!这是一栋可移动房屋,结合了折板厌氧反应器、缺氧调节池、水车跌水和景观型人工湿地……这都是些什么!但我总算明白为什么这栋空房子主意这么多了,它是一栋可以完成自给自足的空房子。只是因为内部空间过于个性不适合办公出租,位置又远离停车场,屋旁还有一条河,一到夏季蚊虫就特别多,租客待不久,使得该房子已面临拆除的风险。"

天空中的骨架在一一消失,飞鸟的介绍让之前没有竞拍成功的新创社炸锅了,他们本就不可能与硬块旅行社竞拍10000深寻的空房子,转而抢起了安格的空房子。五个骨架,除了硬块旅行社的,都"滋滋"地溅出水花,消失在了空中。而安格的这套空房子,在放入黏云后,也有些单体膨胀的架势,接连喷出了三个白色房体,房子头尾相连,组成了一个庭院式的四方空间。

"笛小姐。"是橘沁竹回来了,笛拉很惊讶她这样称呼自己。

"笛小姐您好,"橘沁竹向笛拉指了指耳朵,她的耳朵上挂了一条若有似无的丝线,"很抱歉用这么春城的方式与您沟通,我是硬块旅行社竞拍部经理,我姓奚。"

"哦。"笛拉向橘沁竹做了个"硬块"的口型。"由于您找到的10000深寻空房子比较特殊,没有起拍价,分局给了我们与您意识沟通的权利。我们需要与您商量一下,10000深寻空房子的价位。"

"34号?这、这不是康店长吗?"飞鸟在天空发出惊叹。

"一般店长会拍的空房子,都是有问题的。"橘沁竹的面孔呈红白两色。"您今年要创办新创社?"橘沁竹叹了口气,"把竞价抬得过高了。"

"羽萨保佑,我是小瞧你了不是,"康巴里的怒吼从圆窗里传出,"一栋破房子都能被你拍出天价!"

"了解到您被监狱扣押了视觉色彩,我社已从监狱方面将其赎回。如果您确定这就是您要的价位,我们现在就可以将颜色还给您,完成竞拍。"

"等等！"笛拉看着 34 号极其艰难地往前挪。

"还请大家理智竞拍，"飞鸟也终于反应过来，"之前说的都不是重点，这栋空房子的隐耳朵都是关闭的，找到该房子的定云员安格也昏迷了，分局完全不推荐大家竞拍。而且这栋空房子之所以被定在 2000 深寻，是因为长时间被冷落被轻视，情绪已变得无比怪异，又极不受控……"

"桑丘！"康巴里在屋里大吼，34 号前的竞拍轮都停下了，但康巴里想要拍下安格的空房子，就得赢过前面那一长串"僵尸"滑轮，"去催那些奢侈品店，发货那么快，退钱怎么就不痛快了！"

"店家都说没有退款这一项，倒是推荐了不少当铺、二手店。""奸商！都是奸商！"

"我只能拿回视觉色彩吗？"笛拉的发问引起了橘沁竹的注意。

"是的，笛小姐，只能一样。不过，鉴于您找回 10000 深寻空房子的成就，我会向您推荐硬块旅行社的贷款部门。""贷款？"

橘沁竹也向笛拉抬起了眉毛，"请不要惊讶，作为同样负责贷款部门的经理，我已经注意到您有资金方面的需求了。我建议您用您的视觉色彩做抵押……"

"不不不，色彩对我非常重要！"笛拉快吓死了，如果视觉色彩拿不回来，她就属于不完整意识，到时她就没法使用交换门票，意识进不了春城就没法控制断翅鹏，这样所有的努力都白搭了。

"那要不这样吧，硬块旅行社愿意将视觉色彩还给您，这三个月中，无论在春城还是外界，您都能正常看到颜色，但也只有这三个月，三个月之后，您必须准时将贷款还回，否则，您将永远失去您的视觉色彩。"

笛拉的胸膛在颤抖。"那就谢谢了。"

"不客气笛小姐，我这就给您办理，一笔新创社创办资金，按今年拍下 5000 深寻新创社标准的三倍发放。"

"等等！"笛拉不安地问道，"三倍，是不是多了点？""不多，经营一家能飞回春城的新创社需要很多资金。"

"那……"笛拉觉得自己现在一定表现得很没出息，"借钱是要还利息的吧，我是不是要还很多利息啊？""不需要利息，笛小姐。这是硬块旅行社专门为您提供的无息贷款。""无息贷款！""实时到账，直接转给康店长可以吗？""哦！还可以这样，那就转吧。"

"成功了！成功了！"吉冰飑和南扎在抱着旺普痛哭，34号一下冲到了风筝线的第一位，其他小棉靴也在大喊大叫，仿佛低云层已经成功创办了第六大旅行社。

"啾，啾！"臃肿的断翅鹏背着安格的空房子，排到了风筝线上倒数第二的位置，看来比拆迁房的安全性还高一些。而革杉的大鹏直接背着10000深寻的空房子，还有144号分局，排到了降落的第一位。

"另外……""你说。"笛拉愣愣的。"现在这种情况，您一定会再交换进春城的吧？""对，我得帮旅行社赚钱吧。""那我这边就不收回交换门票了，您一定要记得使用哦，以免来年再下深寻。"

笛拉的耳朵抽动了一下，只见橘沁竹耳边的丝线消失了。

"硬块旅行社……"她一字一顿地确认道，"给你贷款了？"

笛拉恍惚地点了点头："这借钱的感觉，真像做梦啊！"

12 春城降落

"不是做梦,不是做梦。"康巴里笑得都快流口水了,两只眼睛紧盯着那本深红色的存折,"老了,还这么有钱,不义之财,花得就是快……喂喂喂!"

吉冰飑正像搞杂技一样,两手各托着10个绘制了不同花纹的盒子,从康巴里面前经过。

"知道这是什么吗?"康巴里紧张地盯着时刻会倾倒的盒子,"都是我的野餐盒!几十年了,如果不是靠它们替我转换心情,让我能够幻想自己在春城各地用餐,食不知味的痛苦,你懂吗?"

"不懂,康社长。""饿死鬼当然不会懂!"康巴里目光灼灼地盯着吉冰飑走出书房,一个转身,"哎呦!"南扎抱着一个巨大的锦盒过来了。

"当心当心!那里面都是我的灵感烟斗,哪里不通就点哪里,都是用易碎的水晶做的,我今天还没工夫抽呢,你是想让我憋死不成!""绝不,康店长。"

"是康社长!你个没记性的。"康巴里盯着南扎艰难地挪出了书房,头顶突然盖过一个黑影,一位脖子上绑着一个大包裹的小棉靴,正从康巴里头顶跃过，脑门狠狠地撞到了门框上，东西撒了一地。

"救命啊！"康巴里尖叫起来，"谁允许你用我的跳跳板了！多少个夜晚，当我被望远镜另一头的狗血哑剧搞得一头雾水时，是它用弹跳带我跳过了各种困惑。工作30年了，我能不疯，多亏了它。"

"《把每顿饭吃成你想要的样子》……《烟草、绅士和受人爱戴的你》……《减压大集之大家一起吃鼻屎》……"笛拉听到雨点般的脚步声，一抬头，康巴里的鼻子已经快压到自己脸上了。

"为什么最令我厌恶的，总是你！跟你说了别得意忘形，你一个外界人，在春城没半点资产，没交过半分税款，硬块旅行社居然瞎了眼愿意给你放无息贷款，还不是安格受硬块旅行社社长器重的缘故！"

笛拉向康巴里举起一本书，书名是《你可能真的有病，愤怒、嫉妒还有心跳加速》。

康巴里一把夺过书，拍进书柜，"我告诉你，如果不是因为春城是旅游之城，在文字和语言上都做了多样化识别，你一个外界人，直接闯进别人的城市，是没法这么过分地朗读别人的书单的，这可都是我30年的精……"

"哗！"吉冰飑又回来了，还顺便打翻了一个盆栽，翻出一大堆沙土，还有一个似乎已经枯死的种子核。

"说了小心点！"康巴里训斥。那块种子核差不多有笛拉的拳头大小，枯木色，外形很像是将一个椭圆形木块，进行了各个方向的拔丝。

"这种的是什么？"吉冰飑好奇地把种子核插到头发上。

"离上次见面，已过去多年。"这磁性的声音！

笛拉一扭头，就看到门口站着一位身穿黑色背带裤的老者，里面搭配了一件歪歪扭扭、颜色无比混杂的毛衣，毛线的粗细凌乱不一，导致两条衣袖都呈现出一宽一瘦的不对称感。他是……

"爷爷！"吉冰飑大叫。

康巴里一把将种子核从吉冰飑的后脑勺上拔了下来."小兔崽子，你好意思拿它梳头！"说着转向门口，"哪位啊？""吉于夫啊，康店！该称呼您为康社长了。"

没错，他是吉冰飑的爷爷，吉于夫。但笛拉现在两只眼睛都瞪直了，是因为之前从来没面对面地观察过吉于夫说话。他是用一根米白色的棒骨抵着喉咙发声的！讲话的声音完全是通过声带与棒骨的振动传达出来的。

"真是吉于夫啊，"康巴里皮笑肉不笑地寒暄起来，"你还没有死吗？"

吉于夫苦笑一下，那饱经沧桑的面颊就像是一个被放了气的气球，"托您的福，我年年都需要给您做偷话机，还要去新创社打工，日子算有盼头，也就没那么容易死了。"振动的说话声传递不出任何情感，就像机器人一般，但笛拉还是能感觉到他的坚强与乐观。

"有工作很了不起吗？"康巴里则完全是个刻薄的人，"把自己说得那么厉害，那就接着打工去呗，来我这儿炫耀干嘛？"

"是我让于夫叔来的。"一直忙于处理文书工作的桑丘，从书桌前起身，"这些年，于夫叔一直在为各家新创社做空房子降落前的整修工作，已经非常有经验了。""就他？"

吉于夫又向康巴里微微点头，"我主要是为各家新创社维修空房子，如加固门窗，要是在飞行过程中脱落，会导致舱内急速雾化，难以呼吸，大鹏即使能顺利降落，旅行社内的人员也不再具备生还的可能。还有检查房体是否存在裂缝，裂缝很容易导致空房子在降落过程中出现破损、开裂，甚至是解体。还有房屋内部的各路管道，如出现堵塞，应及时疏通，要不降落过程中会使空房子情绪憋闷，自我解体以至新创社坠……""行了行了。"康巴里打断道。

笛拉注意到吉于夫的脖子都发红了。

"真是太费耳朵了，"康巴里不耐烦地说道，"你既然拉得下脸，那就赶紧去检查吧，少在这儿鬼吼鬼叫地分析我怎么死。""明白了，康社长。"吉于夫还露出了笑脸。

"还有你们！"康巴里指着在屋里转悠着要搬东西的小棉靴们，"协助检查去，别在这儿碍眼了。"

"那这一屋子的书呢？"笛拉赶忙询问道。"留着！"康巴里大笑一声，去到了试衣镜前，"谁也别笑话谁，桑店长早晚是会用到那些书的。"

屋里的包裹已搬得差不多了，桑丘跑去书桌上拿了份文件，又给康巴里递了灌有萨启墨汁的毛笔，"您签个字就好了。"

康巴里一顿龙飞凤舞，甩了毛笔，潇洒地往廊道走去。

轮线盘在"唰唰"降落，笛拉和桑丘一出书房，就看到康巴里在绕着轮线盘嘀咕。

"奇了怪了。"康巴里绕圈时将轮线盘拍向桑丘，桑丘倒退一步才握住。

"关了我30年，关得我都无话可说了。"康巴里的身子慢慢靠向黑漆漆的窟窿，伸出一只手扣住斑驳的墙洞。"不说也罢。"康巴里用力一拉，柱状的房子居然转了起来，原本对着大草坪的半扇门，转到了走廊的一侧。

"康、康社长！""东杰啊，"康巴里冷笑了一声，然后看向橘沁竹，"还有高云层精英，你俩在合伙拆我的大门吗？"

"是修门。"橘沁竹笔直地站在门口，"修得差不多了。"

"康社长，我刚安排好家人，革杉会跟着硬块旅行社一起降落。"东杰叔说话时向笛拉露出了感激的神色，"其余的我都安排进了您的新创社……""我允许了吗？"康巴里的回答总能让人意外，"你知道2000深寻的新创社只能上20位棉靴族吧，可你那超生的家庭快占了一半了。"

东杰叔面露尴尬，"安格的空房子没有门锁，我们在换新锁时特意把人数调多了些，虽然早已超过20位，但刚才吉冰飑他们都顺利进来了，没有任何影响。上面的拆迁房也是这么做的，他们的后门到刚才还都开着接人呢。已经上了60位棉靴族了，新创社还要求他们都出靴（穿着棉靴，而不进入棉靴），据说是为了测试骨架的承重性，今年144号云区没有一位棉靴族被落下。"

"呵，某些人是不是对自己的能力太自信了，60位，还都出靴！谁知道到时会死成什么样呢。"康巴里冷酷地说道，"不过东杰，你好像还有合约在身吧？今年帮低云层唤回了大鹏，虽然没有带回空房子……""约定还是有效的。"桑丘马上认可道，"空房子前台依旧会负责带您与您的家人，降落与飞升。"

"听到了？带着你的家人滚下我的新创社！""可……""快去！"康巴里厉声说道，"我可不想超载，待在棉靴里的也不行！"

东杰叔只好跑进了空房子。

"还有你！"康巴里伸出短短的胳膊，拦住准备进屋的笛拉，"你也不准上。"

笛拉觉得康巴里不让东杰叔上，可能还出于为东杰叔一家子的安全考虑，说起来也算是贴心了，但现在不让她上，难道也是……

"我还没疯，"康巴里已经猜到笛拉想多了，"新创社在着陆前，大鹏要带着旅行社穿越一段没有意识轨道的空间，那里布满了落选的空房子意识，它们敏感得像卷钩子一般。"

笛拉和橘沁竹都露出了一丝不自然的神色。

"浮在天上严防死守，发誓绝不让任何一栋被选上的空房子降落，要是突然让一栋空房子在天上嗅出了自己主人的味道……"

"我家的空……不，我家的房子，"笛拉愤愤地说道，"可住满了人呢，没有空房子能闻出我。"

"那也不准上！"康巴里坚持道，"你一个外界人，意识和外界有着千丝万缕的联系。万一被哪栋你不认识它，它却认识你的空房子发现了，对了！我警告你，别在我们降落的时候勾搭断翅鹏，到时引发了乱流，呵！真是太冒险了！"

站在门口的橘沁竹向笛拉轻点了一下头。

"这回真的可以走喽！""等一等！"桑丘喊住伸懒腰的康巴里，"您就没有、没有什么要交代的吗？"

笛拉真希望康巴里别再回头了，但他缓缓地转过了身，注视着有些紧张的新店长桑丘，"对了，在我任职期间最后接待的那位游客，夏城来的，安排好了吗？"

"安排好了。"桑丘郑重地答道，"春城降落前，提前抵达的游客一律安排在前台，等春城降落后，就按旅游日程走。不过那位游客似乎不爱出门，之后的日程也只是待在不同旅行社的客房内。"

"客房里也有浴池啊，"康巴里自顾自地说着，"你觉得这样的行程很无趣？""那倒不会，行程有没趣，与玩了什么，抵达了什么地方，关系都不是最大的。主要……"桑丘吸了口气，眉头松了些，"主要还是自己的心情，自己的内心是否觉得满足。"

"那不就行了。你本就是我历任助理中最无聊的一个，待在空房子旅店不会有问题的，走了走了！"康巴里疯疯癫癫地跳进了门洞，"快！拿我的水晶烟斗来！真是憋死我了！"

东杰叔很快就带着一大家子过来了，他一一将孩子们抱下旅行社，笛拉数了一下，有五个，最后还拥抱了一下怀着孕的妻子。

"东杰叔（大哥）！"

笛拉见东杰叔又回了空房子。

"康社长对我，对我一家都有恩，"东杰叔看着像小猫一样挤在一起的几个孩子，他们睁着发红的眼睛看着自己的父亲。

东杰大叔安慰他们道："不会有事的，降落很快，我们很快就能见面了。"

迷失的空房子

"安格和金宏也都安排好了。"橘沁竹向笛拉打了个招呼。

"谢谢。"桑丘的声音不大,还很急促,但橘沁竹都听到了。

"走了。"橘沁竹看了眼面前垂着头的桑丘,轻轻地合上了大门。

有个孩子走上前抱住了桑丘。"别怕,"桑丘摸了摸他的脑袋,"和往年一样,我们都会平安降落。"孩子们虽然不安,却也没有哭闹。

桑丘伸出双手压住墙面,"笛拉,你也该回外界了,我带你们一起下去。"

桑丘一使劲,拆迁房像轱辘般转得飞快……

笛拉旋转着摔到了床上,包裹感从前胸拉向后背,最后一丝一缕地完全脱离了身体。

她再一次进浮云棉靴了,卧室已经在思绪中整理完毕,叠成"豆腐块"的被子被笛拉压出了一个大坑,整个脑袋都埋在里面。趁桑丘背着大家降落的空档(人一旦进入棉靴,重量可减轻),笛拉终于可以好好整理一下自己的思绪了。

"真是不一样啊!"笛拉一拳锤在枕头上,"春城、夏城,真的太不一样了!"

夏城的火焰、夏城的炙热,还有夏城的诅咒,说到底之前真正面对问题的都是巴卓儿,笛拉不过就是躲在别人身体里的辅助意识,动了动嘴,说了些自己不用使劲的话罢了。但现在进了春城,那火辣辣的恐惧,那落到积云上几乎要坠落的险况……笛拉的眼球被枕头压迫着,黑暗中,她仿佛看到了安格布满红血丝的眼睛。"安格……希望我别害了棉靴族。还有我的色彩……"

笛拉又锤了枕头一拳:"这都是什么事啊?我怎么就进春城了,都怪……"

"吱!"笛拉听到叫声,再次挥起的拳头停住了。

"吱吱!"笛拉用手撑起了上半身,左右张望,"棉靴里,还有老鼠?"

她翻坐在床上,探听着这"吱吱"声的来源,居然是从自己的口袋里传出来的!

"哦对了。"笛拉从口袋里掏出那只拥有贝壳般质感的隐耳朵,当时桑丘过来,她就顺手把松掉的隐耳朵放进了口袋。"吱吱"声,真的是从隐耳朵内圈的一排细孔里传出来的。

"年年加,年年加!"隐耳朵在笛拉手里振动了一下。那是一个激动的男声,声音像播音员一样圆润饱满:"看到没有,今年新创社的数量又创了新高。五大社真是疯了!抢云块、争排名,真是疯透了!""你就不能小点声吗?"是一个甜腻的女声,话语里透着十足的埋怨,"我的隐耳朵根都被你吓哆嗦了,还怎么进旋转器啊?"

隐耳朵根?是飞灵师!南扎之前说隐耳朵会偷听,让笛拉扔掉。"原来我也能听到他们?"笛拉立刻将隐耳朵更加凑近自己的耳朵。

"省省吧,哪有那么金贵。"播音男没什么风度的声音传来,"凤灵的隐耳朵根整日被猴子拿来梳毛,也没见他发愁啊。""你在看什么呢?"播音男的声音更加靠近了,"有没有看今年新创社的数量。""监狱,刚给我发了一只送信儿。"确实是凤灵,还是那副慵懒的声调,"去年帮我买风筝的笛拉,来春城参加飞车深寻了。"

笛拉的心跳一下加快了。

"这还用得着发送信儿吗?"女声轻松地说道,"你都专门为她跑了一趟总局了,肯定顺利啊,他们不都答应你确保她能找到空房子了吗?下了多少深寻,2000?""10000。""什么!"播音男惊呼。"哎哟,你吓到我的隐耳朵根了!"女声责怪道,"这要是没从深寻回来?那你岂不是要遭反噬?""你当飞灵师没多久吧!"播音男轻哼道,"我们飞灵师只要在歌唱时不伤害隐耳朵,哪来的反噬。不过就是一个从外界来的姑娘……"

"她叫笛拉!"凤灵不悦地强调道,"她救了我的命。""对对对,笛拉,那位从外界来的笛拉,就算她死了也反噬不到你身上。我们是飞灵师,又不用像四大员那样签意识协议的。"

意识协议？笛拉歪了歪头。

"而且笛拉，找回了10000深寻的空房子。"凤灵慢悠悠地说道。"10000！你是在说10000深寻的！"播音男又惊呼起来，"10000深寻的空房子，这都多少年没见了。""是啊，多少年没见了，"凤灵干笑了一声，"我一定得好好谢谢那位店长吧，他居然敢让笛拉下10000！""是啊，10000呐！我负责的云区怎么就……"播音男压住越来越明显的嫉妒，"可惜那些店长都躲在屋里，你想整他，有点困难吧。""他可不光是店长，今年还拍下了一栋空房子，说是要带领棉靴族创办第六大旅行社呢。"

隐耳朵那头一下安静了。

过了好一会儿，播音男突然清了清嗓子，"你今年负责的是哪个云区？"女声回答。

"144号。""那不就是……"播音男没说下去，隐耳朵那头又安静了。"你干嘛不说话了？144号云区怎么了？"女声不解道。"自己去查……算了，春城的历史还不是高云层说了算！"播音男有些烦躁，"144号是拍下了10000深寻的空房子？""不，是2000的，并且那栋空房子上的隐耳朵都掉光了。""哈，这也太嚣张了吧！"但播音男更像是松了口气，"隐耳朵都掉光了，还要创办第六大旅行社，这是比五大社还过分呀，连飞灵师都不需要了。""144号，"女声似乎想起了什么，"就是那位喉咙被撕裂的飞灵师吧。"

喉咙？笛拉感觉自己的心都抽动了一下。

"他当年为了救棉靴族，才把自己搞成那样吧。可隐耳朵都掉光的新创社，有这样的飞灵师也没用啊。而且往年这种类型的新创社，只降落不飞升的，又影响不到我们。""影响不到吗？"

隐耳朵那头传来刺耳的拨拉声。

"他搞砸了我的心情，"凤灵的声音变得阴沉沉的，"何况再不表示一下，

春城降落

新创社的数量越来越多,难道明年我们要学着脱靴者,顶着大太阳出门闹事?""这话没错,只是144号云区……"播音男似乎有所顾忌。"管他呢,都是上辈子的事了,"凤灵的声音变得极有压迫性,"有隐耳朵的旅行社不好动……"

"吱吱,吱吱!"隐耳朵在笛拉的掌心有些发热。

"那就趁降落,动一动没有的。"凤灵的声音平静得可怕。"我,支持!"播音男似乎是鼓起了勇气,"我每年负责的,也总有那么一两家没耳朵、玩降落,看着就碍眼。""我可不参加啊。"女声娇滴滴地把自己撇开了,"我的隐耳朵根还小,见不得那么血腥的事,会遭反……会神经衰弱的!你们看看,已经衰弱了,连旋转器都站不稳!"

隐耳朵越来越烫,笛拉低头一看,整片耳朵上都布满了裂纹,"凤灵!我是……"

隐耳朵已经变成了一摊石灰粉,笛拉一说话就飞散了出去。

"笛拉!"桑丘的声音从顶上传来,笛拉马上拍掉手上的粉末,翻下床,跳跃着往一只脚上套棉靴。

"这……"才站稳,笛拉就感觉自己又要跌倒了,"这就是空房子旅店在外界的前台?"

要说面前这间让笛拉惊到腿软的屋子,其实就是另一半空房子旅店吧。屋里的装修也和之前一模一样,东西大面积被搬空了,只留下那一墙搞怪、励志的书籍。但笛拉仍能听到自己因震惊而发出的呼吸声,这是因为整个屋子,都爬满了羽状枝条!

"这都是隐耳朵的藤蔓,在云屋里能显现出来,"桑丘依旧握着轮线盘,只是风筝线短短的,半只菱形风筝就悬放在屋内,"果子被送信儿摘掉了,枝条还留在屋里。笛拉,先送你回……"

"你要怎么接大鹏?"笛拉急忙制止道,现在并不是回家的时候,"我想看一看，可以吗？"

桑丘察觉到了笛拉的异样，不动声色地点了点头："没问题啊，接完再回去也一样。那大家都扶好了，我们这就上接飞场。"

东杰叔怀着孕的妻子也站在房屋里，身边还围着几个孩子。

笛拉见两个年龄略大的孩子扶住自己的母亲，另外三个孩子拉着笛拉往墙上靠。桑丘依旧握着轮线盘站在房屋正中。

"不能抓太紧。"一个女孩子指了指笛拉抓握枝条的手，她是革杉的妹妹，睁着与革杉相似的大眼睛，眉眼间还没有太多的忧郁。

空房子旅店在晃悠地往上升，笛拉抓着枝条的手，像摸到了无数条会滑动的泥鳅。确实不能抓太紧，因为枝条都在动！顶上的藤蔓先一步散开了，从屋顶往墙面倾泻，最后顺着墙缝、门缝，都钻了出去。

笛拉的眼角不时晃过一些小闪光，原来当枝条退去，墙上出现了一圈风筝。风筝造型各异，每个风筝下方还有一张票壳！它们不是常规的拇指般大小，而是有半个手掌。票壳表面还不时亮起指纹般的光圈，而壳体上方的缝隙里，不时闪出火光、水滴还有雪花的形状。

"桑丘哥哥，今年有六爪旅行社？"空房子已停止晃动，革杉的一个弟弟指着书柜旁的一只风筝问道。

每张票壳下方，还印着一排爪子印。不仅有六爪，还有五爪、四爪，一直到一爪为止，这应该就类似于外界的星级酒店吧。

"那是硬块旅行社，那栋空房子就是笛拉找到的。"

桑丘的解释，让笛拉感受到了小朋友们敬佩的目光，同时笛拉也注意到桑丘正忙着将一个半人高的框架木制品搬到空房子旅店正中。那是两个互相交织的圆形轨道，一端的交织处有个缺口，桑丘将轮线盘的把手插进轨道口的一个小机关里，轮线盘就开始顺着轨道滑行起来，平面一大圈，垂直一小圈，菱形风筝碰到墙面、地板，就直接穿了过去，轮线盘不断伸缩放线，风筝很快就转出了屋外。

"嫂子，您休息一下。"桑丘将目光离开那奇怪的道具。

东杰叔的妻子温和地点了点头。

"我们来整理提前抵达的游客。"革杉的妹妹已带着另四个弟妹，站到书桌前。

桌旁原本是一架骨头望远镜，现在重组成了一个大鹏骷髅头，嘴巴一张一合，里面不断吐出一份份文件来。

"走吧，"桑丘喊上笛拉，"我带你去门口看看。""那打印机？"笛拉的手一张一合，意思是那大鹏骷髅头。

"确实是要等店长降落到这边才会重组，"两人出了书房门，"但游客提前抵达这种事，如果不是因为太长时间不接待夏城人了，并不需要康社长特意下来一趟吧，门票都是会自动安排的。"

"安排在哪儿呢？"两人走在黑漆漆的廊道上。"就在葵娜找到的那栋空房子里。"

"那些提前抵达的游客，现在都在大鹏背上了？"笛拉震惊道。

"不在上面那一半，在我们脚下这一半。"桑丘说道，"这栋被选为前台的房子，意识被一分为二了。虽说意识怎么分都是互通的，但现在拆迁房的意识可以同时出现在两个地方。"

笛拉能明白，就像之前在夏城时，自己的意识同时出现在了巴卓儿身上，以及屠雪绒的信上。

"游客是跟着旅店前台走的，"桑丘继续说道，"现在去不到大鹏背上，只能住在咱们这一边的房子里。"

"对了，之前康老头叫你安排的夏城人叫什么？"笛拉问道。"夏建明，"桑丘回忆道，"你之前去过夏城了是吗？"笛拉只好承认了，"但这个游客我不认识。"

"别出去了！"两人已来到门口，桑丘拦住了想要跨出门槛的笛拉，"踩不住人的。"

空房子旅店已经悬到拆迁房顶上，而原本缠绕在屋内的枝条都贴着墙脚，向外铺散了出去。

桑丘探着脑袋往屋外看，"扩轨器还得再工作一会儿。""那台奇怪的轨道吗？"

"它会通过晃动半只菱形风筝，将包裹在前台外的意识轨道不断撑大。春城的意识轨道，是面积越大浮力就越强。加上过薄的意识轨道也会渗入太多的氧气，所以春城必须以现在这种方式降落，提前一年让飞灵师带下一小块，之后再通过扩轨器旋转放大。"

笛拉也伸着脖子往外看，"呼呼"的晃动声似乎远去了，"那现在意识轨道越变越大了……"

"隐耳朵的枝条可以固定住它，"桑丘仔细听着，等基本听不到"呼呼"声了，"容纳进选定的18栋空房子后，扩轨器就会停止工作了。"

"诶？"笛拉扒住突然晃动的门框。

"飞高一点，能看得清楚些。"

旅店在风筝线的牵引下逐渐脱离枝条，笛拉往下看——那羽状的藤蔓就像是一片巨型的睡莲浮叶片，中间密集呈墨绿色，向外变疏呈现嫩绿色，那便是大鹏载着空房子降落的地方，接飞场。

"这一带在你们外界是拆迁区吧，空房子数量比较多。"桑丘说道。

底下的叶片一块挨着一块，透过叶片间隙，能隐约看到下方的空房子顶。

"桑丘，那些空房子都在意识轨道里吗？"笛拉问道。"嗯，没选上的空房子也在，因为它们的意识现在还没落下来，意识轨道也没有进行波动避让，所以房体进得了意识轨道。"

"但你之前说，当意识轨道中出现意识后，整个空间都会隐形。那进入意识轨道的空房子……"笛拉面露担忧,"外界人还能看到吗?"

"可以的。现在在意识轨道里的空房子,并不是你认为的空房子。""嗯?为什么?""因为隐耳朵的关系,"桑丘轻松地说道,"它是一种寄生植物,枝条吸饱了空房子的各种属性。现在就像是在一个位置上,垒叠了两栋'一模一样',形态却又完全不一样的空房子。"

"一栋是普通的房子,另一栋却是枝条?"笛拉以自己都不相信的口吻说道。"没错,意识轨道只隐形了其中一栋,也就是枝条状的。"

笛拉用力吸了一口冰冷的空气,让自己冷静下来,继续盯着下方看,藤蔓下似乎还有红蓝灯光闪现,"是我的错觉吗?拆迁房上的枝条是不是在转?"就像滚筒洗衣机一样,左一圈,右一圈,藤蔓的边缘像是在互相推搡。

"看出来啦,作为接飞场,必须区别于其他静止的枝条,这是为了让大鹏能在空中更好地看清它。"

"这也太神奇了吧。"笛拉感叹道,随着空房子旅店不断往上升,笛拉的视野变得更加开阔了。

由于身处意识轨道内部,视线就像是将春城和外界进行了重叠。而现在的外界,更像是沉在清澈的水底,根本没人会想到,砖瓦铺就的屋顶上,会覆盖着蔓延而出的隐耳朵藤蔓,而且还会转。

"这都是扩轨器做到的吗?""不,隐耳朵的根茎果都是由飞灵师控制的,藤蔓能旋转……"

"旋转器!"笛拉一拳锤在掌心,"虽然我不知道这是什么,但可以把隐耳朵根放到旋转器里,是不是?"

桑丘惊讶地望着笛拉:"你怎么知道?""我在棉靴里听到的,用隐耳朵,哎!"

春城的新奇事物太多了,让笛拉忘了正事,"桑丘,飞灵师会在大鹏降落时使坏!"

"使坏？""是的，我听到了。他们说五大社推行了太多新创社，把他们当钟点工用，不不不，这是橘沁竹说的。她说飞灵师一直在高云层抗议新创社，说每一年，新创社的数量越来越多，真的太多了。"

可桑丘听着却摇起了头。"降落与飞灵师没有什么关系啊，就算有，飞灵师也只会希望各家旅行社顺利降落，因为大鹏身上的那些隐耳朵……"

"安恪的没有！"笛拉激动地说道，"葵娜的也是！""没有隐耳朵，就更与他们没关系了。""有关系！"笛拉急迫地喊道，"秃鹰给去年送我交换门票的飞灵师发送信儿了，他很生气，说康老头不该让我下 10000 深寻，更不该创办第六大旅行社。我当时压根来不及解释，隐耳朵就变成粉末了。"

"啾！"天空中，144 号云区的第一只大鹏，顺着一根风筝线，冲进了意识轨道。

"你说飞灵师会不会让那什么旋转器停转？"笛拉仰着头猜测道，"大鹏会不会找不到接飞场？"

桑丘看着空中的大鹏，洁白的羽毛间，黏着那栋橙红色的"集装箱"。牵引的风筝线很快就消失了，墨绿色的滑轮也像绿色烟火一样，消散在空中，只剩下大鹏载着旅行社在空中寻找。

"我还是先带你去看看吧。"桑丘好像还是不相信飞灵师会使坏，控制着旅店向大鹏降落的方向飞去。

"清潭市绿色建筑规划园。"

笛拉已经看到那几个大字了，从天空的视角分辨，她之前从没到过清潭市的这个区域。

"空房子意识能大概知道自己的降落方位，大鹏的眼神又很好。"桑丘看着底下这片精心规划过的园区，有三分之一的区域设计成了人工湿地。湿地上方绽放着几朵刷成鲜红色的钢圈花朵，地面上是密密麻麻地收割过后的麦秸秆，几道弯曲无栅栏的木栈道，紧贴在秸秆之上，将园区中为数不多的建筑都连通了起来,"这种条件下,即使藤蔓不转,也不会影响降落。"

桑丘说的没错,与拆迁区的紧凑相比,这里就像是一个宽敞的大展区,建筑与建筑之间留了很大的距离,革杉的大鹏正向着一块独立、清晰的藤蔓飞去。仅以笛拉的视线,就算藤蔓不转,也能辨认出枝条底下的"集装箱",相信以大鹏的视力肯定会看得更清楚。

"白房子在这个园区也挺清楚的,不过拆迁房那里确实会有些难以分辨。"桑丘还是接受了笛拉的提醒,"如果藤蔓真的停转,我们看一会儿就回去。"

"咔哒!"身下传来了一声清脆的金属触碰声,是革杉的大鹏落到了藤蔓上,坚硬的脚掌踩进了枝条,落到了"集装箱"的屋顶上。

大鹏在外界是隐形的,如果现在刚好有人从屋外走过,也只会以为是某只鸟或某只猫在屋顶嬉戏发出的声音吧。而原本固定在大鹏背上的黏云,随着降落过程中的摩擦、增温,已不再那么牢固。大鹏只一歪身子,整片空房子就像融化的雪糕,倾倒在了枝叶上。

"打开的隐耳朵已经渗进大鹏的体内了,为了能灵活地组合出旅行社所需要的房型,必须这样,将黏云、空房子意识,与枝叶状的空房子混合。"

笛拉注视着眼前一大片混合物搅在一起,"咕嘟"冒泡……

"咔哒!"大鹏再一次轻点了一下屋顶,在这堆越发沸腾的"浆糊"中轻轻挥动翅膀。

"浆糊"变成深褐色的枯枝藤蔓边缘向上翘起,逐渐弯曲成一个碗状,托住大鹏往上升。就像一个巨大的鸟巢,鸟巢下方,是瀑布般的新枝。这些枝条刚从空房子墙体中拖拽而出,还呈翠绿色,而绿色枝条下端挂着的,是黏云和枝条刚组建好的空房子。那比在拍卖会上看到的还要惊人,五彩斑斓的盒子,堆叠成了小山般棱角分明的"城堡",而"城堡"底部,只附着着一层薄薄的焦黄色黏云。硬块旅行社完全脱离了"集装箱"屋顶,浮动到离地约五六十米的高度上,稳住不动了。

迷失的空房子

"三个月的时间,这栋 10000 深寻的空房子意识,会与春城一起进行一场冒险之旅,"桑丘说道,"这对一栋动不了的房子来说,是求之不得的事。"

空房子旅店围着硬块旅行社飞了好几圈,革杉的大鹏难得不朝人翻白眼。它累坏了,由着革杉的弟弟妹妹在窗口大喊大叫,只将脑袋压在翅膀上,睡了。

"啾……"

风筝线似乎总在调整进入意识轨道的位置,每次都是在天空中不同的方位。

"菱形风筝是你们外界的物品,由去年外出交换的飞灵师带回的,"桑丘说道,"对春城而言,就像是你们对春城的一个邀请。它会小心避开那些四处搜寻的愤怒意识,带领大鹏找准所要降落的云区。"

看来这只风筝就是自己去年买给凤灵的菱形风筝了。

"哦!"笛拉惊呼了一声。

身下突然传来了一阵连续的脆响,是那栋 5000 深寻的老房子发出的声音!

笛拉原本以为,降落都会像五大社那般顺利,但大鹏再轻盈,也守不住近百岁的瓦片。而黏云重建时,大鹏再一踏脚,屋顶上方出现了一个大洞,这简直是晴天霹雳吧,清潭市估计得考虑维修了。而天空在这接连不断的动静里,出现了一团团雾状的红色云丝。

"隔着意识轨道,能看清空房子的情绪,"桑丘攥紧了拳头,"这么鲜艳,看来是真的很愤怒。"

"哎哟!"笛拉又缩紧下巴。

紧接着降落的"烂尾楼",差点摔坏大鹏。那小山样的屋尖,简直无法落脚。大鹏努力张着翅膀以求平衡,但还是"咚"地侧摔在了藤蔓上,这让空中的"红血丝"更密了。

笛拉担心 5000 深寻都降成这样，2000 的怕是更不行。果不其然，第一家 2000 深寻的空房子，是拖着一条长长的白色尾气降落的。桑丘说，空房子应该是哪里裂开了，这对待在房子里的工作人员很是考验。可就算进了意识轨道，考验也在继续，2000 深寻面对的问题，不光是空房子的品质，还有接飞场的完整度！枝叶面积明显小了很多，尤其还很不规整。有些大鹏匆匆降落，直接踩到了别的屋顶上。这一脚接一脚的失误，简直按下了"红血丝"的加速键。

"如果云丝过密，大鹏会冲不进来。"桑丘担忧地说道。"那就快点吧。"已经第 13 栋了，笛拉不断在心里计算着。

"啾！"这回进来的是旺普的那栋公寓楼，它的藤蔓就更夸张了，不是平行于地面，从顶楼长出，而是贴着垂直于地面的墙体生长，需要大鹏先用爪子将它从空房子里拔出来，放平后，再将已融化得七零八落的黏云往上倒。

"高层建筑的楼层非常重要啊！"如果有笔记本，桑丘估计会把刚才看到的所有情况都记录下来，"如果不是东杰大哥的大鹏体力充沛，是落不下来的。"

"桑丘，"笛拉一直在记数，"马上就是第 16 栋了，那是最后一栋有隐耳朵的空房子，我们是不是该回去了？""这就回。"桑丘兴致盎然地说道。

空房子依照桑丘的指令回去，这一路，笛拉不知是饿得心慌，还是看得心慌，扒着门框往下看时，总觉得很不踏实。

"就在前面了，看！藤蔓还在转。"

"啾！"

第 16 栋空房子进来了，马上就是康老头他们的房子，笛拉只希望别出什么幺蛾子。空房子前台也在稳稳地往藤蔓上落了，看起来……

"桑丘哥哥！"革杉的妹妹从书房探了出来，"轮线盘那头有人在怪叫。"

笛拉和桑丘对视了一眼，立刻往书房冲。轮线盘已经挣脱了扩轨器，抽搐般地吊着风筝线在旅店里乱窜。

"桑丘！桑丘！"是康巴里，他简直要从轮线盘那头跳出来了。

桑丘跳了好几次才将轮线盘抓住，"康社长，我在呢，出什么事了？"

"你行不行啊？"桑丘立刻将咆哮的轮线盘放远了些，"我们还没降落呢？你收什么风筝啊！""收风筝？"桑丘被吼得一头雾水。

"桑丘哥哥！"革杉的一个弟弟身手灵活，直接扣着圆窗翻了出去，"风筝好像，好像在往下掉。"

笛拉也冲到窗口，半个身子都探了出去："真的，那半只风筝真的在往下掉！""这不可能，降落还没完成，我没有收线。"桑丘用力握着轮线盘，"我一直在让它往上飞啊！"

但笛拉并没有觉得风筝的情况有任何好转，空房子旅店只是在左右晃动，像一辆怎么都发动不起来的蹩脚汽车。

"康社长，我们被发现了。"是东杰叔的声音。

"乱流越来越强！断翅鹏找不到路了！"是南扎的叫声。

东杰叔的妻子一脸惨白，用力抱紧身边两个哭泣的孩子。

"该死的！"康巴里在那头咒骂了一声，"笛拉，笛拉还在吗？""我在我在！"笛拉冲到桑丘跟前。"你和断翅鹏不是意识相通吗？""是你不让我勾搭它的！""你什么时候这么听话了？给它指路！"

笛拉现在的脑子乱成一团，越慌乱，越没法与断翅鹏取得联系。

"我知道了，是飞灵师控制了菱形风筝！"

笛拉瞪着顿悟的桑丘。

"康社长，笛拉之前用隐耳朵听到的，秃鹰给飞灵师发了送信儿，对方要报复，还说新创社的数量太多了。""可风筝不是由你们店长控制吗？"笛拉颤抖着声音说道。

"是由我们控制，但它更听飞灵师的话，毕竟它是飞灵师买……"

"啊!"

一屋子的尖叫,空房子突然蹿离了藤蔓,迅速往上飞。

"康社长,风筝线好像重新出现了!"是吉冰飓在兴奋地大喊。

桑丘顶着一脑门的细汗看着死握自己手的笛拉:"你做了什么?""菱形风筝!"笛拉也被这突然的跃起吓得够呛,"是我买给飞灵师的。"

"你买的!?"桑丘是惊叹。"确切地说,我是给一个小男孩买的。凤灵当时……""凤灵?今年负责144号云区的是凤灵!那个事故王!"

笛拉不得不把尖叫的轮线盘推向桑丘:"他当时选了一个没什么零花钱的小男孩交换,骗我给他买了这个菱形风筝。事后,他为了感谢我,才送了我飞羽门票。"

"这你都不提前说一声吗?""我哪有机会……"

"还有那只秃鹰!"康巴里已经自顾自地往下抱怨了,"它又没在囚徒名单中备注,年年都来诈我,还去告状!""是您没好好咨询吧!"桑丘气恼地说了句公道话。

"是啊,康社长!"笛拉也决定挖苦一下康老头,"我用隐耳朵都听到了,凤灵还特意为我跑了趟旅游总局呢,确保我能找回空房子。对了,我原本是不是只用下2000深寻啊?"

"哼!"

"千万别找卖不出那种烂借口,高云层只会嫌空房子少吧!""那又怎么样!"康巴里的气势丝毫不减,"谁知道那群高云层精英中的精英,现如今还会因为感激人而送门票呢?他们多走运啊,生得多完美啊,这一天天的,每天欣赏自己都来不及,哪有工夫去惦记别人!说到底,这一切都怪你自己不早说,如果我早知道你和凤灵有一腿……"

桑丘像掐脖子一样把轮线盘往身侧推,向笛拉说了声"谢谢"。

"不客……""笛拉!"

"喂喂喂，谁是社长。"是橘沁竹的声音，笛拉和桑丘又不得不警惕起来。

"能暂时别给断翅鹏指路吗？""有病的来了吧！"康老头在旁边怒骂起来。

13 新年选择

简单的描述后，笛拉听明白了橘沁竹的意思，是葵娜的新创社在菱形风筝失控的片刻，过早出现在了断翅鹏上方，但情况更不妙的是，骨架大鹏似乎已经快撑不住了。

不知出于什么原因，葵娜的新创社像是遭到了围攻，被"红血丝"团团围住了。以这样的情况，竹骨架大鹏根本没法安全降落，但无论如何，橘沁竹都建议救下顶上的新创社，因为葵娜是有真本事的，而且葵娜的新创社里还有一位裱糊员！橘沁竹认为，即使断翅鹏能顺利降落，以现在康巴里新创社的名望，很难招募齐四大员。如果能救下葵娜，橘沁竹在立筒社工作了两年，她会试着说服葵娜他们，这样四大员也就齐了，飞升的初步条件也就达到了。

"我要怎么做？"笛拉向桑丘征求意见。"先降落，慢一点。"桑丘吸了口气，笛拉跟着吸了一大口。

空房子旅店在笛拉的呼吸声中，颤颤巍巍地落到了依旧在旋转的藤蔓上。

"等断翅鹏一接上空房子，就立刻告诉笛拉，"桑丘对着轮线盘说道，

"我们都在这头等着，一定要平安降落。"

"会的。"橘沁竹的声音非常冷静。"会撞成肉饼吧，还是别管了……"身边不断传来南扎的质疑。

可现在没时间犹豫，桑丘指导笛拉松手，笛拉一放开手便立刻闭上了眼睛。呼吸间，她将紧绷的脑神经放松下来，寻着那一丝丝光亮……一道红光劈进了人脑，整个身体也跟着剧烈地颤抖起来，笛拉感觉自己坐进了一辆避震坏掉的汽车，汽车还不时上跃、下沉，引起胃部的极度不适。

"啾！"这是已经哑掉的鸣叫声。

断翅鹏眼里满是螺旋状的红色气流，悬在上方不远处的竹骨架大鹏，此刻已被凶残的"红血丝"包裹住了。断翅鹏虽然也被"红血丝"缠绕，但数量绝对没有那么多，尤其没有被甩来甩去！断翅鹏显然是想往下降的，但背部一直有股往上提的力量，可能是橘沁竹他们也在想办法让断翅鹏往上飞吧，但断翅鹏还是非常抗拒……

"坚持，就一会儿。"老实说，笛拉也不知道该怎么救葵娜他们，但还是咬着牙根鼓劲，努力与断翅鹏感同身受，此刻她的脊骨也像是被人一节节提了起来。

徘徊间，顶上传来了断裂的声响，空房子快脱离竹骨架了，更有多只棉靴被甩了出去。"红血丝"立刻像掐死一只被困在茧中的蛾子一样，洁白的棉靴里洇出了血色，又"砰"地一下化成了水汽。

"快跑快跑！"

空房子被甩离了竹骨架，断翅鹏在被骨架大鹏砸到前，使出全力，飞了出去。

竹骨架像气团一样从身后砸过，它的双翅感受到了气流的拖拽力，白亮的羽毛也被晕染成了深红色，可被甩出的空房子就在前方。"你可以接住它！"笛拉喊道，她的肩膀被重重地压了一下。

黏上了！笛拉睁开眼，在看清屋里的场景前，手已经握住了轮线盘上的把手，空房子旅店又猛地蹿上高空，笛拉还是没法稳妥地控制菱形风筝，旅店被弹得侧倾，而她的脑海里正奔涌出一大团"红血丝"……

"啾！"圆窗外，被白色气体包裹的断翅鹏，翻转着冲进了意识轨道。

"不好了！"笛拉颤抖着声音，举着手中的轮线盘，菱形风筝彻底松了线，风筝线已经瘫软地挂在了手背上。

前台倒是没有往下坠，横向还来了一股拉力，带着空房子向断翅鹏的方向飞去。

"笛拉！"桑丘踩着倾斜的地板，翘起一只脚，滑走了。

笛拉隐约看到了绿色建筑规划园，还有白房子旁的那条河，旅店前台是要和安格的空房子合并？拉拽力越来越强了，笛拉的耳膜在砰砰作响，整个前台，以极大的速度，像炸弹般，砸进了断翅鹏着陆的藤蔓！

在经历了剧烈撞击、地板冒泡、墙壁和屋顶被煮沸、枝条又像抽风一样往上爬后，笛拉在惊恐、饥饿、颤抖等多重感受的裹挟下，努力从地板上爬起来。

她发现屋里的棉靴族，都在撞击前机灵地躲进了棉靴里，这大概就是桑丘到最后一刻还大喊"笛拉"的原因吧。可哪个外界人，会在"大难"来临前，选择先脱个鞋呢？何况笛拉在极速中已经恍惚，心脏都快来不及供血了。只隐约记得，在撞击的瞬间，自己是被一个强而有力的安全气囊？不，那应该都是云团吧，从头到脚轰了一拳！

笛拉踉跄着起身，此刻的身体就像是一张满是折痕的纸片，摇摇晃晃地来到圆窗边往外看："……是风筝啊。"窗外有两个正方形的大风筝，后面还牵着一辆月牙形的车子，车子的轮盘与之前下深寻的飞车一样，轮毂永远平行于地面，里面安装的都是会转动的螺旋桨。

速失的空房子

"死丫头，死掉没啊？"月牙翘起的后端，居然坐着康巴里！他戴着一副巨大的防风眼镜，活像一只老蝙蝠。他短短的胳膊不断地拉动着身前一根挂着风筝线还布满按钮的控制杆。

"再次提醒，您的飞行执照已过期，已过期，已……"

"哐！"康巴里抬起脚后跟，将座椅下的音响踹出两个不大不小的洞，音响闭嘴了！他抓着控制杆往胸口拉，这让两只风筝带着飞车在空中颠倒翻转了360°："上来，我送你回家。"

笛拉完全没多想，整个人的状态更像是被招了魂，"回家回家！"笛拉摇摇晃晃地爬上圆窗，将一条胳膊搭上飞车。"好了！"康巴里突然让飞车往外移。

笛拉的额头直接撞到了车框上，才回来一点的魂魄，又差点被吓没了——现在的空房子前台，可不是落在平地上！之前拆迁房和安格的白色房子砸到了一起，经历过隐耳朵藤蔓和黏云的洗礼后，白色房子像围城般浮在一片碧绿的水面上，而斜摔上来的拆迁房，一个个房间都已散开，像露珠般黏在绿色藤蔓的不同高度上，房屋底端仅靠几根简单的铁棍支撑着。

笛拉想把另一只手也攀上飞车，可康巴里又将飞车往外移了些。笛拉马上就要失去平衡了，努力用脚尖点在圆窗上，"你做什么？"

"做什么？"康巴里一副你应该知道的口吻，"我的咨询还没做完呢，没问清楚前，最好还是别放你走。"

"啊！"飞车又往外移了些，笛拉整个人像拧毛巾一样翻转！"一会儿云图，一会儿断翅鹏，一会儿又是菱形风筝，"康巴里像唱歌一样描述着，"我真是太小瞧你了，你和春城还有没有别的联系啊？快说！"

这简直是酷刑吧，笛拉感觉自己的手臂酸得不行了，腰也要断掉了，"我才救了你！""那也是被你害的，就是你嚷嚷着要创办新创社！快说！"

"您是疯了吧！"一个声音传来。"桑丘！"笛拉庆幸地喊道。

桑丘和革杉的弟弟妹妹们，都从棉靴里出来了，惊恐地看着这一幕，赶紧拉住笛拉往屋里拖。

"呵，都还活着呢！"康巴里故作失望地说道。

桑丘才把头探出窗外，就立刻缩了回去。

"今年的空房子前台爬得可真高啊，多像一颗颗虫卵……"康巴里见桑丘脸色变了，"才当上店长，就开不起玩笑了吗？""您最好搞清楚玩笑和谋杀的区别，"桑丘尖锐地提醒道，"笛拉，我送你回家。"

"那还是省省吧，"康巴里将飞车靠近圆窗，故意仰着头往上看，"今年的风筝，掉得格外早些。您可别忘了，您已经出不了门了，就别瞎起劲了桑店长。屋里的那位，还要不要回家啊？""要要要！"笛拉看着满脸震惊的桑丘，压低声音，"放心吧，他不敢真拿我怎么样的，我过个年就回来。"

笛拉在众人的关切下重新爬上圆窗，直接蹦了进去。月牙车的中间有四个位置，笛拉坐在后排，与康巴里面对面。但康巴里直接转动控制杆，将笛拉转到了前排。"看见你就烦！"

柔软的坐垫就像温暖的怀抱，将笛拉整个人都包覆了起来。

"砰"的一声，强烈的推背感让笛拉狠狠地憋了一口气。

"两筝、四轮，尊享版飞车！"车子在急速往前。

"当时速达到20公里以上，车内的导流器、温度控制仪就会开始工作，让迎面而来的飓风化作春日暖风。"笛拉感觉飞车边的气流正像水雾般往上涌，车速虽快，笛拉却没了之前下深寻时那种刀剐般的感受，整辆车子像被一层温暖、湿润的气流包裹住了。"再看车轮！"

笛拉的位置猛地转了90°，从飞车右侧撞向飞车左侧，膝盖马上要顶到车身了，位置又猛地被抬高，像是要把笛拉如垃圾般往外倒。"有没有看到，车轮转动时能绽放出淡淡的紫罗兰色，那是身份和地位的最好象征，还有这360°灵活转动的座位。"

迷失的空房子

笛拉又转了90°，这回与康巴里面对面了，笛拉狠狠地瞪着对方，像是要把他的防风眼镜瞪碎，"这车，花了我多少钱？"

笛拉又被刺溜一下反转了180°，胃里的酸水在翻腾，目光重新落到车前那两只正方形风筝上。

"你还没回答我的问题呢？"康巴里狡猾地转移了话题，"说清楚了，你和春城，还有没有别的联系？""当然有！"笛拉咬牙切齿地说道，"我手里还有交换门票啊，而且我已经想好要选谁了。"

"谁？""你！"笛拉大喊道，"等我帮棉靴族飞跃了第三个云层，创办了第六大旅行社，我就把你的脑袋按在马桶里，直到快把你溺死了，我再交换回去！"

飞车发出"昂昂昂"的声音，康巴里猛踩了刹车，螺旋桨在停转，两个菱形风筝上的白色薄膜迅速褪去，飞车在空中停住了，笛拉又被180°晃了回来，她真的快吐了。

康巴里隔着防风眼镜打量起了笛拉："梦想很大啊，但可惜了，交换不能选异性。"

康巴里继续转动操纵杆，又将笛拉转了回去，飞车重新启动，白色的薄膜顺着骨架突突地往上漫，"说到交换人选，我可以给你一个建议。"

座位"咚"地被放平了。"我凭什么听你的！"笛拉咬着牙说道。

"先别急着说不啊，"康巴里的声音滑腻腻的，"选葵娜，怎么样？"笛拉一下皱起了眉头，脑海里闪过那双不伦不类的运动高跟鞋。"葵娜是立筒社社长的女儿，虽说社长家族是全春城最虚伪的……""什么？""就算不当骨架员，"康巴里摆正风筝，"选她，也有花不尽的钱财。像你这种平平无奇的死丫头，可以与这种身份的人交换，不是赚大了吗？"

"就凭你这话，我就不可能选葵娜！"笛拉听着就来气。"就知道你会装清高，但控制葵娜，对我们来说是非常重要的事。"康巴里平稳地驾驶着飞车，

新年选择

"你好好想想,如果能让葵娜替我们说点话,那整个立筒旅行社都会在一定程度上帮助我们的。之前好像是你说的吧?要互相帮助。如果没半点人脉,那你就等着吧!看看那些不需要你帮助的人,会不会闲得无聊来帮你。"

笛拉的心思被挑动了,随着飞车上下起伏了一会儿:"可我……不会设计骨架啊。""这事就不劳你操心了,"康巴里难得流露出满意的语气,"春城的四大员分有证的和没证的,没证不代表没才华,只是不擅长书面考试罢了。只要我们花点心思,把那些被埋没的骨架员挖出来加以利用……"

"你要让葵娜用别人的设计?"笛拉瞪着康巴里,"可橘沁竹好像说,骨架员的设计都是极具个性化的,这样不会被看出来吗?""看出来也无所谓呀,"康巴里不以为然地说道,"只要葵娜自己不知道,就不会遭到反噬。"

"春城的四大员,在拿到资格证的那刻,就已经把诺言签进意识了。大致上,是不能故意做不利于合作旅行社的事。像成本员不能做假账,裱糊员不能偷工减料,骨架员不能采用他人的设计。这些事情啊,手段巧妙点,外人根本看不出来,所以旅行社只好靠意识协议来监督。很严苛的,只要做了违约的事,自己的意识总是一清二楚的。到时你与葵娜交换,采用他人骨架的是你的意识,这不挺好,对葵娜来说至少不会遭反噬。我说得不对吗?干嘛又用那种斗鸡样的眼神瞪着我!"

"葵娜或许没有影响,"笛拉是忧心忡忡的,"那橘沁竹呢?定云员呢?""你不知……"康巴里猛地刹车,"到了!"

飞车已悬在笛拉家门口,笛拉一下就看到了自己的妈妈,她正端着一个大脸盆站在门口张望,大脸盆里还放着一只热气萦绕、用来祭祖的大猪头……

"我真是只猪啊!"笛拉看着转身进屋的妈妈,脑海里浮现的都是桑丘的欲言又止,还有橘沁竹,她好多次都快说漏嘴了吧——"原来,就算我们这些知道云图的人不对外宣扬……橘沁竹提前知道了云图,就算我们飞跃了云层,她也不可能被硬块旅行社看上了吧!她以后再也当不了定云员了,她会遭反噬，她……"

康巴里一掌拍在了控制杆的顶部，飞车下立刻腾起一层浓白的云团，云团间出现了一排长长的将意识轨道下压的白色台阶，车门也开了。"下车！"

"不是……""我警告你！"康巴里瞪起眼睛，"如果你真想创办新创社，那就收起你那多管闲事的脾气，多想想你的视觉色彩吧！"

笛拉感觉车位动了。

"一般浴场会在一周后开放。""浴场？""你进来就知道了，"康巴里不耐烦道，"那时，你最好交换进春城。你懂的，我们需要的，是能替我们说话的葵娜！"

康巴里直接将笛拉倒了出去，顺着长长的台阶往下滑……

"啊！"最后一两米的高度直接落空了，她两只脚狠狠地踩在水泥地上，白色棉靴消失了，踩地的声音更是把笛拉妈妈从屋里引了出来。

"妈啊！"笛拉看着向自己冲来的妈妈，努力不让自己龇牙咧嘴，可脚底板抽筋了。

"你去哪了？"笛拉妈妈看起来怒气冲冲，怀里还捧着那只猪头，"早饭不吃，午饭也没影，看看都什么时间了……半下午了！"

"才半下午……"笛拉很疑惑。

"今天还要不要学习了！"

笛拉听到自己发出了一串混乱的笑音，在经历完生死攸关、极度浓缩的大半天后，居然被喊写作业！别说笛拉了，连那只热气腾腾的猪头都笑了，在热胀冷缩间，完美地向两边拉动嘴角。

"你这嘴？"笛拉妈妈一下眯起了眼睛，"还有这脸上，怎么回事啊？""哦！"笛拉都快忘了，一抿嘴，又尝到了一股淡淡的血腥味，"我摔了一跤。""摔跤？你都多大的人了！"笛拉妈妈责怪中又带着怀疑，还往上看了看，"你刚才，一直在这儿吗？""没、没有啊，"笛拉控制着转动的眼球不往头顶上瞄,"我刚才去,嗯……去吴振羽家了,对!他爸爸不是在造船嘛,我去观摩了一下。"

"噌!"几十根手臂般粗细的木棍,从屋顶顶到船身的各个部位。船体不大,没有在大运河里看到的货船那么夸张,但也不小,肯定比在旅游景点看到的游船要长、要宽。

"噌噌噌!"船体被一排架子抬高了,通体都透着一层神圣的象牙色,象牙色中又不时浮现出几层波浪般的咖啡色纹路。船体还没有喷漆,能清晰地看到船的外缘和内部被整齐地敲打上了银色的铆钉。笛拉正弓着腰,双手轻轻地拂过船身。

"笛拉。""叔,您赶紧歇会儿吧。"不用抬头笛拉也能猜到,此刻的振羽爸爸,手里一定提着一把深棕色的刨子,"袋子里有米粉团子,有红点的是萝卜丝肉馅的,没有红点的就是青菜肉的。如果记错了……"

指尖被钝钝的木刺钩了一下,笛拉甩了甩手,直起身。

"一定替我谢谢你奶奶。"

笛拉忍不住笑了,站在木船对面的振羽爸爸,面颊鼓得像金鱼一般,看来记没记错也无所谓了。"叔,今天可是大年三十了。"

振羽爸爸支吾着又往嘴里塞了个米粉团子。"我进屋的时候啊,看到您家院里的那棵老槐树,树枝、树杈都倒到了墙上。我看它是熬不住了,要越狱,找地方过年去。"

振羽爸爸"嘻嘻"笑着,笛拉走去他身边,上下一打量,他还是往日的打扮。一双姜黄色的大头皮靴上,比前两天又多了好几处凹坑,深蓝色的牛仔裤上似乎又多了好几块新的补丁,再配上一件旧旧的黑夹克,肩头滑稽地垂下两根红色的毛线辫,是从头顶上那只蓝白相间的毛线帽上挂下来的。整个人浑身上下都像蒙在一层浅金色里,那都是细腻的木屑,吴振羽的爸爸,是个颇有水平的木匠。

"我奶奶一直说,孩子不在家,大人肯定就凑合着过年了。可您这也太凑合了吧,这屋里屋外连副对联都没有,尽是白花花的图纸。厨房里也冷锅冷灶的,您真应该去我家看看。"笛拉夸张地吸了一下鼻子,"和您这儿完全不是一个味道。"

与家中的食物香味不同,工作室里透着一股淡淡的、极为质朴的木头香,"不过这里也挺好闻的。"

"都是振羽他妈选的木头,"振羽爸爸将团子拎去一边,"秋城人对造船很有经验,在那边,一艘船就能抵咱们这里的一栋房,7棵树就搞定了!"

他突然向笛拉扔来一颗橙子。笛拉想到,之前吴振羽也是这样眼疾手快地,将她的春城门票换成了夏城的。果然是父子,爱玩的把戏都一样,"吴振羽是在秋城玩高兴了吧,过年都不回来了。"

"坐会儿吧,"振羽爸爸又向笛拉推来一个木箱,"我家那臭小子啊,大概是不敢回来了。""不敢?"笛拉瞪着拖出一块树根的振羽爸爸。

"振羽有没有和你提过,他去清潭读书,是因为之前在体校把同学的鼻梁给打断了?"吴振羽打架,这一点笛拉倒不会意外,"打断鼻梁?好像没说过吧。"

"看来臭小子是跟谁都不说实话,"振羽爸爸一屁股坐在树根上,也给自己变出了一颗橙子,"我也是最近才知道的,体校好像一直都有以大欺小的问题。我家振羽呢,说是从进去的第一天,就一直在挨揍。"

"挨揍?"笛拉的心不由被刺了一下。"但臭小子要面子,这事从来没提过。还是前两天,有位教练上门家访,我才知道他在体校这几年,一直都被高年级的同学欺负。"振羽爸爸将橙子在膝盖上揉了揉,"他们见他成绩升得快,就常常合起伙来欺负他。那回还手,据说是忍无可忍了,牙刷被同学泡在了小便斗里。"

笛拉为这夸张的行为皱起了眉头。

"那位上门的教练，之前都是直接与振羽联系的。现在振羽去了秋城，就联系不上了，只好亲自来一趟。他说振羽是有天赋的，不练可惜了。之前推荐他去清潭，也只是想让振羽过渡一下，既然现在不合适，还是希望振羽能回体校。教练还向我保证了，说这回回体校，一定不让振羽再受委屈，而且会把他从二队调到自己的一队。那位教练看着文质彬彬的，不说是体校来的，我还以为是个学者什么的，应该靠谱。"

笛拉瞪着有些不靠谱的振羽爸爸，他居然还有心思吃橙子，一口还啃了半个。

"那吴振羽是准备回体校，还是不回啊？"笛拉着急地问道。振羽爸爸又吞了另外半个橙子："他的事，向来是由他自己定的。"

那就是不回了吧！在秋城，一艘船就是一栋房。"您不会是在给他造船吧！"笛拉问道。振羽爸爸一下被呛到了。

"叔！"笛拉坐不住了，"吴振羽就是个高中生，您怎么能由着他自己做决定呢？换成是我妈妈，不管我同不同意，一定会把我拎回来，塞学校去！哪里会由着我自己做决定啊。"

"笛拉的……"振羽爸爸用力咳了两下，才把卡在嗓子里的橙子籽吐了出来，"笛拉的妈妈，大概非常清楚你的目标吧。""嗯？""她对你很严厉，一定是不希望你在高考这件事情上有所失误。可我家振羽……"

"吴振羽不准备考大学了？""还真不好说呢。"笛拉有些失落地坐回了木箱。

"其实吧！"笛拉一下挺直了腰背，"其实吴振羽这一路，靠的都是自己的体育天赋吧！还能拿体育奖学金，就连去秋城的门票……他应该不需要我们担心的，他一直很厉害的是不是？"

笛拉把橙子捏软，塞给振羽爸爸。对方笑了起来，"笛拉，臭小子要是听到你这话，非得意死不可。""我是说真的，他和我不一样。"笛拉有些尴尬，"我去清潭、去图德，都是我爸妈掏钱帮我实现的，但吴振羽确实有天赋，他是有资格自己做选择的对吧？""资不资格的，"振羽爸爸摇了摇头，"我想臭小子不会有笛拉你想得这么全面的，他呀，就是在一个地方待不下去了，然后就逃跑了。"

"逃跑……"笛拉听着很不是滋味，"原来，吴振羽也是有烦恼的？""能让臭小子烦恼一下，也算是好事啊，"振羽爸爸歪着头剥起了橙子，"毕竟很多事情啊，它就得多烦几次多逃几次，才能发现里面的规律。"

"规律？""臭小子在体校解决不了的问题，在清潭，不是一样没解决嘛。"振羽爸爸说着将剥好的橙子递回给笛拉。

笛拉马上摇起了头，"吴振羽可没在清潭高中打架，就……就放了个烟花。""臭小子的问题并不是打架吧，"振羽爸爸说着咧了咧嘴，"也不是选体校或是清潭高中。他啊，就是太顺了！就像笛拉你说的，他这一路都有所谓的天赋给他保驾护航，一切来得太容易，就不懂得珍惜了，所以每条路都走不长久。"

是这样吗？笛拉对这说法不置可否，"您这话……有和吴振羽说过吗？他……""他讨厌被牵着鼻子走，"振羽爸爸将橙子一分为二，又客气地将一半橙子递给笛拉，但笛拉还是摇了摇头，"我还是别自讨没趣了。"

"抱歉啊叔，"笛拉现在一看到橙子，就忍不住想到春城那一堆烦人的事，"我、我大概也讨厌被牵着鼻子走吧。""可笛拉比我家振羽稳重太多了，"振羽爸爸感叹道，"而且一旦做了选择啊，笛拉是非常非常有韧性的人。"

这夸人的话……笛拉发现振羽爸爸的嘴角越咧越大了，"很好笑吗？"

"我是突然想到了振羽他妈说的话。"振羽爸爸笑着往嘴里丢了块橙子，"振羽他妈说，笛拉和振羽要是能凑在一起……那真是又互补又般配！"

笛拉直接从木箱上弹了起来。

"笛拉，等振羽回来，你俩一起去划船吧。""好，啊！"笛拉的脸在迅速变红，一后退又不小心撞到了身后的船，"那个，叔，我得走了，提前祝您新年快乐，再见再见！"

笛拉拔腿就跑，身后还传来振羽爸爸的声音："说好了，一起去。"

"去什么去啊！"笛拉红着脸跑得飞快，带动整个村子的狗都叫个不停。她一边跑一边嘀咕："我能不能回来继续上学还说不定呢……吴振羽，你就是个害人精！你机会多，你心态好，去哪儿都能玩得乐不思蜀。而我呢……我去哪都被牵着鼻子走……哎！谁和你互补了，还般……真是……"

"真是寻死缺根绳呐！"

难听的声音直直地刺进耳朵。笛拉猛地停住脚，跑太快，没两步就到家了。这才注意到，笛一坎家再一次被围堵了起来，债主们估计是要做一次年前"总攻"吧，人数之多，都漫到了笛拉家。

"大姐，这两天没见到你嘛！"

笛拉看到了人群中央的"毒嗓子"，短短的头发，像刺猬一样立着。想到5000深寻时多亏了她的声音，她心里还生出些亲切来。但"毒嗓子"的脸色有些青白，像是几天没睡了，非常疲惫。

"真是倒了八辈子霉了！"

"毒嗓子"的声音也比往日更加沙哑，"你们相信吗？我进去了两天。""进去？""笛一坎找到了，但他跑了。""毒嗓子"嚷嚷着。"找到了？"债主们议论纷纷，"在哪儿找到的？怎么不通知我们呢？""哪里来得及通知啊，工地上的那些民工，他妈的，现在外地人真是惹不起，他们居然会报警！"

要债队伍的外圈，围着很多笛一坎工厂的工人，他们基本都是外来务工人员，大家都不悦地互看了一眼，但没有多话。笛拉隐约记得，当时在意识轨道时，看到转动的藤蔓下有红蓝灯光闪烁，难道就是警灯？

"说什么我是暴力要债，杀人了！真是冤枉啊，我派去的人还没碰到他呢，他就"嗖"的一下就不见了,""毒嗓子"手舞足蹈地点,"是真的不见了,冲进了一栋拆迁房,一下就没影了。那群民工硬说是我们把他活埋了,娘的,他都会遁地,我们还要把他往土里埋吗?警察也没脑子,硬逼着我说把人藏哪儿了,反反复复地问,搞得像是我欠了钱一样。这社会到底是怎么了?要债犯法!那当初是我逼着他来问我借钱的吗?他一把鼻涕,一把眼泪的,我是为了帮他过渡一下,结果我还被关进去了。这年真的没法过了,直接把我推进运河淹死算了!"

笛拉感觉真有人在后面拽自己,一回头,居然是爷爷。平日里只要有人来要债,他都会挤在人群里搜集情报。回到家,关上门,笛拉看到爷爷立刻从口袋里掏出一本小本子,提笔在上面狂草起来:"今天又多了两个债主。"

"爷爷,"笛拉故意试探道,"您有听到一坎叔现在躲在哪儿吗?""最后出现的地方是……"笛拉爷爷将本子往前翻,"武宁区的溪湖小镇,那里据说要盖百货大楼,开发商开了三倍工资让工人拆房子。"

笛拉窃喜,正愁有了地址没法说呢,"那要不要让爸爸去找找?""找过了,都找遍了!"奶奶激动的声音从厨房传来,"让你随便整理一下就好了,我当家当得很乱吗?一放假就大扫除,整理这个,扔那个。我大事小事都记在那个小本子上,现在一扔,找谁问去啊。"

"小本子?"笛拉怀疑地瞅了眼爷爷,但他已经将本子塞回口袋了。"怎么样啊?"爷爷突然往里走。是笛拉爸爸回来了。

"找到一坎了吗?""没有。今天大年三十,工地上人都走光了,"笛拉爸爸给爷爷抛了一支烟,原来他已经去溪湖小镇找过了,"剩下一个看工地的还在那儿,他带我在拆迁区走了一趟,说是当时所有人都看到一坎被打了,追了一路,冲进了一户还没拆完的房子。那房子现在被警察用黄线围起来了,我进去看了一下,地上都是血。"笛拉爸爸神情凝重地抽了一口烟,"看工地的人说,当时看到要债的手里都拿着刀,怕闹出人命,这才报的警。"

"那还喊什么冤啊？"笛拉爷爷指的是依旧在外面嚷嚷的"毒嗓子"，"拿着刀要债，警察没抓错她呀！"

"那一坎叔跑掉了吗？"笛拉心情复杂地问道，"还是真的被抓了？""要跑也有可能。"笛拉爸爸沉声分析道，"那拆迁房，进屋左手边就有个洞……"

有个洞！屋外还有警灯，那不就是……笛拉思绪纷乱。

"可看着又不像，"笛拉爸爸继续说道，"那地上的血脚印，就顶在墙角一块，应该没往西面那个洞去啊。"

外面的"毒嗓子"还在说笛一坎遁地了，爷爷"吧嗒吧嗒"地抽烟，"怎么可能凭空消失呢？肯定是被他们抓起来了。可抓他干什么呀？不得让他去赚钱还债啊。"

笛拉也在心里分析，就算笛一坎是跑进了葵娜的那套拆迁房，也绝不可能进入意识轨道吧，他又没有春城门票。

"我知道你说的本子了，"笛拉妈妈突然从厨房疾步而出，从日历架下翻出了一沓用红色夹子夹住的纸片，"是不是这个？"

奶奶立刻宝贝似的夺了过去，"谁藏这儿的？""真是啊？"笛拉妈妈笑了起来，"这也能叫本子吗？我差点就当杂物扔了……"

杂物！笛拉心中一惊，脑子里像过电影一样出现画面——

谢谢你给我买的风筝，有时候出来采风也会碰到回不去的风险，我的门票被当作杂物扔掉了……

"扔掉了。"去年在进四季城的公交车上，凤灵就是这么对笛拉说的。

葵娜的那套拆迁房，也是去年凤灵与小男孩交换住的房子，或许那张被扔掉的门票，一直就丢在拆迁房的某个角落里！可那张门票已经被凤灵用过了，用过的门票……

"笛拉！"妈妈的喊声让笛拉回过神，"你刚才又跑去哪了？都这么大人了，作业做完了也不知道帮忙干点活？""干什么活呀，我们大人都在呢，"奶奶立刻在一旁帮腔，重新把她的一沓纸片放在日历后面，"是我让她去给振羽家送团子的。"

"又是吴振羽，他能不能考上大学还说不定呢？别老让笛拉去找他。""考不上大学怎么了，你们不也没念大学嘛。"

"时代不同了嘛，"笛拉妈妈辩解道，"我们那个时候，没人盯着读书。""那隔壁那位算盯着了吧，重点高中，重点大学！结果呢？还读书人，你们就闭着眼睛看人吧，辛苦一年，赚点钱就借人⋯⋯"

妈妈叹着气回厨房了！

"一坎借了那么多钱，什么时候能还给你们。"只要一提到这事，笛拉奶奶就火冒三丈。"那估计是还不上喽！"笛拉爷爷掏出他的小本子，"我替一坎认真算了一下，按他每天都能拿三倍工资来计算，不吃不喝，他的那些借款至少也要还上 80 年。"

"还有什么菜要做吗？"笛拉爸爸掐灭了烟头躲去厨房。

"如果我是他，就找个没人认识的地方藏起来，"爷爷朝笛拉挤着眼睛，"再也不回来了。"笛拉觉得说得很有道理。

"放你的狗屁！"这话却惹恼了奶奶，"记记记，本子就买一本，还敢拿出来显摆！""哎呀，水开了。"爷爷目不斜视地往后院冲，"煤球也得换了。"

原本像母老虎一样龇牙咧嘴的奶奶，转身看见笛拉，瞬间就慈眉善目了："还是我们家笛拉最乖，上楼休息去吧，等晚饭好了，奶奶再喊你下来吃饭。"笛拉自然不好意思真的回房休息，而是跟进了厨房，看看有什么能帮忙的。

转身又变脸道："老头子又去哪了？他是一刻也待不住，哪里人多就往哪里凑，也不看看现在几点了，不用热酒了吗？""我来热吧。"笛拉喊道。

笛拉将盛满米酒的锅子放在煤炉上，自己蹲在旁边感受着炉火传出的丝丝热量，继续之前没思考完的事情——

"我没有使用春城门票也进了春城。如果一坎叔真的捡到了凤灵弄丢的门票，真的进了意识轨道……"笛拉看了看与笛一坎家共用的墙壁，"当时空房子意识还都飘在空中吧……而葵娜的那套拆迁房简直是被围攻……"

"笛拉，"妈妈的声音又从厨房传来，"来端菜，第一道年菜可以上桌啦！"米酒煮开了，笛拉由着浓香的酒气扑到脸上暂停了思考。"来啦！"

结束完丰盛的年夜饭后，笛拉陪着家人看了会儿电视，就回房间奋笔疾书了。"哗啦"一声，笛拉一把拉上窗帘，不再让窗外绚丽多彩的烟花干扰自己的情绪。信写完，已是午夜，可笛拉一点都不觉得疲惫，胃底像端着一只活蹦乱跳的兔子，这让她根本平静不下来，因为她还有非常重要的事情要做。端坐在书桌前，拉开红色锦袋时，笛拉更是用力吸了口气，才将交换门票倒在掌心。

正常情况下，从明天起笛拉就会跟着家人挨家挨户地去亲戚家拜年了。但今年是不行了。笛拉一想到要错过给疼爱自己的外公外婆拜年，心里就很痛苦。"或许……不！在家里待得越久，就越不想离开。"

提醒完自己，笛拉又环顾了一下书桌，这两天，她一口气完成了剩余半个月的寒假作业，其中包括18篇胡编乱造的日记，54张完全看不出进步的速写。笛拉又看了眼摆在正前方的一个信封，信封上特意写了"道歉信"三个字。

笛拉下定决心了，将右手拇指用力地按压在交换门票上，门票在手中振动，带动整个掌心都有些微微发痒。咖啡调的票壳上出现了一圈接一圈的明亮光圈，强烈的眩晕紧随而来，像是有根棍子在搅动笛拉的脑浆。

"啊！"笛拉的额头砸在了一个不软不硬的物体上。

"笛小姐。"

笛拉一抬头，就看到戴着金丝眼镜、身穿深蓝色制服的检票员正在甩手，看来刚才是砸到了她的手背，"笛小姐，没想到这么快，咱们又见面啦。"

检票员站在一个黑色齐腰高的柜子后面。笛拉左右看了看，心不在焉地说着"你好"。"不跟我说句新年好吗？我还特意……"检票员猛地踢高一条腿，鞋底都快顶到车顶了，拉下裤管，露出了里面大红色袜子，"穿了这个！"

"哦，新年好！"笛拉尴尬地说道，"我已经在公交车上了吗？"

"交换车站是按照客人所在的位置，就近选定的，"检票员将腿放下，对着漆黑的窗外摊了摊手，"这回比较简陋，没有接待室，希望您别介意。""不介意不介意。"笛拉摆起手，乡下的临时停靠站，肯定没法与清潭市的公交总站比。

检票员注意到了笛拉手里的门票，"能先给我检查一下吗？"

笛拉马上将门票递给对方。检票员拿到门票后，将手指挡在白色羽毛间划了划，随后便点头道："没问题，去年的飞羽门票，虽然生出了飞羽，却还没有使用其交换功能。笛小姐，请您再按压一下指纹，好让我按您的性格，准备交换用的鞋子。"

笛拉立刻将拇指在门票上按了一下，吮吸感出现在指腹，脱手后，门票上洁白的光圈一下变得更明亮了。公交车内也瞬间变得亮堂和宽敞起来，除了笛拉坐的座位，其他位置一下就消失了，从脚底还射出光亮来。原来地板是透明的。

"别介意，公交车的鞋柜装在车底，"检票员为能够给顾客提供半个车厢的选择而感到自豪，"为了您的旅游体验，您可以踩在上面，或趴在上面，一双双慢慢选，务必挑您喜欢的。请吧，笛小姐。"

可笛拉坐在位置上犹豫起来："我能先问你一个问题吗？""当然，笛小姐，"检票员一脸专业的笑容，"请问吧。"

"你是管理门票的，如果我在使用这个门票的过程中，不小心把它弄丢了怎么办？""申请交换方，"检票员立刻指了指笛拉，"也就是您，一旦在交换过程中遗失了门票，如果是没有候补门票的城市，像夏城，交换门票的数量本来就很少，如夏季结束前都没有找回，交换方没有按压，那牵扯到这张交换门票里的双方意识都会消失，也就是死亡。"

笛拉屏住气点了点头。

"如果是有候补门票的城市，像春城，他们每年都会有一定数量的飞灵师外出交换，忙中出错，难免会遇到这样的情况。飞灵师们可以向春城的相关部门提出挂失请求，然后再重新申请。而对于被交换方。"检票员露出令人放心的神情，"交换门票会像他们的皮肤一样，想丢都丢不了。当然他们也没法按，因为交换主动权在您手里。"

"那挂失后的那张门票，那张被丢掉的票壳，就彻底没用了吗？"笛拉追问道。"原则上是的。"检票员见笛拉依旧目不转睛地盯着自己，"挂失的门票，不再具备继续交换的功效，按压后也不会再显出任何城市的标志。但因为各个城市制作票壳的工艺和材料都很特殊，所以无论在四季城还是外界，这种票壳都极不容易被销毁。一定程度上，这种被遗失的票壳会像是四季城与外界的一把钥匙，但基本也是把没用的钥匙。"

"为什么？""因为不通过意识交换，四季城的人确实也可以拿着票壳抵达外界，但半天时间都存活不了，我们本质上就是不同的状态，身体会消融……"工作人员打了个哆嗦，"而你们外界人，因为你们的世界有四季，本身有血有肉又有意识，所以到了四季城不会有太多不适，但意识填不饱肚子。总结来说，双向都是死路，何必去使用那作废的票壳呢。"

"也就是说，我们外界人，拿了一张作废的票壳，是可以进四季城的！"笛拉关注的是这点。"可以啊，但也基本不可能。就像您在大马路上捡到了一把钥匙，会那么巧地让您遇上一扇能用这把钥匙打开的门吗？尤其这个门还是四季城的，你们外界人根本察觉不到呀。"

是察觉不到，但笛拉已经能想象出笛一坎冲进拆迁房，浑身是血的摔倒在地的画面了。或许他的手掌一下就压到了那张凤灵认为已经被丢掉的票壳，而意识轨道刚好就在那个位置上，笛一坎就进去了。

"尤其是春城。"检票员嘀咕起来，"飞升阶段，他们应该不欢迎没交换过的外界人吧。"

"为什么?""你们不是有四季意识嘛,"检票员解释道,"笛小姐您使用交换门票去到春城,那就是春城人的身体,春季的意识。但要是一个外界人使用作废的门票就进了春城,那这个人就还保有春夏秋冬的四季意识。而春城要采集的那些由大鹏幻化成的云层,可都是三季生灵啊。"

"三季生灵?""夏生,秋长,冬亡。它们应该,没法理解包含四季意识的云吧。""那会怎样?"笛拉问道。"怎样啊?"检票员说着摇了摇头,"跑题了吧笛小姐,您还是抓紧时间选鞋吧。"

笛拉有些扫兴地从位置上站起来,看了一眼五颜六色的鞋子,说:"一双棉靴都没有。"

检票员的眉毛一下高出了金丝眼镜框。

"春城,不是有棉靴族吗?"笛拉问道。

检票员又看了眼笛拉的门票,露出一副了然的神情,"当然,但在春城,棉靴族的生命太不稳定了,关键是不好挑啊!所以春城的羽萨在推荐与外界交换的人选时,就只安排了能踩住云的孩子,这也是为了对你们外界人负责。"

"负责?"笛拉听着一下就来气了,"还是对我们外界人?他都愿意为我们外界人负责了,为什么就不能好好帮一下棉靴族呢?同样是他的孩子,为什么一个能踩住云,一个却踩不住呢?他为什么要这么偏心呢!""笛小姐,"检票员已经将双手举在胸前了,她并不想惹恼自己的乘客,"虽然我只是个小小的检票员,但我相信,四季城的羽萨都是公平的。"

"不公……""公平的!"检票员握紧双拳强调道,"一定是公平的。但至于为什么会发展成春城现在这样!笛小姐,这与你们在外界生活应该是一个道理吧,弱肉强食,万事还是得靠自己去争取的。"

检票员在笛拉面前用力击掌,做出拜托的手势,"笛小姐,我没有资格去评论羽萨,这年头找份工作真的不容易。来吧来吧,您还是来选鞋吧,就算没有棉靴，肯定还是有别的鞋子能满足您的要求的。"

但笛拉一屁股坐回了座位。

"笛小姐？"检票员的语气充满了无奈。"我知道我该选谁，我可以直接把她的信息告诉你吗？你能直接帮我找到那双鞋吗？"

检票员拍着胸脯吐了口气："那还省事了，但规则还是要先说明的。首先，您不能选异性。""这我明白。""其次是被选择方的性格、能力，必须在您的筛选范围内，也就是在目前这些鞋之中。""必须吗？"

检票员露出真挚的表情，说："笛小姐，这个交换，我们真的是秉着对双方负责的态度去做的。您之前也交换过，一定清楚与您交换的人，无论是性格、人品还是处事能力，各个方面都是与您相匹配的。交换阶段，只要您不乱来，交换方也绝不会胡来。"

"胡来？""这是一种契约精神。有交换门票的客人，那可是羽萨的客人。谁要是违背契约，羽萨会出面干预的，那可就真是悲剧了。拜托拜托，请支持我们工作，我就是个小小的检票员。"

"那行，试试吧。"笛拉也不想为难人，"她之前是在立筒旅行社工作的。""好的，立筒旅行社，"检票员用鞋底轻敲地面，鞋子立刻就少了一大半，"那她是做什么的呢？"

"她是春城的四大员。""还挺厉害的哟！"检票员弓着腰，一步步踩在玻璃上，"哇！笛小姐，您快来看。"

笛拉从座位上起身，让检票员惊叹不已的居然是葵娜的那双极富设计感的鞋子。

"这一看就是骨架员的鞋子，她们的设计能力都非常出众，您一定不能错过这双鞋。""不，我不是要选她。"笛拉已经自顾自地确认起了剩余不多的鞋子，心里的紧张已经变成不安，"我要选的是定云员，更早之前，她是板脸社的，她叫橘沁竹。"

可所有鞋子随着她的话音都消失了。

"我不能选她？"笛拉失望地问。"别着急啊，笛小姐。"检票员像是跳起了踢踏舞，鞋柜一层接一层地翻起，但都是空的，直到检票员快跳不动了，橘沁竹那双藏青色的登山鞋终于出现在了一个角落。

"是、是那双吗？"检票员喘着粗气问道。"没错，"笛拉喜笑颜开，"那为什么，我原本不能选吗？"

"那倒不是，只是这双鞋的主人，正常情况只能作为候补。"检票员半跪在已经打开的透明地面上，回头看向笛拉，"作为交换车站的职员，我必须提醒您，候补鞋的主人，身体状况都不是很好。"

"我知道她受过伤，"原来是这个原因，"但她会在这三个月内……""那不会，"检票员立刻理解了笛拉的担忧，"真的病入膏肓的话，鞋子就会像棉……啊，就不会出现在这儿了。还是那句话，我们必须对双方都负责。但笛小姐，我必须提醒您，如果您选这双鞋交换，交换后的体验，百分之百是会受到影响的。"

笛拉已经没什么可犹豫了："我就选这双。"

14 云笼与裱糊

"笛拉!"

笛拉在睡梦中翻了个身,黏腻、紧绷的感觉立刻从后背袭来。

"笛拉要是在这儿就好了。"

她一伸脚……

"哎呦!"感觉踢开了一个重物……

"疼!吉老鼠,它根本不听你的话嘛!"

笛拉又翻了个身,真是又热又黏,浑身上下都汗津津的。

"断翅鹏,别动了,马上就好,"是吉冰飑的声音,"你就当穿双鞋。"

笛拉感觉有人在拽自己的脚后跟,又有一大堆"彩带"状的东西包裹住自己的脚踝……但彩带怎么会缩紧呢……"啊!"脚踝一圈像被什么锋利的东西划破了,火辣辣的刺痛感立刻顺着皮肤往上爬……"哎呦!"笛拉蹬着脚从睡梦中醒来,迷迷糊糊地看到了床架子,立刻将抽搐的左脚掌踩在上面,这是抽筋吗?笛拉用力将脚掌压在坚硬的木头上,一丝一缕的疼痛像脉冲一样,包裹住了整个左小腿。

"吉老鼠,快救我!我要被断翅鹏压死了!""好了好了,"笛拉感觉吉冰飒在拽她的手（翅膀），"这回能出发了。断翅鹏，抓紧啊，一定要多找些春云回来，这样就……"

"啾，啾……"

"喂喂喂，断翅鹏！不是往下飞啊，断翅鹏！往上，是往上！"

笛拉彻底被喊醒了，两只手撑在身后，两条腿也蹬得笔直的。整个人浑身都是汗，自己原本真的是在睡觉吗？笛拉大口喘气，汗水正顺着下巴往下滴。窗外突然刮起了大风，带着整个窗户都震动起来，笛拉听到了翅膀扇动的声音。

"断翅鹏？"笛拉光着脚踩到地上，来到窗边，一把拉开窗帘，蒙蒙亮的窗外，洁白的断翅鹏正兴奋地飞扑翅膀。笛拉赶紧打开窗户。

"啾，啾……"断翅鹏的眼睛亮闪闪的。

"新年好啊，断翅鹏。"笛拉笑着向它伸出手。

可断翅鹏却盯着笛拉犹豫了。"是我啊，断翅鹏，"笛拉用另一只手挡在模糊的左眼上，"我是笛拉呀。"

断翅鹏的眼里再次透出光亮来，更起劲地扑腾翅膀，用坚硬的利喙轻触笛拉的手掌，又将毛茸茸的脑袋凑了上来。笛拉控制着不让自己打哆嗦，冰凉的寒风正袭向她每一个打开的毛孔。

她稍稍侧头，就注意到断翅鹏的一只脚上，挂着很多根翠绿色的藤蔓。她探出身子，断翅鹏就配合地将爪子往前伸。笛拉撩了几根在手里，都是编织过的，看起来绿莹莹的，每根都比手指略宽。

笛拉又看了眼断翅鹏的脚踝，"他们将隐耳朵的藤皮，刺进了你的爪子？"

"啾，啾……"

笛拉抬了抬自己的左腿，感受了一下："现在应该不疼了吧？"

断翅鹏挥舞彩带一样，挥动翅膀转了一圈，脚上的藤条像飞舞的彩带。

"断翅鹏！嘚瑟什么呢？"南扎的喊声从顶上传来，"你找回春云了吗？"

"出发啦，快去找春云啊！"吉冰飑也是又急又无奈。

笛拉估摸着他俩现在应该是待在碗状的枯藤上。"行了，你去忙吧。"笛拉拍了拍断翅鹏。断翅鹏听话地调转方向，向着天空飞去。

天已微微放亮，几道冬日晨光打在远处两只高飞的大鹏身上，它们脚上也都挂着藤条皮，随风飘动，像极了一只只镀了金粉的风筝。笛拉扶住窗框往外看，碧绿的河水像是浮在空中的一块翡翠，总算是"落地"了，不再挂在藤蔓上。她现在所住的房间，在安格找到的白房子里。

断翅鹏已经高飞，笛拉的心情也跟着期待起来，无论如何得试一回吧！笛拉盘算着深吸一口气，由着寒风将自己包裹，缓缓闭上了眼睛……寒风的力量变大了，刺骨的寒意却在被一丝一缕越来越强烈的暖流赶走。等完全感受不到，甚至开始享受寒意时……笛拉动了动胳膊，断翅鹏挥了挥翅膀……

"啾，啾！"

笛拉睁开眼，迎面而来的气流直接顶到了天灵盖。她感到脑袋一下被吹偏了，整个身子也跟着往一边甩。但前所未有的清晰视野就在眼前……

"哇！"笛拉的意识已进入断翅鹏的身体，俯瞰身下的一家家旅行社，发现原本高耸独立的藤蔓，又从房底长出了无数根嫩绿色枝丫。枝条顺着房底水平生长，遇到其他旅行社的，便缠绕在一起。或浓或淡，笛拉还注意到一些飞车，正载着人钻进绿藤下方……

"啪！啪！"响亮的动静吓了笛拉一激灵，以为自己哪里中枪了。一低头，就看到站在枯藤上的吉冰飑和南扎，两人都已换上了蓝紫相间的工作服，看着还挺精神。

"往上往上啊！"吉冰飑又蹦又跳地指挥断翅鹏往上飞。

"啪！啪！"是南扎在头顶抽了好几下空鞭，"干什么呢断翅鹏，螺旋往上吗？要不要吃个早饭再走啊！"

南扎挖苦时，有几个服装没有统一的人也爬上了枯藤。他们应该是高云层人吧，脚上都穿着各式各样的鞋子，但手里都提着一个个圆筒状的东西。站定后，都仰头关注着断翅鹏的飞行状况。笛拉一直歪着脖子在空中打圈。不能再给断翅鹏丢脸了，她紧绷身体，拉直脑袋，跟随着其他大鹏向天空飞去。目之所及的大鹏，都在往上飞，但飞到一定高度时，就被笛拉追上了。

笛拉正得意着，没想刚挥了两下翅膀，速度就被控制了。这看似没有阻挡的天空，好像漂浮着一条透明的"阻塞带"，压着两条翅膀，不能再往上了。

不远处的一只大鹏，似乎是突围了，一下就冲了出去。

是意识轨道的缘故吗？笛拉费劲地挥着翅膀，她快要没力了。

又有好几只大鹏摆脱了困境，笛拉越着急，两条胳膊就越使不上劲。"断翅鹏，帮帮忙呗！"

她对体内断翅鹏的意识说道。话音刚落，一双翅膀立刻像划水一样，身体轻松就往上升了一大截。看样子，断翅鹏一直在看热闹呀！一旦重新掌握了力量，挥翅的效率明显提高了，凝滞感越来越弱。很快，脑袋松了！笛拉和断翅鹏呼啦啦地扭动脖子，大口吸入新鲜的空气。随后是翅膀。"嗒嗒！"身轻如燕的感觉又回来了，笛拉酝酿着夺回控制权，只等两只爪子一挣脱……

"啾！"笛拉箭一般地射了出去，两三下就超过了顶上的大鹏。

路过它们时，笛拉被赏了一大堆白眼，那是猛禽在快速飞行时露出的瞬膜，笛拉正在得意……"啊！"左小腿上剧烈的疼痛刺向大脑。

"吉老鼠，你的断翅鹏有没有脑子啊？脚上有藤蔓还飞那么远，这是要扯断自己的腿吗？"

"轰隆"一下，笛拉感觉断翅鹏挥起翅膀，给了自己一脑门一下……

"哟！怎么还打自己呢？"笛拉听到了嘲笑声，自己则像灵魂出窍般脱离了断翅鹏的身体……"谁允许你们嘲笑断翅鹏了，它是我和吉老鼠的大鹏，只能我一个人批评它！"

笛拉的脑子里吵吵闹闹的，已经分不清自己是在哪个位置听到的声音了，但很显然，断翅鹏再也受不了她这个蹩脚的"驾驶员"，直接把笛拉轰出了身体。笛拉只好顺着断翅鹏的翅膀、爪子往下落……

掉落途中，笛拉又注意到别的大鹏都就近飞向一朵朵积云，而那些拂过大鹏羽毛的积云，像被驯服了似的，也顺着大鹏的身体滑向爪子，再从爪子滑向藤条……

笛拉看到自己的身体，像冒青葱般窜出一根根藤条，藤条顶端还透着一点点血红色。自己正和云朵一起往下落，落过意识轨道时，凝滞感没有了，顺滑得像是有股吸力，一把将她吸进了春城……

"嗷！"笛拉跟着云团一并落进了144号云区，急速坠落，她的胸腔被一根很粗的藤蔓刺穿了！藤蔓上翠绿的花骨朵从笛拉的心脏穿了过去。接二连三的颠簸让藤蔓开出一朵又一朵花，长成一线。"嘣嘣嘣"微绽的花朵依次从藤蔓袒露的白色纤维上浮了起来，只剩最上面一朵还连在藤蔓上。

笛拉伸出手，想要触摸那串花，但一个踉跄，意识回到了自己的身体。

"你吵得我……""哎呦！"笛拉惊恐地撞到窗框上，按着这会儿都在扑通乱跳的心脏，她一直没注意到卧室里还有一个人。

"啪！"一声响指，屋里亮起了一片蓝幽幽的灯光，笛拉看清了半躺在对面床铺上的平头女生："葵娜？"

"你吵得我整晚都睡不着，"葵娜的声音有些沙哑的，"你有……"

"咚！"顶上突然传来一声闷响，带着灯光都波动了一下。

"有病……"葵娜接着道。笛拉微弓起肩膀："顶上在干什……""嘭！"又一声巨响。这是要把房顶砸穿吧！

"哪有让骨架员亲自刨藤皮的！"顶上倒是先一步传来了抱怨声，"真是吓死人了，差点就没抓住。""受着吧，谁让我们没证呢。"

房顶上被踩得"咚咚"响。"诶，你说那位立筒社的骨架员，康老头也舍得让她亲自刨藤皮吗？""她还刨什么藤皮啊，估计都不敢再设计了。""可这回又不用设计，老头不是说了嘛，统一的 7 支云笼，造型都是一致的，最后只比搜集到的云量。""那……说不定她就不会刨呢！"顶上立刻传来了嬉笑声。

"有证的骨架员大多是纸上谈兵嘛，仗着身后有群好工匠，平日里只用画几张设计图。她们可都是十指纤纤的人，别说刨藤皮了，估计连藤条都没有摸过吧。""可总还是要她的证啊，听说她现在不肯签，搞得那软肢社的裱糊员也不签。""是啊，干嘛非找她呀？""不找她，能轮到我们。""你还真以为我们能赢过她？""那是当然了，只是要成为这种骨架员的替身，哎！多晦气啊，也就是低云层创办的新创社能看上了……"

"你不生气吗？"笛拉攥着拳头，怒视屋顶。

"我能跟我的骨架大鹏一起离开，"葵娜的声音死气沉沉，"那是最好的。"

"你在说什么？"笛拉以为自己听错了。"都怪你多管闲事，"葵娜一把将自己蒙进被子，"我根本不希望你们救我的，不希望。"

笛拉一下冲到了她床前，可伸出的手还是停在了被子外。

这人是葵娜吗？之前明明那么骄傲，怎么就……笛拉还是将手缩了回来。看来橘沁竹这几天也还没成功吧，自己又完全不了解现在的情况，还是先缓一缓。这一会儿自己又出了一身汗，先把睡衣换下来再说。

"鞋子，鞋子，"笛拉在阴森的灯光下一边穿外套，一边蹑手蹑脚地踩进橘沁竹的那双登山鞋，"对了，还有面具。"面具就放在床头柜上。笛拉听到葵娜翻了个身，感觉自己又心跳加速了。

她做了好几个深呼吸，胃里的沉坠感才有所缓解。一切准备就绪，笛拉踮着脚去开门，出门前，也学着葵娜打了个响指，但灯光居然变成了橙黄色！笛拉警惕地瞄了眼葵娜，赶紧又打了个响指。那方正的灯具里，关着一团很

云笼与裱糊

听话的丝状云,随着再一声响指,光亮逐渐褪去,笛拉轻轻合上房门。

"来来来!"原本待在"鸟巢"的南扎,正从一侧的走廊冲进院子,另有三位年轻的棉靴族已在院里站定。他们比南扎高出不少,看神情,似乎并不欢迎南扎的加入。

"不要跑错房间啊,"顶上传来的就是之前那群人的话音,"我的藤皮比较薄。""不会吧,你刚才还顾上薄厚了?"

"赶紧扔吧!"南扎在院里站定,与另外三位棉靴族排成一排,急躁地拍了拍手。

顶上依次报出了四个房号,小棉靴们各自确定了一个号码,藤皮便从廊外飘了下来。三位棉靴族急速往前跑,南扎却在往后退。但所有人都摆出了同样的动作,伸长手臂,抬双手一拍,藤皮前端被夹住了。小棉靴们又一并拖着藤皮往对面的走廊跑,廊里放着三张并排的长凳,长凳上好像都安装上了会转动的轮盘,南扎率先将手中的藤皮放进其中一张长凳,速度最慢的棉靴就只能等下一波了。

"呜哇!"廊道里瞬时响起了呼啸声,身后一侧的走廊,以及正对面那排房门外都放着一排排拱形的架子,架子上窄下宽,总共分了三层。除最上面一层只安装了一根转动的棍子外,其余两层,都各有三根转动的竖棍,总共是7根。

"我最快,我最快。"南扎提着一把被细分过的藤皮,沿着走廊,冲到了一面架子前。

确认完房号后,便挑出一根藤条,凑近架子最上方的木棍。棍子立刻将其吸了上去,很快就绕成了一个绿色"纺锤"。其余几位小棉靴,也或快或慢地做着同样的动作,从长凳后拉出被细分过的藤皮,看数量,应该就是被分成了七小条,绕上架子,形成了7个绿色的纺锤。

"哦哟!"笛拉绷着脖子往后躲。

她才要下台阶，吉冰飑就悄无声息地从顶上跳了下来。地面波动，估计又是软着陆吧。吉冰飑没事人一样站了起来，手里还甩着一大堆"丁零当啷"的圆筒状刨子？上面挂着的绳索，差点抽到笛拉的面具。笛拉之前在振羽爸爸那儿见过刨木头的刨子，但是长长方方的，完全不像眼前这些。

　　"采到了？"吉冰飑没留意到身后的笛拉，急匆匆地跑进院里了。

　　有两个挂着绳索的棉靴族从密集的枝条间降了下来，怀里捧着的，就是笛拉之前看到的花串！每朵花都已有半人高，通体呈现出翠绿色。微微绽放后，能清楚地看到，每朵花都只有一圈花瓣，花瓣很单薄，就像藤皮一样薄。瓣尖又微微向内卷，与其说那是朵花，更像是一个个连成串的笼子吧！

　　"吉冰飑，你来看这云笼。"

　　还真是笼子！年轻的棉靴族提着最上面一朵花的花柄给他看，"这样真的能行吗？上面什么痕迹都没有。"

　　吉冰飑立刻凑上前研究起来，"是没有是没有，即使把枝条嫁接进断翅鹏的爪子……"

　　"原来是嫁接啊！"笛拉一凑上去，小棉靴们立刻像士兵一样绷直了身体。

　　"早上好，橘小姐！""好好。"笛拉示意他们没必要喊那么大声。

　　"已经开始长云笼了！"吉冰飑很激动，"看来这几天断翅鹏都没有偷懒，它在外界都采到春云了。"

　　原来刚才真是飞跃了意识轨道，还采到了春云！笛拉想到那顺着大鹏身体往下落的积云，还有现在依旧有些异样的左小腿，春城的采云方式还真特别。

　　"嗯！"笛拉的右脸被刮了一下。

　　"对不住啊。"廊道里，一位中年男子从屋里推出了一排拱形架子。那面架子上的绿色"纺锤"都已经被用过了，随着男子一一扯断，又有好几个绿莹莹的小云笼从纺锤上"飞"了过来，水母般扑腾着来到院中，它们还没有连成串。而随着更多的房门打开，院里一下集结了一堆会飞的花朵。

云笼与裱糊

"呼！呼！"吉冰飑还在吹它们！小云笼对此还挺受用，成片成片地往上升。

笛拉很惊讶，脸上却不敢表现得太明显，毕竟橘沁竹对这些应该都司空见惯了。而自己，笛拉盯着手背上的一个小云笼，它好玩似的用花瓣轻踩笛拉的皮肤，左一晃，右一晃。笛拉不是很理解，它们现在到底算植物还是动物？没手没脚，更没翅膀，怎么就飞起来了？

小云笼们在飞向不同的藤蔓，但都是被刮去藤皮的。而且这些云笼似乎都很清楚自己该往哪支藤蔓去，有些飞错了，就扑腾着飞往另一支。

"请问，我们可以继续采吗？"

是那两位采云笼的棉靴族，他们居然将花串像碗一样叠了起来，提着最上面的花柄给笛拉看，"其他旅行社的花柄上，现在应该都有隐耳朵的痕迹了吧！但我们的……"

光洁的切面上渗出一层薄薄的焦黄色汁液。汁液下面是棉白的纤维，上面什么痕迹都没有。

"断翅鹏的身体里本就没有隐耳朵！"吉冰飑急忙在一旁解释起来，"就算把枝条嫁接过去了，云笼里也渗不出没有的东西。"

原来还有这个关系，笛拉配合着点了点头。

"不过没事的，对吧。别的旅行社需要隐耳朵和定云员的指纹同时出现在花柄上，这是为了让定云员能与飞灵师沟通，但我们不需要这么做，我们可以和……"吉冰飑向笛拉求救，笛拉却被藤蔓间传来的熟悉声响吸引了。

"噌噌。"那藤蔓间除去固定的房间外，还有一个个飞掠而过的黑影。

"那都是……"笛拉好像明白吉冰飑手中的刨子是怎么用的了，圆刨可以用绳索绑在藤蔓上，人也可以抓住圆筒两侧的把手，靠体重压着刨子往下滑，快到屋顶时，刨子还能刹车！

笛拉不由在脑子里排起顺序来，嫁接藤皮、采……不！应该是先用圆刨刮藤皮，然后将刨下的藤皮切割绕成纺锤，再做成小云笼放飞，之后再将剩余的藤皮编织（那些"骨架员"正站在架子前忙碌着呢）起来。

编织完后，大概就是嫁接进断翅鹏的爪子了。如果大鹏的身体里有隐耳朵，那隐耳朵还会出现在云笼的花柄上。但因为断翅鹏身体里没有，所以它只是飞去外界采云，而现在采回的云笼……

"您就让他们采吧，"吉冰飑一脸焦急地看着笛拉，"断翅鹏一定采了足量的云。"

可它们不都飘在天上吗？笛拉心想着。

"完全足够昨天的小云笼长大了！"吉冰飑已摆出了哀求样。"那就接着采吧，"再疑惑下去，笛拉感觉要误事了，"我相信你们的。"

这话一下让棉靴族受到了鼓舞，他们将花瓣朝下，递给吉冰飑。笛拉赶紧从他手里接过刨子，吉冰飑端住花瓣两边。两位棉靴族向笛拉低了低头，拉动身后的绳子，急速蹿上了高空。

斑驳的光影正从密集的藤蔓间洒下，数不清的枝条像八爪鱼一样倾泻到一圈房顶上。

笛拉看着快被甩断腰的"骨架员"们，心想幸好没和葵娜交换。

"吉老鼠！"南扎的喊声从斜后方传来，一转身，就看到他从一间冒热气的房间飞冲出来。

那一排的房子中间有一块空缺，那个位置应该是通向正门，而正门外……南扎站在那里挥动手臂，一块金灿灿的馕像飞盘一样飞了过来。吉冰飑马上点起小碎步，捧着云笼高高跃起。

"哎！"他居然用嘴叼住了！

"你个兔崽子！"南扎身后跟出一位魁梧的中年女人，手里还挥着一把锅铲，看来是大厨。她追着南扎不放："又来偷吃，那是康社长特意让我给高典准备的，他可是裱糊员！"

"别过来，南扎，"是三位棉靴族，他们再次在院中做好准备，"这回只有三片。"

锅铲"砰"地敲在地上，南扎还是冲进了院里，像脚踩弹簧，跑一步蹦一步。"高典高典！"

他连蹦了三下，把三根从屋顶飞来的藤皮都顶高了。大厨跟在后面，连腰都没弯一下，却与那三位棉靴撞在了一起。三片藤皮神奇地从他们头顶跃过，准确无误地飞进了长凳，轮盘转动，开始吐藤条了。

南扎飞奔向笛拉，聪明地躲到了笛拉身后。

"你！"

笛拉一回神，大厨的锅铲都扇到了她的睫毛。

南扎从一旁探出脑袋："他都叫糕点了，那就让他吃自己好了。"还放肆地扯下一块馕，故意嚼得很大声。

大厨快被气疯了，挥起锅铲……"抱歉！"笛拉吃力地撑住大厨的手臂，"小孩子，不懂事。"

大厨气不过，对着空气猛敲了三下："再敢进厨房，我打断你们的腿！"说完气鼓鼓地离开了，三位棉靴族也受到了不小的打击，垂头丧气的。但偷吃的小家伙们，却在身后偷笑。

"你俩！"笛拉板着脸转过身，吉冰飑立刻将脑袋缩到云笼之后。

南扎却又扯下一块馕："我就是不给他吃。""你是一点规矩都不懂。""那高典也不懂，"南扎还理直气壮，"我们可是救过他的，他倒好，待在上面就不肯下来了。把自己当成客人，一天三顿饭，顿顿都让配送。"

走廊里出现了一排棉靴族，大家手里都端着餐盘，通过藤蔓上的简易楼梯，一个个往上爬。

"康社长那么好吃好喝地待着他……""他把裱糊的配方给我们了。"吉冰飑叼着馕搭话。"光给裱糊的配方有什么用啊！他又不答应签字。真要报恩，就该答应给我们当裱糊员。""他会答应的只要葵娜答应。"

"哼！"南扎埋怨地瞪了眼笛拉，"那葵娜什么时候能答应啊，你不是说能说服她吗？她可是有证的骨架员，不至于还怕输给没证的吧。"

"我觉得她还是想回立筒社。""回立筒社？"南扎一把从吉冰飑手里夺过云笼，"想得美！""她父亲可是立筒社社长，肯定会把她接回去的。"

"那就得速战速决，现在就按着头让她签呀！"南扎气愤地向笛拉喊完，跺着脚就往台阶上走，"康社长有必要找这么多没证的骨架员吗？不知道的，还以为这里是高云层创办的新创社呢！不如就去找些有证的，先把四大员凑齐了再说。"

"哪有你说得那么容易！"吉冰飑向笛拉点了点头，嚼着馕追了上去，"金宏先生不都说了嘛，市场上那些有证的四大员，一看到咱们旅行社的招聘，扭头就走。""那就再扭回来呀！"南扎很是天真，"金胖子就是懒得追，要换我上，不同意就一顿揍。"

"你可别再打架了。"

笛拉也跟上他们，南扎一直在前面嚷嚷，"你们信不信，今年的浴场肯定会提前开放的，春云那么多，雨也下个不停，再凑不齐四大员……"

笛拉还真感受到了一丝半点的雨星子，而且这雨怎么说来就来呢，才进到走廊，雨点子就大得像硬币了。

"还有那笛拉……"

笛拉顿觉脚下不稳了。

"她什么时候能交换过来呀？""你小点声，"吉冰飑在前面蹦蹦跳跳的，"她肯定会进来的。""吉老鼠，你们就是太天真了。她回外界前，就该让她把云图都画下来……"

笛拉真的站不住了，脚下的走廊似乎在动！

人字形铺就的砖块，不断发出拥挤的碰撞声。但吉冰飑和南扎像感觉不到似的，继续交谈着，推门进了一侧的房间。笛拉越发踩不住了，身边的风向也乱七八糟的。她连着滑了两下，余光扫到对面一侧的厨房，那里依旧在冒热气，而一旁通向正门的缺口……笛拉退后了两步，那里确实有些东西吧！

"橘小姐？"跑进走廊躲雨的两位棉靴族，又踩下一个云笼。

笛拉将手中的刨子交给她们，急急地赶去正门。

终于来到了正门，采集到的春云正化成大雨落下。潮湿的水汽不断涌过笛拉的身体，强烈的震感快要把面具震碎了，左耳也开始耳鸣，但双脚依旧控制不住地往前走。"绿色的？"

正门外，是已翻腾到十多米高的绿色巨浪，正在向笛拉奔涌而来。那翻起的浪头……从墨绿到浓绿，巨浪涌上了屋外的草坪……从浓绿到翠绿，浪头拍过了停在草坪上的一辆飞车……翠绿已变成淡绿，笛拉认出那"浪花"了……可那雾状的嫩绿，就像立起的巨犬，一下扑向笛拉！

青草的气味涌入鼻腔，湿度大得眨一眨眼就有水珠从眼角流下。笛拉记得这种感觉，前几天在外界的空房子前台，那泥鳅般抽动的枝条，就是现在贴在脸上的感觉，迫切地吸走每一滴水分的嫩绿色新枝。枝条贪婪地吮吸着每一丝水汽，离开身体时，还吸动了面具。

笛拉伸手压住面具，看着绿雾般的浪潮从草坪上褪去，"飞车？"绿色的"波浪"里出现了一辆飞车，正在向旅店驶来。

"早上好啊，橘沁竹！"是金宏，他将飞车停在草坪上，一车高云层人正跑过来躲雨，留下金宏和大包小包。

笛拉赶忙冲进雨里帮他拎行李。

"差、差点就沉了，"金宏上气不接下气，"这雨也、也太大了。"

"真是倒霉！"高云层人在门口用力跺脚，嘴里还不断嘟囔着抱怨的话。"就不该答应这胖子，来新创社当骨架员。""这就是低云层的新创社啊，真是太简陋了。"

"辛苦了各位，"金宏左右夹着行李，还好脾气地招呼起来，"大家赶紧去换身衣服吧，只要屋外的藤皮架还是空的，就可以入住。"

"咚！"笛拉故意在抱怨着的高层人面前，把行李箱砸到地上。

"你什么态……"骨架员一下看到了笛拉的面具，又立刻打量她的鞋子。

"忘了向各位介绍了，"金宏急忙打圆场，"这位是橘沁竹，我们旅行社的定云员，有证的。"

"有证了不起啊！"虽然还有个别骨架员在嘴硬，但大家都各自拎起了行李箱。

金宏拍了拍手，将他们引去走廊，"没错，藤皮架子空的房间就可以入住，请吧各位，换上干净的衣服，都别感冒了。"

招呼完骨架员，金宏心满意足地转过身，见笛拉在盯着自己的手掌看，"出什么事了吗？""哦！"笛拉立刻将颤抖的手背到身后，"没事。""已经是最后一批了，"金宏喜滋滋的模样，"没证的够了，接下来就只等笛拉……"

笛拉立刻向金宏瞪了过去，他正在用衣袖擦拭脸上的雨水，"别生气嘛，你知道这不过是我的推测。不过，笛拉要是真能选葵娜交换……"

笛拉瞪得更凶了。金宏干脆摘下了被雨水打湿的眼镜，"毕竟失败两次了嘛！想要恢复，应该跟我妈的脚脖子一样难吧。"

"你在说什么啊？"笛拉发现金宏嘟着嘴说话。"我妈妈呀，突然有一天跟我说她要减肥，结果没出一个月，就把自己的脚脖子给练断了，之后就只好卧床休养。可等脚好了，体重直接翻了一倍，医生就更劝她要多运动了，结果没动两天，把两个脚脖子都压断了。"

"那你妈妈现在？"笛拉担忧地看着金宏翘起兰花指擦眼镜。"已经死了。最后的日子里，她连床都没有下过。"金宏重新将眼镜戴上，"你说说，现在的葵娜，她不是飞毁两次大鹏了嘛，这跟我妈妈断两次脚脖子不是一个情

云笼与裱糊

况吗?"

原来是这个意思。

"你也别坚持了!"

笛拉已经往走廊去,金宏不放弃地跟在她身后。"如果笛拉真能选葵娜交换,你也可以不用再劝啦。"雨小了些,波动的走廊被金宏压得平整了不少,"而且你肯定也看出来了,康社长为什么要安排这么多没证的骨架员呢,还不是为了挑一个给葵娜当替身。现在又统一让他们做7支云笼,康社长想得真是周到啊,那可都是标准笼,飞出去采云根本看不出什么风格。到时笛拉只要与葵娜交换,葵娜还能出去散散心,回来也不会遭反噬。这多好的事啊,连我都想和笛拉……"

笛拉猛地停住脚,金宏的肚子又将她撞出了半步。

"交换是不能选异性的。"笛拉瞪着金宏翘在胸前的手,对方立刻夹到了身侧。

"这真的是好事啊,"金宏又在胸前拍打起两只手,"等笛拉替葵娜签上字,高典也就搞定了。不过……""不过什么?"

"我现在还有一件事没有想通,云笼不都是飞回自己的枝条吗?采完云后也是如此。你说,现在高典每天都待在上面。"金宏翘起手指,指向天空,"要是看清了笛拉……"

"喂!"笛拉不满道。

"我指已经被交换过的葵娜。"金宏还真是个倔强的胖子呢。

"康社长怎么让其他人的云笼,与葵娜的交换呢?现在他又不知道谁做的最好,是吧!"金宏歪过脑袋,还做出了手抵嘴唇的可怕姿势,"是让他们故意记错自己刨的是哪根枝条吗?可高典应该会记住葵娜刨的是哪根吧。"

"肯定的!"笛拉现在得用力泼冷水,"你都能猜到康老头的计划,那高典一定也能。""不会吧,我发现笛拉居然为了这家新创社,以个人名义向硬块旅行社贷款了。那说不定，她会为了还债再交换进来呢。"

还债！笛拉用力憋了口气。

"这门怎么打不开啊？"有位骨架员正站在笛拉和葵娜的房前，不断用大拇指按压着门把手，"不是说空的藤皮架吗？"

"快快快！"笛拉拽着金宏往前推，"赶紧安排住宿去吧，葵娜要是被吵醒了，是非常吓人的。"

"我说的都是……""我还要去裱糊室看看，"笛拉小跑起来，"你再回去换身衣服吧，你看你，都湿透了。"

笛拉边跑边喘，还好金宏没有追上来，不过这两条腿怎么使不上劲啊，"这才跑了几米？"

笛拉放缓了脚步，发现身旁这一整排的白房子都是裱糊室。从拐角的一头一直延伸到另一头。笛拉踩着还有些浮动的走廊，来到尽头，轻轻推开门，裱糊室的温度比外面高了不少，一进去就感受到一股略带焦煳的热浪。而更让笛拉意外的是，这间屋子的地面，完全没有铺设任何地板或是地砖，地上是厚实的绿藤，绿藤还在屋里绕成了一座"山"！

山间还有一个个低洼，低洼里又沸腾着不同颜色的浓浆。一口口浓浆围绕山体，盘旋而上。

"哟！"康巴里不知从哪个角落跳了出来，手里还举着一个透明的，外形很像树根的烟斗，"你怎么有空来裱糊室了？说服葵娜了？她肯签字了？"

笛拉看着康巴里扬起的一边眉毛，几天不见，他还是那么令人厌恶。

"早啊，橘小姐。"

笛拉仰起头，看到了站在"山顶"之上的东杰叔，他其实是站在更上方的一片如蛛网般的绿藤上。他急匆匆地向笛拉打了个招呼，又继续抱住一个大袋子，往身下的一个凹坑里倒黑色粉末。而站在山顶的是吉冰飑的爷爷，他正举着棍子不断搅动着。很快，那锅"海拔"最高的浓浆也开始冒泡了，是好看的玫瑰红。

"可以放云笼了吗？"南扎的声音从顶上的另一边传来。他和吉冰飑也站在绿网之上，手里都各端着一沓云笼，康巴里朝他们勾了勾手指，南扎便松手了。成串的云笼往下掉，最底部的一个，直接沉进了下方一个近似清水的低洼里，而最上方的那个云笼，花柄被固定在了一根略粗的绿藤上。

"静止 30 秒。"康巴里对着手中的一张纸片说道。

笛拉看到上面有各种颜色的标注，应该就是高典给的裱糊配方吧。康巴里围着低洼打量，而随着浸泡过程，云笼开始慢慢往上浮了，黏在云笼表面的粘液不断退去。笛拉看到云笼的内部，紧贴花瓣的位置，撑起了一个透明的气囊，气囊将云笼内部顶得满满当当。

随后，这个云笼就开始往上升了，并逐渐收拢进了上方的一个云笼。

"下一口。"南扎推着整串云笼在上方移动，来到了第二口"海拔"略高的淡黄色低洼上方。两个合并在一起的云笼侧倾着浸泡在了浓液中，同样静止30 秒后，内部撑起了一层淡黄色气囊，还是往上，一起并拢进了第三个云笼。

"康社长，我知道怎么做了。"南扎自己推动起云笼，顺着每一口低洼往上走，吉冰飑在后面也重复着同样的动作。

"要跟老朽，一起去吃早饭吗？"康巴里将配方塞进口袋，还算客气地向笛拉发出邀请。

"你知道我不用说服葵娜，"笛拉直接了当，看到康巴里微蹙起了眉头，"是金宏看着账目推测出来的。他说，你会让笛拉与葵娜交换。"

康巴里抽了一口烟斗，露出了一丝若有似无的笑容，"还行啊，我原本还担心串串社的成本员太听话。现在看来，还是愿意动点脑子的。"

"你要怎么做？"笛拉喊住准备出门的康巴里，"云笼，都是飞回自己的藤蔓。就算你想……""怎么了？"康巴里等了一会儿，慢悠悠地回过身，"连作弊、动手脚这样的话都说不出口吗？"

康巴里朝笛拉吐了好几个烟圈，"我一早就告诉过你了吧，以你那种苦哈哈的行事作风，是不可能说服葵娜的。你向来都是喜欢折磨自己，而她是宁愿恶心别人。由此可见，葵娜的底线和手段，从来都比你们高。想要说服她？呵！希望那位在外界的傻丫头，也能像你一样，早日醒悟。"

"你到底要怎么做？""我凭什么告诉一个能踩得住云的人。"康巴里走出了裱糊室。

"橘沁竹！"南扎大剌剌地喊叫起来，他手里的云笼已经裱糊完了，一沓云笼在裱糊后，整个都套在了一起，底部已经不用再靠手托着，体积也比之前的大了近一倍，东杰叔正帮忙把云笼从绿网上解下来。

"您现在要不要按啊？"跟在后面的吉冰飑询问道。

对了，就算隐耳朵的指纹没出现在花柄上，定云员的指纹理论上还是得留吧。

"我现在……"笛拉犹豫了一下，"能不按吗？""当然当然！"吉冰飑一脸惊恐，"您是定云员啊，您说了算。"

"干吗不按？"南扎还在质疑，笛拉已经逃跑似的离开了裱糊室，浑身上下被一层火辣辣的感觉包裹了。

这是懊恼吗？才进来，就感觉自己选错了？为什么每个人都觉得说服不了葵娜呢？既然如此，自己又哪来的信心？别到时还没说服葵娜呢，对方就已经被立筒社接回去了。

"橘小姐？"是凌兰花，她正端着一盘早餐房间外，"您还好吗？脸色这么差。"

笛拉赶紧拎起肩膀，见凌兰花手里还端着一盘早餐，那块金灿灿冒热气的馕尤其吸引人。

"这是给高典先生的，"凌兰花红彤彤的脸上露出一丝歉意，"如果您也需要。""不不，"笛拉挡住了凌兰花递来的早餐，"我现在还没什么胃口。""那

"葵小姐这几天都没吃东西，"凌兰花的眼神怯怯的，"再这么下去会不会出事啊？"

笛拉也忧愁地看了眼关闭的房门。

"如果葵小姐就是不答应做云笼呢？"凌兰花的声音充满了担忧，"你们最后，是不是要把她赶出去？"

笛拉不由轻呵了一声："她可是立筒社社长的……""葵小姐肯定不会回立筒社的！"笛拉听着不由心跳了一下，"为什么这么说啊？"

凌兰花左右看了看，压低了声音："当时，被那些空房子意识包围的时候，我好像听到吵架的声音了。""吵架？""我也不知道那声音是不是在骂葵小姐，说什么第一次失败的时候，就不应该再出来了。还说什么，给她机会就是在害她，现在已经没有翻身的机会了。"

这可能真是一位要面子的父亲会说的话吧。

"可是不管别人说什么，我们这些活下来的棉靴族，都是非常感激葵小姐的。"凌兰花的眼中一下泛起了泪光，"已经很好了，活下了很多人呢。要换成是别的新创社，很多棉靴族连进社的资格都不会有。只能留在低云层，等着云层和意识轨道消散，根本下不来。"

"羽萨保佑啊！"大厨的声音像锅铲一样拍了过来，"我看你还能磨蹭多久，你是要我的客人吃冰冻的馕吗？"

凌兰花一下慌了。

"谢谢你，"笛拉轻声说道，"谢谢你告诉我这些。"笛拉是很真诚的，但这话反而让凌兰花更紧张了，"不、不用客气的。"

"还磨蹭呢！"大厨背着手过来了。凌兰花端着餐盘跑了起来。

"喂！"大厨喊住准备拿钥匙开门的笛拉，"我们的小棉靴，好像都很喜欢黏着你啊。"

笛拉有些不知所措。

"给！"大厨手臂一转，居然从身后变出了两人份的早餐，"多吃点啊，记住了，多教他们点好。"

笛拉双手接住，还没来得及说谢呢，大厨又气势汹汹地回厨房去了。笛拉盯着无比丰盛的餐盘，那块金色的馕，上面撒足了芝麻和葡萄干，比起高典的，显然花了更多的心思。

"得对自己有信心吧，"笛拉嘀咕着给自己鼓劲，将一只手挪到盘底正中，另一只手旋动钥匙，"我可是想好了才进来的，千万不能乱了方寸。"

笛拉深吸一口气，开门进屋，对着死气沉沉的房间打了个响指，又一个响指。灯光从幽蓝迅速跳到了橙黄，云丝还在灯具里一点点变亮。

"起来吧！"笛拉特意让声音显得很有朝气，走去拉开窗帘，又将早餐放到了葵娜的床头柜上。

"我们重新认识一下好吗？"笛拉蹲到床前，葵娜只是更用力地裹住自己。

"我叫笛拉，"要是瞒着葵娜，怕是很多话都不好说，"就是之前在10000深寻，找回空房子的外界人。""看来你真病得不轻。"蒙在被子里的葵娜，有气无力地搭话了。

"我真的是笛拉，你愿意坐起来听我说件事吗？""别以为我没看到你往柜子里藏药。"葵娜的声音充满了厌烦，"有病就去看医生，别来烦我。"

笛拉还真瞅了眼自己的柜子，但现在可不能分心。

她蹲到床前："其实你这回的骨架大鹏……""闭嘴！""看来你还是在意的，"笛拉反而受到了鼓舞，"那你一定还记得，你找到的那栋空房子吧，那栋在外界的拆迁房。"

葵娜没反应了，但笛拉知道她一定在听着。

"它刚好就是今年旅店前台在外界所待的房子，我想这点，你应该是了解的吧，"笛拉不断试探着，"这样的空房子，意识会被一分为二，一半在你找到的空房子里，而另一半还留在外界。四季城是意识世界，意识层面上的东西，其实无论怎么分都是互通的。也就是说，如果当时有个外界人，进了在外界的空房子旅店。那他的意识，同时还有可能出现在你找到的那栋空房子里，出现在你设计的骨架大鹏背上。"

"你是在说你自己吗？"葵娜冷不丁地插话。

笛拉吓了一跳："不，那个外界人是我的邻居，他叫笛一坎，他在外界借了很多很多钱就跑路了。这些日子，他一直都躲在清潭市武宁区溪湖小镇的那个拆迁区里。"

听到这个地址，葵娜终于在被子里动了一下。

"这事说来也巧，我当时下深寻找空房子，发现笛一坎家的房子出现在了5000深寻。我们当时费了很大的劲，才通过地址和云码找到它，但它却不是被康老头选定的，所以找到了也只好放弃。这件事情，橘沁竹，不，安……啊不！他现在昏迷了，吉冰飑和南扎，他们都可以证明。你的骨架大鹏之所以会出现问题，是因为遭到了红血丝的围攻，而那个红血丝，应该就是笛一坎家的空房子。它那么气愤，其实是因为它在空中嗅出了笛一坎的味道。他当时已经进了前台，拆迁房虽然被分成了一半一半，内部却是互通的，所以空房子能在空中闻出……"

葵娜一把扯下了被子，细长的眼睛牢牢地瞪着笛拉："听起来，你们外界人都能随便进春城？""不是的，"笛拉摸了摸外衣口袋，又将手伸进内袋，"你看！""飞羽门票。"葵娜认识，这就好办了。

"这是飞灵师凤灵，去年在外界交换时送给我的。我去年没用，所以今年才会进春城当囚徒。我记得，当时凤灵说她不小心把自己的门票弄丢了，其实就是不小心丢在了自己家里，也就是你找到的那栋拆迁房里。而笛一坎是被要债的逼进了那栋拆迁房，说不定……不，是一定！他一定捡到了那张用过的门票。

这事我也已经向负责交换工作的检票员确认过了，只要有票壳，外界人就能拿着它进春城。"

"就算是这样,"葵娜的态度依旧冷冰冰的,"你们外界人好像踩不住云吧!空房子旅店是用云块做的,一个外界人想要进春城,肯定得征得店长的同意。你跟棉靴族关系不错,那请你告诉我,是康巴里放进来的外界人,还是现在这位新店长?"

这个问题笛拉早就想过了,旅店一降落,笛拉就看到警车停在拆迁房外了,那笛一坎只会在警车出现前,也就是春城降落前闯进前台。而那个时间去到外界的只有一个人——"是康老头,是康巴里放进来的。"

葵娜绷着脸冷笑了一声:"那你接下来,是不是要带着我去和康巴里对质了?""这个……"

"这又是你们想出来的招是吗?"葵娜抓起被子,笛拉却拽住了葵娜的手。

"我就是没招了!"笛拉狠盯着葵娜,"我告诉你吧,康巴里教我的招,是让我,让我选你交换!"

葵娜的眼里一下射出了反感。

"因为你是立筒社社长的女儿啊!"笛拉故意将每一个字都说得很用力,"因为当我们遇到困难的时候,我就可以利用你的身份去向你父亲……""闭嘴!"葵娜尖叫着挣开了手,"谁都不准去求他!谁都不准!"

"看来凌兰花说的是真的,你跟你父亲真的闹翻了。""你闭嘴!"葵娜叫喊着将被子甩向笛拉,"你什么都不知道!""不,"笛拉推开被子,"我知道。"

笛拉定定地看着葵娜:"我知道你是极有天赋的……我也知道你肯定能自己制作骨架,更能制作那些云笼,"笛拉的脑海里,出现了吴振羽一次又一次跳跃沙坑的画面,"因为你的手上,全是茧子!"

葵娜慌张地将手藏到了身后。

"我更知道你尽力了,"笛拉越说越确定,"你已经竭尽全力地在向你父亲证明你自己了。"

这话，让葵娜整个人不受控地抽动了一下。

"可是到目前为止，你就是没有成功啊，"笛拉发现自己也忍不住替对方感到可惜，"你没有让任何一只大鹏顺利降落过，无论出于什么原因什么理由，你看起来就是失败的！"葵娜在努力压制抽泣。"怎么办呢？"笛拉还是得逼她，"这样看来，你的父亲并没有骂错你吧……"

"我签字！"葵娜投降了，"你别再说了好吗？我签字……但我不设计。"

笛拉才松下的神经又绷紧了。

"我签字……"葵娜瞪着笛拉，"只是不想让这家新创社因为飞升条件不足，而被立筒社收购。我知道你们找那么多没证的骨架员，就是为了取代我对吧，可以啊！我现在只希望你们能赶紧飞跃，这样我就可以死在飞跃中了。"

"你到底在胡说什么！"笛拉被激怒了。

"那你还想怎么样？"葵娜红了眼眶，"你不会是想让我跟你一样，去为低云层工作吧？""这有什么不行，这样你也不会遭反噬。""我宁可反噬！"葵娜咬着牙说道，"我真不知道你是得了什么疯病，居然要为棉靴族，为了那些臭虫……"

"啪！"笛拉抽了葵娜一巴掌。

"你到底有什么可骄傲的？"笛拉的手颤抖得更厉害了，"你知道吗？在这扇门外，现在唯一还看得上你的，唯一还对你心怀感激的，就是被你瞧不上的棉靴族！"

笛拉吃力地站起身，葵娜愣愣地看着她。"他们居然还担心你好几天没吃东西了，担心你不设计会被赶出去。可你呢？就算你让他们上了新创社，你敢说，你有一丝一毫的心是为了他们吗？你是为了救他们吗？你不是啊！"

笛拉有些喘不上气，"所以……所以你可以放心的，你可以放一百个心的……你现在出去设计，展现你的才华你的天赋，等你成功了……别人也只会称赞你有韧性！你父亲也一定会对你改观。到时，没有人会看到棉靴族的……你还是可以回你的立筒社,当你的千金,因为……"浑身的力气在被一点点抽光,"因为你真的不是在为棉靴族设计……你是为了你自己啊……从头至尾……你就只是为了你自己啊!"

笛拉再也站不住了,整个人无力地摔向地板……

道歉信

亲爱的橘沁竹:

　　打开这封信的你,一定有些困惑吧。抱歉了,这回的春城之旅,我选择与你交换。

　　前两天,在送我回家的路上,康老头无意中提到你们四大员,如做出违背约定的行为会遭反噬。哎!我知道你是个面冷心热的人,我原谅你没对我说实话,那也请你原谅我吧,我知道你现在一定在骂我是疯子,但疯子选疯子。如果我是春城人,说不定我还会是你们板脸社的一员呢!

　　不与你开玩笑了,对于现在这个交换,我其实是有认真在考虑的,毕竟我还贷了款呢对吧!我也一定得把我的颜色拿回来。我之前没告诉你吧,我在外界是学画画的,将来会成为一名……还是先不说这种话了,反正要继续我之后的学业,我必须得拿回我的色彩。我想现在顺利着陆的新创社,就应该像这样,承载着大家各种各样的期望吧。可是我考虑了一圈,在这些期望里,有你的吗?

　　橘沁竹,你想要成为硬块旅行社的首席定云员,我相信你一定可以做到,你的精神是那么强大,完全强过了你受伤的身体。但要实现这个期望,你显然是不能待在我们旅行社的,我简直不敢想象我们成功后你却要遭反噬的情景。你已经为你的目标付出了那么多,也为我们做了你能做的一切。如果换成是你,肯定也不会愿意看着帮助自己的人，因自己而受伤吧。所以请接受我的选择吧，接下来的事情，就该由我们自己去想办法了，一定会有办法的！

而你，趁这次交换，好好休息，好好放个假吧。等天亮了，记得替我向我的家人拜个年！当然了，我也得和你说一句，新年快乐（注：在我家，要学的新东西也不少哦）！

笛拉
除夕夜

"橘沁竹？"笛拉感觉自己的手在被用力揉压着，"心得安……有效控制心悸、心颤，是不是吃这个啊？"

灯光透进眼睛，笛拉能看到葵娜正对着手中的一瓶药剂看。

"橘沁竹……笛、笛拉？"葵娜的脸凑近了，"笛拉，你醒醒啊！"

"咚！"顶上又传来了熟悉的闷响。

"真是要命，就算没证也不能这么折腾人吧，都快被吓出神经病了。""那有证的，那骨架员！她什么时候上呀？""她肯定不用上啊。你们不知道吗？她是立筒社社长的女儿！""真的假的，就这水平吗？""社长的女儿嘛，估计连证都是他爸给搞定的……"

笛拉感觉自己的手松了，耳朵里传来了开门声，葵娜好像出去了。她迷糊地睁开眼，余光里能看到床头柜上有好多瓶药剂，而越过药剂……

"你们都有病吗？"吼叫声传进了耳朵，"连证都考不到的玩意儿，还敢嘲笑我！"

是葵娜的吼声，笛拉忍不住笑了。

"我的头发丝儿都比你们有设计感，脚趾头都比你们的脑子灵活……"

视线变得越发清晰，笛拉能看到窗外雾蒙蒙的。笛拉慢慢支起身子，脑袋还很沉，但体力比刚才恢复了一些，橘沁竹这副身体啊！笛拉缓慢地走去窗

迷失的空房子

边，推开窗。空气里似乎飘着一层细黑的粉末，一抬头，有好多辆由单只风筝牵引的飞车，正飞在空中。而车后，都在飞扬出黑色的粉末。

"怎么好像……"笛拉将手伸出窗外，浓重的水汽不像是因为刚才的雨水，倒更像是从湖里飘起来的。笛拉注意到更多的粉末落入湖中，伸出手掌，手心和手背热乎乎的，"热的……浴场？"

15 春城大浴场

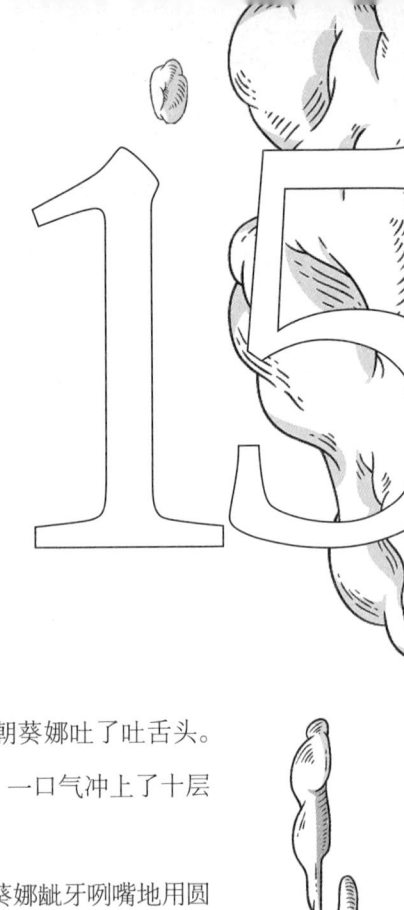

"哈哈，高云层人简直太没用了！"南扎兴奋地朝葵娜吐了吐舌头。葵娜挥起手里的圆刨要打他，无奈小家伙体力太好，一口气冲上了十层台阶！

"如果你……把高跟鞋脱下……""想都别想，"葵娜龇牙咧嘴地用圆刨当拐棍，"我已经换上了这么土的工作服，再要把高跟鞋脱了，我还是我吗？我还有灵魂吗？"

"灵魂！"笛拉觉得自己现在就快灵魂出窍了，她从来没想过，有一天，自己居然要面对走不动道的窘境。自昨天跑不动走廊后，今早又完全爬不动藤蔓上的楼梯了。

"我把金宏先生送到了楼梯口。"吉冰飑从后面追上来，明明是在跑楼梯，他却一点都不喘。

说好要晨起减肥的金宏，才爬了10级台阶，就说自己心脏要炸了。

"哈哈哈，我又回来了。""你……你们，"笛拉挥动手臂，表现得像是在扔玩具球，因为惹人烦的南扎就像一只寻回犬，来来回回，上上下下，"你们，先走吧！""我肯定要先走啊，哈哈哈哈！"南扎又没心没肺地跑掉了。

"需要我帮忙吗？"吉冰飑总是贴心的，他想帮葵娜拿刨子。但葵娜没好气地来了句："滚开！""走吧，走吧。"笛拉向吉冰飑挥了挥手，示意他别自讨没趣了。

"橘小姐，有好几级台阶被金宏先生踩坏了，您下去的时候得当心点。"

"跟上啊，吉老鼠，"南扎又跑下来催促道，"别等那眯眯眼了。""说谁呢！"葵娜将圆刨举过头顶，猛冲了几级台阶。

无奈两个小家伙冲得更快，她根本追不上。

"你就不能……"葵娜在前面弓着腰，"把你的断翅鹏喊下来吗？""这不可能，"笛拉也嘴硬道，"我可是很尊重断翅鹏的……我必须要……一步一步……自己往上爬。"

笛拉说着一点一点地趴倒在了台阶上，"我不是吹牛……我在外界……跑、跑步也是很快的……就、就……"

"啾！"

"嘿，大鹏下来了！"

笛拉痛苦地翻了个身，断翅鹏居然自作主张地下来了，挥着翅膀，悬飞到了台阶外，"我……我可没喊你啊。"

"让它靠近点嘛。"

笛拉一瞅葵娜，她已经钻出台阶旁的护栏，直接用手抓着藤蔓往外走。

"让它接住我。""喂！"笛拉真是要疯了，但凡葵娜的高跟鞋滑一下，整个人都会往下掉。笛拉立刻抱住脑袋，直到感觉后背被两个尖刺戳中……

"由此可见，葵娜的底线和手段，从来都比你们高啊！"笛拉不明白，自己为什么要想起康老头的这句话，但自己的后背又被重重地压了一下，"算了，高就高吧。"

葵娜正潇洒地拽着断翅鹏脖颈处的羽毛，而笛拉还不得不让断翅鹏别把她摔下来,"冷……冷静,把她带上去,带上去吧。"

"啾……"断翅鹏的叫声显得很憋屈,但它还是听话地起飞了,笛拉目送他们飞去"鸟巢",又将自己的目光略微下移了一些,旅店前台不远了……笛拉艰难地从台阶上爬起来,"我可以的……我一定可以的。"

笛拉摇摇晃晃地往上爬,顶上的吵嚷声越来越大,吉冰飚他们一定又要将藤皮刺进断翅鹏的脚环了。笛拉在心里叮嘱自己,快点吧,千万要赶在左腿抽筋前……"桑丘!"笛拉几乎是扑向的那半扇门,一手撑住门框,一手用力敲门,"开门啊,桑……"

门很快就开了,同样是一身蓝紫工作服的桑丘,估计是被笛拉的模样惊到了。

"我得赶紧坐会儿。"笛拉直接推开呆住的桑丘,快步往书房去,可才走了两步,左腿就开始抽筋了。笛拉只好扶着墙壁,改用右脚跳跃着往里去。这个姿态一定非常滑稽,但顾不上了。进到书房,笛拉率先看到的是一地的书籍,之前空房子合并,整墙的书都翻到了地板上。桑丘现在要一摞一摞地整理放好,还真是个大工程。

"椅子椅子!"笛拉一瘸一拐地冲去那张缎面椅,上面的包装袋已经被拆掉了,笛拉一屁股坐下,又立刻弯腰掰住左脚。

"你这是?"桑丘跟了过来。左腿的痉挛终于得到了缓解,笛拉直起身:"能给我……倒杯水吗?"

桑丘满脸诧异地走去倒水,递给笛拉时,还是忍不住发问:"这一大早的……"笛拉端起就干杯了。

"咕噜咕噜"一通下去,笛拉的肺里像是被灌进了水泥,心脏也快炸了,但好歹喉咙不冒烟了:"桑丘……新、新年好。""新年?""我回来了。"

桑丘一后退就差点被身后的书籍绊倒,但又立刻凑上来,半跪着一条腿,"你?""你明白的……"笛拉恨不得揭了面具擦汗,"橘沁竹……她才不会有我这么狼狈……对吧?""你是……笛拉!"笛拉喘着气点头。

"你、你是不是知道了?""四大员的事吧……反噬的事,"笛拉捋着呼吸,不断向桑丘点头,"当时橘沁竹说要为我们当定云员……你就一直想说的吧。"

桑丘盘着腿坐在了地板上。

"没办法,如果你当时说出来……那我们新创社,就、就没办法降落了。"可桑丘的神情在往下耷,还不断躲避笛拉的目光,"我可能,并不是真的想劝她放弃。"

"我明白……你们都讨厌高云层人,"笛拉说道,"毕竟是高云层不对在先,把踩不住云的人从天上扔下来……"

"笛拉!"再次抬头的桑丘神情很复杂,"跟你说实话吧。""实话?""我们棉靴族……我们原本也是有旅行社的。"

笛拉的手又一次抓不住东西了,杯子一下掉在地板上摔碎了。

"这都怪羽萨不公!"桑丘又急又恼。"羽萨?""30年前的事了,那时的春城,大家还并不在意能不能踩住云。彼此凑到一起,组成团队,完全是因为性情相投。当时春城有6个团体,关系也算融洽。直到有一天,羽萨从外界带回了礼物,就是现在的5个风筝骨架。"

6个团体,5个礼物,笛拉大概能猜到发生什么了。

"没有分到骨架的团队,里面刚好都是棉靴族。棉靴族的情绪受到了影响,这才在飞跃中出现了重大失误。"提起这些让桑丘非常沮丧,"老一辈的棉靴族很多都不在了,现在也几乎没人提及这事,大家也只以为他们是因为踩不住云而被扔下来。我想,棉靴族大概都觉得羞愧吧。"

"羞愧!"笛拉忍不住骂起来,"该羞愧的应该是羽萨吧!"她还顺道在心里骂了交换车站的职员。

"可羽萨看不见、摸不着的,"桑丘一拳锤在地板上,"30年前,棉靴族出现失误后,五大社就坚持要棉靴族放弃飞行,而旅游局为了让五大社承载棉靴族，就不得不满足他们的要求，抬高五大社的地位，升去高云层，让棉靴族永远低他们一等。但升上高云层没几年，他们就反悔了，开始推行现在的新创社，让每年的降落和飞升成为棉靴族的噩梦！我是真的怪他们的！"桑丘又往地板捶了一拳，"可被橘沁竹骂过之后，尤其看到她义无反顾地进到新创社后……是我们自己飞毁了旅行社，又天真地把自己的命交到了别人手里。说到底，把我们变成垫脚石的是我们自己。现如今再要去与高云层争论什么不公，实在有些可笑吧？"

笛拉只能对着桑丘轻叹一声。

"笛拉，"桑丘的眼里带着丝丝内疚，"多谢你选了……""哎！"笛拉得赶紧喊停了，"桑丘，你是知道的，我不会定云啊。"

"定云……""康老头原本是让我选葵娜交换的，不过我现在倒是说服葵娜了，她正在上面准备刨藤皮呢。只是我都不知道该怎么跟康老头交代了，现在少了一位定云员，该怎么办呀？""定云吗？"桑丘的两个拳头在地板上碾压着，"你有考虑过……"

"砰砰砰！"窗外怎么突然就响起了放炮声？

"应该是浴场。"桑丘起身走去窗边，原来的行军床已经被挪走，换了一条灰扑扑的毯子铺在那儿。

笛拉摇晃着跟了过去，才一天一夜的时间，原本只是雾绿缠绕的云区，现在翠绿一片。蓬勃生长的藤蔓间，还出现了很多个雾蒙蒙的大水塘。这都是大鹏从外界采回的春云集成的雨水。春云是没法直接被藤蔓吸收的，需要骨架员做云笼，再将这些雨水重新搜集起来，这也就是白房子之后会进行的云笼赛。

"今年雨水多，果然要提前开放了。"

"砰砰砰！"又是几声巨响。

"白日烟火。"桑丘已经习以为常。

笛拉却从没见过那样的烟火，它们不是火花，更像是五颜六色的浓烟，或是丝绒！那么绚烂地堆积成一团，飘在空中，久久不散。

"你刚才是说，说服葵娜了吧，"桑丘也注意到了从烟火下方驶来的飞车，"她签字了吗？""还、还没，"笛拉扒着窗框往外探，注意到飞车的侧面喷着字，"立筒社！他们不会是来接葵娜的吧？"

"闪开啊！"刹那间，桑丘已经把笛拉拽了进来，窗外的一支藤蔓上"嗖"地划过一道身影。

"是、是葵娜！"笛拉抱着胸口，猛喘了几口气。"你没事吧？"

"我还是下去，吃两片心得安吧！"笛拉颤抖着往门口去，又无力地回过身，"对了桑丘，那位游客……""游客？"

"第一位游客，夏城来的。我来，主要就是为了问你这事。""夏建明吗？""对，你有他照片吗？""照片？"桑丘大步往书桌前走，翻开一个文件夹，"行程表上……"

笛拉接过了桑丘递来的表格。

"只有行程。"笛拉快速阅读着行程表。"这段时间，他都住在……串串社。"

"这位游客的条件应该不错吧，所有行程都安排在五大社，"桑丘说道，"游客都是按照行程表走的，当然也不排除会临时更改，但更改的话，这是青草纸，只要记录，上面就会有显现。有什么问题吗？""这事说来就话长了，"笛拉现在担心的是立筒社，将行程表还给桑丘，往门口去，"等我下回再上来……"

"橘沁竹！"才站到门口，就看到南扎像旋风一样地冲了下去。

"葵小姐刨的藤皮可薄了，快下去看呐！"吉冰飑也紧跟在后面冲了下去。

"不生病真好啊，"笛拉羡慕道，"桑丘，我真要走了，下次再来吧，希望下回不要再这么费劲了。"

桑丘站在门口朝笛拉挥手，笛拉只盼着下山比上山容易些，但情况并没有好多少。

"要不要这么没用啊！"橘沁竹这两条腿就像是果冻，每下一级台阶，都夸张地颤抖一下。但不得不承认，速度快了不少，但笛拉也不敢更快了，再快就要从台阶上滚下去了。

笛拉差点被两个歪掉的台阶滑倒，快到入口了，一拐过那个弯道，就看到金宏像巨石一样堵在那儿，肩头还有四个新鲜的脚印，吉冰飑和南扎显然是从他背上翻过去的。

"是橘沁竹吗？快来看呐！""还看什么呀！"笛拉刹住车，视线完全被金宏挡住了。

"我是不是瘦了？之前都坐不下来。""你是起不来吧！"笛拉试着推了两把，还是放弃了，直接撑着金宏墙一般厚实的肩膀，透过窄窄的通道，伸着脖子往院里看，自己总不好从他身上翻过去吧。

吉冰飑和南扎正在接藤皮，那绿色的藤皮就像绸缎一样，落到南扎手里，柔软地叠成了一沓。快捧不住时，又换吉冰飑上。两人都抱了一满怀，一并向对面的长凳跑去。

"看来还是有证的技术更靠得住呀，这时候笛拉再要和她交换……""咳咳"，笛拉对着金宏的后背轻咳了一声。

"啊我明白！"金宏费劲地启动了一下，"你放心，那两位小棉靴族已经答应我了，等绕好了藤皮……"

"能麻烦你一件事吗？"

金宏转过了头，对着笛拉拧出了无数层双下巴，"只要不是让我自己起来。""你在串串社还有朋友吗？"笛拉满眼期待。

"朋友？"金宏咧嘴笑了，"谁还能没几个朋友？"笛拉有些不自然地撇了撇嘴，"那能不能请你帮我查一位游客？""游客？住在串串社吗？""嗯，他是今年第一位进春城的,叫夏建明,现在就住在你们串串社。"

身后传来了一阵"当啷"声,是那块歪掉的台阶掉了下来。

"你是要我联系他吗?"

笛拉确定那个拐角没人下来,才继续说道,"不需要联系,我只是想知道他长什么样。"

"你不认识对方吗?""认识,但我需要他的照片,画像也行。""哦——"金宏意味深长地拉长了声调,"为什么呀?"

"康社长!"

笛拉"喀拉"扭过金宏的脖子,院子里传来了议论声。笛拉重新撑住金宏的的后背,康巴里戴着红色睡帽,出现在了院子里,身后还跟着三位神采奕奕的高云层人!

"他们都是从立筒社来的。"笛拉拍着金宏的肩膀,打消他再次发问的念头。

那三位立筒社成员的其中两位,是看着非常年轻的一男一女。另有一位中年女人,韵味和气质都非常出众。

"图老师!"走廊里有位骨架员,对着那位中年女人喊了出来,"您是立筒社的前首席吧,更是目前春城最有名望的骨架设计讲师。"

"葵娜的父亲一定很爱葵娜吧!"金宏也看明白了,"这是一定要把葵娜换回去的意思啊!"

笛拉忍不住掐了一把金宏。

"各位各位,"康巴里招呼起更多睡意蒙眬的骨架员,"看来已经有人认出这份大惊喜了,都来看看吧,立筒社为了帮助我们能顺利集齐四大员,居然派了图薇达图老师……"

"这就不公平了吧,"马上有骨架员提出了异议,"说好的只是一位小骨架员,怎么现在来了位首席?""是啊,要知道是首席,我那云笼就不那么编了。"

"想什么呢各位，"康巴里向大家举手示意，"图老师从一线退下已有多年，这回是带了自己的爪……带了两位得意门生，来竞聘我社的骨架员。据说，都是堪比主要骨架员的水平对吧？"

图老师温柔地应了一声，"康社长，他们可都是主动要求来为您服务的。""哎呦呦！"康巴里夸张地叫嚷起来，"那不就成敢死队了嘛！你看你，把我的血压都吓高了。"

康巴里说着扯下了帽子，"但我可千万不能糊涂了，毕竟你们高云层的人啊，特别容易把顺序搞错了。""康社长！""别怕呀，我说的顺序，指的是7支云笼。"

康巴里讪讪地说："你也看到了，我已经下了血本，招了这么多没证的骨架员。可你到现在才来跟我说，要送我有证的。啧啧啧，好心来得晚了些吧！"

"晚吗？"图老师优雅地环顾了一圈，"7支云笼嘛，连大浴场都进不了的云笼嘛，我们也可以做的。""不需要那么为难自己的。"

"这是什么话？"图老师微笑着反驳道，"再大的骨架员也是从基础笼做起的，能让孩子们好好回忆一下自己的初心……"

"那也得有啊！"康巴里剜了一眼图老师，"不过，还是要多谢你们的好意，只是浴场已经开放，我不准备再招……""康社长，"图老师直接打断了康巴里，"您让一位拥有首席潜质的骨架员，与一群没证的骨架员比赛，会不会太胜之不武了？"

议论声一下就起了。

"为什么不让这场竞争，变得更有悬念些呢？"图老师的温柔中刺出了锋芒，"何况，我也是教过他们的……"图老师边说边将目光往上移，葵娜现在应该还站在屋顶，"7支云笼，载人的，对吧？"

"载人！"金宏的声音一下变高了，"立筒社不愧是骨架设计最强的旅行社啊，正常好像得 20 支以上吧，那才能载得动人！"

笛拉搞不懂金宏说的什么载人，什么 20 支，只胡乱地支吾着应了一声。

"可这也不公平吧，"没证的骨架员又开口了，"康社长，如果您让定云员登上他们的云笼，那肯定是会帮助集云的。"

听到定云员，笛拉的掌心开始冒汗了。

"说什么呢！"康巴里冲上前咒骂起来，"听你这话，是已经准备让他们参加了，要你替我做决定了？"

"不如这样吧，"好好说话的图老师，似乎更得人心，"为了公平起见，定云员就不用上了。"

笛拉松了口气。

"找几个小棉靴族，完全不懂云的。""就那边两个！"骨架员眼疾手快地找到了吉冰飑和南扎，两人正准备将分割好的藤皮往架子上绕。

"还两个，你脑子不好啊。"立刻有骨架员反驳他，"要是他俩水平不一样呢，运气也不一样呢，只能找一个。让他每天控制一个载人云笼，这样才公平。"

"干脆两个都上吧。"图老师掷地有声。

"居然能上两个人！ 7 支云笼诶。""再抽一下签，排好三个云笼的上场顺序。"图老师已经完全安排妥当了。"就这样呗，总比让那关系户赢好吧。"

"康社长，"图老师在议论中看向康巴里，"很多时候，还是应该听一听民愿的吧。""民愿？"康巴里已经被逼入墙角，"我怎么给忘了，你们都是高云层的。"

"那您是答应了吧。""答应，当然！"康巴里居然妥协了，"反正到时不管谁输谁赢，各位集到的云都归我们新创社。大家务必努力了，过来抽签！"康巴里说完就冲回了房间。

"他们以前是不是认识啊？"笛拉嘀咕着从金宏的背上下来，"有仇吗？""笛拉？""嗯？"她随口答应。

伴随着"刺啦"一声，金宏居然站了起来，扯破了衣服两侧的口袋。笛拉的后脖颈一阵发凉，整个人也被笼进了了巨大的阴影里，"你……"

"我也就是猜一下，"金宏的神情与笛拉一样震惊，"刚才提定云员的时候，橘沁竹有必要紧张吗？可你，你差点掐断我的脖子！"

笛拉这才看到金宏的脖子像做了刮痧。

"喂！""诶！"金宏惊吓着回过身。

葵娜正站在屋顶，细长的眼睛闪着光，她正准备踩着固定在墙上的台阶下来。

"你、你刚才……"

"别紧张，"笛拉反而安慰起他，"她比你早知道。"

金宏将信件绑上送信儿，随后将送信儿上的滑轮，抵着床头柜上的轮线盘用力一蹭。滑轮上立刻出现了风筝线，笛拉接过毛毛虫般的送信儿，迎着雾蒙蒙的湖面一抛，风筝线立刻向远方延伸而去。

"你怎么还能知道云图呢！"金宏还是不敢相信。

笛拉没有提自己并不清楚第三个云层的事，等送信儿迎风而上，与风筝线一并消失，回过身，金宏已盘坐在地板上，还从行李箱里翻出了一个小针线包。

轮线盘已经停转，笛拉凑近一旁那笼在床上的半透明罩子。安格与金宏住一个房间，现在还躺在床上沉睡，"这样能呼吸吗？"

"那里面恒温恒氧，尤其一点灰尘都没有，"金宏说着将手伸向了自己的床，"你只要脱鞋……啊！"

葵娜的鞋跟直接刺中了金宏的手背，疼得他"吱呀"乱叫。

"你们小点声。"笛拉制止道。

"能把他吵醒不是更好,定云员有了。"葵娜很是冷淡。

"安格可是有证的,现在又知道云图……"金宏还没说完,鞋跟又过来了。

从屋顶下来后,葵娜就一起跟了过来。卧房里没有像样的桌椅板凳,葵娜便直接穿着鞋,踩到了金宏床上。"你也太霸道了。"金宏委屈地抿着细线。

葵娜始终绷着脸,两条手臂在胸前抱得紧紧的,靠在床背上盯着窗外雾气环绕的湖面,一位棉靴族正划着一艘简易的小船,船后还拖着一只刚裱糊好的云笼。

"它们真的能载人吗?"笛拉也面向窗外,裱糊后的云笼都安置在湖里,一只只浮在水面上,像极了充满气的塑料球,"吉冰飑他们,到时是要进云笼吗?那裱糊层不就破了?"

"小棉靴是待在花柄上,"金宏熟练地缝补衣服,"按了指纹进去,影响不到裱糊层。"

"按指纹?"笛拉到现在还拖着没按呢,看着那圆柱形的花柄,反而有些想不通了,"那到时,在藤蔓里留下指纹的不就是吉冰飑和南扎了?我的意思是,别的旅行社,五大社。肯定会有很多载人云笼吧,定云员还都得一个个亲自上去吗?"

"那不用,"金宏在利索地打结,"进入云笼的,基本都是还没考取证件的定云员。他们都懂一些热气流啊,云啊的基础知识。"

"确定只是基础知识?"葵娜插进话来,"人家好歹称得上是定云员了,可我们的小垃圾呢?是什么都不懂。"

"不懂又有什么关系,"金宏有些不悦,"你别一口一个垃圾,你们飞云笼都是公平的,你不用因为他俩不懂云,就急着给自己找借口。""我找借口?"

"好了好了。"笛拉见葵娜要扔枕头了,赶紧拉架。

"我就奇了怪了，"被刺激到的葵娜咄咄逼人，"你们串串社的，怎么舍得从窝里出来的？"金宏的脸一下红了。

"一个几十年才有点动静结果还是一桩贪污案的旅行社，真的还有什么生气的吗？还是说……哦，我知道了！那贪污犯，不会是胖子你吧？"笛拉一瞅金宏，他的脸涨得更红了。

"羽萨保佑！"葵娜朝笛拉大笑，"真是他诶！面团团，你是贪了多少啊？几十块是不是？就一个馕的钱吧。你都能把自己吃那么胖了，还差这点钱吗？"

"不是我，是我妈妈……""你妈妈？"葵娜笑得更起劲了，"你们串串社最厉害的不就是成本员吗？你可是有证的呀，现在算账出了问题怎么还要怪妈妈呢？真是够没用的。"

"葵娜！"笛拉劝阻道。

"你、你又有用了？"金宏举着缝衣针反击起来，"你这么霸道，一定是向、向你那社长父亲学的！""你说什么？""下深寻还走后门，还、还花了10倍价格买地址。"葵娜将枕头砸了过去。

金宏颤抖着将枕头从缝衣针上拔下，"你别凶，你以为你真有什么首席潜质吗？那都是人家的计谋！你要真能接得住那活，现在为什么不自己去抽签呢？躲在这儿，不就是心虚嘛。大鹏都能飞毁两次，还敢说自己有本事！"

葵娜抓起了被子"笛拉，你放手！"

"笛拉，她肯定会回立筒社的，你就不该把云图的事告诉她，她一定会出卖……"葵娜用力一拽。

"嗷！"无力的笛拉直接撞上了床边，她揉着腰"都少说两句吧！""你们都放手！"金宏却拽住被子的一脚，"这是我的被子！"

"咚！"房门被撞开了。

进来的是南扎，头上还顶着一大盘早餐："咦，你们在拔河吗？"

笛拉一把松了被子，"南扎，你怎么没去抽签啊？"

南扎嘿嘿一笑："我肯定不能去啊，我运气那么好，万一抽到了第一怎么办？""第一？""就是第一个飞呀，"南扎说道，"我和吉老鼠都觉得，要让眯眯眼获胜，肯定得最后一个飞吧。"

金宏"噗嗤"一声松了被子，葵娜差点没站稳。

"小南扎，来来，"南扎在金宏的帮助下，将托盘放到了地板上，"这么丰盛啊！"

"嘿嘿，大厨把我和吉老鼠的也算进去了，"南扎喜笑颜开，"知道我们要一起商量事。"

"啊！"金宏抱住了脑袋，一回头，葵娜的高跟鞋落在了身后，"你干什么呀？""他们是棉靴族！"葵娜怒不可遏，还瞪了眼笛拉，"低云层！"

"没事啊！"金宏先一步明白了，"这几天我都是和他们一起在厨房吃的，吃完后也没踩不住云啊，高云层的说法不真。""那是你们串串社！才不在乎！反正你们年年都是倒数第一，和棉靴族也没差别了！"葵娜穿上鞋往门口去，"真是受够了。"

"我回来啦。"开门进来的吉冰飑和葵娜撞了个满怀，吓得葵娜喊叫着往后退。

"吉老鼠，"南扎冲了过去，"第几啊？""第、第三。"可吉冰飑脸上的笑容在逐渐褪去，"葵小姐这是怎么了？"

"她没事，她就是紧张，"南扎还大剌剌地安慰葵娜，"你就放心吧，等我们驾驶你云笼的时候，就非常有经验了，你肯定会赢的。"

"好像不需要什么经验，"吉冰飑怯怯地说道，"刚才，那两位骨架员都过来抽签了，他们说到时基本不需要我们操作，我们就只是个负重，云笼会自己顺着热气流走。""诶，那也太无聊了。"南扎嚷嚷起来。

吉冰飑又看向笛拉，"橘小姐，他们保证了，说8个小时云笼肯定能飞回来。您放心，我们一定会准时把指纹按出来的，不会留在藤蔓里。"

笛拉总算搞明白按指纹这事了，但不管他们留不留，笛拉都不准备按。默默看了眼安格，只希望他能快点醒来。

"不过他们交代了，让我们这几天少吃东西，"吉冰飑对着地上的早餐，咽了口口水，"不能长胖了。""吃早饭是不会胖的！"金宏说。

"既然金胖子都这么说了，"南扎一把钩住吉冰飑的脖子，"那最好还是别吃了，我们去看看断翅鹏回来没。"

笛拉看向葵娜，她仿佛被一捆看不见的麻绳捆住了。

吉冰飑心知肚明地点了点头，"那我们走了。""等一下！"葵娜还是开了口，手一挥，"吃了再走！自己水平不行，还要你们减肥，立筒社的骨架员什么时候有这个道理了。"

葵娜又穿着鞋，重新踩上了金宏的床，"但说好了，我必须得在床上吃。""你还要在我床上吃东西？""你趴着吃，死胖子，敢跟我平起平坐！"金宏简直要崩溃了。

笛拉朝两个小棉靴族招了招手，两人立刻喜笑颜开地冲到了餐盘前。

每张飞车座位的前端，都设计了一个弹簧洞口。云笼由棉靴族从下方往上递，花柄穿过洞口，被牢牢卡住。

"齐了。"笛拉往前排坐，她金宏坐在后面，她担心飞车会往后翘。

金宏拉动控制杆，车轮间传出了呼啸声，坐在小船上的棉靴族按着脑袋，顶着大风向笛拉他们挥手，这简直就是飞机起飞啊！在沐浴完晨间的又一场大雨后，康老头贴出了飞行表，按照每天飞4只云笼的安排，新创社会连续进行6天测试。浴场是在每日的10点之后开放，天空中还能看到很多做准备工作的飞车，但现在基本都准备收工了。

"他们撒的是什么？"飞车后总有黑色粉末飘出，笛拉早想问了。"爪子粉。"

"爪子？"笛拉震惊道。

"五大社降落时，会把意识轨道里的爪子都搜集起来，"金宏的声音很平淡，"等降落后，再按照上一年飞抵春城的顺序分配爪子量，差不多每次都是硬块社和软肢社拿得最多吧。""可这有什么用？"

"大鹏鸟的爪子可以让雨水变成云，"金宏解释道，"现在虽然脱离了身体，但撒进去还是能让雨水增温，慢慢变成水汽。"

笛拉记得在天际的时候，大鹏确实能将水汽、冰晶凝结成云，但还能让池水增温，这是没料到的。"可这跟拿多拿少还有关系吗？他们不都在围着整个云区撒。"

"撒之前都已经标记过了，"金宏猛收了一下风筝线，飞车抬高了，一辆"扬尘机"从车下呼啸而过，"这样蒸腾出的热气，只要不被云笼搜集去，等气温下降，水汽再次凝成水珠，化成的雨水会依照标记落到自家的浴池里。"

"自家的？""旅游局是允许五大社各自拥有一个浴池的，"金宏解释道，"组成的就是现在的大浴场。"

"前方飞车请注意！前方飞车请注意！"一不留神，飞车边出现了两辆单人飞车，车上的工作人员都穿着带羽毛徽章的制服。

"不好，线收狠了。"金宏急得憋红了脸。

"请问你们是几支云笼？"工作人员正通过扩音器向他们喊话，"大浴场只允许20支以上的云笼直接进入。""对不住，"金宏立刻打招呼，"我们是7支，是我们飞高了。"

金宏又重新放长风筝线，将飞车往下降，等速度降下了一些，再慢慢将风筝线收回来，"五大社基本只飞20支以上的，除非要锻炼新人。"

但放眼望去，从五大社下来的飞车，那一条条长长的车队，只承载游客，并不见携带云笼的。

"五大社的藤蔓……"飞车在往下降，笛拉的下巴却越仰越高，"为什么能长那么高啊？"

现在的144号云区，就是裱糊室藤蔓的放大版，抢占高位，立于"山顶"的都是五大社，而新创社则是统一的"低海拔"，"五大社的浴池那么高，像咱们的7支云笼又进不了大浴场，那等上面的热气下降，估计又变成雨水落进了五大社的浴池，我们根本就采集不到他们的热气流吧。"

"是这个道理，"金宏对笛拉的分析还挺开心的，"毕竟只有五大社有羽萨的赐予嘛！""赐予，"笛拉回过头，"你指骨架？"

金宏咧开嘴，"五大社现在将它们安装在空房子底部，这赐予的骨架好像会在藤蔓的生长中，产生一种刺激旅行社奋发向上，耸入云端的能量。这个，新创社是没有的。"

是棉靴族没有吧，笛拉不悦地扭过头，余光里好像扫到一片粉红，立刻趴在车门上往下看，"诶！"

有一片绿藤上，沿着浴池的边缘，开出了一圈粉色的花。

但笛拉急得从位置上站了起来，"那个浴池，那里有人溺水了！"

笛拉看到浴池里漂浮着很多双白色棉靴。

"我怎么没注意到呢？"金宏反而兴致勃勃的调转车头，往下开，"笛拉，你是不是还没见过棉靴族洗澡？"

"洗澡？"笛拉心里"咯噔"了一下，"对啊，穿着棉靴，春城的游客都得穿棉靴吧！这要怎么泡澡呀？脱了鞋，下去游泳吗？"

"那可没法游，"金宏笑道，"游客都是直接在棉靴里泡，浮云棉靴可以把热水引入室内。你看，那双棉靴上箍着藤皮链子的，那是我们高云层的小贩。高云层能踩住云，不绑条链子，棉靴是穿不住的。"

笛拉顿时想到了康巴里的那条金链子。

"只要有这些小贩在，游客可以安心地泡上一整天，食物都可以直接送到房间去。"金宏将飞车悬停在浴池上方,"这儿人挺多,咱们在这儿等等机会。"

笛拉身前的花柄突然往上弹了一下。

"已经采到了吗?"金宏迅速按下按钮,松了那个孔洞,云笼整个往下掉。

当云笼底部贴近水面时,最外层的云笼花瓣就像长喇叭的雨伞,整个向上翻起。原本贴在里面的裱糊层,也从里向外,整个翻了过来,包裹住了花瓣,也包裹住了一团看不见的热气流。热气流往上升,带着下方还垒叠在一起的云笼飘在水面上,继续搜集热气。

"升起的云笼越多,飞得就越高。高处的温度会低一些,到时热气流就会逐渐变成云。一旦成云的感觉过强,云笼就会自己飞回植株了。"

"突突……"

金宏解释时,又有两个云笼弹了起来,但这回还没来得及按,飞车就遭到了猛烈的撞击,从当下这个浴池,滑到了一片开满鲜花的草坪上。

笛拉差点闪到腰:"他故意的吧!"原本的位置被一辆飞车抢占了,飞车上的驾驶员还挑衅地吹起了口哨。

"明明有这么多浴池。""没关系,"金宏大方地将飞车开去另一个没人的浴池,剩余的三个云笼都弹动了,"就这儿放吧,少些有效云。"

"有效云?"笛拉看着同样在包裹热气流的云笼,有一个还接连弹出了两个热气团,"这有什么差别吗?""游客多的浴池,意识就多。笛拉你看,是不是只有那些有客人的浴池,周围的藤蔓上才会长出各种植物?"

笛拉环顾了一圈,随着下到浴池的游客增多,视野里呈现的颜色也越来越多。不光有各种形态的花朵,还有很多高矮不一的树木,在绿藤上以不可思议的速度快速生长。随着金宏将飞车抬高,此刻的144号云区,就像是一个在逐块绽放的空中花园。

"游客的意识不仅会给春城带来各种植物、食物,还能帮助伪装春云,"金宏边解释边调转车头往回飞,"腾起的热气流本身不会包含意识,但爪子粉还有一个功效，就是可以黏附意识。这种伪装过的春云，就是有效云。会在飞跃云层时，帮忙吸引真正有意识的云靠近，定云员最喜欢了。"

说到定云，笛拉感觉胃底都痉挛了一下，"等会儿，你能直接把我送去前台吗？"

"还要去找那位店长吗？""桑丘应该是想推荐定云员的，但早上被立筒社的事打断了。""没问题，"金宏加快了车速，"我现在的主业是驾驶员，成本员只是兼职。"

金宏的欢乐不像是装出来的，笛拉很想问问他为什么会下深寻，又为什么要贪那几十块钱，但路上遇到了东杰叔，他正在送游客去浴场。吼叫着打完招呼后，一回神，前台就在眼前了。

"我也得去接游客了，"金宏对踩上藤蔓的笛拉说道，"回来要是赶上了，我再载你下去。"

笛拉谢过，小心翼翼地往圆窗探去。

桑丘听到动静，已经捧着一大叠书等在窗口，"如果是橘沁竹，她应该不想这么快再见我一面吧。"

难得桑丘会开玩笑，笛拉在对方的帮助下踩上圆窗，"告诉我吧，你推荐的定云员。""你已经认识了，"桑丘一本正经地说道，"吉冰飑啊。"

笛拉"咚"地砸在地板上，"你是在跟我开玩笑吗？"桑丘的样子反倒很意外，"你和断翅鹏不是意识相通吗，那应该有看过吉冰飑在天际选云了。"

飞跃漏光云吗？那金光璀璨，又无比锋利的云呐，笛拉想着："当时……是南扎的大鹏，毫发无伤地进了春城吧。但那云确实是吉冰飑选的，我记得，他还一直在说什么宽过三指的云。"

"观云这事，很多人以为只要有耐心就够了，"桑丘将书抱去书柜，"其实没有那么容易，像东杰大哥，他常年帮助大鹏飞回春城，但他也只是擅长选择大鹏，而不是选择云。但吉冰飑很难得，他对云非常感兴趣，愿意长时间地去关注。但最关键的还是，吉冰飑敢判断，面对变幻莫测的云层，不犹豫。"

"我当然相信他是勇敢的，只是……"笛拉在书堆间绕圈圈，"只是吉冰飑太小了吧！"

桑丘显得更意外了。

"吉冰飑在我们外界，这个年纪，就是个小学生啊，还是低年级的那种。"笛拉说。桑丘听着歪了歪头："可他们，已经经历过很多次春季了。"

春季！笛拉像被人拍了下脑门，对啊，春季对棉靴族来说就是一场接一场的生死选择吧。就算自己年纪比他们大，经历的次数也绝对没有他们多。难怪自吉冰飑，还有南扎、凌兰花他们，与自己在一起的时候，完全不像小孩，抛开那些嬉戏打闹不谈，他们不仅不需要别人照顾，相反，是一直在照顾别人。

"但我还是得想想，"笛拉依旧觉得为难，"想想该怎么跟吉冰飑说。""只要能帮助创办第六大旅行社，"桑丘向笛拉露出安慰的笑容，"我想他们是不会退缩的。"

"咔，咔！"

原本一直在书桌上一张一合的大鹏骷髅，好像是卡纸了，两片嘴唇痛苦地颤抖着。桑丘立刻上前敲击骨架，笛拉注意到墙上的票壳，一直不断有水珠、雪花和火花闪现，因为卡纸，都悬停在了票壳中，除了……"咱们旅行社的客人，应该不多吧！"唯独那张票壳一点动静都没有，笛拉不免忧心自己的贷款。

"毕竟只是一爪旅行社，没什么吸引人的噱头。像五大社，软肢以绸缎闻名，板脸有各种面具，立筒好像是灯笼吧，串串则有数不清的美食。硬块的烟草也非常有名，不过更出名的是飞灵师几乎每年都挑他们办演唱会。"

"啊？"

"对了。"桑丘用手掰着大鹏的下颚骨，"你之前还问我夏建明的事呢？""哦！"笛拉拍击书桌，"我觉得他是外界人，我的邻居笛一坎，他一定被康老头放进了春城。"

桑丘听了，手上一用力，差点将大鹏的嘴掰断。

"拍卖会的时候啊，我们进前台，康老头不是去外界了吗？"笛拉将笛一坎、凤灵、门票的事又解释了一遍，"因为笛一坎走后，家里就没人住了，我们在5000深寻还遇到了他的空房子。笛一坎进到了前台，红血丝肯定在空中闻出了他的味道，这才影响到了葵娜的大鹏。"

"你就是用这个说服葵娜的？"桑丘将手从大鹏嘴上弹开，骷髅头终于恢复正常了，"她信了？""信了呀，我们已经让金宏，他之前是串串社的成本员。给社里写信了，到时只要确认一下是不是……""不是呢？笛拉，我们店长，就算不像四大员那样会遭反噬，也是签了各种协议的，"桑丘强调道，"尤其像康社长，要是真的安排进了一个外界人，当时是我办理的入住，那他的社长资格立刻就会被取消。"

"取消？"笛拉觉得这个说法很可笑，"取消对事情又有什么影响呢？"

"也没有……"桑丘用力摇了摇头，"康社长本就是高云层人，就算他不是店长，倒是也能参加拍卖……""这就对啦！"笛拉赶紧打断桑丘，"况且康老头回来后就不是店长了，你才是店长，取消了也没关系啊。"

桑丘一时噎住，"那我也想不通康社长为什么要放进一个外界人啊？"

"笛一坎当时在被追杀呀！康老头就……就举手之劳呗。""举手之劳？"

"桑丘，"笛拉问这话时也觉得良心不安，恨不得抽自己两巴掌，"康老头会不会是个，助人为乐的好人？"

桑丘默默地吸了一口气，"我只能说……他是个容易过火的人吧。"

"过火？""你之前下了10000深寻。""那……"笛拉说这话时肚子都在抖，"他是知道我有飞羽门票的，知道我一定能活着回来。"

桑丘露出了同情之色，"你就理解成举手之劳吧。不过，既然能放进来，

迷失的空房子

说不定等人走了又放出去了！""那不行吧，"笛拉哀叹起来，"哎呦，这我要怎么说服葵娜啊，我、我得让她找回自信啊。"

笛拉眼前突然出现了一沓书，桑丘递来的。

"《云朵采集大赏》？安格的书。""都是吉冰飑之前快翻烂的。"

笛拉只是觉得有点突兀，"你是要我转交给他吗？""是给你的，"桑丘那一本正经的面孔突然有了班主任的气息，"你到时要协助断翅鹏飞行，一点云都不了解，应该是不行的。"

"哦哦。"笛拉双手接住。

"你真觉得葵娜缺自信吗？"桑丘又回到了之前的问题，而瞬间闪进笛拉脑海的，是葵娜那目空一切并居高临下在床上用餐的傲慢姿态。

"自信，应该是建立在真本事上的吧，"桑丘又看了眼笛拉怀里的书，"而且那位葵娜，已经飞毁两次大鹏了，除了自信，你不觉得她很可能真有点别的问题吗？"

藤皮架已经被搬进房间，透过门缝，笛拉能看到葵娜正坐在地板上刮藤皮，藤皮压在大腿上，一刀接一刀，身边已落满了蓬松的绿丝。

"我还去前台找你……""出去！"在刮刀飞来前，笛拉赶紧拉上房门。

金宏回来了，见笛拉正扒着门缝偷看。"原来你都下来了，怎么样，定云员有眉目了吗？"

笛拉向对方扬了扬手里的书："吉冰飑。"

"找吉老鼠吗？"背后突然有人说话。

笛拉惊恐地转身，原来是南扎，他手里还抓着几个圆形的表盘，"吉老鼠还在上面装计云阀呢，动作太慢了，需要我把他抓下来吗？"笛拉马上摇头，南扎便扫兴地往厨房去了。

"你一定也觉得不行吧！"

笛拉见金宏向自己吊起了眼角。"吉冰飐吗？我应该没资格去怀疑春城任何人的定云能力吧。安格在深寻是夸过吉冰飐的……""那是新手的运气……"金宏说着叹了口气，"安格是有天分的，在鼓励人这件事上，我在监狱的时候就深深地感受到了。"

笛拉怎么感觉金宏想表达的是自己上当受骗了呢。

"我倒觉得吉冰飐挺合适的，"笛拉现在反倒想争口气了，"他懂云，还没有证，就像安格以前……""安格有啊！"金宏像缩紧的面团，"他在低云层就考到资格证了，就在吉冰飐这个年纪。""我认为资格证不能代表……"

"哎呦！"吉冰飐从顶上跳了下来，但这回落地就滑了一跤，整个人都摔趴在地。

"你没事吧？"笛拉担忧地问道。"没事没事。"吉冰飐红着脸站起来，一瘸一拐地往厨房走。

南扎看到了，不免又挖苦起来。

"我告诉你，没证的人才爱找有证没用的理由。"金宏还在说刺激人的话。

笛拉的火气就一点点上来了："我是没证，但我有云图啊。吉冰飐是没证，但他懂云。我们现在的情况，总比安格那个时候帮新创社定云简单吧。""我不觉得。"金宏不乐意地嘟起了嘴。

"那你说怎么办？"笛拉压着声音，"再去找个高云层的定云员吗？还得是没证的，关键他们可信吗？""我就是不看好嘛，"金宏也没有好办法，"让小棉靴定云……"

"你是对低云层有偏见。""我也不看好你舍友啊！"金宏这么一接话，笛拉整个就不放心了——他是签字了吧？应该不会开着飞车跑路吧？

"笛拉，"金宏的面孔在发酵，"别以为我不知道你现在在想什么哦。""我说什么了吗？""你不说我也猜得出来。"

笛拉越发心烦了："恭喜你都猜对了！""你！"金宏的兰花指点到了笛拉

的肩膀上,"你真是太伤我心了。"

他哼哼唧唧地往正门走。笛拉脑子发热,烦躁地拧开房门。

"哎!"额头还被刮刀砸中了。

"出去,别影响我!"葵娜吼。"这也是我房间!"笛拉也吼,顶着葵娜火辣辣的目光往里走,"我还得看书!"

笛拉将书本扔到床上,葵娜走去门口捡了刮刀,把房门关得震天响。但奇怪的是,葵娜没有继续与笛拉吵架,只是坐回地板继续刮藤皮。笛拉心烦,从抽屉里找了两片心得安吃下。一屁股坐在地板上,靠着床铺,看着窗外的飞车,葵娜彻底不说话了,一刀接一刀地刮着藤皮,那沉默专注的模样,让笛拉也逐渐平复下来。她伸手从书堆里挑了一本最薄的《看云识天气》。

翻开第一页,是彩色配图。少量的文字,大量云的彩图。她一下子就看进去了。仔仔细细地翻完一本,葵娜还在刮藤皮,笛拉却了解到原来云是可以分三个高度的,分别是低云、中云和高云。不过,春城要飞跃的三个云层,主要还是与季节有关吧。

笛拉又信心十足地翻开另一本《云与气候现象》,出现在上一本书中的云,同样也出现了这一本中,但高度一下成了划分云层最粗略的一项,仅是低云就细分的有19种!而中云也有14种,高云又有11种。

笛拉捏着厚厚的书本倔强地埋头狠读,没想到除了那三种高度的云,还有什么地形云,以及一堆用来补充说明的天气现象。黑白线稿看得笛拉烦躁起来,决定再换一本!一翻开,没想这回的云直接不按高度来了,变成了什么属?还分了10个!10个属下还有细分,像高积云那一属,下面就分了14种云,什么堡状、絮状、成层状!荚状、波状、辐辏状……啊!细分完了,还有什么特殊云,大气发光现象!

"你是要发疯吗?"葵娜停下手里的刮刀,"再用点力,那堆破书都要被你翻烂了。"

笛拉受到了沉重的打击，没心情理会葵娜的冷嘲热讽。

"你在外界一定是个笨蛋吧？"葵娜挖苦道，"都有答案了，居然还不知道该怎么用？"

答案？对啊，有答案了！笛拉感激地看向葵娜，对方再次刮起了藤皮，笛拉直接从床上拿起最厚的一本书，都什么时候了，还有必要去认识所有的云吗？笛拉翻开书本，查看目录，当时安格在棉靴里说的什么？云手指和水母……笛拉的手指在目录上迅速滑动，没错了，第一个，云手指，安格说它是管状云！

"当云层从淡积云变成中积云，再发展到浓积云，浓积云再进一步变成积雨云时。这种情况下，当气流没有继续上升，而是选择从单独的云体，可以是积雨云也可以是浓积云的底部下沉时，就会形成管状云。"

笛拉循着管状云的发展，不时举起手里的图册，与窗外的云朵比对。先从淡积云开始，再到中积云……比对的这些云，自然都在意识轨道之外。因为144号内部的云都已变成了竞相追逐的水汽，难得看到一朵白云，就算有，也是从云笼里挤出来的！那是第一个飞回来的云笼，摇曳着5个气团，就匆匆回了植株。那飞在最高位的云笼，已经像被勾破的棉袄，洁白的云团不断往外涌。

一整个下午，笛拉的"研究"不时被打断，就算没从自己的窗外看到云笼飞回来，小棉靴们也一定会告诉她。因为只要有云笼回来，屋顶、廊间都会传出"云笼云笼"的喊声，这与笛拉小时候喜欢对着天空喊"飞机飞机"大约是同一个意思。纷乱的脚步声像雨点一样从屋顶往下落，随后就是夹杂各种数字的叫喊，吉冰飑他们之前在藤蔓上装了计云阀，笛拉猜测那应该是在读采集的云量。

而葵娜，居然可以对这些做到充耳不闻，完全"屏蔽"，一直到夜幕降临，顶上又传来了脚步声，葵娜还在弓着身子刮藤皮。笛拉知道这是今天的最后一个云笼了，放下图册，闭着眼睛扬起头，又在脑子里过了一遍管状云的形成过程。

"咕噜噜！"肚子唱起了"空城计"，笛拉一扭身子，尾椎骨一段已经冷冰冰的，可葵娜还在坚定地刮藤皮，半个身子都快被绿丝淹没了。

"你想吃点什么吗？"两人连午饭都没顾上。"都行。"葵娜应该也饿了，但手里的动作还是没有停。

笛拉识趣地不再多问，轻手轻脚地走去开门，一开门，屋外比屋里还要冷清！浴场已经开放，可来白房子的游客真是少得可怜。现在再配上挂在廊道顶上的"灯"，那些奇形怪状的光影。笛拉缩了缩肩膀，前方一个小棉靴冲进一间比客房略小的储物间。笛拉远远地望去，里面是一排架子，上面摆满了棉靴。

笛拉听到小棉靴在骂："别哭了，客人都被你们哭没了！""哪有什么客人，康社长很快就会把我们都踢走的，没有旅行社会要我们。"哭声更大了，小棉靴不得不把门锁上。

"很久没遇见这么安静的旅行社了。"

笛拉一回身，看到是那位图老师。她比清晨见到时，多穿了一件绒毛披肩，整个人在夜色中显得非常华贵。

"葵娜呢？"图老师轻柔地发问，只见门已经被笛拉带上，"还是这性子，一工作，就什么都顾不上了。"

"我给她……咳！"笛拉一开口，就发现嗓子有点别扭，"咳，我给她带吃的。""你身体恢复了吗？"图老师关切道，"听我的学生说，你之前在立筒社休养了两年。"

图老师的声音飘忽忽的，像是挠人耳朵的羽毛，"还帮他们试验过很多云笼和大鹏，给过他们很多中肯的意见。为什么不继续做下去呢？是立筒社怠慢你了？""因为我……想去硬块旅行社工作。"

图老师优雅地点起头，"明白，你是定云员，年轻人有更高的目标，这是好事。但身体永远是最重要的，出门在外，一定要照顾好自己。"笛拉听着，还真有些不知所措。

图老师引导她往餐厅去，"如果可以，能不能麻烦你，让我和葵娜见上一面？"笛拉停下来看着对方。

"葵娜对我有怨气，一直在躲着我，"图老师笑着，"因为当初是我向她父亲建议，不要操之过急，刚飞毁一只大鹏，第二年不要立刻再飞一只，舆论压力太大了。可这孩子很倔，一心只想证明自己，所以私下联系了软肢社。软肢社真是给了她一个大面子，10倍的价格，连深寻都不用下。可到最后呢，所有的人情还是得她父亲来还。"

图老师说话时一直摆出一双月牙般的眼睛，"我想，你也不会在这儿久留的是不是？我知道你们下深寻，与棉靴族一起经历了一些事情，心里总对他们抱有一点歉意，想要弥补他们。这真是一种很高贵的品质，所以你放心好了，等你们离开，立筒社就会把这家生意凄惨的新创社收购的。"

"康社长不会同意的！"笛拉还是头一回感激康巴里的存在，看着对方挂在脸上的笑容，"图老师，葵娜会赢的，赢过你们所有人。"

"年轻人！"图老师喊住要离开的笛拉，"我知道你也试飞过葵娜的设计，觉得她有点本事。可是你该清楚，葵娜第二只改进过的大鹏也飞毁了，她没有那个运气！"

笛拉扭过头，"你在说什么？"

"你们当定云员的，观云、攀云，不是最讲究运气了吗？""你是在说……"这大约是笛拉到目前为止，听到最恼人的话了，"葵娜运气不好？""我只是认为她的运气在别的地方，比如她拥有那样的父亲……""你是她老师！"

"葵娜这孩子，"图老师面不改色，"是我从小看着长大的，她和你一样固执，但她心里只有自己，她没有你那高贵的品质。"

"是你没有吧！"笛拉攥紧拳头，"也请你别再这么说话了，我是板脸社的，听不得你这样讲话。不过我得告诉你，你好像不了解葵娜，一点都不了解！"

回到房间，笛拉完全没有提与图老师见面的事，反正葵娜一直在忙。简单的晚饭过后，葵娜又开始刮藤皮了。那些被刮过的藤皮，落到地板上，薄得都能印出地板的纹路。葵娜就那样刮着刮着，笛拉准备睡觉的时候，葵娜还在刮着。笛拉迷迷糊糊在睡梦中时，依稀还听到了刮藤皮的声音。等天光洇进了窗帘，如果不是葵娜的被子散开了，笛拉还以为对方是一夜没睡！

吉冰飑和南扎一大早就过来敲门，手里还提着那两位骨架员编好的藤条。

"再等两天。"葵娜手里不停。

"两天呐？"南扎一嚷，笛拉就示意他小点声。

"两天也来得及，"吉冰飑掰着手指计算着，"但不能更晚了。""来得急什么呀！"南扎很是气愤，"眯眯眼，你没问题吧？不就是个7支云笼吗？又不是要你造房子……"

笛拉赶紧将两人轰走，只要见过葵娜专注状态的人，应该就不忍心催问她进展如何了。笛拉心甘情愿地负责起一日三餐，大厨也很贴心，知道葵娜一直窝着身子工作，特意准备了营养丰富又好消化的汤羹。每每笛拉端着餐盘走在路上，遇到图老师她们，就绕道走。但遇到金宏，她绕着道也要把他追上！

"要问送信儿是吗？"金宏别过头，他今天也没喊笛拉一起去放飞云笼，"还没收到呢！"笛拉想与他和好，但金宏已经翘着嘴走开了。

就这样郁闷地过了一整天。天黑了，天又亮了，吉冰飑和南扎又过来催云笼。笛拉安慰着"两天、两天"，自己也忍不住焦虑起来，因为葵娜还在刮藤皮！尤其到了中午，看到架子上还有一整卷藤皮没有刮，她心里就不是滋味了。到了半下午，笛拉举着图册，目光却一直往葵娜那边斜，木棍终于越来越小，越来越小了……

"好了！""要编云笼了吗？"笛拉兴奋地放下书。"嗯。"疲惫的声音像是从骨头缝里挤出来的。

"为什么要刮那么久？"笛拉问。仰着脖子的葵娜，赏了笛拉一白眼，"因为我不是那俩蠢货。"葵娜起身整理藤条，"力气都用去拍老师马屁了，哼！还敢评论我的设计，一群蠢货。"

葵娜抓着晶亮的藤皮往床上扬，骂骂咧咧的模样，让笛拉想到了康老头，"你的大鹏……"

"胖子那边有信了吗？"葵娜趾高气昂地问道。"还没呢，"笛拉见葵娜将刮好的藤皮重新往木架上绕，这回卷起的木棍比之前小了一半，"我能问一下，你这回飞的大鹏，和之前飞毁的那只，到底改进在哪儿吗？"

"改进？"葵娜似乎觉得这个问题很可笑，"我为什么要改进？我可以向你保证，它们一模一样！"

"砰砰砰！"葵娜的回答和这突如其来的炮击声一样惊人。

"看来今年的死囚挺多啊。"葵娜先一步感叹起来。

"你说什么，死囚？""天都快黑了，还放炮。那不是死囚多吗？"葵娜看着站到窗边的笛拉，"飞炮刑，你之前没听过？"

之前桑丘好像是说过，笛拉这才注意到烟花下有辆秃鹰牵引的飞车，上面有一个大炮筒，而炮筒旁有个已经空了的铁笼，"把人塞进炮筒，打上天。"

"这烟火能让肉体和意识一并消失，"葵娜像是在说一件极其平常的事，"每个人的意识不同，产生的烟火也不一样，还算漂亮吧。"

漂亮？笛拉脑子里浮现的是整个人飞出去……飞出去……就像康巴里从前台回来，笛拉把他推出去。

"啊！"笛拉抱着脑袋，蹲到了窗下。桑丘说，只要康老头放进了外界人，他就会被取消店长资格。放进外界人？当时是桑丘替夏建明办理的入住，如

迷失的空房子

果入住已经办妥,那康老头是不是就不可能飞出去,又飞回来!

"他一定是没有办!"笛拉担忧地看向葵娜,可葵娜的目光却落到了窗外。笛拉扒着窗台往外一看,是送信儿!

等笛拉赶到金宏的房间,葵娜已经从金宏手里夺过信件,她伸长手臂,向笛拉展开一张手绘的画像。黑白线稿,水平比不上笛拉画了一学期的素描。

但笛拉的表情与心情一样在往下沉,"不是笛一坎……"

"我有事要和你说,"金宏显得非常郑重,这几天他还是头一回搭话,"就现在!"他另一只手里还抓着一沓文件……

飞升航道 10

"我准备向串串社，申请收购，"金宏指了指身后铺了一地的文件，"你放心，我没有将你与橘沁竹交换的事写进去，但只要串串社愿意收购我们，所有债务他们都会负责到底。到时，你就会拿回你的视觉色彩。"

"你……""如果不是我妈妈挪用了43块钱买果汁，"金宏自顾自地往下说，"我现在在串串社就是首席成本员了。"

"金宏……""你们在深寻都帮过我，我不想你们冒险，没有希望的，真的没有希望的。以现在四大员的配备，你们连第一个云层都飞不过。"

"这还没开始。""那就别开始了！"金宏急躁地喊道，"我妈妈，是为了我才偷那43块钱的，最后撑死她的那瓶橙汁，就花了43块钱。""你在说什么？"

"我妈妈，她不希望我待在串串社，她觉得我的工作只需要动动手指，太容易长胖了，所以瞒着我，向其他四家旅行社发了岗位变更申请。他们虽然都有意向录取我，却都认为我不可能活着从5000深寻回来，都不愿提供赞助。我妈妈不死心，偷偷把家里的房子卖了，这才攒够了买空房子地址的钱。她是为了我，为了把房子空出来出售，才自己撑死了自己！"

这也太荒唐了。

"我工作丢了，也没地方可住了，只好进监狱，下深寻。""你妈妈……"笛拉用力地吞咽了一下，"真是为你着想。"

"笛拉！"

笛拉一个哆嗦。金宏吓人地咆哮起来："你为什么要这么说，你已经知道结果了，为什么还要夸她做的是对的！""我……"笛拉只是想安慰金宏。

"如果她从一开始就不减肥，压根就不会开始这件错误的事！"金宏情绪激动，"她的脚脖子也不会断，她也不用那么痛苦，我也不用下深寻！我在串串社待着挺好的，我不明白，我真的不明白。你，还有安格！为什么？为什么你们一定要创办这新创社！看看安格吧，他把自己搞得不省人事。还有你，你有想过吗笛拉，为了你的色彩，把命搭上，这笔账还需要算吗？"

如果不是安格还躺在那里，笛拉真搞不清自己现在为什么会在春城了。

"还有橘沁竹，你自作主张选了她……"

笛拉没法再留在那儿了，冲出金宏的房间，又不想回自己的房间。葵娜要若也朝她发一通火，笛拉真怕自己会按着门票离开！厨房肯定不能去，倒是很想见见桑丘，但笛拉现在心慌气短，平地站着都觉得摇晃，再要爬一趟那弯弯绕绕的台阶，非得"牺牲"不可。

"干脆和康老头摊牌……"笛拉一转身，就看到了裱糊室。那里面暖融融的，笛拉不再犹豫了。

一直到门前停下，笛拉才确定，那若有似无的晃动感并不全是因为橘沁竹的身体状况，而是……笛拉将门推开一条细缝，透过细缝，能看到屋里袒露的藤蔓，比外面走廊的藤蔓晃得更明显。可现在云区又没下雨，云笼也都回来了，藤蔓理应不动才对啊。但它们晃动的节奏，好像是在配合某种哼唱声。

笛拉一把推开门，正倚着藤蔓休息的吉于夫，立刻去拔腰间的棒骨。

"你有云笼，需要裱糊吗？"吉于夫用棒骨抵住喉咙才能说话。

哼唱声没了，藤蔓也停止了晃动。笛拉环顾一圈，最后将目光集中在吉于夫的棉靴上。

"我在高云层时，"笛拉想到之前在棉靴里听到的话，"有听说过喉咙被撕裂的飞灵师。""是。"吉于夫回答得很坦然。

"您真的是飞灵师？""那已经是很多年前的事了。""飞灵师里，也有踩不住云的？"笛拉小声问道，"不是说，踩得住云的人，不箍条链子是穿不住棉靴的吗？"

"你是定云员，应该没遇到过要穿棉靴的情况。"吉于夫平和地说道，"不过，高云层的街道小贩却深谙其理，尤其是那些要下浴池做生意的，他们一定会花钱为自己做条链子，以免工作时被误认为是棉靴族。""高云层能穿住棉靴？"笛拉诧异道。

"是棉靴族绑不住链子，"吉于夫回道，"踩得住云的人与踩不住云的人，代表的不过是大鹏两个时期的飞跃状态。"

飞跃状态？笛拉想到交嘴鹏飞跃时，脚上没有藤条，而现在断翅鹏脚上……

"我这么说，你们高云层必然不开心了。"

笛拉肯定不会，"只是，吉冰飑都不知道吗？""我不想麻烦，也请你别告诉他。"他如此平静，笛拉却早已惊得不知所措，"您真的是飞灵师，那您刚才……"

对了！康老头原本没想过让葵娜亲自做云笼，那要选择云量最多的云笼飞去葵娜所刨的枝条，说不定就是想利用吉于夫这歌声，"我知道了，您是飞灵师，您的歌声可以控制藤蔓！"

"我已经没有歌声了，"吉于夫淡然地看着笛拉，"用尽了力气，也只能让这近在咫尺的嫩苗，长成这样。"

是啊，现在云笼也被分了6天飞出去，康巴里又怎么能挑出采云最多的，就算吉于夫还能唱歌，也没办法偷天换日吧。

"你是……橘沁竹？"

笛拉听着没有音调起伏的询问，点了点头。

"冰飑跟我提了你多次，有一位笛拉，是从外界来的。他说你们都要帮棉靴族，创办第六大旅行社。"

就是因为这个原因吧，吉于夫才坦然地承认自己是飞灵师的。可沮丧感再次浮上笛拉的心头，"我大概要让他失望了，我现在连四大员都找不齐。"

"为什么？"吉于夫平铺直叙地问道，"你是高云层人，你为什么愿意做这件事？""创办第六大旅行社吗？"笛拉诧异地看着吉于夫，"棉靴族，救过我呀。""救过你，"吉于夫眼中闪过一丝惊讶，"你就愿意把救回的命，奉献给棉靴族？这和我认识的高云层人，还真是不一样了。可高云层人……真的会……""您说什么？"笛拉没听清。

"真的会改变吗？"抵着棒骨的吉于夫，像是举着手枪对准自己的脑门。

之后，吉于夫来来回回就只唠叨这句话了。他不是在发问，也不像在自问自答。笛拉能感觉到，吉于夫不像棉靴族一样害怕她，但又非常防备，一直躲躲闪闪的。

"他应该不疯啊。"笛拉一头雾水地打开房门。

"你怎么没拿晚饭？"响亮的质问让笛拉回过神，回到房间的葵娜居然没有自暴自弃，而是在编织藤皮，笛拉的心情不由漾开了。

"7只云笼，想要载人，藤皮就得足够轻，"葵娜一边说，手里一边忙碌着，"想要载人，人还要舒服，藤皮就得轻上加轻。""所以你才刮了那么久。"笛拉关上门，凑到了架子前。

"那两个小……"葵娜清了清嗓子，"得在上面待一整天，让他们不吃不喝不方便，当然不容易了。""你还准备在云笼上安排厕所？"

"恶俗！"葵娜劈头骂道，"笛拉，我以前一直认为，极简主义不过就是脑袋里没货，他们什么有品质的生活都没有过过，做骨架员也只是为了往上爬。这种货色还要来设计云笼、设计大鹏，还要来批斗我的设计！""他们批斗你什么了？"笛拉必须得抓住重点。

"说我的设计太繁琐呀！""是这个原因吗？"笛拉像抓救命稻草，"你这回，要不要稍微改变一下？""改变？"葵娜用力拽了拽藤条，"我已经不准备设计按摩椅了，环绕音响也不准备装了……"

笛拉不断点头，心想着这可是云笼赛啊，你居然还讲究这些！

"但我现在的感觉，就像没穿高跟鞋，在裸奔！"

笛拉一把抱住葵娜，"谢谢你！你已经不是在为自己设计了，你是在为……""出去！""好的好的，"

笛拉激动地搓着手，"我去拿晚饭，你有什么特别想吃的吗？"

"嗒……""哎呦！"

挥起的鞭子，总也钩不住花柄，倒是快抽到裱糊层了。挤在岸边的棉靴族看着揪心，配合着发出一声又一声的惊呼。

"行了！"葵娜一把夺过南扎手里的鞭子，"我可不想再裱糊一次。"

"嗒……""哇！"葵娜一鞭子就缠牢了花柄，将云笼扯倒，让其侧浮在水面上，花柄被拽到船边，洁白的纤维切割面就像一扇椭圆形的大门。

"等一下，"笛拉将两个包裹递给吉冰飑和南扎，"大厨准备的，她说你们再不吃东西，就直接把云笼打下来。"

站在岸边的大厨，挥了挥手中的锅铲。

"拿着吧！"葵娜不耐烦道，"我的藤皮是白刮的吗？都说了不用你们减肥。""我吃不下。"吉冰飑哑着嗓子。

南扎接过包裹塞进棉靴，抬头时流出两条鼻涕，"我会分给吉老鼠的。"

因为前两天，吉冰飑和南扎直接被绑在柱子一样的花柄上。花柄整个被掏空，也没有透明层，只在中间留了两根白色的植物纤维，骨架员不希望他们乱动。连续两天，两人就像活靶子一样，不断被往上涌的热气流打湿，打湿后还要遭受猛烈的寒风——棉靴族过得再糙，也经不起这么折腾！

连飞了两天云笼，两个小家伙都病了。一阵风袭来，两人急忙按着指纹往花柄里躲。金宏在一旁载着3个云笼起飞了，他这两天完全没和笛拉说话，笛拉也还没将并购的事告诉葵娜，但葵娜多少能感觉出来。"胖子怎么阴阳怪气的，幸好我的云笼用不着他。"

载人云笼可以直接从水面上起飞，围观的棉靴族已经看过两回了，今天的兴致依旧不减。

"这里面是蜘蛛网吗？"南扎一进花柄就叫嚷起来。"别乱搅和！"葵娜呵斥道。

笛拉仰头看着横在顶上的绿色花柄，随着两人坐好，花柄在逐渐褪去颜色，居然留了一圈透明层在上面。

"里面很暖和。"这几天，还是头一回见吉冰飑笑。

"没事，你们的脚可以踩。"

两人都缩着脚，不敢去触碰花柄一圈的透明层。

"我们真的可以动吗？"南扎用鞋尖点了点透明层，随着葵娜松掉鞭子，云笼立起，他们就像坐在一个秋千上，但这个秋千更像是一个精致的坐袋，不再需要他们站一整天了。

"你们耳边的两条绳，"葵娜解释道，"一根可以刹车，一根可以加速。一旦飞过7支云笼的规定高度，警报就会响，你们要留神听好。还有你们的坐袋，随着重力的转换，可以改变对云笼的控制。"

南扎一动屁股，云笼立刻顺着他的方向晃了起来，"我们可以驾驶？"葵娜还真点头了，"你们不是已经有两天的飞行经验了吗？好好对我的云笼，千万别飞沉了。"

两个小家伙立马来了精神。

"还有一件事,"葵娜最后提醒道,"你们坐袋的侧面,都有一把救生伞,如果出现意外……"

"眯眯眼!"南扎打断道,"你的云笼也太棒了吧,你一定会赢的。""对对,我们一定会采很多很多的有效云。"吉冰飑也欢快地说道。

葵娜朝笛拉耸了耸肩,笛拉便将船往岸边滑,原本贴着裱糊层的花瓣,开始感受热气的涌动了,随后像流畅的音符,"嗒啦啦啦"优雅地从水面抬起,并稳稳地停在了离水面约1米高的位置(其他云笼的花瓣,很难弯曲成这样)。

"你真的很厉害!"笛拉发自肺腑地感叹道。

葵娜却没有吭声,目不转睛地盯着自己的云笼。那缓慢上升的花瓣,再次与翻起的裱糊层黏在了一起,屋顶传来了小棉靴的报数声,他们已经在采集热气流了。第一个云笼从花柄上脱开,像晶莹透亮的水母,还能看到若有似无的热气在里面翻涌,花瓣与裱糊层完全融在了一起,云笼缓缓升起,向着远处的浴场飞去。

"启动做得不错。"

笛拉和葵娜在绑船时,图老师带着她的两位学生出现了,他们的云笼,目前排在云量采集的第一、第二位。

"又稳,动力又强。"图老师又摆出一副挑不出毛病的笑容。

身后的学生还上前恭喜葵娜,但葵娜不给面子地扭过了头。

"知道还不是时候?"图老师话里有话,"不到最后一刻,谁都不知道会发生什么对吧?"

葵娜疾步走开了,笛拉赶忙跟上。一回屋,就看到葵娜站在窗口,举着望远镜眺望。

"你那个图老师,她真是你老师吗?"葵娜纹丝不动。"我是觉得,老师不都该希望自己的学生好吗？可她……""她是我母亲。"

笛拉的面具都差点被惊掉。

"她不化妆，眼睛并不大，我们长得不像。"葵娜一把收了望远镜，"我父亲，也是个不错的骨架员。好像是因为我吧，一废物，他们才成天吵架离婚的。"

"你干嘛这么说自己？"笛拉见葵娜坐去了床上，"你看看你的云笼，多好多厉害，你肯定会赢的。"

"这话有点早吧，就像骨架大鹏，都还没降落呢，"葵娜说着张开手臂，躺倒在了床上，"反正我已经习惯了。""大鹏吗？"

"图老师……她就没给过我什么好脸……以前我觉得她是严厉，总希望她能认可我的骨架。可在准备第二只大鹏的时候，我知道了他俩这层关系，发现她是真的看不上我的骨架。从那刻起，我也不想再听她的指导了……在大鹏被红血丝缠住的时候，她还在轮线盘那头骂我父亲，说给我机会就是在害我，说我根本就不适合当五大社的骨架员。"

原来骂人的是葵娜的母亲。

"多亏我习惯听我父亲的话了，"葵娜微微扭过头，"你知道的，社长嘛，我父亲很会讲道理。他总跟我说什么，有些人开张早，有些人开张晚的话……我只是不明白，到底要晚到什么时候呢？"

"你一定会赢的，你才这么年轻。""笛拉，你几岁啊？""过了年，我17了。""居然还比我小两岁，"葵娜喷了喷嘴，"可你为什么看着那么老？""橘沁竹很漂亮的好吧！""你一讲话显得更老！"

笛拉见她还有心情挖苦人，也就放心了。两人都躺在各自的床上，听着屋顶时不时的报数声，采云量开始稳步上升了。笛拉又进入了断翅鹏的意识，藤蔓嫁接进断翅鹏的爪子后，笛拉可以听到云笼内部的动静，吉冰飑和南扎似乎在不断地试验云笼，时而飞快，时而飞慢。

飞升航道

"吉老鼠,你别操作啊!我飞得比五大社、比桑丘还好!"南扎得意洋洋。"你得采有效云。"吉冰飑也兴致昂扬的。"知道知道。""这样橘小姐在定云的时候,会更容易控制旅行社。"

笛拉像被人捶了一拳,她这几天已经快将管状云的形成过程记烂了,可还是不知道该怎么和吉冰飑开口。笛拉知道自己在迟疑什么,那种感觉,其实心底也是在认可金宏的想法吧!自己是在怀疑吉冰飑的定云能力……笛拉看向窗外,云笼采集的过程是那么平静,平静到显得与自己毫无瓜葛,但胃底的不安总在提醒笛拉,等确定了骨架员,很快就要飞跃第一个云层了!

午饭过后,笛拉一不留神还打了个盹。等醒来,愧疚感让她觉得格外心堵。

"飞得还行。"葵娜一直举着望远镜站在窗边。

笛拉听声音也没有什么不好的情况,小棉靴不时在顶上报数,采云量一直在往上升,看这势头,拿第一应该没有问题,"他们还在坚持采有效云。"

"吉冰飑,南扎,"葵娜还是头一回喊两人的名字,"平心而论,那些没证的定云员,上了云笼也就飞成这样了。"

"你说真的?""我有必要恭维棉靴族吗?""那……"笛拉心中拉扯了一下,"让吉冰飑当定云员呢?"

葵娜一把将望远镜敲在窗台上,盯了笛拉好一会儿:"我知道了,你是不是也和胖子提了,难怪他这几天阴阳怪气的。"

"他是不同意。""我也不同意。""他也不同意你!"笛拉又被刺激到了。"他不同意我?"葵娜挥着望远镜回到自己的床前,"那胖子凭什么不同意我啊?我可是有证的!"

"毕竟,你已经……"笛拉觉得没必要再重复一遍了吧。"可你们居然把我跟棉靴族相提并论!""反正,我水平也不行啊。""你还是外界的!"葵娜更生气了。

"我跟你说吧，金宏想拜托串串社收购我们，他是成本员，文件什么的，好像都准备好了。"

"羽萨保佑！"葵娜惊呼了一声，"你以为收购那么容易。""那你呢？""我？""你母亲，图老师，她也说了，立筒社愿意收购我们，就在你刮藤皮的时候。"

"笛拉！"葵娜叫唤起来，"你是不是觉得我会输啊？""我觉得你肯定会赢！可等你赢了，到时立筒社又愿意收购我们，你还会愿意帮棉靴族吗？"

葵娜这回不说话了。

"咚咚咚。"突如其来的敲门声。

"谁啊？"葵娜烦躁地喊道。

笛拉起身去开门，是金宏。他气喘吁吁地，举着胖手，"你们没看、没看五大社吗？"

葵娜立刻举着望远镜冲到窗口。

"出什么事了？"笛拉的心堵一下变成了心慌。"五大社……"葵娜的语气透着恐惧，"还不是飞的时候……这是春云泄露吗？"

笛拉不是很明白，接过葵娜的望远镜也往高处看。雾蒙蒙的"山顶"，采云的云笼不见了，却飞出一小朵一小朵的白云，云朵上浮，都快接近意识轨道了吧。

"这样下去，很快就会把第一个云层招来，"金宏嚷道，"你们该知道第一个云层，夏季的……"

"管状云。"笛拉僵硬地说道。

"那都是暴力云！等意识轨道被打开，所有云笼都会被吸上去！""吸上去？"笛拉脑子里乱糟糟的。

"赶紧让小棉靴下来。""不行！"笛拉脱口而出，紧张地指着顶上的报数，"云、云量还不够呢。"

飞升航道

"笛拉，笛拉！"金宏急切地说道，"如果他们被吸上去，是会死的！"

"怎么突然就……"笛拉看向葵娜，"云量不够啊。"

葵娜有些失落地靠在窗边："你说……她与你提过收购的事。"

"收购？"金宏拉高了音调，"谁啊？"葵娜挫败地看着笛拉："我妈有跟你说过，我运气不好的事吗？""你妈？"

"去你妈的！"笛拉骂道，别过了头，"吉冰飑！"

"诶，什么声音？""吉冰飑，我是笛拉。"

"笛拉！"南扎叫嚷起来，"你还知道进来啊！"

"我早就进来了，我是橘沁竹，"云笼那边"唰"地消声了，"我选了橘沁竹交换。"

"抱歉，我必须得选橘沁竹。因为她是有证的定云员，签过意识协议。如果她拿着已知的云图再去定云，那就是作弊。橘沁竹会因此遭到反噬，这样就算我们成功飞跃了三个云层，她以后也没法再当定云员了。"云笼那头已彻底沉默。"真的很抱歉，我不懂定云。可是吉冰飑，你还记得在深寻的时候吗？"

"5000深寻，当时很多高云层人都昏迷了！"笛拉强调道，"安格当时夸过你的推云水平，他说你都比得上飞灵师了。还有桑丘，是他向我推荐了你，他说你能定云，说你面对云层从来不犹豫，你有定云天赋。"

"吉老鼠，她居然要骗你定云！"南扎在那头喊起来。

"吉冰飑、南扎，我现在还要告诉你们一个紧急情况，五大社春云泄露了。为了安全起见，你们必须得尽快下来。""云量还不够吧。"南扎质疑道，可吉冰飑始终不吭声。

"是不够，所以你们在下来前，在被云层吸走前，必须把云量采足，帮葵娜取胜。"

葵娜不敢置信地瞪着笛拉。

"只有这样,她才会愿意留在新创社。"可葵娜转过了头。"我们才能够不被五大社收购。"

"吉冰飑,南扎,"笛拉难过地坚持道,"创办新创社是你们棉靴族自己的事!你们想要创办属于你们的旅行社,那你们就必须自己对自己负起责任来!"

"你在说什么?"金宏很愤怒,"他们几岁,他们听得懂吗?"

"你们已经经历过很多次春季了,对吧!"笛拉更是在说给葵娜和金宏听,"你们经历的比高云层、比四大员还要多!可是为什么?为什么每一年,你们的命都要掌握在别人的手里。就因为你们是棉靴族?可你们同样是春城人呐!为什么你们不能拥有自己的旅行社?还是说,你们根本就没有能力拥有自己的旅行社?四大员当然也不愿意与你们合作。"

"不采有效云可以吗?"吉冰飑的声音哑得厉害。

笛拉都起了一身鸡皮疙瘩,她转头向葵娜问道:"不采有效云,可以吗?"葵娜疑惑地转过头,"这只是比赛,只要是云,都行。"

"明白了,"吉冰飑得到了回应,继续哑着嗓子,"南扎,你操作,我让你往哪个方向飞,就往哪个方向飞。""没问题!"

"橘……笛拉,安格先生在书上写过,热气流是可以被标记出来的。云笼飞到浴场上,需要等待热气流,但当热气流上涌,一个云笼是采不走所有热量的。我把这些机会都标记在脑子里了,我们一定会抢够热气流的,葵小姐一定会赢的!"

笛拉刚重复完吉冰飑的话,头顶上就炸锅了。

"哇,这是计云阀坏了吗?""吉冰飑他们采到了什么?这数字涨得也太快了吧!""超了超了,葵小姐是第一!已经是第一了!"

葵娜死抠着窗台。

"赶紧让他们下来吧,"金宏遏制着激动,"热气流够了。"

可晴空仅在一瞬被撕裂。

"哎呦！"笛拉的耳膜像是被刺进了一根针。

"你怎么了？"金宏问道。

"云吸，"葵娜不用望远镜也注意到了，"意识轨道被撕开了，风暴云开始吞食热气流，高度超了！"

云笼的高度警报，在笛拉的脑子里响个不停，但笛拉又不敢放开连接。窗外在逐渐变暗，五大社的上方出现了两大块越变越黑的乌云。笛拉知道那是中积云正向浓积云过渡，纵向的长度很快就会超过横向，带着数不清的云笼往上飞。

"刹车绳没用，我们在往上飞！"南扎在云笼那头大喊，"快想想办法！"

"热量太多……做螺旋！"葵娜冲到笛拉面前，"做螺旋，让他们抓住刹车绳，在云笼里晃动画圈，这样可以帮助消高！"

吉冰飑和南扎立刻照做。

"不行……太热了，喘不上气……"南扎已经尽全力了，"吉老鼠……不准松手。""我头晕……看不见……"

警报声在些许缓和后，直接顶到了笛拉的脑门，所有云笼像是被一只看不见的大手一把抓住，被整个吃进了乌云。

"断翅鹏，让它去……"

"别别！"葵娜压着笛拉的肩膀，浑身都在发抖。

"这是春云泄露，"金宏绝望地望着窗外，乌云里开始闪现出一道道红光，"飞灵师还没唱歌，大鹏现在飞进第一个云层，是违规的，会被斩翅。"

葵娜猛地冲出了房门，笛拉和金宏赶紧追出去，"葵娜？"

"她要做什么？"是图老师，她刚好与学生站在走廊上。葵娜直接往廊道间跑，她是要爬去屋顶。

图老师冲了过去，拽住了葵娜的脚脖子："要下雨了，有闪电。"

迷失的空房子

硕大的雨点子已经开始往下砸。

"我听到了你的采云量。""算吗？"低下头的葵娜哭了，"我还能怎么做，运气就是不喜欢我……但是，棉靴族，我得让他们回来。"

金宏僵硬地拖开图老师，葵娜的一只鞋被扯掉了，但她还是坚定地往上爬，笛拉也费劲地跟上去。

"你以为高云层什么都不知道吗？"图老师突然在下面喊道，巨大的雷声让所有人都缩了下脖子，"别傻了，康巴里只是在利用你们！"

笛拉感觉自己的小腿肚都抽搐了一下，葵娜已经冲到藤蔓前，笛拉还是跟着爬了上去。"你要做什么？"葵娜掰动计云阀上的扳手，上面的数字在快速下降。"你在放热气流？"

"为什么？"葵娜的声音颤抖着，只见原本下沉的乌云又往上升了，留下纹丝不动的五大社，"为什么春云会泄露，为什么要让小棉靴飞那么高，为什么？"

撕裂的天空开始愈合，乌云似乎是要离开144号云区了。

"喂……喂……""诶诶诶！"笛拉好像听到南扎的声音了。

"笛拉！我们，我们在往下掉。""他们在往下掉，他们在往下掉！"笛拉急忙喊道。"跳伞！"葵娜喊道，"赶紧让他们跳伞！"

乌黑的云底在不断缩小。

"我、我醒了，但吉老鼠还没醒，"南扎喘气声很重，"我不能跳，你们不要放气了！"

笛拉一把掰过葵娜的手："南扎醒了，他在做螺旋。"

计云阀上的数字停住了，还有机会。

"快点，快点！"

乌云越抬越高，天空就像被收紧的袋口，吐出一些白云……为什么又将云朵吐了出来？出口越来越小。

飞升航道

"看到了！"一串云笼从即将封起的洞口落了出来。

"我去看看。"笛拉喜悦地进入断翅鹏的意识，断翅鹏飞快地甩掉身上的雨水，展翅飞出。

恢复平静的天空只飘着一串云笼，能很明显地看到，飞在最上方的一只云笼已经瘪了，但没关系，其他 6 只云笼都采足了热气流。它们在南扎的螺旋下，每一个都朝着不同方向扭动，乌云已经抓不住它们了，天空在放晴。笛拉恨不得在胸前拢起翅膀，感激这雨过天晴。

"啾！"翅膀底部突然被挠了一下，一低头，笛拉看到了眼眶空空的秃鹰。

"啊！"葵娜在屋顶尖叫。

黑色的炮筒"咚咚咚！"响。每一声轰鸣，都像是要将人的心脏轰裂。

葵娜冲过去摇晃笛拉，"你疯了吗？"

笛拉的意识在摇晃中回到自己的身体，但自己的思绪，就如这漫天的烟火。

"你、你去堵炮筒干什么？"葵娜焦急地质问。

笛拉看着在烟火中扑腾的断翅鹏，烟火绽放，此刻的天空像被撕破的脸颊，崩裂出一道道可怕的伤口。

"我好像……"眨眼的瞬间，眼泪就因惊恐而落了下来，"我好像看到一坎叔了。"

"什么？""笛一坎。"

是梦境吧！笛拉浑身颤抖着，哭喊着，希望他们不要将笛一坎放进炮筒。可没有人听她的话，笛一坎满脸苍白，被推着前进的他甚至都不知道发生了什么。

笛拉整个胸膛都在颤抖，影响红血丝的外界意识，真的全是笛一坎进春城的错吗？自己在 5000 深寻遇到的那栋空房子，一定也嗅出她的气味了。笛一坎要被打上天空，那笛拉也应该……她仿佛看到炮筒就在前面，高云层要将引线塞进她的嘴里。

"不要！"笛拉一坐起，鼻腔像被灌进了熔浆。

"胖子，她就昏迷了这么一会儿，哪需要你喂啊！"葵娜在抱怨。

金宏将粥都泼到了被子上："笛拉，你可慢点。"

笛拉慌忙爬起来。

"你要去哪儿？"葵娜扶着笛拉穿鞋，"放心吧，吉冰飑和南扎都回来了，断翅鹏也没事。就是橘沁竹这副身体，一激动就……"

笛拉推开葵娜，踉跄着走去开门。天黑了，餐厅一侧已亮起了灯，笛拉顾不上与经过的棉靴族打招呼，直奔康巴里的房间，一个夹在裱糊室和客房转角的房间。才到门口，就看到凌兰花从里面出来。

"橘小姐，您醒啦！"凌兰花满脸笑容地迎了上来，"高典先生签字了……"笛拉的五脏六腑瞬时揪起，一把推开门，冲了进去。

一只五彩斑斓的送信儿正立在书桌上，爪子边还放着一封开启过的信封。康巴里则提着一把小勺子，将熔化的蜡油倒在一个崭新的信封上。

"那里面，是四大员的签名吗？"笛拉的声音有些哆嗦。康巴里没吭声，只从花朵造型的烟斗上闷出一个大烟圈。

"高典不行！"笛拉喊道，"是他……应该是他！我当时让金宏查夏建明，身后的台阶掉了，应该就是被他偷听去了！"

康巴里一拳捶在滚烫的蜡油上，"一只大鹏，居然有兴趣去救一位死囚？""笛一坎不是死囚。"

"笛拉！"康巴里大吼，简直要从书桌那面跳过来。"是你，是你故意安排他进来的，"笛拉浑身颤抖，"因为……因为三季云、四季意识！"

康巴里明显愣住了。

"在交换车站的时候，检票员告诉我，飞升阶段春城人不欢迎没交换过的外界人。因为云层是三季云，它们没法理解包含四季意识的春云。我一直不明白这是什么意思，直到今天，我看到乌云把有效云吃进去又吐出来……这就是三季云不理解四季意识的表现对吗？五大社采了这种有效云，会泄露……"

康巴里"哼哼"着摆头。

"他们肯定没法采集之后的云层了。""如果你不暴露笛一坎的话！"康巴里瞪着笛拉，"但拜你所赐，五大社提前发现了异常。他们当然不敢随意给一位坚称自己是来自夏城的游客，施加飞炮刑。所以，他们不得不泄露云层，来试验云块。"

"你想毁了五大社！""你成功害死了笛一坎。"

笛拉哆嗦得更厉害了。

"因为你的多管闲事，意识和肉体一并消失了。可怜啊，可恨呐，害死了同类，拯救了……"康巴里一蹙眉，"差点忘了，你能踩住云了，不用穿棉靴了，你现在和高云层才是同类。"

笛拉再也忍不住了，眼泪"哗哗"地往下流。

"你就是太自以为是，让你做的事不做，不让你做的偏瞎主张。"康巴里将信件绑上送信儿，"我现在再给你个机会，尽快把橘沁竹换回来。她的意识按进花柄，一定程度上也能控制大鹏，虽然不够灵敏吧……"

"我不信你！"笛拉尖叫，"我不信你……你之前要我选葵娜，那么多没证的、有证的骨架员，每天还只飞4只云笼。你真的有准备让我赢吗？怎么赢啊？让吉于夫唱歌吗？控制藤蔓吗？"

"你知道得不少啊。"

"如果我听了你的话，选了葵娜，她现在就已经输了。高典不会签字，金宏又不想棉靴族冒险，而橘沁竹会遭反噬。五大社的浴池都被撒了被标记过的爪子粉，他们的位置那么高，水汽落不到下面的浴池。而我们的7支云笼又只能在低处飞,你不过是利用我们演了一场云笼赛,好让自己采不到有笛一坎意识的云。"

"说得那么难听干嘛!"康巴里将绑着信件的送信儿往窗外一扔,"我们不是一家旅行社的吗?""我不相信你!"笛拉抽泣着,"我不会走的,在新创社飞跃三个云层前,在我拿回我的视觉色彩前,我都不会走的,我不会把橘沁竹换回来的!"

"喊口号一流。"康巴里转身拿起飞鸟送来的信件,"既然如此,那作为橘沁竹的你,准备怎么进航道?""航道……""呵,你们是将旅行社降下来了。但橘沁竹本就爱找死,你又太天真!真以为有人定云有人控制大鹏就能飞了!蠢货!"

"你明天要去硬块旅行社开会?"拍起的水花,溅进笛拉的眼睛。

鉴于云笼赛告一段落,笛拉又情绪低落,葵娜坚持泡澡能放松情绪,第一回使用了房里的"白瓷浴缸"。

"就算四大员齐全,"笛拉的脑袋都快耷进水里了,"如果我们进不了飞灵师的航道,还是有可能不允许飞。"

"什么航道啊?""你也不知道吗?"笛拉回顾刚才康巴里狂风骤雨般的大吼,"你就没想过,飞跃云层时,那么多家旅行社在天上飞来飞去地采云,为什么不相撞?"

"哦,"葵娜微扬起下巴,"好像是没撞过。"

"康老头说,飞灵师会对着隐耳朵根唱歌,歌声会通过大鹏身体里的隐耳朵传到定云员的耳朵里,他们不是都会将指纹按进云笼嘛。好像只要定云员一听到那歌声,飞灵师就能顺利抓到定云员的意识了,然后就会以不同的意识编织不同的航道,这样无论他们在天上怎么飞,飞灵师都能保证他们不相撞。"

"隔行如隔山……"葵娜在热气中微眯起了眼睛,"那我们的断翅鹏身体里没隐耳朵，那歌声就传不进来，飞灵师也抓不到定云员的意识，那航道？"

"按康老头的解释，"笛拉说道，"定云员好像也能通过歌声抓到飞灵师的意识，这样也能进航道。"

"可是没隐耳朵，根本听不到歌声！""可以从外部听。""嗯？"

"你们春城，"笛拉问道，"飞灵师每年还会选旅行社办演唱会是吗？"

"噢！"

"其实明天的会议，也是凤灵在硬块旅行社举办的试听会，"笛拉说着自己也不是很明白的事，"确定他今年要在哪家旅行社办演唱会。"

"这我知道，"葵娜点着头，"所以你说的从外部听到，是想拉凤灵来咱们旅行社办演唱会？"笛拉应了一声，"康老头还说，可以刺激客流量。"

葵娜短促地笑了，"我告诉你啊，飞灵师每年挑的，都是去年飞得最好的旅行社。咱们144号云区，基本就是硬块吧，反正印象中，立筒都没轮到过。"

"那按你说的，就算橘沁竹……"笛拉一哆嗦，"这浴缸是不是破了？"

"白瓷浴缸"越来越长，有一部分还顶破了墙体，伸到了户外，冷风一阵阵地往里刮。

"一半露天！"葵娜也很意外，"冰火两重天呐！"

笛拉现在就是这样的心情。

"康巴里同意让你去？"葵娜继续问道。"去啊，就算橘沁竹在这儿，也没法赢过五大社，赢过硬块吧。""那换吉冰……"葵娜自己掐断了话头，"说起来，你才是定云员。这回搞笑了，我今天才签字，不会明天就要散吧。"

"但至少，"笛拉硬着头皮，"我和凤灵算认识啊。"

"现在还能认得出来吗？""那，我们还有暗号呢。""什么暗号？""他邀请我进春城喝果汁啊。""羽萨保佑，那就是春城人的口头禅！"

笛拉一把抱住了脑袋，"我知道你还想让立筒社收……""打住啊，"葵娜板起了脸,"我可从来都是反对收购的,而且胖子现在也没这打算了,在听到她离开前的话后。""她?"笛拉看向葵娜,"……图老师吗?"

"就算我赢了,她输了,她还是坚定地说我不适合当骨架员,"葵娜愤愤不平,"胖子这怂包,觉得自己就算回了串串社,以他母亲宁死不屈的坚持,说不定还在哪儿挖了什么坑,准会把他再次轰出串串社。他没信心再下一次深寻,就不想费劲回去了。"

"图老师是不希望你留在这儿当骨架员吧?""我听得很清楚,她说我不适合当五大社的骨架员。"葵娜嘴硬地往冷风里移,"那这儿又不是五大社。""真要是这样就好了。"笛拉无精打采的。"你现在就泄气了?"

笛拉是心累。

"对了,你那邻居呢?"

笛拉可不敢与葵娜说康巴里放进笛一坎是为了毁掉五大社,他们似乎也不了解三季云和四季意识的事,"康老头应该是打算把笛一坎放走的吧,都怪我。"

"哎呦,好了好了!就算明天散伙……"说话时葵娜一把拉过笛拉,刺骨的寒风瞬时黏在了脑袋上,"我不扇你算对你客气了吧!""为什么要把浴缸设计成这样?"笛拉直想往水里钻。

"帮助我们放松啊,好好放松,"云笼成功后,葵娜倒是变乐观了,"说不定我们能飞呢,说不定一下就有办法了呢。""什么办法?"笛拉战栗地期盼着。"你明天,不是和康巴里一起去吗?他可是社长,说不定已经有办法了。"

"康老头!"笛拉都忍不住在心里说了句"羽萨保佑"。

"淡黄色的,应该是放了菊花,那乳白的……"笛拉趴着车门往下看,又不断吸鼻子,"牛奶!"

晨雨刚过,飞车从一块缺口跃进山顶浴场,微风拂走袅袅水汽,这宛如凹陷在火山锥中的五大社浴场，便呈现在眼前了。笛拉有些兴奋，因为这与低海拔的野生浴池完全不同，五大社的浴池就像笛拉在地理书上看到的梯田。每处水域都被藤蔓划分成了无数块，每一块还都呈现出不同的颜色，飘散出不同的气味。

"这味道好熟悉……"

"果然没心没肺啊，"康巴里的挖苦声从车后传来，"昨天才害死了同类，睡一觉，就全忘了。"笛拉的心被狠扎了一下。

"等会儿就是试听会，收收心。""我也没法准备，对吧？"笛拉扒着座位往后瞧，相较昨天，整个人还是精神一些了，"来之前，我去请教了吉冰飑的爷爷。"

康巴里马上立起眉毛。

"放心吧，我没说漏嘴。我只告诉他，我之前都是被五大社收购的，没当过旅行社的首席，也没参加过试听会。""多余！"康巴里烦躁地打断道，"他还有那孙子呢，早晚会知道。"

"所以他知道也没关系喽，"笛拉更加贴近椅背，"吉爷爷到底发生了什么，为什么……""多管闲事！"

笛拉又憋了口气，"我是觉得，他是飞灵师，如果他愿意帮忙定云……""我是不是跟你说过，别给一位奋斗了一辈子好不容易才能喘气的人安排工作。"

"可……我之前用隐耳朵听到的，飞灵师说吉爷爷是为了救棉靴族——30年前，棉靴族也是有旅行社……""你知道得太多了！""不是……""我凭什么跟你解释啊，一个踩得住云的人！"

笛拉气不打一处来，"你自己不也能踩住云吗？嘴上那么讨厌高云层，那就把链子摘下来啊，又不是穿不住……"

康巴里一个急拐弯："你现在果然是高云层的，都开始替他们说话了。"

"吉爷爷也说了，"笛拉紧紧抱着车位，"我没必要懂什么音乐上的专业知识,甚至一个对音乐完全不懂的人,因为没有预设、没有防备,反而更容易被飞灵师带进他的世界,也更容易将他传达的信息综合起来。"

"当自己是安格呢!"康巴里很不屑,"到得了那个程度吗?简单的事搞得那么复杂。""我没有搞复杂。吉爷爷说了,我只需要让自己表现的像一张白纸。""白痴!"

笛拉用力做了个深呼吸,"这味道真的好熟悉啊,是米……红酒!"

"啾!"一声磨砂般的动静划过池面,浴场还没到开放时间,但已呈现出新创社所没有的忙碌,很多工作人员在采摘水埂上的果实,修剪飘在浴池上方的嫩芽。

"搞得那么花哨,"康巴里永远在拆台,"泡个澡,还非得把自己染成鸡毛掸。"

"啾!"

"是大鹏的声音?""坐下!"康巴里一脚刹车,笛拉差点跌出车子。

飞车正朝着一块橙红色的屋顶落去,微微颠簸着着陆了。

"记住自己现在是谁,"康巴里训斥道,"别一副没见过世面的样子。"

"康店长!橘小姐!""看吧看吧,还被点名了。"

笛拉仰起头,这声音很熟悉,还是从顶上的藤蔓间传来的。

硬块旅行社的空房子是笛拉在 10000 深寻找到的,它与安格找到的白房子完全不同,不是环廊结构,更像是小山般越堆越高的金字塔式,密集的藤蔓就像一把大伞,巨大的"伞柄"倾泻在不同颜色、不同高度的屋顶上,而伞柄间还建造了一圈螺旋状的楼梯。楼梯上,有个背着一大捆藤条奔跑的人,是革杉!

笛拉兴奋地朝他挥手,可一打招呼,就看到紧跟在革杉身后的工作人员,对方没穿棉靴,背上也挂了一大捆藤条,还不断催促革杉跑快点。

"会议室在哪啊?"康巴里已经下车,"搞得跟迷宫似的,就是想害我迟到！"

笛拉还在朝顶上挥手，随着革杉他们绕去藤蔓的另一面，"你有没有闻到啊？"

笛拉嗅着鼻子下车，康巴里已经站到一个空白指挥牌下。指挥牌的两侧都是透明的集装箱，里面都种着绿色的植物。

"烟草，"康巴里还是盯着指挥牌，"会议室"三个藤蔓编织的字体出现在上面了，"红色的。""明明是绿……"笛拉好像明白了。

"血腥味。"

笛拉差点跳起来，"真是血吗？"再次抬头，革杉他们的背影都已看不到了，但笛拉脑海里还留着那截挂在他们身后黏稠的、深红色的藤条，"那藤条，是嫁接进大鹏爪子的吗？"

"要不然呢。""为什么会有血？"笛拉僵硬地问道。

"拔出来不就有了。""拔……"笛拉的小腿肚子都抽搐了一下。

康巴里已经顺着指挥牌走开了。

"为什么还要拔出来呢？"笛拉立刻追上去，"嫁接进去就已经够难受了，我每天早上都要抽一回筋，现在还要拔出来！你跟我开玩笑的对吗？大鹏这样非痛苦死不可。""不是每个人都和你一样，跟一只鸟在那儿感同身受的。""就算不能感同身受，"笛拉又听到那凄厉的"咻咻"声了，"这叫声也听得出来啊，多惨呐！"

"惨不惨的！"康巴里不断拐进一个接一个路口，"等别的旅行社飞在你顶上，把能采的云都采掉了，而你却还在下面慢悠悠地飘着，控制不住地往下掉着。那时，你就知道什么是真正的惨了。"

"你的意思是……"笛拉已经在小跑，"五大社这么做还有用了？""这叫专力专使。""专力专使？""就是知道自己帮不上忙，就躲远点！""我才是定云……"笛拉一跑进前方的路口，就撞上了康巴里。

一位西装笔挺，五官端正的年轻男子，正微笑着站在那里。

"终于见面了，"一个阳光明媚的声音传来，"不愧是把自己关了30年的店长啊，就是不听劝。"

"还以为是谁呢？"康巴里缓步向前，"这么多年，只闻其声不见其人，区长大人，没想到还挺人模狗样的。"

区长发出灿烂的笑声："您还是这么言语锋利。""比不上你后面的。"康巴里抬了抬下巴。

区长身后，有面将道路左右岔开的巨型三棱镜，透明锋利的刃口正对准他们。

"康社长，您明白高云层的做事效率，大家都已经到了。"

"都到……"笛拉被康巴里瞪了一眼。

"我们就先不叙旧了，"区长一侧身，身后的一张高桌上摆着一盆盆栽，枝桠间长出的果实是一个——"耳朵？"笛拉忍不住开口。

"是耳罩，"区长说着向笛拉伸出手，"橘沁竹吧，久闻大名啊。"

笛拉在康巴里的斜视下，赶紧握了握对方的手。

"你现在在板脸社，可是相当出名哦！"

估计也不是什么好名声吧，笛拉尴尬地抽动嘴角。

"我原本还担心，是不是因为伤了脑……"区长在笛拉的面具前挥了下手，"不过，看到你们感情这么好。"

笛拉怀疑地绷起脖子，康巴里却已经凑到那只"耳罩"前。

"有点过熟了。"康巴里嫌弃地戳了戳。

"确实，"区长撑着一边桌角，"相比其他社的，有点发红。如果你们能早来一会儿的话，总共有15个，还是能挑一挑的。"

"15个？"康巴里确认道，"顺利降落的旅行社有16家，这才第一个云层，已经有新创社被收购了？""是硬块不参加，"区长说完，发现两人都疑惑地盯着他,"我之前好像有和您提过,硬块的社长被弹劾了,现在都出不了门。"

"那他们的定云员!"笛拉免不了又被剐了一眼,"我的意思是,硬块旅行社的定云员还来参加试听会吗?"

"不参加了,今年硬块乱得很,"区长边说边摘下"耳罩","大家都在说,昨天的春云泄露,是硬块的失误。"

泄露,笛拉感觉自己的胃底晃荡了一下,区长难道都不清楚这事吗?

"五大社跟你汇报的?"康巴里不动声色地挑起一边眉毛。"他们怎么会向我……""也是!"康巴里自顾自地说道,"你这么英俊,只配当个吉祥物。"

区长惨叫一声:"康社长,真的只有你懂我啊。真的真的,我觉得你们这次是有机会的。""机会?""别影响我们的定云员。"康巴里指着区长手里的果子,勾了勾手。

"春云泄露这件事啊,"区长将耳罩左右撕开,一片递给了笛拉,"虽然出自硬块旅行社,但可喜可贺的是,受泄露影响的却是整个五大社啊!"

"你还记得自己是板脸的吗?"康巴里夺过区长手里的另一片。

"板脸社!哎,他们每天背着我开大会,都不通知我一声,我伤心得很呢!"区长怨念很深的样子,"跟你们说啊,春云泄露的事,飞灵师快气坏了,好像都已经上升到泄题的责任追究了。"

泄题!笛拉的眼皮跟着跳了一下。

"反正今年有极大的可能,是不会选择五大社办演唱会了。"

笛拉看向康巴里,他正将另一片果子戴在自己的耳朵上,"你也要戴?"

"都得戴,"区长认同道,"每位飞灵师的测试方法不同,想测的内容也不一样。康社长,昨晚给您发的信看了吧?今年这位飞灵师凤灵,主要测试的是社长与定云员之间的默契度。"

"默契?"笛拉担忧地看向康巴里。康巴里却赏了她一个白眼,"往好的一面说,就是对定云员的能力要求不高,只要不聋就行。"

"这也有点夸张了，"区长尴尬地笑了笑，"但差不多就是这个道理，只是两位必须从始至终都保持一致的信念，从头至尾都没产生过任何放弃的念头，这样的旅行社才会成为飞灵师最后的选择。"

"到底怎么测试啊？"笛拉心里完全没底。

"你管他怎么测，"康巴里不以为然，"你只要记住了，我们都是想创办第六大旅行社的，哪怕彼此不信任。""你还不信……"笛拉把"我"咽了回去，戴紧耳罩，甩了甩头，"没声音啊。"

"这个不急。"区长一个下蹲，从两人面前挪到了两人身后，拂了一把连在两片耳朵间的晶亮丝线，高举它们，跃过盆栽，"来吧，定云员走左边通道，康社长您走右边，走着走着就能听到了。"

笛拉的后背被推了一把，一侧头，路过的墙面上都布满了丝线，再一回头，自己的丝线正绷在那最锋利的切面上，区长还起劲地向他们挥手，"往里，再往里。"

笛拉不断往前走，道路变窄了，耳朵里好像传出了音乐……身旁透明的三棱镜中……开始透出扭动的影像……"果然是棉靴族，开个会都要迟到。"

三棱镜里出现了一张长桌。可长桌前并没有人。一出通道，齐刷刷的目光就向笛拉射来。

与三棱镜中空空的长桌不同，通道外也有张桌子，但桌前已坐满了人。

"这边。"康巴里从另一侧的通道出来。"他们？"笛拉很诧异，"是不是，不动啊？"

"进去了。""进……"笛拉又瞥到三棱镜，这回汗毛都竖了起来，因为镜中已坐满了人，耳朵里还传来他们细碎的交谈声。

"我们迟到了？"笛拉问道。

"在高云层，准时就是迟到。"康巴里催促笛拉，在仅剩的两张一前一后的椅子上坐下。

"嘣嘣嘣！"才坐下，耳朵上的丝线就在逐一断开。

"哎呦！"康巴里扭过头。"你……"笛拉看到康巴里的影像已经出现在镜中，"我……""耳罩松了？"康巴里盯着笛拉捂耳朵的手，但镜中的康巴里依旧纹丝不动。

镜中人好像也注意到了，"有意思啊，棉靴族的定云员没进来……"

"我好像，还是能听到里面的讲话声，"笛拉用力压住耳罩，"就是音乐，断断续续的。"

"我就说太熟了，"康巴里气得骂了一句，"那废话一堆的吉祥物。"

镜面一闪，区长已经出现在三棱镜中，看到身前的众人，有些紧张地一揉耳朵，发现自己手里还抓着或是黏着一张纸片吧！

"试、试听说明？"他怎么都甩不下来纸片，"哦，今年的试听会，模拟的是航道标准，音乐一开始……"

"不用解释了吧，区长，我们都已经进来了，"有人在镜中调侃道，"不像某些旅行社，找了个什么定云员啊。"

幸灾乐祸的声音倒是听得很清楚。

"音乐响起，飞灵师应该是通过耳罩抓取了我的意识，"康巴里对着镜面分析道，"以此编织开会资格。但你要进去，就得听音乐抓取飞灵师的意识。"

"可这断断续续的。""在脑子里连起来！"康巴里现在也没别的办法，"我跟你说过的，这场试听会对定云员的要求不高。你不用听吉哑巴的，什么理解，什么资讯，整个春城也没几个定云员能到达那个程度。你只要把音乐听顺了，我们就能进试听会。年纪轻轻，不耳背吧？"

笛拉更用力地压住耳罩，努力在人声中辨别那若有似无的音乐。

"我们还是应该等一等，"区长在镜中努力拖延时间，"刚才分发耳罩时，那个果子有些……"

"区长，高云层什么时候有等人的规矩了？"（"肯定是软肢社的。"康巴里扭着脖子，比对桌上的名牌，"2号新创社社长"。）"还是等棉靴族！棉靴族哪里懂我们高云层的规矩，准时就是迟到啊。"（笛拉看了眼康巴里，听他嘀咕了一句，"软肢社1号新创"。）

"话不能这么说，"区长在帮着解释，"康社长也是高云层居民……"

"但他在为棉靴族做事啊，"又是一片嬉笑，"你们板脸社不都是急脾气嘛，大家都挺忙的，还是快点开始吧。"

区长被指挥得很不悦，看了眼手里的纸片，"就飞升资格进行讨论？这有什么可讨论的，大家都已经上交四大员签名了。"

"当然有必要讨论了。"（"又是软肢社。"康巴里敲击着桌面。）"毕竟今年，连没有隐耳朵的旅行社都想往上飞，这不得好好讨论一下？"

"按照春城律法，"区长强调起来，"只要顺利降落，并集齐四大员签名，就有参加飞升的资格！"

"不是啊，区长。"（"串串社，1号新创。"）"他们没有隐耳朵，听不到飞升路线，也不清楚自己要采什么云，这还飞什么？""我也听说了，降落就很不顺利。"（"立筒社，2号新创。"）"好像是前台没遵守规矩吧，提前收了风筝线，这才让最后降落的两家旅行社迷了方向，真是帮着消灭了不少棉靴族呢。"（"又是软肢吧！"笛拉被康巴里狠瞪了一眼。）

"这事，我已经向飞灵师确认过了，"区长现在只能见缝插针，"是凤灵一下动错了念头，提前收了风筝。所幸，两家旅行社都算是平安着陆了。"

"动错了念头？飞灵师那么敏锐，怎么会出错呢？"（康巴里把"哼"憋在嗓子里，笛拉也尽可能地把注意力往音乐上移。）

"是啊，而且他现在又安排我们讨论，他这么做，一定是在向我们传达什么吧。""传达？有话就不能直说吗？""人家是艺术家，以为都像你们板脸社的，直来直往吗？""可他不说，我们怎么知道？""分析一下嘛，最后两家差点出意外的，不都是没有隐耳朵的旅行社吗，可能确实是在向大家暗示些

飞升航道

什么。"

"暗示？暗示这样的旅行社（"串串！"）……明年就别落了？"（康巴里忍不住拍起了手。）

"还要等得到明年，你们可真逗。""就是！有问题就立刻解决，拖什么拖！"

"我看，飞灵师就是想向大家挑明，那没有隐耳朵的旅行社，今年就别飞了，反正往年这样的旅行社也没飞过。"（"打死软肢！"笛拉说，康巴里回瞪了她一眼，"你拎得清吗？"）

"可这事，说到底是飞灵师的错吧！"

难得一句公道话，笛拉和康巴里一并看向铭牌，是硬块旅行社的 3 号新创社社长。

"现在听起来，大家怎么反倒在追究受害者的责任，这样未免显得我们做事不公。"

"替、替我向你们的社长问好。"区长现在纯属一个摆设。

"我们也是好意，毕竟没有隐耳朵，这还怎么听飞升路线呢？"软肢新创又开始了。"听不到，也可以跟着飞啊，看别的旅行社抓什么云，就抓什么喽！"软肢在一唱一和。（康巴里直接"哼"了一声："没有飞灵师的音乐保护，谁抓谁都说不定呢。"）

"可是，会被撞到吧。"串串新创担忧地说道。"没用！"这捶拳的一定是板脸社的。"我说真的，五大社有羽萨的赐予，肯定飞得快。但我们新创社，基础都是一样的，到时它在空中乱飞乱撞。""是啊，大家可别忘了 30 年前的棉靴族，要重蹈覆辙吗？""就算没有隐耳朵，不也可以让定云员通过外部的声音，来获得进入航道的资格嘛。我们还是应该等等他们的定云员。""等什么呢？"

在片刻的安静中，笛拉似乎听顺了音乐，她抬起了头。

"呵！"康巴里抱起手臂，"五大社终于坐不住了。"

是坐在长桌另一头的一位社长开口了，"到现在还没进来，到底是耳罩的问题，还是能力问题？"

"别理他，"康巴里居然这么说，"软肢社最会煽风点火。"

但笛拉的心情已经着火了。

"不过，也不用费劲了。从外部听到音乐的律法，确实是有的。只是春城每日都在进步，律法也在不断完善。硬块旅行社，你们的社长有段时间不参加会议了，对于一些新增的条款啊，自然也不是很清楚。"

"新增条款？"区长忙问，"软肢……"

"我正想与您汇报呢，昨晚我们四大社已经全票通过了，今天就可以使用。"软肢社社长一副不容置疑的态度，"如果有半数以上的旅行社，认为某家新创社存在飞行安全问题，即使它四大员齐全，也不该再进试听劳烦飞灵师，直接就可以投出去。"

"真是不容易，为了不让我们飞，还专门制定了一条律法。"康巴里是在挖苦，笛拉的耳朵像火一样灼烧起来。

"现在各位都在，某些人也一定在外面听着对吧？""他看不见外面。"康巴里盯着那个探出的脑袋。"公平公正，现在就来投票如何？"

要投票了！笛拉更加集中精神，抓住那片刻的安静，意识随着音乐走，感受着旋律的波动，把它们在脑子里连起来，耳罩的抓力好像变大了。

"投票结果出来了，"是区长的声音，"总共有16家旅行社参与投票，其中11票赞同……"

"咳！"康巴里用力咳了一声。

"哦康社长！羽萨保佑，你们终于进来了。"

"一个过熟的果子，"康老头咬着牙，"多亏我家定云员足够优秀。"

笛拉松了口气，又立刻压住耳朵。是进了一间有门有窗的会议室，笛拉现在必须确保音乐声还在脑子里回旋,别一不小心又出去了。

"还能有 5 票赞同我们飞行,这真是让老朽振奋啊。""不是 5 票赞同,是 4 票,康社长。立……""你们在外面,应该已经听到了吧。"软肢社不礼貌地打断区长。

"听得很清楚,"康巴里不慌不忙地接道,"既然有半数以上的旅行社不赞成我们飞,那我们就不飞好了。"

"唔!"笛拉刚要表示抗议,腹部就被康巴里的胳膊肘击中了。

"只是不飞的话,"康巴里还没说完,"那么多棉靴族总是个问题吧。让我想想,哦,软肢社!降落时,我们冒着危险救下的那家新创社,社长好像就是贵社的裱糊员吧,叫……"

"高典。"笛拉揉着肚子配合道。"对,高典,一位非常优秀的裱糊员。大家都知道你爱才如命,每日削尖了脑袋关注其他旅行社的四大员,那对自家的,肯定就更爱惜了。你不如行行好,把我们全员 74 名棉靴族!"康巴里说得非常用力,"都收购了,如何?"

"这也太多了吧。"议论声一下起了。

"听说棉靴族多,会拖慢飞行速度。""什么听说啊,就是!""串串,"软肢社的社长柔软地扭过头,"贵社不是还有位成本员在那儿嘛,听说都已经向你们提出并购申请了?"

"怎么是我们的事!"串串社长清了清嗓子,"他已经收回申请了。""是吗?""当然,我们还不能有点软肢社不清楚的事?""激动什么,我只是认为,没必要那么打击自家成本员的热情。""不是打击,是金宏自己不同意,"串串社很不悦,"我们审核过条件了,只能按 2000 深寻,20 名棉靴族来收购。但他不同意啊,希望能翻一倍……"

"翻一倍就翻一倍呗,你们串串本来就是倒数,还能更差到哪去?""板、板脸,"串串结巴道,"你家的定云员还在这儿吧,就算她听着歌声进了飞升航道,可她还要分析路径。哦,她还要靠藤蔓里那点意识去指挥大鹏!羽萨保佑,一心三用啊,这都忙得过来的人才,你们不赶紧收回去当首席!"

"砰!"

长桌都快被捶裂了,"你!"

笛拉惊恐地看着指着自己的板脸社社长。

"还是我们板脸社的吗?"社长脸颊绯红,"板脸社辛苦培养你,让你成为定云员,你却自甘堕落,去帮棉靴族,脸都不要了!"

"说话别那么损,"康巴里轻描淡写的,"但凡板脸,能尊重一下受伤的四大员,在他们受伤的时候,哪怕去慰问一句……""做梦!"社长大吼,"板脸社最讨厌弱者!""那就别怪人家不回去喽?"康巴里还无比同情地看了眼身边几位板脸社的新创社社长,"希望你们永远不受伤。"

"如果大家都不肯收购,"笛拉看到一位面带笑容的新创社社长,他是硬块社3号成员,"康社长,你们好像还是得自己飞吧。"

"葵社长……"

笛拉才扬起的面具,又被按了下去。她忘记葵娜的父亲也在了,到现在为止,他还没说过一句话呢。

"您刚才投的是弃权票吧?"软肢社尖着嗓子提醒道,"是想试探一下大家的态度?那情况您也看到了,是时候出手了吧,毕竟您女儿也在那儿呢。"

议论声又起了。

"她还签了字要当骨架员,这不反常吗?堂堂社长的女儿要为棉靴族工作,我看,那应该就是个求救信号吧!"

"葵娜才没有求救,她是很厉害的骨架员!"这回康巴里没有制止笛拉。

软肢社却轻蔑地笑了,"真要是有才华,那就更该留在高云层了。便宜了别人不说,也不看看跟的是什么东……"

"30年不见了,"葵娜的父亲终于开口,但他没搭理软肢,而是直接侧过了身子,"康社长,您一切可好啊?"

看样子他们是认识。

但康巴里看起来却并不热络,甚至还将目光收了回来,"劳烦葵社长挂念了,老朽现在还能坐在这儿,身体必然没什么大碍。不过葵社长今非昔比了,以后,还请多多关照我们棉靴族。"

"是我听错了吗?"软肢社又烦人地插进话来,"你刚才在说,你们,棉靴族?康社长,你可是高云层人啊,而且按照 30 年前的经验,你怎么都应该是站在我们这边的吧!"

笛拉不解地看向康巴里。

"我是怕你们搬起石头……""住嘴!"板脸跳了起来。

"对,是该住嘴,"被打断的康巴里,语气轻飘飘的,"要不该砸自己的脚了。""都已经过去 30 年了!"串串像在尖叫。"明明是你们先挑起的争端。"

笛拉推着康巴里躲开一杯果汁,但伴随着桌椅的碰撞,葵娜父亲居然站起来拽住了板脸社社长的衣领,惊得一旁的区长都不知该怎么劝架了。

"你怎么敢动手!"葵娜父亲情绪激动。

"立筒,你疯了吧!"

两家新创社的关系也一触即发。

"葵社长怎么会疯呢!"软肢社似乎很满意现在的混乱,"人家是师徒情深。"

混乱中又多了议论声,笛拉惊讶地摆正身子。

"您都敢向人家的老师动手了,葵社长不得拼命嘛。"

"哎呦呦,"康巴里夸张地拍了拍自己的脑袋,"多谢软肢提醒,很多事情啊,你们要是不提,老朽自己都快忘记了,不过葵衡!"

葵娜父亲立刻松了手。

"还记得我以前是怎么骂你的吗?"康巴里说话时,还是不看向葵娜父亲,

"别害羞，都说出来。"

笛拉看着面露尴尬的葵社长，"您骂我……骂我是榆木脑袋。不如薇达，才华横溢。"

薇达？图薇达？图老师！

"我与康社长的信念，从来都是不同的，"葵娜父亲拽了拽衣服，继续说道，"这30年我秉持的，是无论在对人还是对事上，无论面对的最初资质有多糟，都该给予充足的耐心和鼓励，而不是从一开始就贬低和放弃。"

"别以为我听不懂你这狗屁道理！"板脸社破口大骂。

串串社直接背对着会议桌。

"葵社长，你还是要想想清楚吧，"这显然也不是软肢想听到的话，"你也知道，某些人一出前台就那么忙碌，那么激进……""昨日的烟火嘛！"

笛拉心里"咯噔"了一下，康巴里干嘛自己提啊。

"放心吧，"康巴里的语气已透出不耐烦，"老朽之所以忙碌，完全是因为我们一家小小的新创社想要飞升，却又面临没有隐耳朵的窘境。我不得不去想个办法，让我们能在一些场合脱颖而出。还请各位不要反应过激了，就是因为你们反应太快，老朽都没来得及将错误上报给区长……"

"什么错误啊？"区长现在就是个傻瓜。

其他新创社社长也听得一头雾水，不断交头接耳的。

"你以为我们会信吗？"串串苦着脸。"信呗，"康巴里的火气也上来了，"又不是30年前了，这么多云区，我光搞死一处的五大社有什么用。"

"你说什么？"整个会议室都快跳起来了，"失心疯了吧！"

笛拉却觉得，康巴里一直到此刻才说出了大实话。他可能并不是想利用四季意识搞乱三季云，让五大社采不到云层。他只是……只是想确保橘沁竹在试听会上脱颖而出。他应该不会放走笛一坎的，笛一坎一定会以某种方式交到五大社手里。五大社会因此去测试云层，春云泄露可以惹怒飞灵师，那么五位首席定云员就可以提前退出这场试听竞争了。橘沁竹要赢过新创社的定云员肯定没有问题，而现在，凤灵要测试的又是定云员与社长的默契度。笛拉突然感觉，赢下这场试听会应该没有问题。

"你们一定要相信，一切只会在你们的掌握之中，"康巴里的态度已经非常敷衍，"也请你们谅解，谅解一家不是那么走运的新创社，没法生来……"

"没法生来就拥有骨架！"软肢先一步说道。

康巴里稍稍愣了一下，"没错，我们没法生来就拥有羽萨的赐予，拥有那样的福气。"

这话倒是让五大社的脸色缓和下来。

"可是葵衡啊！"康巴里却扭过头盯着着笛拉，笛拉迟疑了半秒，立刻将目光转向葵娜的父亲。"有些福气呢，"康巴里继续说道，"在一些孩子看来，还并不稀罕。"

笛拉感觉自己传达的应该都是困惑吧，可葵娜父亲却松了眉头。

"各位各位，"区长推门而入，其实是从一侧的窄缝里挤了出来，"会议结束，试听会也结束了。"

所有人都从三棱镜中挪了出来，镜中只剩下一张空空的长桌。

"我现在就来通报一下结果。"

笛拉感觉和区长对视到了。

"飞灵师现在已经赶往那家新创社。""新创社？""恭喜了，康社长！"

"在交换车站的时候，"试听会开完后，笛拉坐在飞车上，"检票员跟我说过，有交换门票的客人，那可是羽萨的客人。"

康巴里却说："那只是张作废的票壳，羽萨没必要为了一个偷跑进来的家伙，处罚整个云区。"

"那我的呢？""你当时也没用啊。""你就是个坏人。"笛拉确认道，"你让我下 10000 深寻，就是想害死我。""害死你倒好了，看看现在这一堆烂事，我老脸都豁出去了。"

17 管状云

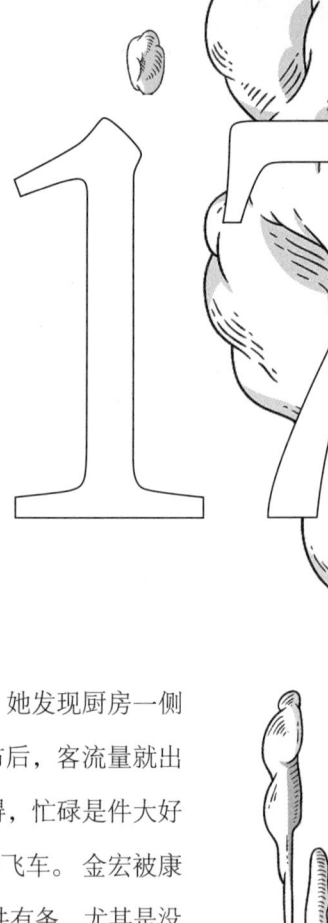

天还黑着，笛拉就蹑手蹑脚地起床了。一出房间，她发现厨房一侧已经在忙碌了，自凤灵要在白房子办演唱会的消息公布后，客流量就出现了激增，棉靴族因此忙碌起来。笛拉还是头一回觉得，忙碌是件大好事！这让一位拥有首席水平的成本员，终于不再负责开飞车。金宏被康巴里调去做管理工作了，几天下来，旅行社被打理得井井有条，尤其是没了哭声！每位棉靴族都分配到了工作，一忙活，就不想再往架子上躲了。

已经有棉靴族端着大份大份的食物往餐厅送，伴随着蒸腾的热气，笛拉走进一旁的拐角，往藤蔓上爬。昨天桑丘让小棉靴带话，希望笛拉能上去一趟。笛拉最近也忙得很，除了要跟着吉冰飑学习各种云的知识，还要去康巴里那里听录音带，都是凤灵之前的作品。

康巴里会将音量调得很低很低，目的是为了让笛拉练听力。笛拉需要听到神经发酸，康老头才允许她回去休息。可一回卧室，好学生笛拉还得画画。外界快开学了，为了缓解心中的焦虑，笛拉从每天画3张速写改为每天5张。这样一整天下来，也就只剩下清晨还算空闲。幸好桑丘也是个爱早起的人。

门是虚掩着的，书房已透出光亮。可一拐进去，垒起的书本简直要将整间屋子砌起来。

"桑丘？"笛拉闪过一个又一个比她还要高的书堆。这段时间，桑丘应该一直都在整理书吧，可怎么越整理还越多了？"来啦。"

"哇。"抱着书的桑丘，还是从书柜里出来的。原本像墙面一样的书柜，左右裂开了。

"本来都快理好了，看到一条裂缝，"桑丘将怀里的书放到一旁的书桌上，之前立起的桌板已经放平，"真是不能扒呀。"

笛拉探进裂开的书柜，里面像个小房间，三面书墙，摆放的都是和书桌上一样的，散发着阵阵霉味的书。

"笛拉，你先来看这些吧。"

笛拉走过去，"《认识骨架》《骨架的力与美》……《如何制作最轻盈的骨架》……都和骨架有关，你专门挑的？"

"你看都是谁写的。"

笛拉一看作者，"康社长以前是……""骨架员。"

笛拉一伸手，挠到了面具一侧。

从试听会回来后，她已经分别向葵娜，以及金宏、吉冰飑和南扎三人，复述了两遍当时的情形。笛拉并不介意再说一遍，但从哪开始好呢？

"桑丘，你知道飞灵师能通过歌声抓取定云员的意识吗？"笛拉一见对方犹豫，"隔行如隔山，葵娜也不了解。"

桑丘自然也不清楚飞灵师的演唱会还与飞升航道有关，笛拉又提到进入试听也可以由定云员抓取飞灵师的意识……"你居然赢过了那么多定云员，"桑丘在惊叹。"不不不！"笛拉可不敢领这个功，又把试听会所测的内容，以及春云泄露的事讲了一遍。

"康社长真的放进了笛一坎？"

笛拉看着满脸震惊的桑丘，"这事，我没和其他人多提，尤其是葵娜和金宏，他们只知道我们能赢下试听会，是因为凤灵觉得我和康老头有坚定的创办旅行社的信念。而笛一坎进来的具体作用，他们并不清楚。就算康老头的目的是为了赢下试听会，但估计高云层的人不会这么想，还是会觉得他想害五大社。"

"但康社长说毁掉一个云区也没用……"桑丘分析道，"我想他一定是会交出笛一坎的。""交给五大社，飞炮刑，"笛拉说起这话，心情很复杂，"无论怎样，一坎叔的死，我是有责任的。"

"但你是为了救他。""我也搞不清我到底是想救他，还是只是想找到他。"

"人死不能复生……再给你看样东西。"桑丘说完又钻进了书柜，出来时，手里多了些发黄的册子，还有不少稿纸。

"设计图吗？"笛拉接过，"我看葵娜，有时也会画。"笛拉一页一页地翻着，"我不是告诉葵娜，康老头以前是她父母的老师嘛。你是没看到她气得谁都不想理……诶？"

笛拉更加凑近，图册上有给藤条刮藤皮的线稿，也有将藤皮插进大鹏爪子的。

"我在硬块旅行社的时候看到过，把藤条从大鹏爪子里拔出来！"笛拉说起在硬块见到革杉的事，"但这事我也问过葵娜，她说五大社向来都是这么做的，飞升前会插进新的、那些不带云笼的枝条。可我们不需要啊，新创社都不需要。"

"五大社是因为有羽萨的赐予，那五个骨架。"桑丘让笛拉再往后看。

图册上真的出现了五大社的五种骨架，"康老头干嘛画这些，还挺细。"

"我一直在想，"桑丘的神情突然变得很严肃，"就算五大社拥有了羽萨的赐予，飞得比棉靴族快。可棉靴族也正常飞了那么多年，真的会情绪受影响到让飞升出意外吗？"

迷失的空房子

"你想说什么？""康社长宁可在前台待 30 年，会不会是……"桑丘还略显期待，"心中有愧？因为看到五大社拥有羽萨的赐予，他就给棉靴族……自己做？"

"给棉靴族自己做？"笛拉重复道。"自己做的骨架出了意外，"桑丘似乎已经认定了这个想法，"之前我只是怀疑，但你刚才说他都能成为立筒社社长的老师，还写了这么多书……"

笛拉瞥了眼一整桌的书，在试听会上，五大社算是在提醒康老头，不要再犯 30 年前的错误了？

"康社长是好意！"桑丘的眼中闪着光，"他一定是想帮棉靴族，只是他做事太容易过火了，赐予的骨架哪那么容易模仿。"

笛拉略带同情地看着桑丘，又继续看向图册，上面还有很多注解，"拔出藤条，将、将春云单独……集成一块，专……专力专使。"

"吃好了吗？"葵娜托着腮帮子，看着面前的一群饕餮。

南扎左手鸡腿、右手香肠，摇晃的脑袋还挂着汗珠。他和吉冰飑才从厨房忙完，现在客人散尽，终于有工夫过来吃这迟到的晚餐了。

"我果然还得再来点，"金宏却已经吃了半个晚上，打着饱嗝伸手从托盘里拿起最后一份红豆年糕，"我记得，我母亲最爱吃这个了。"

"拉倒吧，我算是听出来了，你妈都是跟着你的胃口走的，根本不挑食。""你下来。"

"我不站高点，能看清你们谁吃得最多吗？"葵娜依旧坐在金宏床上用餐，不过这回脱了鞋，"笛拉，你也少吃点吧，都第几碗羊肉汤了。"

笛拉手里掰着馍，"你怎么不说吉冰飑。"吉冰飑叨着面条，那已经是他第四碗面条了。

"他几岁，你几岁！"葵娜现在对吉冰飑的态度是转了 180°，"你现在可

管状云

是三十多岁的身体，哪经得起这么补？"

笛拉一用力，把馍扔到了汤外。

"你也再吃点吧，"南扎给葵娜递了罐焦糖布丁，"你是怕吃胖了把眼睛挤得更小吗？"葵娜作势要打人，坐在地上的人都笑了。

葵娜有着严苛的饮食习惯，米面馕都不吃，基本以果汁为生，现在却整天与一群什么都吃且怎么都吃不饱的人待在一起。她勉强接过了那罐甜点。

"这几天，"吉冰飑把脑袋从碗里抬起来，"我又将安格先生的书翻了一遍。"

"终于！"葵娜咬着小调羹，"来吧，赶紧商量采云的事。"笛拉也端正了身体，可金宏和南扎还在用盘子里的剩菜博弈。

"能形成管状云的情况总共有三种，"吉冰飑抹了抹嘴，从棉靴里拿出一沓书还给笛拉，自己只留了一个本子，"由弱到强，分别是积雨云云底下沉时，产生多单体风暴时，以及形成超级单体风暴时。"

"我是骨架员，不用知道这些云里雾里的事，"葵娜盯着吉冰飑，"你就告诉我，我和高典到时需要准备什么强度的云网。"

"云网？"笛拉问道。"云网是用剩余藤条编织的，"南扎将抢到的剩饭剩菜都倒进了一个盆子里，"断翅鹏飞出去的时候，藤条上会黏上云网。它们能将各种脾气的云，都箍进去。"

"脾气？""也就是风暴强度，"金宏看向葵娜，"不都给你和高典，发风暴强度对照表了吗？""那我也得知道采什么风暴啊！"

大家终于将注意力转向吉冰飑，笛拉却发现他悄悄往安格的病床挪了些。

"我已经仔细分析过了，"吉冰飑卷动着手里的本子，"以我们的条件，大概是采不了风暴，只能采积雨云形成的管状云。"

"吉老鼠，虽然我不懂云，但光听名字，一个是风暴，一个是下雨！一点气势都没有！"南扎使劲搅和着盘里的剩饭剩菜。

"冰飑，你不会是在考虑制作云网的费用吧，"金宏也加了进来，"虽然我们还要给飞灵师搭建舞台……哎呀，这不是你该操心的事。"

"吉冰飑，"葵娜冷冷地说，"采积雨云形成的管状云，要配什么强度等级的云网？""最、最低级。"葵娜仰天长叹，"我已经看到高典那似笑非笑的脸了。"

"可我们是2000深寻的空房子啊！"吉冰飑看着失望的众人，后脑勺已经贴在安格的罩子上，"房体的坚固度完全没法与5000和10000的比，我爷爷也评估过我们的房子了，说能耐住稍大一点的积雨云都很难。"

"小棉靴，"葵娜的口气已变得很生硬，"你知道我们云区今年分到的飞灵师是凤灵吗？"

"凤灵怎么了？"笛拉立刻问道。"他以出难题闻名！"

吉冰飑也挤着脸"嗯"了一声："他大概是飞灵师中，事故率最高的一位。"

"既然你都知道，"葵娜训斥道，"三条路径中你不会以为，凤灵就只会憋着嗓子形成那最低等级的管状云吧？""自然不会，我们是知道答案了，其实天空到时还会出现很多干扰路径。"

"别干扰我！"葵娜龇牙咧嘴的，"我现在说的是管状云！你刚才说的那什么多、什么超的，它们肯定会引发威力更强大的管状云吧！那巨大的、诱人的云量，真的就跟我们一点关系都没有了？"

"我们又没有羽萨的赐予，"吉冰飑说着又往后缩了缩，"抢大风暴的基本是五大社，我们肯定没有他们飞得快，别到时大风暴没抢到，连积雨云产生的管状云也错过了。"

"有道理啊！"笛拉疾呼，"这就像……"

"我回去做云笼了，"葵娜从床上跳了下来，"我总算知道30年前，为什么你们棉靴族有旅行社还飞毁了。"

笛拉之前把这事告诉了吉冰飑和南扎，两个小家伙可兴奋了，为了不让悲剧再次上演，两人都铆着劲在努力。

"因为你们根本没有进取心！""你这样讲话就伤人了，他们才几岁，又不是他们的错。"金宏他们基本都了解这段历史。

"干吗，我还得哄着他吗？"葵娜气冲冲的，"你们信不信，他一会儿还会说，我们大概连新创社都赢不过，因为有效云采得太少了。"

"不少了吧！"南扎嘴里塞满了食物，他白天还要出去驾驶云笼，现在都是飞大浴场。"可还是比其他旅行社，晚采了一周。"说话的吉冰飑就差把自己压进床铺了。

葵娜用力向笛拉挑了挑眉。

"你歇会儿吧，"笛拉不动声色，"真的，让你的手歇一会儿吧。"

葵娜虽然对定云的事不耐烦，但做起云笼还是非常专注的。这几天又刮藤皮，又编云笼，两只手已贴满了胶布。

"就是，"金宏舔着碗边，"有效云实在少，我们可以问五大社买一些嘛，我知道串串……""你钱很多吗？"

金宏打了个嗝，聊不下去了。

"葵小姐，您在里面吗？"是凌兰花，"康社长喊您去一趟。"

"刚好，"葵娜立刻往门口去，"我得让他给我招几个没证的骨架员，以免……"笛拉用眼神示意她闭嘴。"以免说我有效云采得少，成你借口！"

"康社长不会同意的。"金宏伸着脖子喊道，"会超支！"

门已经关上，吉冰飑的脑袋压得更低了，简直是要把自己的脖子折断，屋里的气氛有点尴尬。

"其实，我也挺紧张的，"笛拉说，"飞升的时候，要是风大雨大，听不清怎么办？"

"怎么办？"南扎胡乱吃着，"那就让断翅鹏随便飞吧，爱怎么飞就怎么飞。吉老鼠，你爱怎么采就怎么采。管他什么航道，什么云网，不想死的，都给我们让道!"

"行吧!"金宏接话道,"既然只能采到小的管状云,那我们多采几朵就行了嘛。"

"对对,这就像我在外界做试卷,"笛拉也开心地认同道,"肯定有难的题和容易的题。吉冰飑,咱们把简单的题都做出来,分数也不会低了。""分数?"

"别疯啊!"南扎煞有其事地拂着吉冰飑的胸口,"没什么大不了的,就是心里窝火些、眼红些,看到大云团都归了别人……""我们还是学一下多单体风暴吧!"吉冰飑推开"嘎嘎"笑的南扎。

"第二种形成路径吗?""嗯,我爷爷说,他会尽可能地修补房子的。"

"笛拉,我再多教你一点吧。其实不管是形成多单体风暴,还是超级单体风暴,积雨云都会是形成这些风暴的基础云,再要往上学也不会太难了。"

笛拉激动地凑了上去。

"我记得五大社有那种赚钱的理财产品,"金宏翻起了身后的文件,"赚钱,还是得多赚钱呐。"

"我得多吃点。想要飞得快,看来还是得有效云采得多,把云层都吸引过来。"南扎大口大口地吃着,可旅行社飞得快,真的只和有效云的多少有关吗?笛拉又想到了康巴里模仿的骨架,上面写的专力专使……

"笛拉?"

笛拉回过神。

"多单体风暴……是一种雷暴,其中同时有不止一个单体风暴活跃。每个单体都是一个包含上升和下降气流的系统,它们组合在一起形成一个大的积雨云结构……"已经是深夜,笛拉背诵着打开房门。

"回来了,"葵娜正半跪在床前,"小棉靴如愿了。""什么啊?"笛拉关上门,"吉冰飑只是没经验,其实他心里是想采风暴产生的管状云的。"

葵娜朝笛拉摆手，表示自己不想听，目光一直盯着床上的几张稿纸。

"这是什么？"笛拉扭着脖子。

"康老头交代的新任务，说你们飞大鹏时需要。""三角形？"

"到时你会站这儿。"葵娜指着"三角形"的尖端，从立面图上可以看出，那个位置是一个长方体框架，站立的底部是半个圆球，"你会踩在软性云泥上，腰部由这个圆环固定。圆环是可以左右晃动的，带动后面的……"

"翅膀吗？"笛拉睁大眼睛，"还是椅子啊？"

圆盘后伸出一截杆子，杆子后又引出垂直于杆子的一块平板，平板带有弧度，弧度的两端是两个座位，这两个座位又像自行车一样都安装了脚踏。

"脚踏上连着弹力绳，弹力绳会通过圆盘侧面，绑在你的手臂上。""还要把我绑起来！"笛拉惊呼。

"是通过松紧，告诉你云层的方向，"葵娜解释道，"这边坐了吉冰飑，那这边应该是坐南扎，到时会让他负责按放云网的按钮。你忙着听音乐，必须有人与你同步做这些。"

"其他旅行社也是这么做的吗？"笛拉问道。

"新创社我不清楚，但五大社……"葵娜动了动下巴，"一个首席定云员就能搞定的事，不用像我们这样东拼西凑。不过，康巴里也算想得周到。"

"你这是什么表情？"笛拉见葵娜像青蛙一样鼓起了腮帮子。

"你不觉得老派吗？""嗯？""就像五大社的骨架一样老派！"

"什么意思？"这反而引起了笛拉的好奇。"一点多余的装饰都没有，纯功能性的，做着多没劲。""你是觉得它太简单了？"笛拉问道。

葵娜的神情又有些模棱两可。

"康老头是考虑到你要做云笼吧，肯定不会再加多余的东西。"

"他已经给我招了两个没证的助手了，"葵娜对此还有点不高兴，"你是知道他们刨藤皮的水平的，就算我编，也进不了大浴场了。不过康老头说，只要云量够就行,是不是有效云无所谓。"

"他这么说!""所以我说吉冰飑如愿啦!他们都不想抢大风暴,那就悠哉游哉,采最弱的喽。"

可笛拉的关注点却有些不同,"你们高云层是不是还常说,棉靴族多的旅行社,飞得慢?"

"这个说法,应该和碰到棉靴族就会踩不住云差不多!"葵娜撇了撇嘴,"我现在还总和他们一起吃饭呢,你看我踩不住云了吗?""所以这只是个玩笑?"

"口头禅吧!"葵娜抓起图纸盯着,"其实这椅子的精度要求挺高的,康老头说他眼睛不行了,可棉靴族也没有什么资料给我查,要是回立筒……"

"你可以去前台,"笛拉抱着书倚靠床架,"不介意爬楼梯的话。""那位,桑丘?"葵娜问道。

"嗯,桑丘发现了很多康老头以前写的书,都是关于骨架的,说不定对你有帮助。""行吧。"葵娜的心情,似乎因为一个奇怪的骨架而得到了纾解。

笛拉却忍不住忧愁起来,回床头拿出速写本,好不容易吉冰飑肯挑战了,现在又少了有效云,不过金宏好像说能买……

"五大社不肯卖!"当金宏哭兮兮地冲进康巴里房间时,笛拉正戴着一只耳罩听音乐。一见金宏那副熟悉的神情,笛拉就忍不住往窗外瞅,担心天空是不是又出了什么状况。

"有效云,五大社不卖给我们,连串串社都不肯!"

"跟你说过了吧,"康巴里一直在屋里做用于固定房子的简易骨架,现在头也不抬,"不管他们卖不卖,我们都不用买。"

"我们采云量是挺多,但多是低空不含意识的。我查了一下现在各家新创社的云量表,我们的有效云很快就是最少的了。如果别的新创社继续买,我

管状云

们怕是连……积雨云形成的管状云，都采不到。"

"叮铃咣啷咚！"窗户开着，搭建舞台的动静率先闯进耳朵。

"吱吱，吱吱！""听到了？"

舞台都是由凤灵的宠物小猴负责的。它像吐泡泡一样，吐出无数个劳动的自己。每天既像工作，又像跳舞，吸引了一堆围观游客，已经成为白房子的揽客特色了。

"飞灵师都没急呢，你们急什么，"康巴里手里不停，"我们现在是一条船上的。""可是……"

"旅行社飞得快，也不单是有效云的问题，还有她呢。"康巴里说着向笛拉抬了抬下巴。

笛拉立刻心虚起来。

"只要她在大风大雨里，把歌声听清了，好好给我们找个道，再搭一个靠谱的定云……"康巴里喷了喷嘴，"有效云少些，在第一个云层还不容易成为靶子。"

笛拉的耳朵烫得很厉害。

康巴里又瞅向窗外，听着"叮叮铛铛"的声音，"棒料还得继续订吧？"

"我会想办法压低价格……"金宏说。"一分价钱，一分货，"康巴里打断金宏，"你只管盯住质量，我可不想飞灵师的舞台在飞升中散架了。"

金宏连声答应。

"千万别让猴子停工。""明白了。"金宏缩着脖子逃出房间。

笛拉也赶紧将耳罩重新戴上……

"啊！"尖叫声刺进耳朵。

葵娜又一次做断了连在笛拉身后的杆子，抓起图纸冲出卧室。笛拉知道她又去找康巴里了，白天听音乐的时候，葵娜就不止一次冲进康巴里的房间，举着图纸与对方争论。"后面要坐两个大活人呢，这种设计根本不可行！"

原本让葵娜瞧不上的设计，似乎比想象中的难。而康巴里却对此显现出了不可思议的冷静，每次都是等葵娜嚷完，才静静地说一句："我觉得你已经有头绪了。"

图纸没有更改，葵娜就埋头走了……现在又垂头回到了卧室，开始了新一轮的尝试。

笛拉是羡慕葵娜的，因为康老头从来都不吼她。这大概也因为，就算葵娜做"椅子"到崩溃，编云笼的时候骂天骂地骂羽萨！可编出的云笼，从来就没出现过任何质量问题。与此一对比，笛拉已经好几次听着音乐睡过去了……

"笛拉！"包起门牙的吉冰飑，神情无比专注，"多单体雷暴在什么条件下会被称为飑线雷暴？"

"当、当各种雷暴与阵风排成一线……形成一条有组织的风暴线时，那就是飑线。但随着冷池……""冷池的概念再背一遍。"

"啊？"这一点不比上课背课文来得轻松，"我们很有可能连积雨……""积雨云还记得吗？"现在的吉冰飑不想听任何借口。

"那超级什么的呢？"南扎还不嫌事多，"第三种路径，你们就不学了？"

"那个真不用学，"吉冰飑似乎对此非常确定，"我最近看了一本叫《飞升死路》的书，上面罗列了很多种飞灵师遇到就会停止歌唱的云层情况，超级单体就是其中之一。因为能量太过巨大，飞灵师也没法控制，我想他们是不会自找麻烦去编曲的。"

"那要是突然形成了呢？"南扎还不死心。"你指没了循序渐进的过程？突然就出现？"吉冰飑边说边摇头，"那就只能对着成熟的暴力云硬采，会出事的。飞升路线不是越难越好，安格先生在书上写过，一首完美的编曲，是路线难度平均上升，并且能在不同高度，把不同水平的旅行社分开。""说得像安格也会编曲一样。"南扎很不屑。

管状云

"安格先生在音乐上确实也很有造诣,好像还一直点评飞灵师的作品呢。"吉冰飚完全是安格的头号粉丝,"而且超级单体太过集中,又太危险,我想飞灵师肯定不会出的。笛拉,我们再来默画一遍形成积雨云的云图吧。"

在这种学习和考核的密度下,笛拉的速写量与日俱减!最近出现在画册上的已不再是人物,而是一串串往上生长的云……眼瞅着开学时间到了,那股挠心挠肺的焦虑感随着开学时间飘过……

"死猪不怕开水烫,哎呦!"是康巴里扔过来一根枝条,还向笛拉摆动两根手指,笛拉尴尬地摘下了耳罩。"你这是说梦话呢?"唾沫星子都喷了她一脸,"听什么音乐能让你发出这样的感慨!"

屋里还站着过来商量修补房子的吉于夫,苍老的脸上挂着一丝笑意,"一人要操心三件事,一定很费神吧。"

"三件……""你和那小鼹鼠呢?"康巴里挤眉弄眼的在一旁发问,"关于采管状云的事,是怎么安排的?"

吉于夫听到立刻露出讶异的神情:"你们在说冰飚?"

"您是还不知道吗?"笛拉很意外,"吉冰飚没跟您提过?"

"我没跟你提过?"从康巴里做作的磕烟斗样就能看出,他肯定没提,"她是笛拉,不是橘沁竹。她在外界,不小心遇到冬城的雪幕师抄图,所以现在,每个飞抵的云层我们都知道。"

吉于夫整张脸都垮了下来。

"目前的飞升路线,也都是吉冰飚确定的,"笛拉非常抱歉,"不过我的意识在外界喂养过断翅鹏,飞升时我可以听音乐来控制大鹏。"

吉于夫彻底没了反应。

"别装哑巴呀,"康巴里将烟斗咬得"咯咯"响,"小家伙毕竟没什么经验,这死丫头又是这种听音乐的水平,你是老飞灵师了,陪他们一起行不行?你看啊。"

康巴里从书桌上翻出稿纸，"这是我特意设计的一张椅子，后面可以坐两个人，到时可以通过松紧传递飞行想法，完全不需要你费嗓子……"

吉于夫将设计稿推了回去，康巴里从鼻子里喷出了烟圈。

"您要是不方便定云，"笛拉急忙说道，"能不能听听我们的采云想法，我们主要是采积雨云形成的管状……"

"你们提前知道云图，"吉于夫抵着棒骨说话了，"这是对云层的不尊重。"

"我就知道，他有职业病，"康巴里拔下烟斗，"都过去多少年了，还尊重！"

"康巴里，不尊重云层的下场是什么？定云员的反噬是什么？""反噬？"笛拉脸颊抽搐了一下，"我、我不是橘沁竹啊。"

"她不知道，你也不知道吗？"吉于夫抵着棒骨质问起来，"定云员的反噬是表现在云层上的。""什么？"笛拉的脑子里千头万绪。

"如果在飞灵师还未唱出答案前，云层就感知到你们清楚答案。那位定云员得费别人几倍的劲，才有可能采住那最失控，最疯狂的云层。"

"您、您指的疯狂是？"笛拉现在不仅操心管状云了，还操心之后的雨幡洞云。

"行行行！"康巴里抽着烟斗打断道，"哪有那么严重啊。我问你，前几天五大社泄露春云的事，听说了吧？"

笛拉微张起嘴，"对哦，吉爷爷。凤灵之所以选我们，就是因为五大社泄露了春云，凤灵肯定也觉得他们看到答案了……可都看到了，云层不是更疯？"

"飞灵师不傻的，"康巴里不屑地说，"明知道旅行社都看到了答案……""那种情况，五大社不一定看到。"

"你哑了就别抢答了！"康巴里很不耐烦，"你管他们看没看到，飞灵师那么敏感，只会认为他们看到了。既然这么多人都看到了，你们觉得他还会用

管状云

正常的思路去出题吗？""你的意思是……"吉于夫在默念着分析，"答案不会是答案。"

"不采管状云了？"笛拉惊呼。

吉于夫看向无比困惑的笛拉："为什么还要采，以积雨云为基础的管状云？"

"你看，这不是知道嘛！"康巴里用力击了一掌。

笛拉却像被人扇了个耳光，这到底在说什么呀。

"去把小鼹鼠喊来！"康巴里交代笛拉，"我们的定云员还没考虑周全。你别走啊！"他一把拽住想要离开的吉于夫。

"你不都懂吗？"吉于夫板着个脸。

"大方向我肯定知道，但细节谁懂啊。那云里雾里的东西，这30年我最烦的就是编云码了。""说了也没用。""什么没用啊，肯定有用的，"康巴里用力将吉于夫往里拽，"别吊着个脸嘛，像块墓碑一样。诶，你看看，外面都下雨了。"

已经是半下午，意识轨道里的云并不足以降下雨水吧。

"雨水节气了，"康巴里边说边向笛拉使眼色，笛拉赶紧去找吉冰飑，"惊蛰前，有主意就赶紧说吧，非要带进棺材吗？"

笛拉才走出房间，就看到一群小棉靴猫着腰，人堆人地往正门看。

"啪！"

什么动静啊，笛拉赶上两步，一侧身看到一个人，"革杉？"

他手里提着箱子，穿着一身便服，刚才的声音是怎么回事？笛拉看到革杉的脸颊红红的。

"谁让你回来的！"打人的是东杰叔，"那可是硬块旅行社，哪家旅行社飞毁了，也毁不到硬块。你倒好，说回来就回来。"

"我不想再拔藤条了。"革杉嘀咕着。

"什么？""大鹏很痛苦！"革杉脸上的忧郁不见了，反倒多了几分坚定，"而且就算我留在硬块社，我也不一定能通过踩云测试。"

"那也等踩不住了再回！"东杰叔气急败坏，"你以为我每年挑大鹏容易吗？下深寻容易吗？哪年，等哪年我选不中了，看走眼了，我们一家子都得跟着新创社走！新创社是什么，是赌命！"

说完东杰叔气恼地冲进了雨里。

东杰叔一走，小棉靴们兴奋地冲了上去，围着革杉问东问西。南扎更是用力地捶打革杉的胸口："够爷们！"

"笛……橘小姐，"吉冰飑跑了过来，掏着口袋，翻出一只可怜兮兮的送信儿，"旺普给我发的，说他也想回来呢。"

"别啊！"笛拉急忙制止道，从准备飞跃起，这还是头一回感到切切实实的压力，甚至是恐惧，"毕竟，我们连第一个云层都还没采到呢，待在别的旅行社，说不定能多些机会呢。"

"哦，也是，"看吉冰飑的样子，必然是觉得可惜的。

"对了，你去趟康老头那儿。""干嘛！"南扎飞速冲了过来，生怕有好事不想着他。

"云线图的事，"笛拉小声说道，"你爷爷也在呢。""我爷爷？"

夜深人静时，笛拉蹑手蹑脚地从房里出来，时间过得飞快，再过两天就是惊蛰节气了。云区都在说，今年的第一场飞跃已经晚了，但再晚，凤灵的表演也必须在惊蛰前完成，这是躲不过的。这些天，笛拉一直被一个念头折磨着，犹豫再三，还是决定去一趟裱糊室。

一进屋，一股包裹着豆香的热气扑面而来。因为制作云网的缘故，裱糊室在地面新挖了几个凹坑。云网已制作完毕，但凹坑里胆汁般青黄的浓浆依旧在冒着热气。热气尽头的台阶上，立着一只棉靴。或许是听到了动静，氤氤的热气里，逐渐浮现出吉于夫的身影，他半披着工作服出现在台阶上，一手拿着书，一手举着放大镜，苍老的脸上还戴着一副老花镜。

"吉爷爷。"笛拉有些别扭地走上前。

"这么晚了，还不休息？""我有点事，想要请教您。"

吉于夫往台阶一边挪了挪。

"我之前和康老头说过……"笛拉轻靠着台阶，"无论如何都不会把橘沁竹换回来。但如果……"就是这个念头，反反复复在五脏六腑灼烧着，"反噬是表现在云层上的……橘沁竹也能通过藤蔓将意识传递给断翅鹏……"

"但那并不灵敏啊，"吉于夫微抬下巴，用棒骨抵着喉咙，"那只大鹏鸟，也应该更想与你配合吧。"

"配不配合的，"笛拉拽着手指，"断翅鹏也是没得选。"

"但以目前的情况，"吉于夫合上书，"就算康巴里嘴上不说，比起把那位橘沁竹换回来，我想你留下的胜算会更高一些。"

"是、是吗？""你还认识那位飞灵师。"

"但凤灵现在并不知道我在这儿，"笛拉着急道，"吉爷爷……就像您的嗓子，我听说是30年前为了救棉靴族才伤的。就算我和凤灵认识，但如果我不把橘沁竹换回来……我担心听不清音乐，到时飞得很糟糕，反而会害了棉靴族。"

吉于夫沉默片刻，"你是想走？"

笛拉惭愧地耷拉着脑袋。

"我明白你的心情，"吉于夫将棒骨挪了些位置，"那如果我告诉你，我的嗓子，并不是为了救棉靴族而伤的……是为了救五大社，那你又怎么想呢？"

笛拉瞪起了眼睛，"您在说五大社，现在的高云层，高云层的五大社！"

吉于夫点了点头。

"他们还需要救吗？"笛拉觉得不可思议，"他们飞得快，还有羽萨赐予。""赐予！"这一声，是吉于夫直接从嗓子里嘶吼出来的。

"吉爷爷，30年前到底发生了什么？"笛拉急切地问道。

"这事该由康巴里自己说。""康老头？"笛拉好像更认定心里的想法了，"难道是……""他做了什么，还得他自己承认。"

吉于夫并不想继续这个话题，转身将手中的书递给笛拉。

笛拉赶忙接过，那是一本颜色介于深红与玫瑰红之间的布皮封面书本。"瞬间的完美幻觉。"笛拉读着那排金色的书名，书上没有作者，只有一根金色的羽毛，精致地斜贴在书名旁侧。

"这是只有飞灵师才有的书，羽萨写的。"

笛拉立刻从随手抓着，变成了用几个指腹轻轻托着，仿佛这本书是个活物，说不定里面就住着那位看不见摸不着的羽萨。

"无需那么端着，"吉于夫露出一丝苦笑，"这本书，本就是在教飞灵师如何落地。"

落地？

"这一点，四大员做得比飞灵师好。康巴里……"吉于夫的神情很复杂，"他总是很清楚旅行社要什么，直截了当。而我，就算只是面对几个定云员，也表达不清。"

笛拉听着这话，有点理解不了。

"总之，不用太担心，"吉于夫用一只手拍打膝盖，"我可以以飞灵师的经验向你保证，飞跃云层不是只有高云层才能做到，棉靴族同样可以。尤其以你和断翅鹏的那层联系，不会太费劲的……虽然我希望你们能费些劲。"

"这又是什么意思？""果然是表达不清啊。"吉于夫也显得很苦恼，又指了指笛拉手中的书，"愿意读吗？"

"哦，愿意愿意！"笛拉用力将书抱在怀里，"吉爷爷，我、我不会逃的。"

管状云

惊蛰前一天，外界下起了毛毛细雨，意识轨道变得不再透明，整个天空变得依稀模糊，雨水仿佛给144号云区戴上了一副度数过高的眼镜。

"爷爷，你说得没错，"吉冰飑的声音传进笛拉的耳朵，"是我考虑少了。"

吉于夫坐在一张高凳上，因为上了年纪，眼睛和耳朵都不再敏锐。就算在成为飞灵师前，他系统地学习过四大员的所有内容，现如今也只能做些辅助工作。位置就挨着坐在"飞行椅"一端的吉冰飑，两人身前都配了桌子，桌子上又安装了各种器材。爷孙俩可以清晰地从仪表盘上看到外面的风速，气温、气压以及飞行时所需的各种数据。

"还要再等。"吉于夫说。

"都唱了一个小时了，"南扎的抱怨声从另一侧传来，他坐在"飞行椅"的另一端，"这要等到什么时候啊？"

凤灵终于开唱，今日的晨间采云也因此被取消。整个云区自昨晚起，便像个巨大的桑拿房，浴场里的水分不断蒸发，云笼多得简直让人心烦。直到开唱前一个小时，断翅鹏还得时刻当心着在空中乱浮乱窜的云笼串。

终于等到浴场熬干，空气里的湿度不再那么黏稠。现在除了白房子外的一汪池水，云区内已不再有大面积水域，藤蔓的起伏惊人地暴露在笛拉面前。没了池水的缓冲，没了雾气的遮挡，新创社与五大社之间的差距显得格外惊人。

"我要去尿尿了。"南扎的声音。

断翅鹏的右翅，笛拉的右手，被拽了一下，思绪被拉回自己的身体。

"责任心啊，责任心！"康巴里挥着手里的《低奢品订购指南》。南扎还是踩着脚踏下去了："还是留一翅吧。"

葵娜听着，走去将南扎一侧的脚踏锁了起来。

凤灵虽然开唱，但与往年的争分夺秒很不相同，整个144号云区在歌声里纹丝不动。

"还不飞吗?"金宏顺着敞开的门进来,"都让客人在房里待了一个小时了。"

"演唱会啊,"康巴里理直气壮的,"待在房里不是一样听吗?"

"就是演唱会,客人才想下来听,"金宏说道,"既然这么长时间都不飞……""飞起来还来得及回房吗?"康巴里瞪着眼,"别以为我不知道他们在打什么主意,账单都结了吧!我告诉你啊,很多游客就想趁着飞升逃单呢,看着点。"

"逃单?"笛拉吸了口气,站了一个小时,都站累了。

"来春城体会一下假死,"葵娜又过来调整笛拉腰部的锁扣,"回自己的城市就不敢真死了。"

"逃单的人会有这种觉悟吗?不过……"康巴里眼神一转,"下个云层倒是可以推出一项收费服务,叫死亡体验!"

"那要是在风暴中没死成呢?"金宏总是最当真的,"或是临死,后悔了。""厨房里有菜刀啊!砍头,剁手……"

"高典怎么不来?"南扎回来了,笛拉这回没被拽动。南扎总是对高典成见很大,昨天往"鸟巢"送云网时(就是现在黏在藤条尾端,类似露珠的颗粒物),就一直在嘟囔,"裱糊员什么都不用管吗?万一云网……哎呦!"

"就你事多,"葵娜过去拍了一下南扎的头,"云网可是我编的,能有什么问题。"

"但裱糊……""裱糊所需的瓜尔豆胶,用于增强云网强度的材料。"金宏边说边把自己绑在一旁的安全椅上,"都是高典托关系从软肢买来的,他还是很仗义的。""帮个屁,谁知道质量好不……哎,痛死了!"

康老头直接用书本拍打南扎的后脑勺:"裱糊员要是敢偷工减料,以后不管糊什么都会漏,他不会冒这个险。但高典要是知道你这种货色都能帮着飞行,人家现在就得吓跑!"

管状云

明知高典与笛一坎的死有关，现在或许还在给软肢社通风报信，但碍于新创社找不到第二位有证的裱糊员，康老头装起了糊涂，也让笛拉把嘴闭上，别与其他人多言。

"气压变喽！"吉冰飚一声提醒。

笛拉警惕地看向左侧窗，"飞行椅"正对着房屋的折角，能同时看到两侧的窗户。现在，左侧窗外的舞台动了。

说到舞台，这些天，小猴在宽阔的草坪上犁出了一道套一道总共16道的圆环。圆环由一小节一小节的弧形轨道组成，每节轨道中间还都立着一块两人多高的平板。笛拉集中精神进入断翅鹏的意识，飞在高空，能看到凤灵正站在圆环的最中间，一个圆形的框架舞台内。而框架，早已被银色根须覆盖。

"舞台，就像是飞灵师放飞大鹏的轮线盘，"吉于夫解释道，此刻，每一节轨道，都在或快或慢地顺着圆环转动，"正常情况，飞灵师的歌声会顺着大鹏体内打开的隐耳朵，抓取各家定云员的意识。一旦三者相连，定云员就能告知大鹏飞行路径了。"

"啾，啾！"

笛拉第一次看到大鹏倒着飞！天空像是出现了一只只无形的手，将各自的大鹏都摆放到了自家的"鸟巢"上方。

"我们虽然不用歌声串联，"吉于夫继续说道，"但飞灵师的歌声会像一层保护伞，等进入云层，可帮助旅行社避开云层的围攻。"

五大社率先旋动了！带着整个云区的绿藤，涌动、松解。稠密的绿藤，以极快的速度往自家的春云下收缩。

"没有那么难啊，"康巴里也提醒道，"你只要去听音乐，音乐是一定要听的，保持听的习惯。"

笛拉悬飞到"鸟巢"上方，因为风平浪静，凤灵的歌声一直清晰地环绕在耳边，笛拉集中精神……"转了，转了！"

藤蔓松动，大鹏起飞。

"诶！"断翅鹏像被人握住爪子往下一拽，而笛拉，两只脚都重重地陷进了云泥里。

"没事吧？"葵娜他们已经将自己绑在"飞行椅"一旁的固定凳上。

笛拉扶着膝盖在球形云泥上稳住，"好重！"

"当然重了，一家旅行社呢。"康巴里的话音透着嫌弃。

"不用担心，起飞时重力最强，"吉于夫安慰道，"等旅行社转起来，就会变轻松了。"

笛拉埋起头，再次集中精神，寻着歌声，绷起翅膀！

"啾，啾！"

这种使劲的感觉很像蹬着一车重物，最初几下，需要将整个身体都绷住了使劲。慢慢的，旅行社转了，重量真的在变轻。断翅鹏用力扇动翅膀，跟上别的大鹏了，大家都在向云区正中，那逐渐融开的意识轨道飞去。

"别急停！"震动声都传出了急迫，"你得掌握飞行的节奏。"

笛拉感觉自己的双脚被顶着往上，断翅鹏被自己的"鸟巢"推着上蹿了好长一段。"鸟巢"还带着旋转，幸好断翅鹏及时铺展翅膀，稳住了！后背的羽毛被顶上的大风刮起。

"爷爷，爷爷！"吉冰飑在大喊，"我是不是猜对了？"

这些天，吉冰飑再一次翻阅安格的书籍，还时不时地拿着书本去询问昏迷的安格。安格自然没被问醒，但吉冰飑却通过自问自答，想出了一条新思路。

"答案已不再是答案，但我们又要采答案，那会不会……""凤灵直接就展出了管状云！"吉冰飑无比兴奋，"这样，就算大家都知道答案，也没有影响了。"

一小时的歌唱，黑压压的天空，已垂下无数条类似黑色漏斗状的管状云，每条尾巴还都带着急速的旋转。这与笛拉之前看到的局部天空，阵仗已完全

管状云

不同。

吉冰飑确实猜到了，之前分析管状云，都是从下至上，从积雨云发展到风暴云，以此形成管状。但无论是积雨云还是多单体风暴形成的管状云，想要采集，都与飞升速度有极大的关系。"飞灵师肯定也清楚新创社的有效云少，飞得慢。如果以这两种情况提前形成管状云，光比速度，那提早悬在空中的管状云大概都会被五大社采去，这两种应该可以排除。"而超级单体风暴，一旦提前形成，能量巨大，五大社都会无从下口。"这个也可以排除！"吉冰飑揪着直接展出管状云的思路，从下至上不行——吉于夫一直让他好好想想——"哦！还有从上往下呢。"

"这些管状云都在一个高度，"吉冰飑现在非常激动，"爷爷，它们就是飓风形成的管状云。"

飓风，一种柱状的气旋云层，从上往下，会在底部形成很多条管状云。吉冰飑一直没考虑它，是因为，"飓风柱的能量好像与超级单体差不多吧？都是飞升死路，都是失控！"

"还是不一样的，"在吉冰飑说出飓风后，吉于夫终于给了些说法，"飞灵师早早就获得了云图，不可能再像定云员那样从热气流开始思考问题。而且冰飑，你要记住，这些管状云都是有意识的，除去云的属性，它们更是有生命的个体。飓风与超级单体，后者需要形成一支能量巨大的管状云，这就要求很多支小管状云互相融合，那就是你们认为的失控。这些年，极大多数飞灵师也会在失控时停止歌唱。而飓风，只是在气旋柱下展现管状，管状云还是可以保留其个体，飞灵师还是可以控制的。"

"飓风柱就只是堆积木！"康巴里的表述总是清晰明了，此刻他也察觉出了笛拉的胆怯，"别怂啊！"

"爷爷，笛拉是不是该往飓风眼飞了？"吉冰飑问道，"那里风平浪静。"

之前就分析过，如果要采集飓风柱，那么断翅鹏首先要飞进飓风眼，也就是飞跃飓风柱下的管状云。这与之前所画的云线图、热气流基本没什么关系了，管状云已无比成熟地展现在你面前，尤其现在数量众多，飞跃情况难以预测。

"考的都是没准备的……"笛拉还没嘀咕完，断翅鹏的翅膀、自己的两条胳膊，就被勾着往上了。这种心慌失措的感觉，让笛拉想到了5000深寻的卷钩子，但她可没被卷钩子钩住过。翅膀左一甩，右一拉，终于挣脱了。笛拉注意到，不止一只大鹏遇到了此番情况。

"就算原地不动，意识轨道也会悄无声息地将所有旅行社往上推，"吉于夫提醒道，"笛拉，试着飞吧！"

"学学五大社！"康巴里激动地喊道。

五大社正像观光车一样，流畅地在各支管状云间穿梭。

"不难，不难的。"笛拉深吸一口气，压住紧张，确保音乐声一直回响在耳朵里，挥翅！又是费劲地重新启动……大风刮来……挥翅！裹挟的雨滴像针尖一样刺在皮肤上，身体好像变重了，原来是细密的沙尘都有了重量……"

"笛拉，你得直飞！"吉冰飑突如其来的提醒，让笛拉吓了一跳。"你现在在顺着风走，会绕圈的，会进不了风眼！"

笛拉立刻绷紧全身，用脑袋顶着大风。但不远处，一家采了很多春云的新创社，被一支钻到它身下的管状云袭击了。压制无果后，管状云像烙饼一样，将大鹏整个翻了过来——带着整家旅行社，"鸟巢"向下，拽着翻身的大鹏往下砸。

"栽了栽了！"南扎大喊。

笛拉的心脏怦怦直跳，总有机会调整吧！没想到无形的意识轨道，就像一张弹网，直接将翻转的旅行社和大鹏往上抛，抛进了乌云。

"哦！"笛拉不敢看，也不敢想，只能往前飞。她的身体更是像被什么东西被一拳接一拳地打中，脑子里响起了"哐当哐当"的声音。

"是冰雹！"南扎在大喊，"怎么会有这么大的冰雹？"冰雹似乎还砸进了水波窗，而冰雹间又出现了管状云，有一家新创社被拔起了藤条，卷起了屋顶。为什么还有火光？黑白纠缠的浓烟在前方滚动。

"死丫头，你还在听音乐吗？"康巴里在大喊。

笛拉确实忘了音乐这事，但现在有点顾不上啊，必须得闪过眼前的这条浓烟！但旅行社可没断翅鹏这么灵巧，而且飞行节奏乱掉了，晃动的白房子变成了铅锤，拖住断翅鹏在空中晃起了圈。

"诶！"失控中，笛拉感到头皮刺痛。

"笛拉，你的头发竖起来了。""听音乐，听音乐啊！"

"哐！"巨大的雷声，笛拉感觉到了脱离感，是雷还是断翅鹏把她的意识轰出了身体吗？

"让你听音乐！"康巴里仍在咒骂。"羽萨保佑，"金宏哆嗦着声音，"以前在串串社怎么没这种感觉呢？""我都要晕飞了。"葵娜在用力掐自己。

"哐当！"又是一阵雷声。旅行社已经停转，断翅鹏悬停在空中。

"笛拉，你得直飞！"吉冰飑着急道，"要不真的进不了风眼。"

"可我没法直飞啊！"笛拉在昏暗中哀叹，"那断掉的藤条，飞过来跟螺旋桨一样，我得躲。"

"那你就躲呀！"南扎嚎道，"冰雹那么大，硬扛吗？""天空是大，但没地方可躲，"笛拉说的都是实话，"抱歉……"

"听听！"康巴里大吼起来，"死丫头，别在那儿找借口装可怜了，其他旅行社的大鹏，是坚定地按定云员的指令飞。但你呢？你在往后躲啊，你不仅不给指令，还在拖断翅鹏的后腿！你要是这么控制大鹏，还不如把橘沁竹换回来，不灵敏也好过你往后缩！那就去听音乐！"康巴里还在嚷，"飞灵师唱歌既是出题，也是解题！他会保你少遭雷劈！少遭围攻！赶紧去听音乐！"

伴随着康巴里的训斥，笛拉再次冲进断翅鹏的意识，寒风让她不受控地哆嗦了一下。她浑身都湿透了，很冷，还很痛……狂风暴雨中，歌声从原本略显压抑变得越来越高亢了，笛拉能听到了，越来越清晰了！

高亢的歌声带着拥堵的血液开始流动，旅行社已经停转，天空的豪雨也在增加旅行社的重量，但身体变得通畅了，断翅鹏更用力地挥动双翅，旅行社重新转起来了，笛拉的情绪开始慢慢高涨，浑身有力了。离断翅鹏很远处出现了一支管状云，但这回断翅鹏早早就做出反应，轻松绕开了——心头的压抑感好像在消失，即使每支管状云下的天气都有所不同，但笛拉的情绪在高涨，她好像不那么怕了。

连着飞过好几支管状云，笛拉甚至觉得自己放松下来了，还好奇地往回看……现在的她，多像一只风筝啊！脚踝上连着柔软的绿藤片，随着身体的晃动能看到水滴从藤片末梢划出，带出丝丝绿意，飞过被沙尘包裹的空气，飘向紧随其后的旅行社。旅行社像碗一样接住了雨滴，更像轮线盘一样不断转动着，慢慢靠近……笛拉还看到了飞灵师转动的舞台，上面似乎爬满了银色的根须。

"注意注意！"

笛拉一下进入了一个"空"的空间！明亮的白色，清新的空气，零的风速……"哎呦！"冲进风眼的速度太快，笛拉的脸颊（断翅鹏的利喙），与密实的风眼墙来了个亲密接触。

"羽萨保佑，"是金宏的声音，"终于进来了。""刹车刹得我真要吐了。"葵娜松掉了安全带。

断翅鹏尴尬地甩掉身上的碎云，摆正飞行姿态。风眼中是极其明亮的好天气，飓风墙也无比厚实，厚实得犹如置身于巨大的棉絮之中。

"哈，最先进来的果然是五大社。"康巴里也松了安全带，走到了窗口。"五大社真的在转圈了！"吉冰飑疾呼，"风速在变大。"

"依据歌声垒叠出来的飓风柱，是静止的，"当时吉于夫是这么解释的，

管状云

"但飓风柱静止就意味着飞跃云墙，采集到的云量都过于平均，五大社肯定不会接受这样的采云结果。""他们真的引出了风，带出风切变，"吉冰飑说得飞快，"云层在融合，飓风不再是垒叠的了。"

原本静止的"棉絮"在慢慢启动，断翅鹏绕完一圈，飓风墙已不在原来的位置。

"笛拉，云层会越来越失控的，我们得尽快往上飞，"吉冰飑提醒道，这都是之前就料到的。相比超级单体，飓风柱的优势在于，即使真的转动失控了，位置越高越安全。"我们能采到云的。凤灵还在唱歌，我们进风眼的成绩不错。"

笛拉抬头望去，除了率先进来的五大社，只有另两家购买5000深寻空房子的新创社进来了。她多少有些安慰，带着白房子往上飞。

奇怪的是，相比飞去飓风上端的新创社，五大社似乎只选择了飓风柱的中间高度。

"飓风转动，云墙不是越往下风力越强吗？"笛拉问道，"五大社为什么不飞高点？""风力越强，云块也压得越密实。"吉冰飑回道。

"你指，云量多？"笛拉问道，"那五大社，为什么不干脆再飞低点？""他们虽然飞得快，"是吉于夫震动的声音，"但耐不住过强乱流。"

"吉哑巴！"原本在欣赏五大社的康巴里，瞬时带上了怒气。"飞跃的时候怎么没听你讲呀，都老飞灵师了，一点飞行经验都不传授！""传授了就能飞过五大社？"吉于夫居然揶揄起来，"就能不引出这风切变？到底谁该传授经验？""你！"

"我得站会儿。"葵娜还在晕飞，她拍着胸口站起来，还用力做了几个深呼吸。

"现在这种情况，凤灵很快就会停止歌唱了吧？"吉冰飑问道。"确实，"吉于夫回道，"飞灵师只会保留最低的哼唱，确保每家旅行社的航道不相碰。"

凤灵的歌声在趋于缓和，就像一首歌到了结尾的部分。

"云层一融合，凤灵真的就没法指路了？"笛拉才体会到歌声的一点好，刚才不知是自己躲开了云，还是云避开了自己。

"指路自然是能的。"

"飞灵师能唱？"大家都对康巴里的回答很意外。

"当然能，就是不愿担责任嘛，"康巴里讪讪地说，"云层一融合、一失控，飞灵师只要不唱，无论飞毁多少家旅行社，都不是他们的责任。"

"怎么会？大鹏身体里还有隐耳朵呢，"这事还是橘沁竹之前告诉笛拉的，"旅行社出事，不是会影响到隐耳朵根的质量吗？""又不是降落的时候了，"康巴里道，"只要有旅行社能采到云，让根须吸收。即使是像现在这种云层融合，五大社肯定是能采到云的，云量完全足够隐耳朵根吸收了。"

"那还有新创社呢，不管了？既然能唱，就应该……""唱了也是瞎唱！"康巴里又打断笛拉，"云层一融合，现在的飞灵师也只会瞎指挥。"

"你怎么知道是瞎指挥？"吉于夫一发声，就有了吵架的趋势。

"什么会说云的语言！不过就是仗着云层是他们去年撒向外界的幼灵，云层熟悉飞灵师的声音，给个面子，听着歌声在天空排队罢了。"康巴里愤愤地说，"云图都是雪幕师抄来的，飞灵师不过就是对着图纸瞎哼唧，弄虚作假！"

"弄虚作假不至于，"吉于夫立刻回怼，"毕竟，飞灵师才是春城真正且唯一拥有羽萨赐予……"

"哇！"葵娜还是吐了，对着康巴里的一个野餐盒。

笛拉一回神，看到窗外趴着一只送信儿。

"这种时候还有心情写信？"康巴里迅速将剩余的野餐盒都藏了起来，推开窗户，是一只肩膀平直，下肢柔软的蝴蝶，架子上挂着一封信。

管状云

收购意向书

收购方：软肢社

转让方：白房子新创社

鉴于，

  贵社能以前50%的成绩进入风眼，我社特发来收购意向书，就旅行社转让事宜进行初步磋商。如贵社不愿进行之后的采云冒险，我社可立即进行焦土化收购，即砍掉大鹏，纳入游客及高云层居民。至于棉靴族，还请自行处理。

  如贵社希望在采完云后，再商讨收购事宜。我社现附上催款单复印件一份，望贵社好好阅读，好好考虑。尽快回复，机会难得，千万别自寻死路。

软肢社

"这是威胁书啊！"

读信时，断翅鹏已飞过五大社。康巴里又翻出信件后的催款单，葵娜一把从康巴里手里夺了过来。

"复印件，"葵娜前后看了看，"瓜尔豆胶，这不是裱糊用的原材料吗？胖子，你没付钱就拿到货了？""怎么可能，"金宏赶忙接过话，"高典都是拿着钱去提货的。"

"各种强度的瓜尔豆胶……"葵娜站在金宏身后，"这订货单有什么问题？""羽萨保佑，"安全带似乎都快绑不住金宏起伏的胸膛了，"你看到下面的补充了吗？说是因为工作人员失误，所有强度的瓜尔豆胶，统一发成了黏性最强版。""最强版？"

"各位，"一直没说话的南扎支吾了一声，"我刚才，试验了一下云网。""谁让你按的，那不是浪费……"

迷失的空房子

"你真放云网了?"笛拉打断康巴里,"我看到从藤条上滑过的带着绿丝的水珠,它们没有展开呀!""难怪,"南扎叫了一声,"计云器上显示是零。"

　　"刚才的管状云本就难采,也不建议采,"葵娜已快步走到南扎身旁,看着桌上的仪表,"你确定按的是强度最弱的云网吗?"

　　"这几个字我认识的!"南扎气愤地把仪表上的标注都读了一遍。"就算什么云都没采到,外面的风那么大,又有水汽,"葵娜思考道,"没打开……不至于啊。"

　　"上面还有提醒!"金宏喊道,"最强版瓜尔豆胶,可帮助云网耐住五级飓风。""五级,"葵娜低吟,"是只有五级飓风才能打开的意思!"

　　"质量太好的意思?"南扎嚷嚷,"他倒是没有偷工减料啊。""南扎,"吉冰飑的声音里充满了不安,"只有飓风柱底层的气流,才可能达到五级。"

　　笛拉不由放缓了飞升速度,她已经看到另两家新创社,他们各选了一个云量适中风速又合适的位置,只等旅行社都进来了,便可飞进云墙,采集云层。

　　"上面还写了,如贵社顺利采到云,请补足产品差价。"

　　"太恶心了吧!"南扎叫嚷起来,"这是又要钱又要命,我就说不能信高典!"

　　"跟他没关系吧,他现在还在客房呢,"金宏说道,"说不定,他也是软肢社的牺牲品。"

　　"谁要牺牲了?"康巴里从金宏手里抽过催款单,折好了放进口袋,"先往下降。"

　　康巴里走去书桌前,见一屋子人都盯着他,"看什么,出于礼貌我也得回信吧。""回什么?"大家异口同声。

　　"没有空房子能耐住五级飓风,"康巴里提笔写起来,"即使是10000深寻的。""你是要同……"笛拉还没说完,就看到康巴里放下了笔。

　　"这就写完了?""他就回了一个字——"葵娜半靠在书桌旁,"呸。"

管状云

"呸！"大伙却喊得很响亮。

康巴里用劲将送信儿扔了出去："往下降。"

他挪回自己的座位："空房子是耐不住五级飓风的，但只要飞灵师肯唱歌……""你才说他们是瞎唱、瞎指挥！"葵娜咬着牙，也回到自己的位置。

"还不准开玩笑了？"康巴里的立场非常灵活，"只要飞灵师肯唱歌，让融合的云层让开道来。我们还是有可能飞跃云层创造奇迹的。"

"奇迹吗？"南扎提醒道，"外面，好像要停了吧。"

歌声在趋于停止。

"总得让凤灵歇一歇吧，"康巴里摸准一切似的，看到大伙还盯着他，"你们都不查资料的吗？凤灵是整个春城，事故率最高的飞灵师。"

"啊！"吉冰飑一声惊叫，"因为别的飞灵师，在面对云层失控时都不唱了，而凤灵……""不会停的。"康巴里非常自信。

断翅鹏没两下就落过了五大社，飞进飓风眼的旅行社越来越多，看到断翅鹏在往下降，都发出了不解的叫声。

"咚咚咚！"是凤灵的小猴！它从舞台挪到窗外，此刻在降落的大风里毛发飞扬，龇牙咧嘴地伸出手指，往头顶指。

"你们有没有想过，就算凤灵肯唱，他也没在新创社唱过吧，"葵娜说到了重点，"他这是派……"

"进来吧你！"南扎不知何时，已去到窗边，直接将手顶出水波窗，将小猴抱了进来。

"吱吱，吱吱！"小猴在南扎的手里乱叫，南扎直接用自己的鞭子把小猴绑了起来，"康社长，猴质搞定。"

"太冒犯了！"吉于夫喊了出来了，"宠物与飞灵师是心意相通的。"

"南扎，云层和藤蔓最听飞灵师的话了，"吉冰飑也害怕起来，"你惹恼了飞灵师，舞台随时可以搬走。"

迷失的空房子

"可不能搬呀,"金宏的声音在颤抖,"谁去跟它解释一下?"

"一只猴子?""心意相通。"

"笛拉!"混乱中,康巴里仿佛按下了一个消音键。

等断翅鹏降到飓风柱的最下端,这场绑架闹剧已迅速停歇。小猴由康巴里抱着,一起绑在了安全带里。

"她是笛拉,去年给你们买风筝、买菱形风筝的笛拉呀!"康巴里操着令人作呕的语调给小猴洗脑,还不断按压小猴的太阳穴。

"吱!"吃香蕉压惊的小猴,被按痛了。

化作断翅鹏的笛拉一直在舞台上方盘旋,舞台上已附着了一层银灰色的根须,笛拉根本看不到凤灵。但一抬头,就能看到各家旅行社,他们也都在飓风墙前试探,无论位置高低,应该都是期待凤灵能再次高歌吧!

"我看飞灵师是不会唱了,刚好有我们当借口。""吱吱!"小猴直接将香蕉皮扔到了南扎脸上。

"那就让你主人好好唱啊!""别像嗓子里卡了痰,嘤嘤嘤的,跟游魂一样!""小南扎,这与往年唱歌确实不一样了,"金宏的声音充满了不安,"飞灵师肯定会首先考虑自身安危⋯⋯"

"凤灵才不在乎呢。""吱吱,吱吱!"康巴里一句话让小猴认同地叫唤起来。

"我知道你主人啊,与其他敷衍了事的飞灵师还是不一样的。那些个飞灵师,明知道云层相信他们,却还一个劲地敷衍它们。每年就只对着云图随便哼两声,让它们可怜兮兮地在天空展示自己的伤口,这谁要看呢?遭来的也只会是羞辱!但凤灵,他向来是尊重云层的。即使知道它们受了伤,也总会用歌声在它们的伤口上激出最强的能量,这才是尊重云层的表现嘛。但能量越强,风险越大呀,"康巴里抚摸着小猴的脑袋,语气里透出惋惜,"自己出的

管状云

题，却不能解得完美，一定很头疼吧！不过，这也不是凤灵一个人的问题，这是飞灵师的通病呐！天赋是羽萨赐的，云图是雪幕师抄的，舞台更是你搭的。"

"吱。"

"自己又总是住在最好的旅行社。如此高高在上，怎么可能理解这最底层的云泥呢？"康巴里就像个阴谋家，"不过现在好了，机会来了，试问整个144号云区，还有哪家旅行社能比我们更接近这些云泥的心声。只要我们能顺利飞过，其他旅行社想必也不是问题。到时，凤灵不光可以在飓风里拯救笛拉，更可以拯救他那'事故王'的名声！你说，还有比现在更好的时候吗？"

四周的云层越转越快，它们就像猛兽一样带着危险的气息。这样的云层，真的还可控吗？

"云层中的压力在变化！"吉冰飑喊道，"飞了，顶上有旅行社飞进去了。"

"等！"吉于夫拦住，"底部风力太强，没看到路，不要乱闯。"

云层波动得更厉害了，灰白云朵在扭动，"要是凤灵不……"

歌声突然扬起，有块云团在左右分开……"杀进去！"康巴里大喊。

笛拉挥翅，冲进云墙，意识里出现了一扇瞬时拉开的门，但迎面而来的是一个剧烈的颠簸，简直要把她再次轰出门外。断翅鹏用力展翅稳住，天瞬间就黑了，剧烈的螺旋气流在引发雷暴，大雨如注，笛拉视线模糊。

"这里还不算飓风墙，"吉冰飑提醒道，"要再往里飞。"

断翅鹏的翅膀上下颤动，此时能见度很低，像是被裹在一个灰色蚕茧里抛来抛去。完全找不到参照物，这样下去会不会一直绕圈？但自己的左翅被紧紧拉着，脖颈处也有风抵着，是吉冰飑和断翅鹏一起努力将身体往云里扎。

"南扎！"是吉于夫，"放两张云网，让笛拉感受一下。"

没过两秒，"砰砰！"断翅鹏的后背，笛拉的脚底，出现了波动的拥挤感，笛拉一低头——"云？"云的表面还附着着一层细细的绿丝，那是展开的云网。

"笛拉，你只有飞到一定速度，进入舞台，云层才有可能被根须吸收。"吉于夫解释道。

笛拉整个人都绷得紧紧的，意识云与春云的采法不同，与自己认为的光撒云网也不同。

"笛拉，我们卡进飓风墙了。"吉冰飑的声音很兴奋，"可以顺风飞了。"一顺风，速度就提高了不少！

但速度快了，还要兼顾寻找穿梭的路径。这可不比之前采春云，直接撞就行。有时翅膀一不小心刮上一朵愤怒的云，那感觉就像踢到了一块铁板。

断翅鹏在尖叫，吉冰飑在说"对不起"，笛拉得把自己被撞出的意识再次拉回断翅鹏的身体。更要命的是，只要携带白房子的节奏一乱，旅行社就停转。再想在狂风暴雨、云层夹缝里起飞，那就得动用全身的肌肉，先把云层推开。笛拉想喊"救命"，云层挤得人喘不上气来。

凤灵的歌声传进了笛拉的耳朵——第一次，笛拉觉得歌声能帮助自己找回呼吸，而且随着凤灵的歌声越来越高，那扼住喉咙的云层似乎在变软，高音一个接一个地出现，原本抵住身体的云团好像被"鸟巢"吸收了。笛拉用余光往下瞧，透过枯藤，看向舞台——"哐哐哐"，更多扇门在笛拉的脑海中打开，门框内扯出银色的丝线……笛拉像抓住救命稻草一样，抓住每一节音符。

吉冰飑和断翅鹏一同滑进一道云间细缝，笛拉感觉后背出现了一股推力，往前一跌，自己从一块绷着银丝的平板上掉了出来，银色丝线上还附着着一层薄薄的白棉状物质。

"我好像，进舞台了。""进了！"笛拉听到了康巴里拍椅子的动静，"你和断翅鹏一起进的吗？""嗯。"

进入舞台后，断翅鹏像是为了适应舞台，身量都缩小了。稍一转身——原来，在脑子里展开的一道道门，就是那两人多高的平板，它们左右展开，抵在每小节轨道的尽头。整面平板，底部半截是银色的丝线，上面不断出现忽薄忽厚的白棉状物质，那是根须在吸收云层。而平板的上半部分，是笔直的

管状云

绿丝。透过绿丝，能看到更外道的两圈舞台，平板下方没有吸收云层的根须，整面都是笔直的绿色丝线，就像门帘一般。而一转身，吸收云层的内道根须，比笛拉所处道次好像要稍微高些。

"越飞进内道，云层是不是吸收得越快？"笛拉问道。

"看出来了，所以你必须往内圈去！"康巴里似乎非常激动，"你要知道现在再让小鼹鼠他们提速，那简直太难了。所以试试，试试能不能用翅膀推开那些笔直的绿藤！"

笛拉才将翅膀靠近，断翅鹏立刻叫唤着往回缩。

"笛拉，稳住啊，"吉冰飑喊了起来，"不要侧翻。"

笛拉的左翅被紧紧拉着，"这是什么？""那是刺进断翅鹏脚踝的藤条，"吉于夫解释道，"每只大鹏都有疼痛阴影，不会想去穿越。"

"但你不一样啊，死丫头！"康巴里急忙说道，"其他旅行社的大鹏不飞，是因为定云员没法像你一样跟着进入舞台，他们没法发出让大鹏在舞台穿越的指令。""可断翅鹏害怕。"笛拉并不想让断翅鹏做为难的事。

"这就是个心理阴影，"康巴里坚持道，"谁会因为一点脚疼而丧命呢！赶紧试试，"康巴里不耐烦了，"越飞进内道吸收越快，我们好不容易有这样的机会，有这么多云可采，有这么强的云网可用。""我们是不是还能赢过五大社？"

南扎的一句话，让笛拉伸直了断翅鹏想要缩回的翅膀，那就试试吧。

笛拉将手翅膀靠近绿藤，感到心脏在"噗通"狂跳，她幻想触碰的瞬间，会出现电击般的疼痛，但这绿藤就像帘子，笛拉推帘而入，太轻松了吧。

"啾！"就在这时，身侧飞冲过来一只大鹏，在撞击的瞬间，只见一个晃影，这只大鹏已挪至笛拉之前所处的道次。

"笛拉笛拉，云网的吸收速度变快了！"南扎可以抛洒更多的云网。笛拉看着移至外侧的大鹏，它还是飞扑着翅膀，不敢靠近绿藤。

"再来再来,再往内道去。"康巴里激动地远程指挥着。

展翅,拨开,笛拉又顺利进了一道,云层的吸收速度更快了。就这么简单吗?笛拉没有感到任何不适,断翅鹏也没有。原本弥漫在脑海里的紧张,随着一道接一道拨开的绿藤在消散。一股奇异的感觉在胃里翻腾,伴随着越来越快的穿越速度,这到底是一种什么感觉?对了,是翻开试卷,卷子上已经写满了标准答案!直到一阵更强的光线刺进眼睛,原本昏暗的视野,变亮了……

"啾啾,啾啾!"天空回荡着大鹏的叫声。

笛拉缓缓睁开眼,好多只大鹏正在抢采没有被吸收掉的碎云。

"哇!哇!"静悄悄的屋内,传出南扎和吉冰飑的尖叫,那是狂喜的叫声,"我们采了多少云,采了多少云!"

"康社长,我们可以去救棉靴族吗?""只要躲进靴子,应该就还有救吧。""去吧。"康巴里的声音,也极为难得地透出了一丝愉悦。

笛拉终于可以长长地舒口气了,看着碎裂的飓风柱、剩余不多的碎云,已勾勒不出它之前骇人的模样。而与屋内的狂喜相比,笛拉能看到各家旅行社,都受到了大大小小的损伤,有屋顶被掀起的、藤蔓被刮断的,更有两家新创社的残骸已落在意识轨道的底部,原本采集到的春云像泡沫般不断消散。幸存者正向自己的所属五大社发送信儿,笛拉注意到板脸社和立筒社都派出了飞车,进行援救。同时还派出飞行员,手里提着斧子。

笛拉转过断翅鹏,不去看那血腥的一幕,挥着翅膀落去"鸟巢"。舞台上,那根根竖起的丝线已经不见了,展开的平板也已重新合拢。凤灵从舞台离开了,连个背影都没有留。还是要打个招呼吧,笛拉迅速回到屋里,窗户开着,风吹进来。

"不费劲。"吉于夫已来到笛拉身侧。笛拉微微向对方点头,发现小猴也已经离开了,喜悦的心情顿时蒙上了一层纱。

管状云

"我还是那句话……"

康巴里凑了过来,"说什么呢?""我在问笛拉第二个云图,"吉于夫绷着脸,用棒骨抵住喉咙。"雨幡洞云,"笛拉说道,"还有第三个云……"

康巴里向笛拉伸出一掌:"一个个来,别增加我的负担。"

"看来运气不错,"吉于夫看向康巴里,"依据幡状云的特殊性,我想凤灵会提前公布的。""还会公布吗?"这倒让笛拉意外。

"我还是那句话。"吉于夫留给笛拉一个意味深长的眼色,出去了。"阴阳怪气的,"康巴里追了过去,"关于雨幡洞云,实在不行还是得踩云……"

笛拉跟着扭过头,却发现了两张阴沉的面孔,是金宏和葵娜。

"笛拉,"金宏一开口就完全是质问的语气,"你用刚才的方式,飞到了舞台的第几道?"

笛拉感觉自己像做错了事,"我、我就一直往前飞啊,如果不是采云结束,应该……""应该能赢过硬块旅行社吧。"葵娜的语调充满了讽刺。"笛拉,你这样赢可不光彩!"金宏说完便冲出了房间。

原本的喜悦一哄而散。

葵娜也从位置上起身,"有你在,棉靴族肯定能创办第六大旅行社的。只是不知道,你明年还能不能提供云图,最好是能,免得棉靴族太短命。"她说完便往门口走去,屋里就剩下笛拉一人了,还被绑在飞行椅上,笛拉踩在云泥上左右晃荡,越想越生气:"你不恶心了?"

葵娜缓缓停住脚。

"你们说我这样采云不光彩,那你们五大社呢?也不清白吧!"

18 雨幡洞云

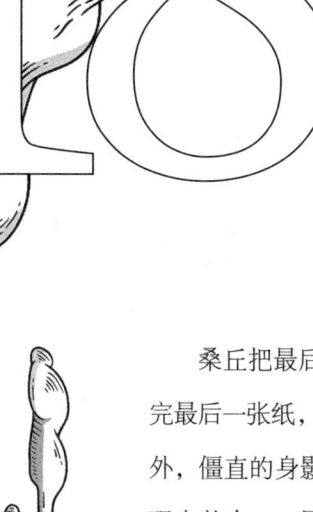

桑丘把最后一捆书搬到墙角，空出的地板已被发黄的稿纸铺满。放完最后一张纸，笛拉看向葵娜，她一直抱着手臂站在窗边，盯着漆黑的窗外，僵直的身影不时晃动一下，这是白房子在修正被撞脱臼的"关节"。现在整个144号云区，都回荡着这种"吱呀咯拉"的声响。空房子满心期待地出来冒险，不知现在作何感想，是依旧充满期待，还是已经想回家了。但无论房子怎么晃荡，葵娜都不肯晃过身来看一眼地上的设计图。

"这是要做什么？"桑丘并不明白，"设计完飞升椅，难道要设计……"

"今天飞跃的时候，你打断了吉爷爷的话，"笛拉向桑丘示意了一下，"他当时想说的，应该是整个春城，真正且唯一拥有羽萨赐予的只有飞灵师。"

"飞灵师……赐予……"桑丘还在理解这话。

葵娜的脸上又浮出了恶心的神情。

"你刚才是说唯一吗？"桑丘开始追问了。"五大社的骨架，"笛拉说道，"不是羽萨赐予。"

"咳！"桑丘被自己的呼吸呛了一下。

"笛拉！"葵娜恼火地扭过头，"你是故意让我来查资料的吧。""你确实也需要啊。""你知道我会看到这些！""你肯定看明白了，"笛拉紧盯着葵娜，"要不然吉爷爷在说五大社耐不住过强乱流，说他们骨架工艺特殊时，你也不会那么恶心。""你！"葵娜指着笛拉的鼻子，"你就是瞎操心！"

"这是真的吗？"桑丘再次确认，"不是在开玩笑？"

葵娜有些烦躁地躲开桑丘。

"骨架真的不是羽萨赐予？"葵娜被逼到了稿纸前，"我是看到过，在图……我母亲的工作室，有这些设计稿。"

"五大社的骨架，是你母亲设计的？"桑丘更觉惊愕。"复印件！"葵娜现在不给任何人好脸，"我母亲那里的，是复印件。""复印件？"桑丘惊叹地重复。

"五大社的骨架不是羽萨赐予，而是康老头设计的。"笛拉的解释让桑丘发出了一声冷笑，整张脸已扭曲。

"其实上次，你给我看这些设计稿的时候我就有点怀疑，"笛拉看着桑丘如实说道，"在试听会的时候，我总觉得五大社非常在意康老头，可他们有必要那么拦着一位抄袭他们骨架的人吗？"葵娜止不住翻了个白眼。

"但春城人都认为五大社的骨架是羽萨赐予，看到设计图，也只会认为是康老头抄的。不过现在看来，并不。"

"那是你母亲，"桑丘冲上前盯住葵娜，"抄了康社长的设计？""30年前，我母亲不过是吉冰飐和南扎的年纪，"葵娜强调道，"你们认为，旅行社可能采用一个小孩的设计吗？而且这些年她也没有任何骨架员反噬的迹象，我想不存在抄不抄的问题。"

"那……这不可能啊！"桑丘念叨着弯下腰，盯着那些图纸，"怎么会是康社长设计的？不可能！""没有，"葵娜知道桑丘在找什么，"康巴里只设计了五种骨架，我之前就确认过了。"

桑丘踉跄了两步，"也是，他是高云层人，他能踩住云……可既然他都为五大社设计骨架了，为什么还要在前台待30年？高云层不是应该很重视他吗？为什么还要把他赶来棉靴族？"对于这点，笛拉也实在想不通。

葵娜扫了一眼设计图，径直走到一侧，"这几张，还是不一样的。"那是将藤条从大鹏爪子里拔出来的设计图。

"康巴里的设计，是将骨架绑在房屋底部的藤条上，而这些藤条，就是对应的采集春云，藤皮被插进大鹏爪子的藤条。下面的骨架，就是个容器。""这是将春云……"笛拉蹲下身再次观察设计图，"单独集合起来？"

"这叫专力专使。"葵娜说道。"专力专使，"笛拉回忆康老头在试听会前提到的一句，"知道自己帮不上忙，就躲远点？"

"差不多就是这个意思吧，"葵娜怀抱双臂，"春云没有意识，就算是有效春云，那也是在爪子粉的帮助下，裹挟的意识。没法像另外三种真正有意识的云，具有往上飞的属性，能帮助旅行社飞得快。所以骨架的设计原理，就是将帮不上忙的春云集成一块。这张，"葵娜又低头确认了一张设计图，"这应该是最初的设计，藤条在采春云时没有被砍断。"

"砍断？"笛拉惊呼。

"康巴里的设计，要把藤条从大鹏爪子里拔出来，但拔出来之前，五大社就已经更进一步，把刮去藤皮的藤条，在鸟巢底部全部砍断了。""你指砍断隐耳朵，飞灵师能同意吗？""这我哪知道，"葵娜语气很差，"我不是首席，维护这赐予……骨架，是首席骨架员的工作……但我想飞灵师也管不了，因为这叫分株。"

"就是分成另外一株植物，"桑丘的声音缓慢又低沉，"采完热气流的云笼都是飞到分株上。春云，是集在这分株里的。""因为空房子还卡在中间，所以看起来还是一株，"葵娜继续说道，"但本质上，与飞灵师的隐耳朵根已经没什么关系了。"

"可这有什么不同吗？"笛拉问道，"不还是将春云集成一块，专力专使？""要说不同……"葵娜看了眼窗外，"康巴里的设计，即使飞跃了三个云层，四种云最后还是聚成一块，都是黏在空房子底部的。而五大社这一变动，会将春云与另外三种云彻底分开。"

"现在才第一个云层，看起来不是很明显，"桑丘搭进话来，"等采到第二个云层，因为分株了，你就会看到骨架带着春云，从空房子底部往下沉。""沉下很多，"葵娜撇了撇嘴，"等飞跃第三个云层，骨架下沉会非常明显。"

"可是这样改，是更好吗？"笛拉确认道。葵娜板着脸说："这样改，只会使旅行社在飞行中不稳固。像吉于夫说的，因为工艺特殊，耐不住过强乱流。""既然这样，为什么还要砍断藤蔓？"

一阵沉默……

"把春云分开，"桑丘说话时看向笛拉，"将春云与三季云分开。""三季云，"笛拉默念，"四季意识……有效云！"

"你们在说什么？"葵娜不解道。

看来笛拉现在必须将康巴里放进笛一坎的事解释清楚了，"云层都是由没飞回春城的大鹏幻化而成的，它们夏生、秋长、冬亡，是三季生灵。""三季生灵。"葵娜显然还是头一回了解。

"没法理解我们外界人春夏秋冬齐全的四季意识。""那笛拉你？""我是橘沁竹的身体，橘沁竹的意识，算春城的人，"笛拉说道，"而当时五大社春云泄露，其实是为了测试笛一坎是不是外界人。因为包含外界意识的有效云，会让云层很排斥。"

"这样，"葵娜反应了两秒，"五大社会采不到云吧！康巴里，想毁了五大社？""不不，"笛拉赶忙解释，"康老头放进笛一坎的目的是为了让我为了橘沁竹，能赢下试听会。他当时也明确表态，一定会把笛一坎交出来。"

葵娜"哼"了一声，并不相信。

"笛一坎现在也已经变成烟了，"桑丘补充道，"对五大社造不成威胁。""康巴里的想法就是威胁，他当了那么多年的店长。"

"就算是店长，"桑丘不悦道，"想要放进一个外界人，也不是那么容易的。""不容易也放进来了。如果不是笛拉提前暴露他，谁知道会是什么后果。"

看着互生怒气的俩人，笛拉得重新把话题扯回来，"我觉得现在问题的关键，是五大社为什么要调整骨架吧。一个，是四种云集在一起。一个，是将春云移开。那问题应该就在春云这儿吧，会不会……当有意识的三种云集合后，它们也没法再理解春云了？我指那些有效春云，所以五大社得让它们分开。"

"这不可能，"葵娜抱起手臂，"我们不是还想成为第六大旅行社吗？我们没有骨架，四种云到时就是集成一块的，哪有什么不理解，还得分开的说法。"

"可春云，尤其是那些有效春云，"笛拉不断思考着，"虽然都是单季节的意识云，但毕竟也包含意识啊，等三季云凑在一起，应该会不理解为什么还有其他意识云的存在吧？"

"这个道理是没错，但……"桑丘瞅了眼葵娜，"五大社在没有骨架前，也是新创社这种采云法吧。""那就是康巴里的设计有问题，"葵娜叉着腰，"虽然专力专使这个方法有助于旅行社飞得快，但他肯定在设计上动了什么手脚。对了对了，骨架员的反噬！康巴里故意设计了会伤害五大社的骨架……"

"他可是高云层人，"桑丘冷淡地提醒道，"为什么要伤害你们？""为什么？"葵娜深吸了一口气，"反正他再也编不出自己想要的骨架了，所以他才会让我做飞升椅！"

"那只是他老花吧。"笛拉如实说道，毕竟也见过康巴里做固定房子的骨架，虽然那都是比较简单的。

"就是有问题！"葵娜又气又恼，"被五大社发现了，所以被关了30

年。""你刚才都说了骨架员的反噬，是编不出自己的设计，"桑丘回道，"还有被关30年的说法吗？""他要毁掉五大社啊，这点惩罚我觉得很合理。他当时肯定在设计上动了什么手脚，"葵娜非常认定，"被我母亲发现了，这才避免了飞升时出问题。"

"你也说康社长之前的设计更稳固了，"桑丘据理力争，"能出什么问题？""哦！"笛拉抱住脑袋，"五大社好像是出问题了，30年前的飞跃。"

"笛拉，"这显然不是葵娜想听到的帮忙，"你瞎说什么？"

"吉爷爷跟我说的，30年前，他的嗓子不是为了救棉靴族而毁，而是为了救五大社！""救五大社？"今天的交谈一直在刷新桑丘的认知，"飞行出问题的不是棉靴族吗？""不是，"笛拉认真回忆道，"应该不是吧。"

"我走了！"葵娜再也听不下去，"再分析下去，春城的历史都要被你俩重编了。这一整天过得，我肯定会做噩梦。"

可才转过身，外面就传来了密集的脚步声。

三人一同赶去门口，是好些小棉靴，手里还都提着一朵朵夜光云，正排队往上爬。

"南扎！"葵娜一眼就在人群里看到了南扎，队伍里还有一些头绑绷带的棉靴族。五大社不收留采云失败的棉靴族，看来是救回来了，他们已经换上了白房子的工作服。

"干什么去？"葵娜询问跑来的南扎。"你们要飞行吗？"桑丘注意到了南扎手里的长条形风筝。

"要采云！"南扎开心地咧着嘴，"我们要去把鸟巢上多余的夏云剥下来，让断翅鹏离开一会儿，"南扎在黑暗中向笛拉使了个眼色，"康社长说了，白房子要准备踩云测试！"

南扎转眼已经跑掉，笛拉听到桑丘的呼吸声在变得急促。

"就算是新创社，踩云测试也是放到所属五大社做的，"桑丘很兴奋，"康社长，真的要为低云层创办自己的旅行社！""有这个必要吗？"葵娜却很不屑，"测出能踩住云又怎样？"

"五大社会不会……""做梦吗？"葵娜打断笛拉，"不按五大社的规矩来，却还想进五大社？""那就留下来吧，"桑丘大方地说道，"棉靴族的旅行社没有那么多规矩，肯定是接纳踩得住云的人的，就像你一样。"

"走吧走吧，"笛拉拉住葵娜，"今天讨论得已经够晚了。"葵娜一把甩开笛拉，指着桑丘的鼻子，"就算低云层真的创办了第六大旅行社，你觉得还轮得到你欢迎吗？到时你还找得到接班人吗？你得永远关在这儿！"

"桑丘，我们走了啊。"笛拉几乎是推着葵娜往下去。

"他把我跟棉靴族相提并论！"

你们在我眼里根本没差别，穿不穿棉靴的，反正都是春城人啊。"笛拉回头看了眼前台，桑丘已经回屋了。如果骨架的事是真的，那康巴里关在这里30年，也算事出有因。但桑丘关在这儿算什么呢，就算他心甘情愿接受了店长这个位置，可如果棉靴族真能创办第六大旅行社，还有谁愿意当他的助手，他就得一辈子被关在这儿了？

蓝幽幽的夜光云在"鸟巢"底部亮起，小棉靴们正从枯枝间扯出没有被吸收的管状云（已经没了形状，像被扯乱的棉絮一般）。用一个个藤皮圈，将意识云套进去。原本还是团状的碎云，立刻像一团布被扯住了边角，在藤皮圈中拉平了。小棉靴将藤皮圈相靠，藤皮立刻连成一个更大的圆，云片在里面重新融合。圈子越融越大，背着风筝的南扎和革杉，端住藤皮圈两端，不断将小棉靴们扔过来的意识云加进圈子。

"啾"断翅鹏飞离了"鸟巢"，在夜空里翱翔。

起雾了，轻薄的雾气就像一张薄毯，轻贴着飞羽，微微将它的身体往下拉。如果不是脚踝上连着藤条，藤条所属的藤蔓又重新缠绕，形成了新的浴场，笛拉真想飞出意识轨道，回家看看。但交换意识这件事，按照检票员说的契约精神，只要笛拉在春城竭尽所能，那么在自己学校的橘沁竹肯定也会有同样的表现。笛拉肯定是相信橘沁竹的，就像相信去年的屠雪绒一样，"但要参加高考的，始终是我呀！"

断翅鹏收回期待的脖子，收翅将高度拉低，它绝佳的视力，即使在黑夜也将一切看得一清二楚。活泛的意识云在圈子里上下乱蹿，云层面积越来越大了，大到像一片密实的高积云铺展于天空。突然，一阵风袭来。断翅鹏被吹得上下颠倒，原本落在脚底的云片飞到了头顶。而自己晶莹白亮的羽毛，在一个翻转后镀上了焦黄色？

"啾啊，啾啊……"叫声也变长了，身边飞扑出好多交嘴鹏！一股焦躁感，如淤泥般从胃底泛起。这是飞跃阶段的专属心情，无论是面对狂风暴雨，还是明媚的好天气，交嘴鹏永远是不安的，骨骼和肌肉间充斥着灼人的紧张感。似乎只有这样，才能提醒自己，要不断往上飞。

风直扑扑地从顶上压下来，一大朵雾状气云正快速往下砸……笛拉像被人捶了把胸口，从床上坐了起来。"原来是做梦啊！"

又一次大汗淋漓的睡眠，原本以为能睡个好觉，毕竟昨天站了一整天，身体疲惫。但事实证明，昨晚的交谈让她的脑神经过于亢奋。别说橘沁竹这副向来睡不好的身体了，连从来都睡得很好的葵娜，也是半梦半醒，在床上翻来覆去的，睡了一觉，脑袋反而昏沉得厉害。用汗津津的下巴抵在被子上，笛拉看着一旁只透进微光的窗帘："起吧。"

轻轻关上门，一走动就感觉到了肌肉酸痛。拉伸时，笛拉注意到一侧的厨房，里面已经灯火通明，大厨口号般的喊话，让旁听者都有了些精神。

"嗯？"笛拉看见有两位小棉靴正猫着腰从厨房偷跑出来，顺着一旁的正门出去了。笛拉好奇地跟了过去。

正门外的草坪上，立着小棉靴们忙了一晚上的杰作，矗立在晨雾中，"这

迷失的空房子

是用来做踩云测试的?"

该如何形容呢?扶梯!笛拉率先认出的是扶梯,就是之前断翅鹏飞跃天际时放下的梯子吧。8架扶梯,像祭祀一般在草坪上围成了一个圆。立起的梯面又微微外展,这让顺着扶梯往上爬的小棉靴都拉直了手臂,身体往后倾。扶梯顶部似乎有一圈平台,小棉靴正站在上面,拔掉一只棉靴,扔到平台内的云层上,随后一脚深一脚浅地踩了进去。

"可能不行。"小棉靴回头与同伴说话。但另一位小棉靴一直在鼓励她把另一只棉靴也脱下来。

"砰"小棉靴举着两只鞋子,掉到了梯面底部的大片云朵上。

"砰"另一位同伴也举着两只棉靴掉了下来。

"橘小姐?"笛拉听到声音回过身,是吉冰飑,他正捧着一大叠报纸,看起来是要给藤蔓上的游客送报去。"早安啊,笛拉,"吉冰飑的眼睛在透出光亮,"哈哈,已经有人过来做测试了。"

跑回来的小棉靴,看到被人发现了,都不好意思地低下头,路过时还不断说着:"不行啊,根本踩不住。"

"我看他们在下面的云站住了,"笛拉说道,"不用穿棉靴啊。""那是春云,"吉冰飑解释起来,"我们本就是能踩住春云的。但踩云测试,得光着脚踩住上面的云,那是纯净的夏云,也可以是秋云或冬云,这三种云都能做这个测试。"

"那……"笛拉瞅了眼巨大的测试台,恶作剧似的咧起嘴角,"冰飑,虽说当时旅游局取消了你和南扎的踩云测试资格,但这是咱们自家的。"

"这、这是今天的报纸,你看上面的头版。"吉冰飑举起一张报纸。

干嘛转移话题啊?但笛拉又确实被报纸上的黑白云朵吸引了。"这就是雨幡洞云。"也是笛拉梦中砸下的气云。

"没想到凤灵真的公布了,爷爷猜到了特殊性,"吉冰飑扑闪着眼睛,"而且上面写了,为了提高采云的公平性,降低偶然性,云层会分三次采集。""三次啊!"笛拉听着很不是滋味,心想白房子还是需要一点偶然的吧,"你们都在说雨幡洞云特殊,它到底特殊在哪儿?""它是……需要人为形成的云。"

笛拉扬起了一边眉毛。

"雨幡洞云,也叫穿孔云,"吉冰飚认真地讲解起来,"是云层中脆弱的裂口,其下方悬吊着冰晶拖尾,会产生巨大的云洞。而产生雨幡洞云的云床,主要是高积云。""就像打翻的,装棉球的罐子?"

"你记得,"吉冰飚露出了门牙,这还是他在深寻时说的,"这些高积云中有很多过冷液滴,都是低于零度都没有结冰的水。""低于零度还不结冰吗?""因为没有凝结核,"吉冰飚细致地说道,"在你们外界,像高积云更高处的卷云,它们下落形成的冰晶,就是凝结核。还有像烟尘,飘在空中的颗粒物,也都算凝结核。但春城要采的云都有意识,想要它们凝结形成雨幡洞云,那就得用大鹏爪子。"

"什么?"笛拉惊愕。

"确切地说是爪子粉,就是撒在浴池里的那种。但得磨得更细,因为不需要再加热池水了。往年遇到这样的云,新创社好像都是问五大社采购的。""五大社,"笛拉感觉难了,"他们连有效云都不肯卖……"

"哎呦!"廊道里传来了叫唤声,"摔死我了!"

"好像是南扎。"吉冰飚先一步冲了过去。笛拉才拐过去,就看到南扎抱着枕头摔在地上。

"有这么叫人起床的吗?"南扎的声音带着哭腔,"搭了一夜的台子,都不让人多睡会儿。"而一旁,康巴里正将一只棉靴上下颠倒,用力朝地面倾倒着,这回掉出的是睡意蒙眬的革杉!

"康老头,你干什么?"笛拉也看不过去了。

"刚好!"康巴里却将目光锁定笛拉,"三缺一,就你了。""我?"

快步走来的康巴里将几个风筝塞到笛拉怀里，自己则用一根木棍在肩头挑起一个大布包，"过来过来，年纪轻轻睡什么懒觉。"

笛拉顾不上他们，率先跟出了正门，站到湿漉漉的草坪上。

"背上。"康巴里指着笛拉手里的一只风筝。

"康社长，"吉冰飑一路小跑，"您搞错了吧，她是……不会飞。""什么会不会的。"康巴里坚持让笛拉把风筝背上，"顺风、逆风，飞两趟就差不多了。你都跟着断翅鹏飞了那么多回了，还没点飞行经验吗？"

"跟断翅鹏飞？"跟来的革杉有点不明白。"她是笛拉，交换……"衣服都扭错扣的南扎嚎了一声，吉冰飑用报纸和手去堵他的嘴。"笛拉？"革杉用力睁了睁眼。

"别跟你父亲说啊，"康巴里又将一只风筝递给革杉，"他是表面乐观，实则悲观透顶。你千万别去吓他，明白？"革杉点着头接过，但还是无比担忧地看了眼笛拉。

"康社长，还是让我飞吧。""你很闲吗？"康巴里瞪着吉冰飑，"雨幡洞云分三次采，你掰掰手指算一下，再过几天就要采第二个云层了。这回的采云量非常重要，脑子里有货吗？别再让我看见你在飞跃时翻书！"

吉冰飑被训得"咕噜"了一声。

"行了吧！"康巴里又看向一直在哼唧的南扎，"等天大亮了，就要进行踩云测试……""我才不要测！"

康巴里又转身从布包上抽出那根长棍，棍头尖尖的，很像一杆标枪，"拿着。"革杉接过。接着他打开布包，里面是更多的布团。"分一分，塞口袋就行。"

"这是要做什么？"笛拉被动地接受着，衣服口袋、裤子口袋都被塞得鼓鼓囊囊的。

"收集爪子粉！"康巴里说话时击了一下掌，四位年轻人的眼皮都跳了一下。"因为雨幡洞云的特殊性，在采集前，我们得准备充足的爪子粉。"

"你不会是要我们飞去抢吧？"笛拉率先发声，不安地抽紧风筝背带。"那倒是可以。"南扎神志不清地应了一声。

"开什么玩笑，"革杉用力抓了抓手中的木棍，"就靠这个？"

可康巴里已转过身，迎着还没升起的太阳，假模假样地将手掌顶在眉前，"你们先在浴场上找一找，有洞就直接往下钻。""钻？"

"如果浴场上没有空洞，那就只能绕远一点，飞出绿藤再往空房子底部飞。不用收集别家的，他们棉靴族少很难挑。我们就收集自己的，白房子下面。"康巴里头头是道地转过身，扫了一眼众人，"明白？"

笛拉扭头询问："你们明白？""下去就知道了。"

康巴里趁笛拉不备，冲上前推了一把。强大的推力，让笛拉飞上了天空，"死丫头，记不记得你也这么推过我！"

原本展平的风筝，"咔哒"一声向内折叠。力量之大，挤压着胸腔，笛拉感觉自己的心脏都要停跳了，五脏六腑更像是要从嘴里挤出来……

"哦！"随着推力消散，风筝又砰地一下展平，笛拉大口呼吸……

"啊！"到了制高点身体又往下落，这回风筝片又可怕地向后背展去，简直要将整个人撕开。一个人影出现在眼前，是革杉迎了上来，拉动笛拉的两肩。

"我快要……断了。""后背和肩膀都要使劲，你要去控制风筝，不是让风筝控制你，"革杉还让笛拉跟着他做深呼吸，"先将肩膀拉平，绷住身体。"

笛拉感受到了更强烈的肌肉反应，风筝带着她往前飞了。

"就像我们当时下深寻，"革杉不断引导笛拉，"虽然不是用意识控制飞车了，但如果能善用身体的摆动，一样的，你可以控制。"确保自己能正常呼吸，也不会往下掉后，笛拉才敢往下瞄，已经离白房子很远，康老头和吉冰飚都变成了两个黑点了。

"断翅鹏不是飞得更高嘛。"南扎打着哈欠飞在一旁说。"断翅鹏，那是在机舱飞，"笛拉努力描述着，"不像现在，是背着降落伞飞！"

"不会掉的，"革杉示范着将身体前倾，"再将身体绷紧，重心微微往前就好。"笛拉放胆一试，速度加快了。

"风筝很灵敏，会随着我们身体的摆动，改变飞行方向。也会因为你倾斜角度的大小，减速或加速，"革杉非常耐心，"慢慢来。"

笛拉像投降一样举起手，想往下看却又不敢了，生怕自己会随着目光往下掉，"你们飞得……可真好啊。"

"都是桑丘教的，"革杉一个滑行，指引笛拉继续往前飞，"风筝飞行，既要身体有力量，又要有柔韧性。桑丘是飞得最好的，整个春城也没多少人能像他一样追上大鹏。"

提到桑丘，笛拉心里就不免有些可惜。

"在硬块旅行社的时候，我也住在藤蔓上。"笛拉微侧过头，看到革杉脸上又浮起了一丝忧愁。"不是我们旅行社让顾客住在上面的那种。""硬块旅行社……"笛拉说话时，都不敢有过多的呼吸起伏，"不让你进下面的房间吗？"

"是有时间规定。对了，上次我在那儿看到的……""是我，"笛拉点点头，"我和康老头去开试听会。""那你应该有看到我背着藤条。""那是从大鹏爪子里拔出来的吧。"

革杉整张脸都皱了起来，"大鹏太痛苦了，要将刺进的藤条连着血肉拔出来，我不想再干了。""可五大社都是这么做的，还要砍掉对应的藤蔓对吗？"

"是的，"革杉微微叹气，"我在硬块旅行社的这些日子，只有在藤条被一一砍断，每日采云结束后，才允许下藤蔓，进入空房子的部分。""那得是傍晚了吧，"笛拉不解，"这是为什么？"

"就像现在，第一个云层采完了，如果有新创社能合并进五大社，合并进去的棉靴族也会被旅行社安排住在高处。五大社好像……"桑丘歪了歪头，

"我感觉啊,好像是不希望棉靴族踩到春云。带我的那位师傅也提过一嘴,说棉靴族会降低飞行速度。"

"降低速度,跟棉靴族踩春云有关吗?"笛拉意外察觉到了两者的联系。革杉却摇起了头,"更多的也没提了。"

"喂!"南扎正在飞回来,"那边有洞,我们可以直接钻下去。"

目前的位置,已经离白房子很远,笛拉都看到有就近的其他新创社了。她向革杉点点头:"我们先下去吧。"

南扎找到的洞口,在一片如头发般茂盛的苔草间。因为云区的景致完全是依照游客的意识而生长,笛拉已经习惯了——一边的桃树还开着花,另一边的栗子树却已经开始掉落成熟的果子。而现在身下的苔草,笛拉感觉它们在外界应该是长在沼泽地里的吧!但浴池却把绝大部分的水分吸走了,让那本该落地生长的苔草,像吊篮一样飘摇着,四周斑驳镂空。

南扎随便找了个空洞,环抱双臂,风筝微微合拢,"嗖"地一下,下去了。

"没事,南扎会在下面接住你。"革杉看出了笛拉的担忧。

"你们快下来啊,"南扎却已兴奋地在下面叫嚷,"这里有、有彩虹!"

与其丢人,笛拉更想看看下面到底有什么。她抱住身体,找了个空洞,直接往下跳,迅速展臂。

"笛拉,你看!"藤下的温度要更低些,南扎已飞到不远处的一座"冰山"下,就是刚才在上面看到的新创社底部。"我们的旅行社应该在……"革杉也下来了,指向另一侧的手缩了回来。

那聚集在新创社底部的云层,比仅是春云时庞大了数倍,但更神奇的是——"真有彩虹?"革杉忍不住感叹。

三人不断飞近。云块比想象中的要透明,加上云区底部要比上面更加昏暗,那莹莹微光,居然在乳白调间透出了如彩虹般的色调。

"这是什么云啊?"南扎满脸稀罕,"早知道就该把吉老鼠带下来,他肯定认识。"

"可现在在房子底部汇集的，不就是春云和夏云吗？"革杉分析道。"我们去五大社看看？"笛拉的提议马上得到了两人的响应。

在藤蔓底部寻找五大社并不难，只要贴着藤底飞，并顺着藤蔓的趋势往上。

"就在前面了吧，那边好像更亮。"南扎一直起劲地飞在前头。

革杉却非常贴心，每飞一会儿，都会回头等一等笛拉。等三人都飞进那隆起的缺口，之前形容新创社的云块像彩虹，那完全是小块碎片状的，杂乱地夹在夏云里的。而现在浮现在三人头顶的，是嵌在巨大藤蔓浴池一周的五个区块！形状虽各不相同，但七彩的浓度简直美得让人心颤。而且每一块所呈现的颜色都略有不同，有红绿调偏浓一些的，也有橙红调更强一些的。

"那都是春云，"笛拉说道，"五大社，因为采用骨架，将春云集成一块了。""五大社是有效云采得多吧！"南扎说道，"所以才比新创社亮那么多？"

笛拉感觉自己的大脑刮进了一阵冷风，是啊，这五彩斑斓的云，不就是包含了爪子粉的春云嘛。

"你们看春云旁边。"革杉提醒道。春云的上方和四周，都是采集到的洁白的夏云。而在夏云里，还挤出一个个背着风筝的工作人员，他们手里都拽着藤条，一丝一缕细致地往骨架上绑。葵娜说过，绑在骨架上的藤条，就是对应地插进大鹏爪子，采集春云的。

"赐予的骨架，用着可真费劲，"南扎并不知道这里面的原理，只是看到五大社派了很多工作人员在那儿绑藤条，"这一大早的，都不能多睡会儿。"

眼前的忙碌，让笛拉心情复杂。

"康社长要我们收集爪子粉，这要怎么收集啊？我们还能把有颜色的云捧回家？"南扎的问题把大家拉回现实，三人赶紧在藤蔓下寻找自家的旅行社。结果，远比预料中的好找！

革杉认真负责地记住了来时的方向，而白房子采到的夏云量，也在所有新创社里一枝独秀。可等真的看到了——"什么情况啊？"南扎绕着巨大的云块飞行，"彩虹呢？"没有彩虹色！取而代之的，是匍匐在云下的丑陋黑线。

"这是什么？"笛拉飞在云底，用手拂过一条好像还在微微冒烟的黑线。它紧贴在云朵外侧，就像光洁皮肤上长出的血管瘤……

"啊！"风筝又不熟练地一个下沉，笛拉的指尖抠进了那黑线，立刻有细密的粉末从里面喷涌而出。

革杉和南扎也一并凑了过来。"这是爪子粉！"南扎抿着嘴说话。

粉末上包裹了一层冰晶，在微光中折射出点点光亮。"那彩虹色？"革杉又仰起脖子往上看，"难道是爪子粉形成的？"冰晶融化，潮湿的粉末都黏到了手上，"还是先别浪费吧。"

南扎迅速掏出一个布团，笛拉与他一同将布展开。革杉举起那杆标枪，用尖头顺着黑线，划开上面的一层薄云。更多的粉末往下掉，笛拉和南扎立刻展布包住。

等三人背着大包小包的爪子粉，从藤蔓最外侧飞回白房子。笛拉原以为屋前的测试台会挤满了棉靴族，没想却只有寥寥数人。

"革杉，你测了没啊？"南扎提着布袋在一侧寻问。"我才不测呢。"革杉憋着劲嘟囔了一句。"测一下呗，只要踩不住，你爸也就死心了。"

笛拉见南扎幸灾乐祸的样子，说："你怎么不测一下？""快看，是金胖子！"南扎已扯开话题，"还有眯眯眼。"

三人摇晃着落地，看到葵娜和金宏正从测试台边走回来。南扎抢过笛拉手中的布袋，朝两人努努嘴，自己则与革杉继续往屋里搬。葵娜见笛拉等在门口，边上台阶边伸出一个拳头。

葵娜却示意笛拉摊开掌心，落下的是一把黑色粉末。

迷失的空房子

"棉靴族，居然能踩掉春云里的爪子粉！"金宏激动地在胸前攥着拳头，"那下面，垫着一块布。"

测试台底部，春云的下方，有一块花里胡哨的布片。而棉靴族从上方掉落的冲击力，足以把有效云中的爪子粉直接踩掉。测试台看起来空荡荡的，但估计偷偷过去做踩云测试的已有不少人。

"我正要和你们说呢。""专力专使，"葵娜绷着脸看笛拉，"大概是把双刃剑。它可以将春云集成一块，让位给其他三种云，让它们更快速地帮助旅行社往上飞。但有效春云集成一块，如果还与另外三种云凑在一起。就像你说的，当三季云集齐时，它们没法理解其他有意识的云，尤其还是集成一大块的有效春云。我想那种困惑感，会比不用骨架，让有效春云只是散乱地混在云层中，要强上数以万倍。"

"困惑太强，云层会从房底散掉吧。30年前出意外的……"看来金宏已经知道骨架的事了，"很可能就是我们五大社。""康巴里肯定是故意这么设计的。"葵娜的最终结论真是能气死人。

"你说康社长，事先就知道棉靴族能踩掉爪子粉？""他想害五大社啊！"葵娜打断金宏的质疑，双手又交叉地抵在胸前。"康社长好歹也是高云层的吧，为什么？""我也跟你说过笛一坎的事了。"葵娜非常坚持。"可骨架员的反噬？"看来金宏并不认可。

"你自己就是骨架员，"笛拉很无奈，"骨架员的反噬是关禁闭吗？""笛拉！"葵娜压住声音，有几个小棉靴从身前跑过，还不忘弯腰鞠躬，要下雨了，他们跑去收拾测试台下面的布块。"你别总偏袒低云层行吗？"

葵娜继续道，"我知道你同情他们，总觉得做错事的应该是高云层。还是说，你已经开始瞧不上我们能踩住云的人了，觉得我们飞得快就是用了骨架！""没有，"笛拉脱口而出，但又撇了撇嘴，"就算昨天有点……但我刚才去屋下采集爪子粉，最让我震撼的，还是你们五大社。"

笛拉看着面前两位不明所以的四大员，"我不知道这藤蔓每家旅行社到底有多少根。几万根？几十万根？五大社想要采集春云，往上要插进大鹏的爪子，往下还要将对应的藤条绑进骨架。你们得一根一根地确认，这里面所要花费的功夫……"

笛拉攥紧拳头，"不管这骨架是赐予还是人为设计，想要做出那番神迹，这背后是数不尽的苦工。我要飞得快，不过就是拨开绿藤，非常轻松。我没有资格瞧不上你们的骨架，这是真话。但你们应该也看明白了，棉靴族为什么会飞得慢？为什么说棉靴族多的旅行社会飞得慢！"

"把有效意识都踩掉了嘛，"金宏嘀咕了一声，"吸引不来云层。""这也要怪我们五大社吗？"葵娜气势汹汹的，"他们生来如此，你该去怪羽萨！"

"我原本是觉得羽萨不公，"但笛拉边说边摇头，"吉爷爷之前就跟我说过，春城的两种踩云状态，不过就是大鹏的两种飞跃状态。一个脚上有藤条，一个脚上没有。高云层不是不绑链子就穿不住棉靴。吉爷爷是飞灵师，他能踩住云，但他不绑链子也能穿住棉靴。事实是，棉靴族根本没法往棉靴外绑链子，因为交嘴鹏在飞来天际时脚上就没有东西。""原来是这样。"金宏意外道。

笛拉知道葵娜听着很不舒服。"你们有没有想过，或许羽萨最开始的安排，就是一家旅行社有踩得住云的人也有踩不住云的人。棉靴族是可以帮忙把春云里的意识踩掉的，他们可以让四种云安然地集合在一起。"

"可飞得慢啊！"这才是葵娜关注的重点，"你是要我们慢悠悠地在天上飘着吗？还有，什么叫棉靴族可以帮忙把春云里的意识踩掉，你是要高云层去依赖棉靴族吗？"

笛拉盯着葵娜，"我想这大概就是你母亲，更改设计图的原因了。你们有能力，又愿意下苦工。责备你们，反倒显得我很小气。但是这样做真的对吗？你们砍断藤蔓，你们折磨大鹏，你们还将看不上的人从天上扔下来！你们满心满脑只想着飞得快啊，一点人情味都没有。"葵娜鼻子都快气歪了，"你一外界人有资格说这话吗！"

"这就是春城的局势，"金宏一脸为难，"我们也没有办法。"

"吵架呢？三位。"笛拉转过身，愣了一下才想起对方是高典。只在拍卖会时见过一面，加上此刻他也没穿白房子的工作服。

"康社长找我聊天，"高典一身米色修身西服，一手端着咖啡，一手还拿着报纸，面前的三人，他只微微向葵娜示意了一下，"他求我留下……"

"你的裱糊！"高典轻盈地往后退，看着被葵娜拉住的金宏。"你是被棉靴族的疯劲感染了？串串社的人都有脾气了。"

"你买的瓜尔豆胶，让旅行社补了一大笔差价！"金宏的脖子和脸都涨得通红，"还有笛一……"葵娜敲了一下金宏的"救生圈"，估计是不想因为笛一坎牵扯出笛拉。"他就是故意的。"金宏小声坚持道。

"我故意？"高典轻蔑地笑着，"我要是故意，康社长现在也不会求我留下了。""你会留下吧？"笛拉说道，"既然你不是故意，那软肢出售那些瓜尔豆胶，显然也没有太在意你的死活，不如留在白房子"。"是常年混迹在其他旅行社的缘故吗？"高典盯着笛拉，"我居然遇到了一位脑子会转弯的板脸。"

笛拉不敢多言了，生怕说多了，被对方发现什么。

"还是得问你啊，"高典抿了口咖啡，盯住笛拉，"第一个云层的采集量居然能排到第五位。""第五！"金宏惊叫起来。"没错，串串这回，是没用到家了。但是橘沁竹，你是怎么做到的，一心三用呢！"

笛拉自然不会接他的这个话茬。

"不过接下来的一个云层，有点悬了吧！"高典讪笑着，"得盘热气流了。""盘热气流？"葵娜走上一步。

"雨幡洞云啊，葵小姐，"高典示意了一下手中的报纸，"第一步，得先集云。热气流这玩意儿，起起伏伏，软磨硬泡，好像是板脸社最受不了的题吧。"

笛拉得多谢橘沁竹的半个面具，才掩饰了眼中的疑惑，自己根本不知道他在说什么。

"我呢，准备再观望一下，要是第二个云层也飞好了，"高典将喝空的咖啡杯塞给金宏，"那今后就麻烦你们喽。"

高典走开了，身后跟着两位卑躬屈膝、端着丰盛早餐的棉靴族。

金宏紧张地看向笛拉："你真的能一直朝舞台内部飞吗？""拜托，"葵娜剐了一眼金宏，"你有点出息行不行？五大社哪那么容易输啊，我们这回管状云采得多，还不是拜瓜尔豆胶所赐，运气成分太大了。""话是这么说，你们立筒排第几啊？""肯定在棉靴族前面。"

"雨幡洞云怎么了？"笛拉操心的可不是五大社。"你是拨开绿藤就能采得快吧，"葵娜看着笛拉，"那有没有想过，光速度快，却没有云，要怎么办？"

"还会这样吗？"笛拉脑子里浮现的是飓风柱取之不尽的云量，"吉冰飑刚才也没说啊。""搭上他爷爷都够呛。"

吉冰飑的后背紧挨着安格的床，身前的地板上铺了一排云！一朵接一朵，每一张稿纸上都画了不一样的云。

"你爷爷又给你出题了？"笛拉在他身边盘腿坐下。"真是越来越难。"吉冰飑正目不转睛地盯着一朵由四个浪头组成的云。靠左侧的三个浪头几乎是等高的，而最右侧的浪头只有其他的一半大小。吉冰飑抓起铅笔，在浪头低的云下，画上几个箭头。

"这一侧，热气流多吗？"笛拉也看了些日子，多少能看懂箭头代表的是热气流的流动方向。而等飞升那天，旅行社就会利用这些箭头代表的热气流，往上盘旋集云。

"左边的云底已经形成良好，而右边云底那凹进去的部分，代表下面的热气流仍然很活跃，还能继续往上发展。"吉冰飑也用铅笔写下这些话，现在的云图就像一张张模拟试卷。

"你确定，不教我一些吗？"笛拉托住下巴。吉冰飑有些无辜地看向笛拉，"我以前就只盯着云看，没怎么想过云下的热气流，现在还在学呢。""那也比我了解的多吧。"吉冰飑却瞄了眼笛拉怀里的《瞬间的完美幻觉》，说："你是不想看书了吧？"

笛拉哀叹着仰起脖子："真的，上面写的都是什么曲式、和声、对位！专业到我完全看不懂啊。我又不用像飞灵师一样去编曲、去唱歌，现在都不知道读了有什么用。""我倒是听爷爷提过……"吉冰飑用铅笔挠了挠头，"真正厉害的定云员，好像是能听懂歌声的。"

"听懂？"笛拉忍不住瞅了眼依旧在昏迷的安格，"你指，歌词吗？""安格先生应该也听不懂云的语言吧。"吉冰飑歪过头。"那还能从音乐里听懂什么……"

"意境！"金宏和葵娜一前一后地推门进来了，"做个云网还讲究这个，你看看这颜色。"笛拉见葵娜两只手都红红的，立刻竖起脖子："裱糊好了？"

"等雨小些，就能往鸟巢上黏了，那黏合剂跟染料一样，"葵娜搓着手，还在向金宏抱怨，"能不能洗掉啊。""这回的云网，应该没问题吧？"

就算两人本就在讨论云网的问题，但葵娜还是对笛拉的质疑"啧"了一声，说："你要不要去检查一下？"

"笛拉也是关心嘛，"金宏立刻调解道，"我这次啊，是跟着高典一起去采购瓜尔豆胶的。回来后，高典又进行了一次复查。还有冰飑，你爷爷以前不也学过裱糊嘛。我们也让他确认过了，每一种原材料都没问题。"

"放心吧，"葵娜说道，"我们有证的四大员，都是有职业操守的，不稀罕在背地里耍阴招。""我又没这么说。""你有这么想啊！"

吉冰飑还不知道骨架的事，担忧地看着面前气氛微妙的俩人，却被葵娜一下逮住了目光，"吉冰飑，你学得怎么样了？""每天都在进步，"笛拉抢答道，

"已经能研究很复杂的云了。"吉冰飑有些不好意思地拢了拢身前的云图。

"你之前都没盘过……""怎么没盘过?"笛拉又急匆匆地插话,"驾驶云笼的时候,不也是盘热气流嘛,虽然不至于生成云,但原理差不多吧?"吉冰飑咧着嘴点头。

"就算原理差不多,之前也只是跟一群没证的定云员竞争。"

"我们还有吉爷爷呢。"

葵娜有些恼火地看向笛拉:"飞灵师只是大概了解一下四大员的工作,他们又没证!有证和没证之间的差距是很大的,你们必须对这次的采云难度有充足的心理准备。"

"葵小姐,"吉冰飑怯生生地说,"您放心,以我的采云经验,不管云层难不难采,对我来说都很难,我不会把它们想得容易的。""就是!"笛拉之前听到吉冰飑这般回复时,虽不知该哭还是该笑,但纠结的内心顿时就坦然了:"我们采管状云的时候差距也很大啊,你当时还一直要吉冰飑采大风暴呢。现在怎么了?是看到我们管状云采得好,立筒社上一趟是排第四吧,你怕我们……"

"笛拉!"金宏都挡到了葵娜身前,"口直心快,有时候真的很伤人。""是她一直在唱衰我们,一点自信都没有。"

"我没自信?"葵娜用力推开金宏,狠狠盯住笛拉,"那是你忘了你跟我说的话!""我?我说什么了?""橘沁竹!"葵娜的手指都快点到笛拉的鼻子了,"你之前在立筒社休养,试验过我的骨架。"笛拉之前确实听图老师提过。

"你当时,有一年多时间没有观云,也没有飞行了。跟着初级定云员,来为我们测试骨架。那种测试,是飞升阶段的模拟,没证的定云员都是轮不上的。你当时很明确地跟我说过,无论休息多久,只要采云,只要能将云收进云网,那种浑身通畅的成就感就会立刻回到身体。但唯独碰到一种云,就是需要盘旋云下热气流的云。你说你体会到了恐惧,想到了新人阶段的自己——那是被蒙起了眼睛，扔进了树林！吉冰飑，你这么没经验，你爷爷也没模拟过，到时不可能不撞树！"

"砰！"有人撞上了窗户，是南扎。

"嗖！"窗外的湖面上划过几个身影，那都是练习飞行的小棉靴，他们在为集完云后洒爪子粉做准备。

"看到了？临时学的能有什么水平。"

"南扎，"吉冰飑跑去将水波窗锁了起来，"你又掉水里了？去正门绕！"

南扎发现吉冰飑坚持不开窗，这才不情不愿地飞走。身后有好几位练习飞行的小棉靴，都或快或慢地从湖上飞离。又开始下雨了，天气已经不适合练习。天空甚至出现了青灰色的雨幕，没一会儿，雨大得连对岸都看不清了。

突然传来一阵敲门声，"这么快吗？"吉冰飑跑去开门，一开门就连打了两个喷嚏。这是小棉靴来送餐了。

为了降下第二个云层中近乎三分之一的云量，天空从昨天起就像漏了一般。一天中，能逮到一两个小时的阴天已经不容易，湿度太大，厨房为此特意准备了除湿套餐——辣得让人喷火！

"大厨让早些给送过来，"今天过来送餐的是凌兰花，"等到了饭点，点餐的客人就太多了。"144号云区已暂停了所有温泉服务，藤蔓更是在下雨前就收缩到了空房子底部。游客不好在雨天出门，脚闲下了，嘴就停不下来了。

笛拉赶紧收拾地上的稿纸，稍一抬头就注意到了凌兰花的鞋子，不再是白色棉靴，而是一双崭新的运动高跟鞋，一看就是葵娜送的。

"还没想好吗？"葵娜甩了鞋子踩上金宏的床铺，对凌兰花说，"明天可就要采第二个云层了，错过今天，我再要推荐你去立筒社，就得等到雨幡洞云三轮采完，那时……"

"叛徒！"门是被一脚踹开的，所有人都吓了一跳，看到南扎像个落水鬼一样立在门口。

本来还在犹豫的凌兰花一下涨红了脸,什么都没说,就埋头往外走。可走太快,一不小心扭到了脚,整个人都摔倒在地。笛拉之前可没见过南扎欺负女生,但这回他不仅不扶人,还戳着对方的脊梁骨骂。

"南扎南扎!"吉冰飓冲上去拖走他。凌兰花被骂哭了,捂着脸冲了出去。"这个叛徒,她居然想走!"

"你讲点道理行不行?"葵娜气得从床上站了起来,"现在的新创社是两栋空房子合并在一起的,我们顺利采到了第一个云层,凌兰花又能踩住云,我可以推荐她,她有机会进立筒社,这怎么就是叛徒了?""就是叛徒!"南扎立着他标志性的牛角眉。

"我告诉你,五大社不收购采云失败的棉靴族,等你们飞跃第二个云层失败……""我们不会失败的,棉靴族要创办自己的旅行社!"

"又一个,"葵娜憋着劲,"我告诉你南扎,这些天求着我,求着金宏,还有求着高典的棉靴族多了去了!"

"什么?"笛拉非常意外,"求什么?""你知道他们为什么不求你吗?不求你推荐他们去五大社!"

"好了。"金宏拉了一把葵娜,但被葵娜甩开了,"因为你脱离了板脸社!说句不好听的,橘沁竹就是在五大社流浪!棉靴族精得很,你还觉得他们可怜,其实他们是瞧不上你。他们为什么不找你推荐呐?因为他们知道你关系不够、背景不够、所以都来烦我!"

笛拉看着愤怒的葵娜,知道她也是被气着了。这些话,自己当然不会太在意,但如果在这儿的是橘沁竹呢?看到棉靴族是这番态度,她会怎么想?

"不管踩不踩得住云,不管能不能脱靴,他们认为白房子采到了第一个云层,他们就有资格进五大社了。你们知道有很多棉靴族在背地里埋怨康巴里吗?埋怨他还要继续采云,不考虑收购。还埋怨我们几个高云层拿他们当试验品,简直可笑!"葵娜的肩膀上下起伏着,南扎和吉冰飓更是脸色煞白。

"我告诉你们，就算白房子现在愿意被收购，就算是立筒社，就算是我去开口，他们也不可能收购这么多棉靴族。我现在保凌兰花，是为你们好。"

"谁要你这种好！"南扎整个人像是一摊被打湿的衣服扔在地板上。"好好的机会不要，是吧？"葵娜瞪着南扎，"我看你……你就是在嫉妒凌兰花！"南扎突然变了神色："谁嫉妒谁是狗！"

大喊声伴随着雷响，南扎冲到餐盘前，搂了一把食物就跑掉了。吉冰飑见南扎跑了，小心地从笛拉手中抽走稿纸，也跟着跑了出去。

葵娜直接从床上跳了下来："等、等第一次集云……""冷静啊！"金宏安抚道。"你们就知道自己现在有多天真了！"葵娜一脚将一罐焦糖布丁踢得粉碎，之后也冲出了房间。

屋里一片狼藉。

"这一个个的火气，"金宏揉了把鼻子，将翻倒的餐具一一扶起来，"大厨真的把菜做得太辣了。"

"咳咳！"

金宏没咳嗽，但笛拉也没有啊。两人互看了一眼："安格？"

雨幡洞云的采集，就在争吵后的隔天，也是惊蛰后的第二周，在外界属春分节气。

笛拉原以为大量的降雨，会让144号云区变成一个被灌了水的透明气球。但没想到的是，雨水会带着意识轨道下沉，透明的轨道如柔软的薄膜，贴附到了身下的世界。整块雨水被城镇、被公园，甚至被桥梁一一划开，像极了破碎的玉块。低水位的河道被填满了，还漫上了河岸。道路上也或深或浅地弥漫着水迹，地势过低的区域，水线已漫到车顶。但这"灾祸"显然没有影响到外界，从正常移动的车顶，还有在"水下"漫步的行人就能看出来。外界人，是感受不到的。

意识轨道的"着陆"范围覆盖了整个清潭市,随着凤灵开始高歌,雨幡洞云的第一步——集云,便开始了。形状各异的云朵,随着歌声从水中升起。那番景致,仿佛是整座城市都有了呼吸。想要趁着春寒料峭之际,哈出一口白气。旅行社会依据自己的判断,选择合适的云让大鹏在空中拦截。

截云,是断翅鹏在本次飞升中的重要任务。断翅鹏已铺展翅膀,脖颈上立着一圈羽毛,目光锐利地注视着膨起的云朵。

"不用盯太紧。"这是吉于夫交代,"如果让云层感受到太大压力,云量就会收缩。"笛拉刚试着放松一些,云层就像反扑一样涌了上来。拦截过程中,大鹏是不允许触碰云朵的。

断翅鹏随着涌起的云层不断往上飞,而旅行社悬到一定高度,就停在了原处。只等断翅鹏飞抵云区设定的一条高度线,白房子顶部的"鸟巢"便会由碗状翻起变成滑翔伞般的下拱状。黏在枝丫间的云网也会像布一样展开,兜住整个"伞面"。这时旅行社便可盘旋热气流,飞触云层底部。触碰的瞬间,下拱的"鸟巢"又会恢复成碗状,绿网则会脱离"鸟巢",黏于云底。云一旦被黏住,就算集云成功了,云朵也不会再随着性子如普通云般消散。此时,旅行社再由大鹏带着飞离,寻找下一朵可以采集的云。

"还行还行,这回集到一些了。"南扎趴在窗口,这次为了更好地盘热气流,需要感受风的流动,所以康巴里房间的窗户和门都是开着的。

从凤灵开唱到现在,断翅鹏已成功拦下两朵云,体量都不大,目的也只是先练练手。像第一朵云,断翅鹏正好好等着,脚踝突然被抽紧。这才发现白房子飞到一半就落了下去,落过了限定高度,"鸟巢"重启。断翅鹏也因为太大意,没绷住劲,直接被拽进了云里。赶紧再截一朵,这回倒是盘到热气流了,能感觉到白房子进气流时的颠簸。但颠簸着进,颠簸着出,白房子起起伏伏,云又有生命周期。断翅鹏这回做好了下拽准备,但等得云层松散……"咔嚓"一声,"鸟巢"终于碰到云底,只可惜云量实在太少。

"可算是开张了。"笛拉听到葵娜略带挖苦的评价，原以为她今天不会来看采云的。"别碰那控制线！"葵娜又训斥南扎，自昨天大吵一架后，气氛还一直僵着。

南扎并不理她，却故意用脑袋撞了撞控制线。所谓"控制线"，是从"鸟巢"一圈垂下的气生根，分别从屋顶、窗框伸入，分成了两束，各自集中在一个伞柄一样的容器里，一左一右地挂在吉冰飑和吉于夫的头顶。爷孙俩现在分坐于飞升椅两侧，只等"鸟巢"再次变成"滑翔伞"，便可拉动把手，操控白房子盘旋热气流。

"爷爷，我们是不是应该跟别的旅行社一起飞？""还一起飞！"南扎立刻提出异议，"光咱们一家都不够盘了，你还要让别人来抢吗？"

"仅靠我们自己，根本看不到热气流。"吉冰飑现在将眼睛压在身前的曲折镜上，这是康巴里特意设计的，通过曲折管道里的镜片折射，能观察到屋外的云朵，以及旅行社四周的情况，"就像飞云笼的时候，我们需要其他云笼做标记，这样才能知道哪里有热气流，我们现在得找大的云。"

"这我同意。"南扎咕噜了一声。"可是云太大，底部的热气流会非常复杂。"

"少拿你们飞灵师那套来盘热气流啊！"这回飞行的房子稳，康巴里还有本事往他的水壶烟斗里倒茶水，"一首曲子磨几百遍，磨得心火都没了，能这么集云啊？"

灌好茶水，康巴里点燃壶嘴处的烟草，抽上一口，烟草和茶水一并沸腾起来，"小鼹鼠，我们现在可是在抢云，不是积累经验。管它大的云小的云，集回来才是关键。"

"断翅鹏！"南扎像含了支话筒，"快去找云，越大越好！"

在不集云的时候，笛拉只能降低高度飞，这在一定程度上会限制断翅鹏的视野范围。但要是飞高了，旅行社变成了滑翔伞，就不受大鹏控制了。所以笛拉只好控制高度，拖着旅行社飞。

想要云量多，是不是就得找水多的地方？就像之前降落的建筑博览园，笛拉以前也没去过。笛拉想起自己家那块好像有河……

"笛拉笛拉！"耳边传来疾呼声。

断翅鹏展开翅膀，双翅抽紧，爪子往前扑腾了几下，在空中来了个急刹车。断翅鹏悬停在了一个公园上方，身下是一片枯黄的草地，随着翅膀被微微拉向左侧，只见有一个水潭！离草地不远，水潭正中还摆着一个用不锈钢做的水滴艺术品。

现在正值春冬交替之际，外界的池塘干涸见底，能看到满池的石头和枯掉的芦苇杆，在春城的虚拟水位里影影绰绰。水位不断下移，一朵扎实的积云已飘过断翅鹏的高度。笛拉明白吉冰飑为什么会喊了，因为这朵云有四个浪头，三个等高，而且只有其他云的一半大小！

"爷爷，这个云您给我出过题呀，"唯一不同的是，低的浪头从最右侧换到了最左侧，不过这已经算押中题了吧——"我们可以从左侧飞入。"吉冰飑信心满满。吉于夫却还将眼睛压在曲折镜上，"地形，也是要考量的。"

无论怎样笛拉先往高处飞，等跃过高度线，底下传来咔哒声，脚踝松了，"鸟巢"下弯，云网铺展。

"爷爷，可以吗？"吉冰飑还在寻求意见。

"吉老鼠，那边好像有旅行社过来了，你赶紧找热气流啊。"

有两只大鹏飞了过来，云朵没有先截先得的说法，只要云朵还在生长，大鹏就可以加入拦截的队伍。此时，房体颠簸，白房子从左侧旋入了。

"咦，他们是不是超过我们了？"南扎已将半个身子探出窗外，"明明比我们晚进热气流啊。"而且这两家旅行社不是从左侧旋入的，而是从右侧，难道是理论分析错了？

"水潭四周都是小坡，"吉于夫终于开口，"形成这朵云的热源不是来自一处，而是多源形涌入。""那就换道呗！"康巴里道，"哪边快就往哪边去！"

"能换去右侧吗？爷爷，"吉冰飑现在也没了主意，"他们确实比我们飞得快，快好多。"

"哎呦喂！"南扎兴奋地拍起窗框，"云网飞了，那家新创社的云网飞了！哈哈哈，是没黏牢吗？"葵娜不屑地说："粗制滥造，丢人！"

一只大鹏略带失望地从云前飞离，但还有一只，它眼神盯着断翅鹏，有种猛虎前扑的震慑力。

"如果在转移时遇到气流间隙……"此时没有飞行经验的弊端出现了。

笛拉是真希望安格醒了！昨天，安格确实出现了醒来的迹象，但笛拉和金宏守了他大半天，甚至还用到了将辣椒粉置于鼻前刺激他的损招，结果还是令人失望。安格在几声咳嗽之后，继续陷入沉睡。笛拉相信安格肯定会醒来，只是醒得太晚的话就来不及了。

"……会损失很多高度和更多的时间，"吉于夫还在分析，"多源气流总有个汇集点，就在上方。耐心等一等，只要进入，我们的速度会变快的。"

"哎呀，那一家飞得好快啊！"南扎已经仰面往上看了，"快想想办法啊，他们要触顶了！"

笛拉又一次感觉到了颠簸，吉冰飑没忍住，转着木把手向右侧飞去。可飞出没几米，白房子就开始下沉了！

"到顶了，"南扎说的自然是另外一家旅行社，"我们还有机会……"

"咔哒！"下沉过程中，滑翔伞变成了"鸟巢"，断翅鹏的脚踝被抽紧。原本黏在枯枝上的云网松掉了，变成了一团废网。旅行社还未落到限定高度，但拦截的云已经发展成熟，这样也无法再采。那么扎实的云量，就被一家新创社集走了。

"南扎！"葵娜又训斥起来，"你别那么激动行吗？都影响到吉冰飑的判断了！""吉老鼠，我影响你了吗？没有吧！怎么会呢？而且我是棉靴族，我肯定希望能采到云啊，不像某些人……"

笛拉顾不上吵架，也顾不上可惜。凤灵开唱已一个多小时，自己几乎没集到什么云。等集云结束后，各家旅行社会将云进行汇集。那倒是一个笛拉可以以小搏大的机会。但要进入那个环节，旅行社的集云量不能是后两位。作为对集云多的旅行社的鼓励，最后两家的采云量，会依次赠予集云最多的两家旅行社。

"那边那个云！"南扎又激动起来，"像不像拳头？""是防洪堤。"

断翅鹏飞到河道上方，此时的河水就像一块双层蛋糕。底部是外界的河水，浓绿浑浊。上面则像一层透明的果冻，淡淡地折射出底部的绿色。而此刻从水面上浮现的巨大云团，像两个并拢在一起的拳头。

已经有多只大鹏上去拦截，这么大的云团，任谁见了都会心动，笛拉想要是白房子能把它盘下来，说不定能弥补开头的劣势。

"说句话呀！"康巴里见爷孙俩都没有反应。

"这个热气流，分裂成了两个核心，"吉于夫边分析边观察，"先进去。"

"不挑个方向吗？""哪侧都行吧，爷爷，"吉冰飑也有自己的判断，"现在还看不出来哪侧热气流更强些。""没错，先进去吧。"

笛拉已飞过高度线，白房子从云的一侧旋入，这回的颠簸感明显强烈了很多，之前只是轻微摇摆，这次却有汽车开进碎石路的错觉。这代表热气流足够强，笛拉越飞越兴奋，沿着云柱不断往上飞，顶部的光线有点刺眼，一道白光闪过……

"笛拉！"葵娜冲过来搀住她。笛拉感觉自己眼冒金星，连云泥都踩不稳了，"断翅鹏，脑袋……"

"被袭击了？"南扎大吼，"敢打我朋友！"

南扎抓起一旁的风筝，金宏一把拽住了他的后衣领，"你现在可是飞行员，怎么还想着和大鹏打架呢？"

"都坐好！"吉冰飐大喊。

断翅鹏在急坠，已落过高度线。这让白房子伞面凹陷，断翅鹏脚上的藤条重新有了拉力，却是带着旅行社往下翻。

"冰飐，松掉你那一侧！"吉于夫说话已很费劲，"千万，不能碰到水。"一旦触碰水面，这次的集云就结束了。

"断翅鹏，断翅鹏……"笛拉顾不上头晕眼花，冲进断翅鹏的意识，一立起脑袋，一股浓稠的液体就从眉间流下，是血！刚才是被什么东西砸到了脑壳，断翅鹏昏迷了！笛拉努力铺展翅膀，往上飞。却感到脚踝被猛地抽紧了，站在云泥上的笛拉一下陷了进去，"我带不动呀！"

力量不够，白房子即使被摆正了位置，却依旧在往下落。因为房底的那些夏云是顺力而行的。也就是说力量往上，它们也往上。但如果整体力量往下，它们就一定会把你送进水里！

断翅鹏终于醒了。

"我天！"笛拉的右脚现在是点在云泥上的，太疼了，泪水已经在眼眶中打转。断翅鹏在一秒内调动了所有力量往上冲，小腿的肌肉简直要被剥离，但笛拉不想退缩，只想与断翅鹏一起往上。

飞行中，"鸟巢"再次变成滑翔伞。在力量牵制、藤条松掉的瞬间，断翅鹏将爪子往前伸，将白房子扔进了热气流。白房子直接从左侧气流滑向右侧，整个"伞面"又呈现倾斜状。

"不会翻，不会翻！"吉冰飐念叨着。气流灌进云网，云网已被撑得透明。"不会破的！"葵娜似乎猜到了大家的担心。

白房子真的稳住了，云网完好无损。屋里都是大家的喘气声，笛拉这会儿都没闻到烟味，不知是自己太紧张了，还是康巴里紧张得都忘了吐烟圈。

断翅鹏还在急速往上飞，脑袋上裂了个口子，滚烫的血液从额头流到了胸口。

"断翅鹏，冷静啊！""笛拉笛拉！"吉冰飑疾呼，"云朵发生变化了，右侧气流明显要强很多。"

气流强，那么右侧的云团也会变高。断翅鹏越飞越快，笛拉看到顶上又有白光闪现。离云顶越来越近，居然有两只大鹏守在那儿，一只嘴上还沾着血渍。

"我让你啄！"笛拉直接飞冲了上去。断翅鹏张开翅膀，一左一右，凭着强大的冲击力，对着两只大鹏，用尽全力一推，两只大鹏往后翻，被从底部涌上的云团击中了。

笛拉龇牙咧嘴地喘气，断翅鹏旋飞在原处，已不敢甩脑袋。现在的云团就像超人挥起的拳头，一侧低一侧高，处在低处的大鹏作为旁观者，望着血淋淋的断翅鹏。

"那两家攻击我们的，又是软肢的新创社！"南扎伸着头关注着。

"咔哒！"一声。这回终于集到云了，可是集这朵云的旅行社很多，均前前后后地飞抵，各自的集云量并不可观。

"再找下一朵吧。"但笛拉听出歌声变了，才有点感觉，集云就结束了。"吉老鼠，"风筝已绑定在南扎的肩头，"接下来就看我的了。"

剩余的水洼逐一从地面飞起，带着透明的意识轨道，泛起褶皱般的涟漪。水滴膨发成云，但这些云不再等着被收集，而是在空中汇成一块，将原本由云网黏住的云也吸了过去。云网开始在头顶编织，因为各家所用的黏合剂颜色不同，此时的云下像是垫上了五彩玻璃，不，更像是多彩裂纹玻璃！

"我们是红色的，"葵娜从口袋掏出比对用的色卡，"云量排在最后的两家，等所有云都齐了，云网会自动脱落。"

顶上的云网，越来越像跑道，越挤去内圈的，就代表云量越少。断翅鹏正不断往内飞……

"红色云网！"南扎已背着风筝去到最中间。其他旅行社，也断断续续地有飞行员飞出来。

"这样看来，"笛拉注意到挨在外侧的嫩黄色和紫色云网，"和其他旅行社相比，差得也……""不多"两字，在她瞄见五大社移来的云量时，就彻底说不出口了。

"五大社！"云层之下满是细碎的交谈声。"不愧是五大社啊！"

笛拉现在是有点埋怨金宏，"你们串串社是什么颜色？""好像是……"金宏也站到窗边，"绿色云网，就左前方那个。"

五大社的云网正分成一圈，合并进云层。就算是集云量稍显逊色的串串社，笛拉也敢说仅他们一家的云量，就完全超过了所有新创社的集云量总和。

"这回明白了吧。"葵娜看穿了笛拉的心思，也站去窗边。

"呀！"南扎在外面惊呼一声，是红色云网掉了，连着外圈的嫩黄色云网也掉了。屋里顿时静悄悄的。他们没有进到撒粉环节。

"砰"吉冰飑原本将两只眼睛压在曲折镜上，往旁一挪，直接将额头砸在了桌面上。笛拉眼眶微弹，脑袋有点胀疼，这趟集云之旅简直给她泼了盆冰水。

"只要能赢过其他新创社，不，其实只要能采到足够的雨幡洞云，"葵娜在安慰道，"反正其他新创社都会被收购，我们会成为第六大的社。""对对对！"金宏激动起来，"又不是要和五大社比，对吧冰飑。"

"你们在高云层，也这么随便降低目标吗？"康巴里用一种匪夷所思的目光打量着眼前的两人。"只有目标合理，才有成功的可能。"

"吉哑巴，"康巴里嘲讽起来，"你看看你跟你孙子集的云，一旦放低要求，下一轮只会更差！"吉于夫看了眼康巴里，"你放心，我已经让笛拉读书了。"

什么！笛拉像是遭到了雷击，"《瞬间的完美幻觉》？那本书，跟采云有关吗？""我打赌她看不懂！"康巴里一副很生气的模样。

康巴里将烟斗抽成了烟囱，屋里浓烟刺鼻。大家一并抬起头，烟雾缭绕中，笛拉透过断翅鹏的眼睛，看到了彩带状的漩涡，那是按每家旅行社集云量的多少，由上至下，将各家的云量整理成圆盘状后，依次垒叠形成的实心云涡。

"砰砰砰，砰砰砰！"

"去开门，"葵娜将自己裹在被子里，烦躁地蹬着床板，"这一天天的，就不能让人睡个安生觉吗？"笛拉头昏脑涨地坐起来，上次采完管状云是肌肉痛，这回没采到雨幡洞云是头痛！一觉醒来，同样天还黑着，但今天尤其黑。一看时间，才三点多，可敲门声简直要将房门轰开。

门一开，"你有去找过凤灵吗？""没……"还没反应过来，一张纸就呼到了笛拉脸上。

"你居然没去找过他！"是康巴里。

笛拉睡眼蒙眬地将房门带上，"怎么了？""还怎么了，你自己看！"因为愤怒，康巴里的睡帽像炮筒一样立着，"分局刚给我发的，今早就会刊登在报纸上。你这颗脑袋到底在想什么？摆设吗？"

笛拉不得不在他的"狂轰滥炸"中找回脑子，努力睁开眼睛，报纸上印着一篇文章。

特大丑闻！144号云区发生恶意碰撞事件！

自昨日雨幡洞云的第一次采云结束后，144号旅游分局已接到两家新创社举报。举报重点都指向同一家旅行社，即由云区原店长康巴里创办的新创社。举报中提到，该旅行社的大鹏，在飞行中出现失控现象，突然向其他大鹏发动攻击，导致软肢旗下的新创社在集云阶段大鹏受伤，错失云层。

迷失的空房子

其他旅行社也提出质疑，一家由棉靴族组成的新创社，居然能在第一回飞跃中，采云量排在第五位。而在雨幡洞云的第一次采集中，又几乎没集到什么云量，止步于抛洒爪子粉环节之前。如此跳跃的成绩，不得不令人怀疑！他们的真正实力！难道是在第一次采云中，用了什么卑劣、不正当的手段！

现在软肢社已集合多家新创社，向旅游分局发出联名请愿，希望能彻查此事。有必要完全可以取消该新创社的采云资格，千万不能让这样的害虫继续混在飞行队伍中，影响大家的采云成绩。（以下，附上几张大鹏受伤图。）

黑白照更显出了深色血迹。

"那明明是断翅鹏的血！"笛拉辩驳道。"谁能证明？"笛拉反应了两秒，"你说，凤灵？"

康巴里扭头就走，"我是真搞不懂你在想什么，第一个云层，凤灵是因为你在白房子才唱歌的，为什么就不能去感谢一下呢？这点人情世故，难道还要我教你吗？"

笛拉快步跟上，路过厨房，灯一直都亮着，但值夜班的棉靴族哈欠连天的，还没到交班时间。

"他不是为我唱的吧，凤灵是因为你那番话，"笛拉与康巴里并排走，"你当时说他一直高高在上，什么自己出的题自己却解不了，他是为了他自己才唱的吧。""哈！"康巴里先一步进屋，"听你这口气，你还瞧不上凤灵了。"

"不是，"笛拉有点为难，"我就觉得我没必要去见他，反正我都能听到他唱歌啊，而且雨幡洞云也没有管状云那么惊险，我能听到不就行了。""你确定雨幡洞云不惊险吗？"康巴里质问道，"你带着断翅鹏出去打架的时候，没觉得惊险？""是软肢社先动的手啊！"

康巴里抓起桌上的烟斗，笛拉立刻用手臂护住脑袋。

"我是拨开绿藤才采的云呐！"笛拉气恼地放下手臂，"这文章上也写了，什么卑劣、不公正的采云手段，说的不就我嘛，我怎么好意思去找凤灵啊！"

"我倒是忘了，你是个人格高尚的小姑娘，脸皮薄，"康巴里挖苦道，"你不开口是吧？"

康巴里举起烟斗，敲打书桌旁的的一排白色碎花，"马上就要4点了，快点给我变过来。"

那白色碎花叫蛇床花，每日凌晨三点开放。而到了凌晨4点，它们就会变成牵牛花。5点是野蔷薇，6点是龙葵，每个时间段都会变成不一样的花开放。

随着烟斗起烟斗落，白色碎花有了牵牛花的淡紫和淡粉。

"分局现在就在上面。""在凤灵的房间？"笛拉诧异道。"问询呐！"康巴里旋动花盆上的一个旋钮，那是调节花朵绽放度，控制音量用的。

看着像个花盆，其实是春城特有的收音机。像每天下午三点，康巴里都会躺在椅子上睡午觉，收音机里播放着凤灵往年的音乐作品，而收音机上会绽放出一朵朵万寿菊！那肃穆的画面，吓过笛拉好几回了。

"可这时间，"笛拉看着漆黑的窗外，"凤灵起这么早吗？""是还没睡！飞灵师都是夜猫子，分局找他问话，还得凑他的时间，"康巴里盯着一朵朵有气无力的牵牛花，将碎烟渣"噼里啪啦"地倒在上面，"你要面子不肯去见凤灵，现在白房子有没有下一轮，全凭凤灵怎么回答。"

笛拉被训得困意全消，看着突突绽放的喇叭花。

"各位观众……早上好……"

"有声音了。"笛拉立刻伏在书桌上，康巴里则开始往他的水壶烟斗里填烟草。

"这里是144号分局电台，我们现在正在白房子旅店为大家进行直播。每年的飞升季，飞灵师都格外繁忙，但凤灵还是在百忙之中抽出时间，就昨日雨幡洞云采集时……"

"干嘛在我房间架这么多机器？"是凤灵的声音。"那个，刚才已经沟通过了……""我刚才在思考，谁听到你讲话了，你们怎么进来的？""您、您宠物啊！"

"吱吱！"一声猴叫。

电台那头发出了"嘀嘀"的失联声，笛拉咧了咧嘴，分局也是够卑微的，五大社那里说不上话，凤灵这儿也不给好脸。

"就是个吉祥物。"康巴里滑动椅子找起了火柴。

"听众朋友们，刚才信号不好。现在，大家都还在吧，刚才再次与飞灵师凤灵沟通了一下，之所以这次问询要向大家进行直播，是因为本次大鹏攻击事件涉及到了三家旅行社。为了公平起见，不让一些内容在传达中失真，特意选择了电台直播这种传达方式。"

"天要亮了。"凤灵的声音很疲惫，更透着不耐烦。

"这就开始，凤灵先生，"电台那边传来了翻纸声，"首先一个问题，是关于白房子大鹏失控……""你在亵渎神鸟吗？""啊，不不！""神鸟不会失控，人才会失控。""您是指这三家新创社的定云员吗？那白房子的定云员……""被攻击了还不还手？"凤灵完全是按自己的节奏说话，"她又不是棉靴族，需要那么怯懦吗？"

听到凤灵这么说，笛拉稍稍松了口气。

"请容我理解一下，您是想说，是软肢新创率先攻击的白房子，白房子的大……定云员才予以还击的。那怎么受伤的是软肢的大鹏呢？这里还有照片。"

"你人都到这儿了，干嘛还总盯着照片看呢！白房子的大鹏脑壳都裂了，血当然会飞溅出来。""也就是说，是软肢新创率先攻击的白房子，白房子的大鹏予以还击,才将血沾到了对方两只大鹏身上。""还需要重复一遍吗?""不不,我是重复给观众听的……"

"虽然态度很差……"笛拉略带庆幸地看向康巴里,康老头"刺啦"一下,划亮了火柴。

"那下一个问题,"电台那头又传来翻纸声,"关于白房子的采云实力。"

笛拉再度紧张起来,牵牛花也像感觉到似的,将花瓣贴在笛拉的耳朵上。

"两次采云,采云量相差实在悬殊。这不免让很多旅行社产生怀疑,白房子是不是在第一次采云中用了什么不正当的手段?"

"不正当?"凤灵似乎在那头叹了口气,"那你告诉我,春城有哪家旅行社的采云手段是正当的?""您这话?""哦,新创社正当!可它们创办的目的不就是为了被收购吗?正当有用吗?""您是想说,白房子……""你该问公不公平。""公平?""在采云这件事上,就公平而言……"

笛拉屏住呼吸。

"白房子和五大社没有差别。都是一个德行!"

笛拉听着慢慢立直了身子,其实是凤灵不想见自己吧!

与其说,自己是因为绿藤的事不好意思去见凤灵,其实凤灵,也一直在躲避笛拉呢。像管状云采完后,凤灵立刻就离开了舞台,小猴也没有停留。而且这么些天,笛拉也时常去藤蔓上找桑丘。来来回回,笛拉还特意在凤灵的门前停留,但别说凤灵了,就连小猴也没出来见上一面。

"凤灵不说,是因为五大社的骨……"笛拉闻到了一股焦煳味,一转头,康巴里没往水壶烟斗里加水,直接把烟草烧焦了。

"哎呦!"他还将冒着火星的烟斗甩给了笛拉。

电台直播还在继续。

"来之前,五大社提出了一个设想。因为这次大鹏的失控事件,让五大社开始关注起新创社的安全问题。他们希望在下一轮采云中,采用淘汰制……"

笛拉的掌心要起泡了，冲出房间，将着火的烟斗扔进了一个坏掉的花盆里。晨露和积水浇灭了烟斗，白烟扬起。笛拉才准备回屋，发现庭院里已乌泱泱一片，挤满了棉靴族！大家正议论纷纷，手里还举着报纸？

"笛……橘小姐！"吉冰飐抓着一份报纸冲到了笛拉面前，"刚来的报纸。"

不用看，也知道上面的内容了。

"我们不飞了，"人群里传出声音，"我们要收购。""对，再飞下去，只会得罪五大社，得罪软肢。没有希望的，我们要并购！"

笛拉注意到斜对面站在走廊上的葵娜，正在低头看报。金宏也披着衣服从屋里出来了，困惑的神情大概以为是交接班出了什么问题。

"就是你！"队伍里有个棉靴族指向笛拉，"就是你，橘沁竹！你没有控制好大鹏，不仅没采到云，还让大鹏攻击了软肢社。水平不够，就不要来害我们！"

"不是的不是的，"吉冰飐赶忙解释，"是软肢社先攻击的断翅鹏，断翅鹏这才还手的。"

"吉冰飐，你别帮着你的大鹏说话了！""就是，你每天围着四大员转，是不是想等新创社出事，好让他们把你带去五大社？"

"我打！"从人群中跃起的是南扎，他对着说话的棉靴族就是一拳，"我看谁敢走！"

"南扎！"被打的棉靴族流鼻血了，"你这条疯狗。""我打死你！"南扎又冲了上去。

吉冰飐立刻冲回人群拉架，队伍倒了一大片。棉靴族只看到内容，没听到广播，必须想办法跟他们解释。

"哐哐哐，哐哐哐！"

笛拉吓了一跳，无比脆亮的敲击声，是大厨正在敲打锅底，她边敲边往笛拉这边走。

"都别吵了。"大厨大喊一声。

康巴里背着手从屋里出来了,摘掉了睡帽,重新换了一根烟斗,神情举止看着还挺淡定。

"康社长,我们不想飞了!"那位被南扎打出鼻血的棉靴族率先开口,"第一个云层,我们本来就可以被收购了。"

"偏要等到现在,您看看现在!"棉靴族还用力揉了揉报纸。

"白房子能够降落,现在又能够飞升采云,什么时候靠你们了?"康巴里缓慢的语调极有压迫性,"人家四大员还没说话呢,你们倒是急了。不仅抢功,还要赶人。""这里可是棉靴族的新创社,四大员是在为我们打工啊!"

笛拉瞥见斜对面的葵娜抱起了手臂,金宏也缓缓将报纸叠了起来。

可人群中还传出了应和声,"康社长,您已经在棉靴族待了30年,您是我们的……"

"可不敢当,"康巴里举起一只手,"老朽能成为这家新创社的社长,有资格参加拍卖会,绝不是因为我像各位一样穿着棉靴。"此话一出,议论声小了。

"我是瞧不上代表高云层的这条链子,但我更不想与你们为伍!"浓烟像胡须一样从康巴里的鼻腔喷出,那杆烟斗就像一根鲜红的辣椒,"都过去30年了,为什么我还是那么瞧不上你们呢?你们,棉靴族!别人的30年,是磨砺技艺,巩固权势。而你们的30年,是东躲西藏,活得连蝼蚁都不如。你们口口声声指责高云层欺压你们,现在又倒打一耙,说不要得罪软肢社,不要得罪五大社!到底哪句才是你们的真心话呀?或者,哪句都是你们的真心话吧!"

"因为你们从来就是胆小怯懦之人,心思反复不定,斗志时有时无。30年前我觉得你们配不上,30年后,依旧如此!"那杆辣椒烟斗像极了从嘴中喷出的怒火,"老朽原本,也是准备召集大家开会的。既然各位主动凑到了一起,那有些话老朽现在就说了吧。报纸上只提及了一部分内容,软肢诬陷我们的内容。刚才分局才咨询完飞灵师,凤灵很明确地给我们作了证,是软肢攻击在先。可惜了断翅鹏流血流汗，带的却是一群没用的家伙。所以老朽，也决定响应一下接下来的淘汰制。"

笛拉担忧地看着康巴里，生怕他怒火攻心，一下又过火了！

"下一轮的雨幡洞云，144号云区会采用淘汰制。每次按集云量，淘汰两家旅行社。再以采云成绩，淘汰两家旅行社。"每轮要淘汰四家！到目前为止总共还剩14家旅行社，这样到雨幡洞云采集结束，就只剩6家了！笛拉空荡荡的胃在颤抖。

"大家都知道，雨幡洞云难采，第一次采集我们又空手而归，白房子负担太重，也过于嘈杂了。既然各位不想飞了，那不如去为其他旅行社增加一点负担。"笛拉瞥见葵娜在向她摇头，任谁都知道，没有哪家旅行社愿意收留棉靴族的，可康巴里这是要赶人。原本还吵吵嚷嚷的棉靴族，此刻都压低了脑袋，生怕与康巴里一个对视。

"南扎。"

"南扎是飞行员！"金宏冲了出来，"康社长，您不可以把他踢出新创社，我们还要靠他撒爪子粉。"

"他飞得很一般啊，"康巴里吐了一口烟草，"南扎，桑丘说你是所有飞行员里最急躁的。也是啊，毛毛躁躁，一言不合就打架，能帮着去祸害一下别的新创社不也挺好吗？老朽，还能高看你一眼。"

笛拉看到南扎整个人都呆住了，一旁的吉冰飑也露出了担忧的神情。

"还有训练时间呢！"金宏坚持道，"只要南扎不断练习，他一定能飞好的。""飞好？不知各位是否清楚，所谓采云成绩，指的是分摊到每个人脚下的云量。南扎……"

"我们流失了很多客人！"金宏一再发声，"因为第一次没采到云。康社长，白房子在人数上是占优的，关键还是采云量。"

"四大员一直在给你求情啊，"康巴里的目光依旧盯着南扎，"可就算我现在不踢你出去,你也是明白的。如果第二次采云,我们惨遭淘汰。这么多爱找理由的棉靴族,你说他们最先怪的,会是谁?"

棉靴族已没了造反的气势,各自奔回自己的岗位。

"烟斗给我捡回来!"

笛拉捧着烟斗,像捧着一个烫手山芋,冲进房间,"你刚才是开玩笑的吧?我们外界有句话叫,杀鸡儆猴。你是故意吓吓南扎的,对吗?""老朽还有空开玩笑?"康巴里躺到了摇椅上,"你去提醒金宏,与其替一个最最底层的小棉靴出头,不如想想如何把客人拉回来。某些人啊,好像还贷着款吧!"

一听到这话,笛拉都不觉得烟斗烫手了。

"把门带上,我要补觉了。"

笛拉两手乌黑地回到房间,发现葵娜不在,便立刻赶去隔壁。

"来了?"房门半开着,葵娜正坐在安格的床边看报,《特大丑闻!》刊登在头版的下半段,而上半部分是一张云涡的照片,当然已经成了黑白调。那深浅不一的分层,现在看着特别像一道道绑人用的绳索。这是某位记者在远处拍的照片,还把飞在云涡旁的南扎(一条腿)也照了进去。"胖子刚才说,南扎是从高云层被扔下来的。"

"啊?"笛拉惊讶地带上门。"他不是在低云层出生的。"葵娜甩了甩报纸。"这怎么可能?"笛拉否决道,"他之前还参加深寻,找空房子。""如果他自己不找,估计也没多少人会记得把他带进新创社吧。你们知道别的棉靴族喊南扎什么吗?"

金宏正在整理床铺,骂了一句:"野狗!"

"难怪了,刚才几个人都拉不住他。不过臭小子本来就爱打架,尤其那天对凌兰花的态度,我想到就来气,"葵娜用力翻过一页报纸,"真是一点教养都没有。"

"他怎么会有呢?虽然南扎一开始也被领养过,但几次飞升和降落,就又变成一个人了,"金宏叹了口气,"这些年,南扎一直像一条野狗一样活着。他不可能像革杉那样懂事,为了家人可以放弃硬块旅行社。也不可能像吉冰飑从小就有个当飞灵师的爷爷带着,可以去观云了解云。南扎什么依靠都没有,只能靠自己大喊大叫。"

"是因为这样吗?"笛拉说道,"康老头刚才说南扎是最最底层的棉靴族,就是因为他出生就测过了?""棉靴族里也是分等级的,"金宏将枕头垫在被子上,"像在低云层出生的孩子,会比直接从天上扔下来的孩子受到更多的关照。这不光是因为有家人在身边,更是因为在低云层出生的孩子还没有进行过踩云测试,他们有更多踩住云的可能性。"

"难怪!"笛拉突然明白了,"难怪棉靴族都只愿偷偷去测试。因为那份悬念,会让他们具有更多在低云层活下去的可能性。"

金宏点了点头,"低云层在面对任何机会时,都更偏向于在下面出生的小棉靴。而在面对任何挑战时,我安排工作我知道,南扎就是干得最多的,什么活都有他!不过可能他也无所谓,总觉得自己力气最大。"

"但做得再多也没有用吧,南扎这样的棉靴族永远是最先被抛弃的,而且云要是采少了,"笛拉觉得现在问题挺严重,"下一轮,要赢过四家旅行社呢。""终于认清现实了。"葵娜嘲讽道。笛拉现在不想跟葵娜吵架,闭上了嘴。

"其实你们心里也清楚,"金宏担忧地站到安格床前,"安格一时半会儿也醒不来,要是集云量进不到第二个环节。"

"嗖,嗖!"南扎已经背着风筝在湖上练习了。"以现在吉冰飑和他爷爷的集云水平……"

"扑通!"

还没怎么飞呢,南扎又掉进了水里。

"南扎飞得这么差吗？"笛拉表示质疑，之前也没觉得啊。"差就练呗，"葵娜将报纸放到一边，"还记得我在采云前，跟你们说的模拟练习吗？""哦！橘沁竹之前做的测试，模拟热气流？""虽然求立筒社，是我这辈子最不想做的事。"葵娜耷拉着肩膀。

笛拉冲上前握住了她的手。葵娜甩开她的手："干什么？""谢谢你，葵娜！""你少来啊，骂我的时候属你最狠！"

笛拉则在心中为自己不肯去见凤灵而感到惭愧："我……我这就回去看书了！""啊？""《瞬间的完美幻觉》，不是说跟采云有关吗？我会做好我那一环的。"

"你不都看不懂吗？"葵娜嫌弃地抽走手，"都是音乐上的专业知识。""可以多问问吉爷爷啊。"金宏提议道。

对此，笛拉心中又生出了别扭，"我总觉得飞灵师……我还是先读吧！"

接下来的两周，笛拉把整颗心都放到了《瞬间的完美幻觉》之中。一遍又一遍，一遍再一遍。

"……再说一遍，即使飞灵师对曲式、和声、对位、色彩、音调、乐节和插句都了如指掌，那也只是个空架子，框架而已。我们要的应是框架之后，从内心深处发起的感知。那种感知，是一个对曲式和音乐语汇完全一无所知的人，在听到音乐时也会产生的感动。"

当读到这段内容时，笛拉想到当时去参加试听会，吉于夫告知她的。说她没必要懂音乐上的专业知识，甚至一个对音乐完全不懂的人，因为没有预设、没有防备，反而更容易将飞灵师传达的信息综合起来。于是，笛拉试着在每一遍阅读时，剔除那些专业内容，化繁为简。她心中自然是担忧的，担心自己这样把书本内容简单化，是否会漏掉真正有助于采云的部分，毕竟笛拉听不懂飞灵师所唱的语言。

迷失的空房子

"……飞灵师一定要记住，歌词，激起的是云的欲望。而歌曲，又是让听众的欲望得到休息。当听众全身心地投入音乐时，他们的大脑里没有文字，那是一种极大的放松。飞灵师也不该指望听众能听懂歌词，一旦他们试图去理解，那只会让音乐变得肤浅。"

这样看来，听不懂歌词也没有关系吧，重要的是听音乐时产生的感受。可笛拉回想之前两次听音乐，自己只是确保能听到，注意力还是在采云这件事上，根本没留意听到了什么音乐，好听与否都不清楚。如果凤灵也了解这一点，那不光是拨开绿藤采云了，凤灵会不会觉得笛拉压根就没尊重过他。

"这回，我得认真听一下凤灵的歌了。"

雨停的间隙，笛拉爬上鸟巢，在断翅鹏已经结痂的伤口上，给它再次涂抹上一层薄薄的膏药。

"没有我，你一定也能飞得很好。"

断翅鹏在鸟巢上给笛拉挪出一个更大的位置，笛拉抚了抚它的利喙。随着一次次飞跃，断翅鹏的利喙又出现了交错状，"不会到最后，你又变成交嘴鹏了吧？"

笛拉整个人挨着断翅鹏趴下，从兜里掏出望远镜，这样可以在不劳烦断翅鹏的情况下，遥观整个清潭市。虽说明天雨水会落得很随机，但河道、低洼永远是最容易蓄水的地方。这两周，笛拉除了看书，还一直在心里默记清潭市的地图。哪边是市中心，哪边是郊区，哪边又是乡村。

伴随着断翅鹏"咕噜咕噜"的声响，镜头慢慢拉高，笛拉看到了五大社逐渐分离于房底的春云，这是砍断藤蔓所致。具有速度优势的五大社，采云量已远超白房子。幸好我们只用赢过新创社！这个想法，总是让人又庆幸又失落。

望远镜下移，笛拉见南扎趁着雨停的间隙，又出来练习飞行了。

"我从没说过南扎飞得不好！"当时去质问桑丘的还是葵娜，她提醒桑丘在向康老头汇报时，一定要小心措辞。"我只是说南扎太爱冒险，飞得太低了。"桑丘是几位棉靴族的飞行老师，一直待在前台远程教导，"到时云层就不是水面了，飞太低，容易被云丝挂住，那是会出人命的。"

南扎并不是飞得不好，而是对自己要求太高，坚持要贴低飞行。在第一轮采云中，白房子虽然没轮到撒爪子粉环节，南扎却背着风筝飞了出去，他在云涡旁仔细观察别家的飞行员怎么飞，"就是要贴着云面飞！五大社的飞行员特别厉害，他们飞得又低又稳，掠过云面，扇起的风就能让云层结冰，形成雨幡。"

桑丘不断打消南扎这个念头，告诉他五大社的飞行员，都有上千个小时的飞行经验，"飞得快不难，但你得稳！这样才能不被云丝挂住。"

为了达到这个目标，南扎不断在湖上练习。也因为飞太低，只需一阵微风，南扎就会上下波动砸进水里。上一周，南扎不是在练习飞行，而是在学游泳。每次飞完，就他像个落水鬼一样。但这一周，南扎感觉越来越好。

南扎一个飞跃，掠过水面时出现了一道明显的水痕，那是风带起来的。

"成功了！"笛拉抬起头，断翅鹏也"啾"了一声。

"没碰到水面。"吉冰飑坐在岸边的飞车上给南扎鼓掌。

葵娜正发动飞车，每到傍晚时分，她都会带吉冰飑去立筒社进行模拟练习。技艺是否有长进目前还不确定，但吉冰飑又恢复了往日的乐观，时常会露出那标志性的挤掉五官的笑容。

"你好好休息吧，"笛拉心满意足地从鸟巢上起身，对断翅鹏说："我们明天见了。"

笛拉踏着轻快的步调往下走，路过凤灵房间时，还是停下了脚步。凤灵所住的套房在藤蔓的最外延处，位置有点偏。而且与很多斜黏在藤蔓上的客房不同，它是一间从头到脚被一根藤条穿透的客房。她站在门外等了一会儿，里面一点动静都没有。

"飞灵师都是夜猫子，"笛拉这些天都在心里这么安慰自己，"别生气，下一轮我一定认真听歌。"

其实笛拉并没有从《瞬间的完美幻觉》中，看到任何有助于采云的内容。为此，她去询问了吉于夫。当吉于夫听到笛拉说自己的听歌和看书行为，都有些不尊重羽萨与凤灵时，吉于夫露出了淡淡的笑容，他没有责怪笛拉。

"是不是听懂了飞灵师唱的歌，就能帮助采云？""听懂？"吉于夫似乎觉得这个词用得太绝对，"当飞灵师的歌声响起，没有人，包括飞灵师自己都没法告诉听众，他们必须要从歌声里听懂些什么。这一切完全来源于听众的感知，没法被教导。这也是飞灵师与四大员最大的不同，四大员的工作还是比较容易被量化的，像成本员的账目，骨架员的设计，裱糊员的薄膜还有定云员的采云量。但唯独飞灵师，很多人认为飞灵师的歌就是唱给云层听的，没有其他用处。但其实，它在维持一个系统，一个整体。"

这大概就是笛拉不愿询问飞灵师的原因，因为她理解不透吉于夫的话。但一番交谈后，笛拉还是准备在下一轮中认真听一下凤灵的歌，出于一个很简单的理由，她感激凤灵，感谢他在电台问询时帮白房子说了话。

驻足片刻，笛拉便继续往下走，听到有脚步声上来，没走两步，就看到了刚裱糊完的高典。笛拉一见他就心里发毛，恨不得倒回去等会儿再走。

"你的那位小助手，"高典已经看到笛拉了，"是帮了你很多忙吗？"

笛拉原地停住。

"我看葵娜那么上心，每天都陪他去立筒练习。"

自己现在可是橘沁竹，笛拉硬着头皮说道："吉冰飑是得多练习，才能当好我的助手。"

高典听着，似信非信地往上踱步。笛拉只想快点离开。

"淘汰制！"高典在笛拉耳边吹了一阵风，"最后只会剩下6家旅行社。""我们会进前六的。"笛拉倔强地回道。"那想好被哪家五大社收购了吗？"

笛拉的怒火腾一下就起来了，她扭过头瞪着他。

"我得为软肢社提前游说一下啊，要是真能进前六。春云无所谓，反正都会消散。但夏云和秋云量肯定不少，就是棉靴有点多……""我们不会被收购的，康社长不会同意。"笛拉拔腿就走。

"你不会以为，进了前六就真的能飞跃第三个云层了吧。那不过是对新创社这个制度，有个交代罢了。总要有一家新创社，看起来是能飞跃这三个云层的吧。哦，不好意思，忘了你们都是下深寻进的空房子。而我，是想要创办新创社，当时就开了不少说明会呢。申报时就说得很清楚啊！"高典像是在描述一件令人愉悦的事，"只有采云量进入前五的旅行社，才有资格采集第三个云层。因为舞台啊，到时只有五道了。"

"你在胡说什么？""只有五家旅行社的采云量，才能被舞台上的根须吸收。因为羽萨赐予的骨架工艺特殊，是要砍断藤蔓的……"笛拉的心开始颤抖了。

"这在一定程度上也会影响到隐耳朵根。等飞跃第三个云层时，藤蔓就砍得差不多了，隐耳朵根的蔓延范围只会到舞台的第五道。至今，还没有新创社能赢过五大社呢，所以最好的成绩一直都是飞跃两个云层。"

一声雷响，笛拉的耳朵有些耳鸣，"你……撒谎！"

高典冲笛拉皱了皱鼻子："你们不了解也算情有可原，但葵小姐，她可是骨架员，现在又天天回立筒社。我就不信了，难道没人提醒她？"

硕大的雨点子砸在脑门上，笛拉已大步冲下藤蔓……

19

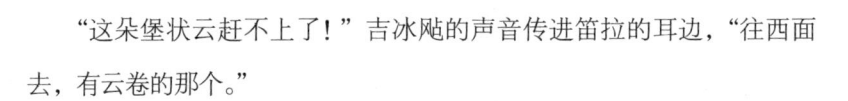

第六道

"这朵堡状云赶不上了！"吉冰飚的声音传进笛拉的耳边，"往西面去，有云卷的那个。"

冷风袭来，左翅感受到了拉动，笛拉调转方向往下落。身边这朵看着很不错的堡状云，像一支迸发的火箭。云下还有不少旅行社在盘旋，但吉冰飚认为不等白房子飞抵，它就会彻底成熟。"堡状云的时间只有五分钟甚至更短，换！"

笛拉的脚踝感受到了重量，断翅鹏带着白房子向西飞去。

"云卷，代表热气流在给云中泵入能量。"

但随着白房子靠近，短暂的云卷开始衰退。

"云的右侧。"屋里静悄悄的，只听到吉冰飚的声音。"就这儿！"吉冰飚一声令下，断翅鹏垂直往上，云网在鸟巢上铺开。"注意刚才飞过的地方，那里有云雾生成，热气流还很新鲜。"

目前这朵云还未盘下，但吉冰飚已经让断翅鹏做好准备。而身下的这朵云，右侧，开始出现锯齿状。云底很黑，代表这朵锯齿云下热气流强盛，白房子也在不断颠簸。

果然很顺利。

断翅鹏立刻飞出，白房子也在黏云网时，调转方向。等落出这团云的区域，断翅鹏已经挂住了白房子，全速往东飞。配合默契，没有任何的牵拉浪费，比早一步集到云的旅行社，更快有了下一个目标。而原本只是缥缈的雾团，折回时已有了积云的浓度。随着不断飞近，气团旁又有一股热气流喷涌而出。

"我们飞去矮的一边，那是上风侧。"

没有人质疑吉冰飑的判断，与第一次集云相比，吉冰飑变自信了，言语间非常肯定。

当断翅鹏飞到上风侧，两朵云头已等高。随着断翅鹏往上飞，吉冰飑分析对了，云朵正像高塔一样凸起。断翅鹏才截定，下面就发出了"咔哒"声。

"我的左手边，有团三角状的积云。"笛拉给出建议。"还是先往东吧！"吉冰飑提出另一个想法，"先把东面那朵堡状云集下。"

白房子因为上一趟攻击事件，作为处罚，与软肢社的另两家新创社一并被延迟了集云时间。已经比其他新创社晚开始，还带着第一趟没有采到云的劣势，吉冰飑必须将每分每秒都用到极致。所幸在立筒的学习，让吉冰飑充分了解了积云的生命周期。"三角积云会有15分钟的寿命，我们回头还来得及。"

"起风了，吉老鼠。"

飞行中，顺风在加强。笛拉很清楚地看到前方的堡状云变得倾斜，有几家新创社落得像块石头。

"笛拉，在云外就把我们放下，风会把我们刮过去的，"吉冰飑指挥有序，"爷爷，我们调头！"

断翅鹏在继续往上飞，笛拉没有感觉到热气流颠簸。

"这一个，我们不用飞进热气流，气柱外就有活跃的上升动力！"

断翅鹏截住云边，喘着气低下头，神奇的一幕发生了。白房子转了

180°，立定在迎风位。随后就像是挂上了一条斜线，底部飞升时明明还在云外，等越飞越高，已来到云下，顺利地都没遇到什么波动。

"咔哒！"云网稳稳地黏在了云下。

"往回飞吗？""飞！"吉冰飑信心十足。

但这回距离有些远，加上断翅鹏一刻不停地满天飞，体力已消耗较大。

"小心一些，笛拉，"吉冰飑的声音不急不躁，似乎有了安格的影子，"已经有很多旅行社在那儿了，我们不要影响别人。""不好意思，有点挂不住了。"笛拉如实说出断翅鹏的疲累。

"让断翅鹏保持体力！"是康老头在说话，这段时间他都憋着，没抽一口烟。"让断翅鹏往上飞吧，我们自己盘。"吉冰飑也认同道。

断翅鹏找了一个旅行社少的位置，绷住气力往上冲，直到跃过高度线，云网铺开，浑身已疲累得像团棉花。

"吉老鼠，我们在往下掉啊！""安静。"集云的这会儿，葵娜他们都没怎么说话。

"没关系……遇到下沉气流没关系，"旅行社少的地方，必然气流不佳，而吉冰飑似乎在通过碎碎念给自己鼓劲，"我要想一想热气流的形状。"

笛拉能感觉到上升气流非常微弱，白房子所处的那种颠簸，似乎只是风带来的摇曳。

"微微往上了……必须要集到这朵云。"吉冰飑和吉于夫不断拉动气生根。

"冰飑，我这一侧的云网抬高了。""不能马上转，上升很微弱，"吉冰飑小心翼翼，"放松……爷爷，我们再转一圈。"

这一圈转的，笛拉的意识刚回到自己的身体，就感受到了一股吸力。

"往气流中心去了！"吉冰飑无比激动，"爷爷，我们得快点。"

随着爷孙俩的操作，白房子像是跃上了一匹比一匹跑得快的骏马，那是不断从底部涌上来的热气流。那种强烈的顶冲感，像是在脚底装上了动力装置，速度自然超过了其他新创社。

"砰噬！"这一声比任何时候都要重，断翅鹏赶紧飞向云下，扑闪着眼睛。

随着白房子往下落，比起那些动不动就在飞升时被掀掉、黏上后还会破裂的云网，葵娜与高典打造的网云展现出了极强的韧性。红色云网就像一块图章，牢牢地黏在云底。

此时，凤灵的歌声变了。

"集云结束！"吉冰飑抬起头，两只眼睛被镜圈压出了轮廓。"冰飑，刚才真是一气呵成呐，我都没顾上喘气。"

"金宏，"康巴里已挪到书桌前，嘴里叼着一根冰凌般的烟斗，"我是让你算数，不是让你报数啊，抄好了吗？""稍等稍等，"金宏连声应道，对着计云器上的预测数字提笔记下，"不错呀，这个成绩放到上一轮，能进前十。"

本子上还记录着上一轮各家旅行社的采云量，以及目前各家旅行社的人数。

"快点吧！"康巴里又提着烟斗敲打花朵，半枝莲的紫色正被枝干的翠绿吞没，翠绿变成叶片，旋转着漫上枝头，在枝头绽放出一朵朵白点状的花朵，正午12点是鹅肠菜。

"各位听众，这里是144号分局电台……"金宏摇晃地凑到桌前，白点状的花瓣正跟随声音舞动着。

此时笛拉与断翅鹏在往顶上飞，彩色"跑道"已经形成，而五大社又姗姗来迟了。不过五大社的采云量巨大，无需跟新创社挤内圈，都是直接往外圈裹。笛拉边飞边听广播，硬块社一直排在第一位，看来社长被弹劾并不会影响一家旅行社的采云能力。软肢社排第二，立筒社冲到了第三。

"串串赢过了板脸！"笛拉听到金宏兴奋的话语。

串串社的绿色云网紧贴着一道银灰色的云网，而再往内飞，云网面积直接少了一半，差距非常明显。

"第六位，是硬块新创，那家买到5000深寻空房子的，"金宏描述道，"第七，也是硬块新创社……第八……立筒新创，第九，又是硬块！"金宏不免感叹，"硬块的新创社，到现在都还在呢。"

马上就是第十了，笛拉看到一片桔黄色的云网，断翅鹏张了张嘴，却没发出叫声。

"软肢新创，"金宏的声音带着可惜，"它跟我们一起出发的。不过他们是5000深寻的空房子，肯定比我们有优势。"

"在飞行中，任何一点优势，都对采云有极大的影响，"听康巴里的口气，想说的显然不是这个，"同理，任何一点劣势，像半吊子定云员……

"刚才集得很好，"葵娜反驳道，"大家都已经尽力了。""实力不行，光尽力有个屁用！"

"掉了掉了！"笛拉注意到有云网脱落了。

"一家是软肢新创，一家是板脸新创！哎呦！"金宏激动地在屋里呼喊，"我们是，是……""十一吗？"当两种颜色的云网脱落后，笛拉注意到红色云网又往外挪了一圈。

"云层发展到成熟，是需要时间的，"吉于夫缓缓地解释道，"感谢，替冰飑找了位好老师。"

葵娜正在往南扎身上绑小包装的爪子粉，听到后点头示意了一下。

"排在第12位的，是串串新创……"广播里也在调整数据。

"是旺普那家新创社吗？"南扎确认道，"那衰鬼居然还在飞！""旺普还能踩住云呢，"吉冰飑的声音有了生气，"但他想回来，已经给我发了好多只送信儿了。""回来做什么？"康巴里立马训斥道，"还嫌我们拖油瓶不够多吗？一个个地回来，什么条件啊！"

"我们要进前十，"金宏在打算盘，云量平均值得把上一轮的采云量也算进去，"就必须得吞掉排在第十位，软肢新创的云量。""那正好，冤家路窄，

第六道

让它打断翅鹏！"

葵娜给了南扎脑瓜子一下，"桑丘跟你讲得很清楚了吧，水面和云层不一样，到时千万别贴太近。""我昨天可都成功了，"南扎抱着脑袋，"你不都看到了吗？""昨天是昨天！"葵娜呵斥道，"云层起伏不定，一旦被挂住……"

"南扎！"革杉和另外一位棉靴族，就是之前骂南扎野狗还与他打架的那位，名叫发苏。两人已飞出旅行社，身上也鼓鼓囊囊地装着爪子粉。南扎马上翻窗出去。

"桑丘说了，首发不派你。"发苏一副幸灾乐祸的样子，又一位小棉靴飞了过去。"康社长，发苏只想着被收购。而且，他都没我飞得好。"

"那是你觉得，"康巴里冷冷地回道，"桑丘不这么认为。"

"冷静点，"葵娜在安慰砸窗的南扎，"你可以趁这个时间，好好观察一下。""有什么好观察的？"

"啾！"断翅鹏像是在空中撞上了蜘蛛网，一挥翅，翅膀两侧出现了红色藤条，红色藤条还拖着断翅鹏往云层外侧去了。拉过云底时，笛拉看到其他大鹏也被不同颜色的藤条绑了起来，没绑上的，是被淘汰的两家旅行社。

红色藤条的力量越来越大，原本铺展开来的云层，开始从外圆向内、向上拢起。断翅鹏由藤条牵引，顺着越来越高耸的云壁往上飞，云壁外侧包裹着从云底脱开的不同颜色的藤条，并按照颜色上下分层，变成了一片片等厚的云块。

断翅鹏被藤条从底部甩到云顶。其他11只大鹏，也都晃悠着出现在云上。原本绑在翅膀上的藤条落向脚踝，从脚踝又一直蔓延到身下的云层，排在云涡最上方的是硬块社采集到的云。12只大鹏，现在可以顺着藤条环绕云边飞行。

身处云涡底部的旅行社，允许盘升到自家的云块外侧，依靠缓慢的自转稳定盘升高度。当视线转离云涡时，笛拉再次进入断翅鹏的视角，硬块旅行社的 6 位飞行员出来了。飞行人数是按集云排名定的，前五家旅行社，可派出 6 名飞行员，前十的，可派 5 名。而白房子与旺普所在的串串新创社，就只能各派 3 名飞行员。每家旅行社又按云量多少，规定倾撒爪子粉的重量。云量越多，允许撒的爪子粉也多，云网外侧都有工作人员在负责检查测携带的瓜子粉重量。原则上，按照爪子粉与云量的比例，每一家旅行社出现雨幡洞云的时间是一致的，但飞行员可凭借技艺高低，改变雨幡形成的时间。

笛拉盯着光洁如面团的云面，想象不出形成一个雨幡能有多精彩、多值得一观，让上一轮没看到的客人，宁可支付违约金也要转去其他旅行社观看。她的视线回到革杉身上，透过右侧窗，笛拉能看到革杉正围着云边飞行。

"第一步，试探云层中交嘴鹏的凶猛度。"

笛拉转过身，吉于夫正微微向她点头，这是在暗示笛拉，是时候认真听一下音乐了。

……飞升阶段，飞灵师不该指望任何一位听众，能够从头至尾的沉浸在乐曲中。相反，如果听众能在某几处，融入音乐，身心陶醉地去体会音乐的魅力……

——《瞬间的完美幻觉》

革杉边飞边撒爪子粉，当粉末落于云层，笛拉闭上眼——脑海里是整片支棱起来的云层，交嘴鹏要冲出云面了吗？身体猛烈摇晃，似乎整个云涡都在晃动。云层通过风声传递嘶吼，笛拉不断提醒自己注意力集中，继续紧闭双眼，认真听凤灵的歌曲……但听不懂歌词，节奏又怪异的歌，实在挑战她的耐心"呼呼"的风声越来越强烈……

"不用闭眼，"吉于夫已察觉出笛拉的状态，"越想集中，反而越集中不了。"

第六道

笛拉的思绪早已飞扬。

"抱歉。""思绪偏离很正常。"吉于夫依然坐在身后,轻轻拉动着气生根。"我好像……听不出什么。"

白房子正在转离云涡方向,吉冰飑和南扎挤在窗口,扭过头看向笛拉。金宏和葵娜正守在桌前听广播,也都转过身来。屋里顿时安静下来,大家都听到了笛拉的叹息。

"别费劲了,她又不是安格,"康巴里从一开始就不认可笛拉要去听懂歌声这事,"飞灵师想要的心灵悸动,整个春城就没几个定云员能达到。""他们不是达不到,"吉于夫回道,"只是传达不到。""传达到了又有什么用?"康巴里挖苦起来,"就采了那么几朵云,根须还会不够用吗?"

笛拉心头一怔,根须不够用?笛拉看向葵娜,想起昨天从藤蔓上下来,笛拉整个人都被大雨淋透了,冰冷的雨水,让笛拉逐渐找回理智——自己真的有必要去质问葵娜吗?难道在第二次采集前再大吵一架?现在的葵娜正紧蹙眉头,根须的事,无论她知道与否,她能怎么做?就算她是立筒社社长的女儿,还能让五大社少砍掉些藤蔓吗?这显然不可能吧。白房子转向了云涡,为了避免争吵,南扎和吉冰飑更加起劲地呐喊起来,笛拉需要转移注意力。

"我该怎么做?"笛拉扭过头来询问吉于夫。

飞灵师什么都不喜欢直说,但一旦感觉到你有了些眉目,他便会露出那种似笑非笑的满足感,"配上画面,或许会帮助你理解歌声。到时,只要记得把意识带回歌声就行。"

康巴里还在冷嘲热讽,但笛拉顾不上了,吉冰飑和南扎已经把观云视线挡住。

"目前,节奏最快的还属硬块旅行社,飞行员进展得非常顺利……"

笛拉立刻进入断翅鹏的视角,上一幕脑海中的场景,还是数只交嘴鹏要冲出云面。但事实是,这些云形交嘴鹏没有爪子了,后半截身子根本离不开云层，它们的身体也早没了大鹏的轻盈和紧绷，跃起时显得既臃肿又笨拙。但飞行员在不断调动它们，直飞、旋转、忽闪，好像只有这样，云层才会显出交嘴鹏的形态。飞行员可以趁其不备，往它们的脖子、后背还有翅膀上撒爪子粉。谁能想到呢？曾经的利爪，成了灼烧自己的利器。交嘴鹏痛苦地尖叫，后背出现一块块透明状的伤口，它们翻滚着身子，想要把伤口藏起来，但飞行员又往它的腹部撒上足量的爪子粉，凝结的水滴像溃疡般漫开，崩出的冰晶溅到飞行员身上，那是滴滴血渍。飞行员可以降服云层，真是件好事，但不知不觉中笛拉已垂下眼帘，这些云层有意识，它们能感觉到疼痛。

笛拉看着撞翻在藤条边被围堵的交嘴鹏，颤抖的尾羽逐渐在云面消退。非要让它们那么痛苦吗？笛拉有些不忍地躲进音乐……

"轰隆！"断翅鹏的脚踝抽搐了一下，一低头，有两辆拖着巨型横幅的飞车，从云涡下方飞了上来。

"听众朋友们，现在播报一条实时新闻。在本次集云环节，排在第九位的硬块新创，出于自身原因，放弃之后的采集……"

"残忍！太无人道，请立刻停止采云！""太惨了！你们的行为太贱了！"

横幅上用鲜红色描摹着这些大字。

"不愧是硬块啊！"笛拉听到葵娜的赞许声，"人权自由，人人都可以勇敢地表达自己的想法。""我看是吃饱了撑的！"这自然是康巴里，"还人权自由，就是好日子过多了，怪胎多。""但我们少了一家竞争对手啊。"金宏惊喜地说道。

"那也不能把云送给软肢吧？""软肢新创，一个第九一个第十嘛，"金宏确认道，"不过，这样是不是也能减慢他们形成雨幡洞云的速度，对我们也有利？""你当软肢傻啊！"

笛拉注意到身下的软肢社派出了两名飞行员下去支援。而一回身，面前的云网自动往上编织了一段。为了阻挡抗议的飞车飞进云场，已经有硬块社

第六道

的工作人员出来拦截。外面闹哄哄的，里面的飞行员自然也察觉到了，但他们没有停下，反而把飞行速度拉得更快，持续抬升、转弯，瓜子粉倾撒的范围集中在交嘴鹏的脖颈。一遍不够再撒一遍，飞行员是要让交嘴鹏低头！但原本迟钝笨重、翻腾也不得要领的交嘴鹏，在歌声中变得越来越勇敢，也越飞越快了。紧追着身前的飞行员，飞行员往右闪，交嘴鹏居然向右挑起脑袋。

观众席传来惊呼，飞行员被顶到了藤条上，风筝被卡住了！原本拦在外面的抗议者，趁机向他泼了一桶鲜红的颜料。交嘴鹏更是像斧头一样劈向他，呼喊声越来越大，断翅鹏一直在扑腾翅膀，笛拉此刻也开始疑惑自己到底该帮谁？这时，其他飞行员冲过来帮忙，朝交嘴鹏撒出一把爪子粉，并迅速拽离同伴。浑身赤红的飞行员没有被吓到，反而以更快的速度飞出，引逗交嘴鹏。此时交嘴鹏脖子的一侧已呈透明，但那颗云脑袋就是高昂着不肯垂下，继续挥翅跟上。

飞行员与交嘴鹏在天空做出一个又一个惊险的上升与下沉动作。伴随着凤灵的歌声，一种异样的感觉从笛拉脚底出现，银丝抽动，一股强烈的情感在胃里横冲直撞，稍一恍神，意识又回到了云场。硬块社的飞行员在空中做出急停，迎面而来的大风，将他身上所有的爪子粉都刮起，飞冲而来的交嘴鹏被粉末击中。飞行员一个背跃，飞到了交嘴鹏的身后，并拢双臂，用胳膊肘从交嘴鹏的脖子插入，手臂从脖颈直接划到尾部，形成的冰晶如火花般飞溅。交嘴鹏已经千疮百孔，扭过脑袋看向飞行员。飞行员的手肘被云啃咬得稀烂，浑身血红地悬停在空中，缓慢地向交嘴鹏鞠了一躬。银丝抽动得更加厉害了……

硬块社的大鹏已飞到云场上方，脚踝上的金色藤条连在一圈云网上，逐渐变得密集。云层上剖开的伤口向四周推开，云场中间出现了透明冰晶层，冰晶下方开始出现形如利爪的烟雾，那是粉末在带着凝结的冰晶下落，那就是雨幡，大鹏起飞。所有飞行员都已退出云场，在场外低头致敬，飞行员是尊重云层的。凤灵更是，即使知道云层受了伤，也总会用歌声在它们的伤口上激出最强的能量。他们，是彼此尊重的……笛拉脑海里的根须猛地往上蔓起。

"发苏回来了！"吉冰飑一声呼喊。

笛拉回到屋里，看到窗外飞回的发苏，衣服已经被云层划破，胸口露出了鲜红的血迹，整个人脸色煞白，"云层会吃人，会吃人的。"

"你就留革杉他们在那儿吗！"吉冰飑拍打着窗户。"白房子居然出现了离场的飞行员，这是什么情况……"

"我上我上，这个没用的家伙，只会给棉靴族丢脸。"南扎翻窗而出，却被冲来的葵娜一把拉回，"干什么呀？"

"如果能把顶上的软肢新创吞下，"康巴里打断葵娜，"我们不仅能进入第三轮，更能为第三轮打好基础。南扎，务必要让大家看到你的价值。"南扎的目光闪动了一下。

"一定要小心，"葵娜挡住南扎的视线，"不管飞得如何，你、吉冰飑还有凌兰花！我会把你们带去立筒的。""葵小姐。"吉冰飑被震住了。"你们以后就跟着我，我绝不会不管你们，我会照顾你们的。"

"说得……"南扎的嘴角都抽动了一下，"像是我们肯定会输一样。""南扎！"吉冰飑和金宏冲着飞出的南扎用力挥拳，"加油啊！"

"你没必要说那些话的，"葵娜气恼地看向康巴里，"南扎的价值不用靠这一场飞行体现，你不要老用言语去激他，他很认真的。""那你是认真的吗？"康巴里吐着烟圈，"带棉靴族去立筒社？你知道你母亲对棉靴族的态度吗？""我更听我父亲的话，"葵娜的态度让康巴里一怔，"我和我母亲，我们很不一样。我想这大概是因为，我们老师不同的缘故。"

笛拉与金宏也一并看向康巴里，想必不用多说他也看出来了，关于他作为骨架员的经历，面前的三人多少都已经了解了些。

"听众朋友们，五大社都已相继飞出，哎不好，板脸追得很凶啊，串串很危险……"

笛拉迅速进入断翅鹏的视角，一层由银灰色云网包裹的云层，极速从眼前飞过。顶上由绿色云网包裹的云层，能看到落幡像个尾巴一样飘动着。在限定的一段距离内，大鹏只被允许直飞。直飞可以帮助旅行社用最短的时间达到最快的速度，但这段距离非常危险，一旦被下方大鹏触碰到你的落幡，云层就会被反方向采走。眼看着板脸社要追上串串社了，串串社一个急转，跟着一同往上的串串社，立刻迎了上去。云层一旦落入自家的鸟巢，就再也抢不走了。

"板脸的瞬时加速太吓人了。"金宏听着广播感叹道。

笛拉才低下头，排在第六和第七位的两家硬块新创社，也相继飞走。下方露出的是立筒新创社，飞行员已退出云场，大鹏也已经飞了一回，但没带走云层。据分局解释，是因为大鹏被调动得不够激烈，爪子粉催化效果不佳，导致藤条直接从云网边松开了，现在只能再次等待。所幸身下的软肢新创得临时加进了云层，速度多少有些受影响，一时还飞不上来。等藤条重新密集后，立筒新创社总算顺利地采集走了自己的云。

"情况怎么样？"笛拉一直在上方注视着软肢新创社，他们的飞行员有一半退出了云场。"我们的爪子粉应该也快撒光了。"吉冰飚紧张地说道。

软肢社的飞行员开始贴近云面飞行，依照硬块社撒粉的经验，身体触碰也能影响云层。但软肢社的飞行员显然没有那么无畏，一旦被云层困住，就会引来撕咬，所以他们社只是贴低飞行，用扇风的方式，加速冰晶云的形成。

笛拉注意到一只大鹏开始往云场中间飞，"不会吧，是串串！"身下的串串社先一步有了落幡形成的迹象，这真是大事不妙。

软肢新创社的大鹏也去到了云场中间，断翅鹏也试着往里飞，但藤条还没有变长，只是紧紧地拴住它。

"爪子粉用光了，革杉他们退出来了。""南扎，别飞太低！""当心！"

这时，有股力量推着断翅鹏往中间去了。

"能行，能行！""啾"软肢社先一步飞离。

"快啊，南扎！"串串社的大鹏先一步反应，笛拉感觉自己要着火了，这要是被撞上，所有云就送给他们了。

"飞！断翅鹏！"南扎叫喊的毫秒间，断翅鹏冲了出去，笛拉担心会不会飞早了？但脚踝上顺利出现了云的重量，藤条没有松掉，三家旅行社的云层以原本的顺序飞升，现在什么都顾不上了，千万不能被串串社追上。断翅鹏眼中出现了阻挡沙尘的白膜……

"哐哐哐！"

门框不断在笛拉脑子里打开！

后背出现了推力，进入舞台了，但根须位置好低！相较采管状云时，已低了三分之二。而且从第十一道往外，门框里就只有绿色门帘。但现在顾不上那么多了，无需飞高就能拨开。

软肢社的大鹏从舞台一侧猛扑上来，笛拉顺着环形急退，看着它被吸到了外道，这并不代表自己的速度已经超过软肢社。但只要根须吸收云层的速度加快，断翅鹏就能飞得更轻松。笛拉又往里飞了一道，一直来到第六道，也不过一半门框的高度，再往里就是五大社能达到的速度了。那五道门框根须密实，门框顶部都没有可供笛拉拨开的门帘。断翅鹏在竭尽全力扑扇翅膀，笛拉能感觉膝盖都出现了撕扯的疼痛。

"碰到了，碰到了！"康巴里在大喊。

断翅鹏的后背碰到了软肢社的雨幡，红色云网立刻像篓子一样往上扎。笛拉专注于凤灵的歌声，盯着面前的银色根须，希望它们能长出……

"南扎从雨幡里出来了吗？"吉冰飑的问话，让笛拉心中一紧。

"你们看到了吗？"笛拉不可能再关注歌声了，慌张地在舞台中转过身。

"采云速度减缓了。"

第六道

不知是软肢社的速度加快了，还是笛拉自己往外飞了一道。

"你在做什么？断翅鹏怎么减速了？就这么一会儿都顶不住吗？意志力薄弱！"

笛拉由着康巴里训斥，自己已来到串串社的外道，看着根须上的云层透出鲜红色，云层里还逐渐印出一张面孔——"笛拉。"

笛拉整个人都被抽走了力气。"怎么……我们被串串追上了？"笛拉的呼吸都在抖动，完全不知道该怎么办。

"我就知道……旺普那衰鬼……遇见他就没好事。我明明都飞出雨幡了……哎呦！"南扎因疼痛而发出叹息，他何曾因疼痛而叫唤过一声。

笛拉颤抖地伸出手（翅膀），云层根本抓不住，它们在吞噬南扎的血肉，"我……我该怎么救你？"

吉冰飑估计是用曲折镜观察到了，说，"我去救南扎，等会儿被云网缠住，就飞不起来了。""不用救了，"南扎硬撑着向笛拉咧了咧嘴，"看来这回，吉老鼠得跟着眯眯眼走了。但我……我是不会去高云层的……是他们先抛弃我的，我永远讨厌他们……但低云层，他们没有……没有不要我。笛拉，我也有家人的……"

笛拉感觉双脚被往下拽，整个人瘫坐在了云泥上。

"只是他们把……把机会让给我了……我可以的……我得一直活下去。"模糊的视线中，笛拉看到吉冰飑背着风筝冲出了窗外，而站在一旁的葵娜已捂住了脸。

"幸好没被追上，"是康巴里，"算好了吗？记住从总人数里再减掉一个。"葵娜疯了一样扑过去，"你为什么一定要逼死他？让他活下去怎么了？你知不知道只有五个名额！只有五道！进入第三轮有什么意义，棉靴族不可能创办第六大旅行社……"

笛拉眼前晃晃悠悠的，南扎的脸变得忽白忽红，顿时眼前全黑了。

黑暗中，笛拉听到了翅膀扇动的声音。

笛拉早已熟悉这个动静，不是天使，更不是断翅鹏。但笛拉不想起来，直到窗户上传来细碎的敲砸声，笛拉从床上爬起，无精打采地拉开窗帘。皎洁的月光透进来，果然是康巴里，他正驾驶着一辆飞车，看到笛拉，朝她勾了勾手指。笛拉将窗户打开一条细缝。

"上车。"

笛拉只是默然地吹着冷风，目光哀怨地盯着他。"想让小棉靴白死吗？"笛拉整个胃都在抽紧："去正门。"橘沁竹的身体像散了架一样，康巴里似乎嘟囔了一句"没用"，还是开车过去了。

笛拉换上衣服，脚步沉重地走去正门，刚才没注意时间，但月亮还挂在头顶，现在估计才半夜。

"去哪？"笛拉踩上飞车。"硬块，"康巴里发动了车子，见笛拉还疑惑地盯着他，"我是希望去参加葬礼，但估计还没死透吧。"

笛拉一听这个就心悸难受："你为什么总要这么讲话？非要让所有人都痛苦。""痛苦？"康巴里一下抬高飞车，"明明是你们太伪善。"

交谈就此打住了，两人都不想再说话。

飞车迎着月光飞行，跃过缺口，进入山顶浴场，五大社此刻静悄悄的。飞车驶向五彩的"金字塔"，相较上次开试听会时，硬块的房子似乎又多了些，看着更庞大了。飞车往一块亮灯的蓝色屋顶落去，那里还站着一位西装革履的中年男子，似乎已等候多时。飞车一落定，男人就迎了上来。

"你不是被弹劾了吗？"康巴里一副嫌弃的口吻，"这不是能出来嘛。"

弹劾？难道他是硬块旅行社的社长？

"您能不知道吗？叔！"

笛拉惊愕地听着这个称呼。"试听会时，葵衡就已经够为难了。我要是去了，软肢不得盯着我不放。况且这些日子，我一直在照顾父亲，确实走

第六道

不开。"

康巴里一把推开社长伸出的手，自己蹦下了车。社长完全没生气，转身向笛拉伸出手，"你就是笛拉吧。"笛拉迟疑了一下，看到康巴里已经背着手往里走了，便低低地应了一声。

"关于这栋 10000 深寻的空房子，还没向你道谢呢，真是一栋无可挑剔的好房子。"笛拉有些尴尬，"您客气了，还得多谢硬块给我的贷款，要不也买不下安格的空房子。""安格还没醒吗？"听社长的口气，是真的关心，笛拉点了点头。

"老头在烟草房吗？"站在空白指示牌下的康巴里问道。"跟我来吧。"社长走上两步，指示牌上依旧空空的，但"集装箱"却自动让开道来。

之前还觉得 10000 深寻的空房子，就是将各色积木进行堆叠，搞得空间混乱。但这些方块可以依照社长的意志，像魔方一样旋转、移动。七绕八绕，社长站定在一个橙红色的集装箱前："到了。"

铁门自动打开，里面却黑黢黢的，加上此刻有一大片积云遮挡住了顶上的月光，视线更显黑暗。康巴里没犹豫就进了箱子，社长在邀请笛拉，还真有种在天黑时踩进池塘的惶恐感。

一进去，房门便"砰"地关上，这才发现，里面与外面其实也没什么差别。在外看着像个密闭空间，但进来了，集装箱却是透明的，还能感受到风。顶上的月亮依旧被一大朵积云挡着，眼睛已开始适应黑暗，笛拉能看到这间房里种了一排排植物，硕大的叶片，每株都有一人高，应该就是烟草吧。

"这是父亲种的，专供给羽萨的。"社长说道。

"那边是晾晒区，"社长在前面带路，"这些烟草都是遵循自然的日夜光照，父亲不让点灯的。"

笛拉一步步跟上，走在前头的康巴里四处张望着。直到看见一位坐在轮椅上的老者，他正仰着头，看着屋顶上方黑压压一片，那应该就是晾晒的烟草吧。

"今年的供奉量,够了,"老者缓缓低下头,"还有外人在?"

"父亲,她就是笛拉,"社长立刻解释道,"今年为我们找到10000深寻空房子的外界人。""外界人,"老者的轮椅靠近了,"飞灵师给你的门票?"

笛拉应了一声,却闻到一股血腥味。

"你知不知道,你合作的这位社长,曾经冒充我,偷过一位外界歌唱家的嗓子?"

笛拉觉得很不安,康巴里就在身边,可面这嗓音太像他发出的了。

"一位外界的歌唱家,受飞灵师的邀请来春城体验生活。那时的深寻还没有现在这么可怕,他找到了空房子,我也替硬块拍下了他的空房子。一切顺利,没想回去后,他一唱歌却只会发出蛤蟆叫了,"起风了,风带着叶片发出"哗啦啦"的拍打声,"有交换门票的客人,那可是羽萨的客人呐!你说他会有多生气,负责扣押声音的秃鹰被他挖走了眼睛,因为它有眼无珠,认不出我们的差别。"

一道月光倾下,笛拉发出惊呼,"你们!"面前的这位老者与康巴里长得一模一样,难怪他们的声音一样,"你们是双胞胎?"

"羽萨愤怒极了,她要重重地惩罚他。"老者的脸色比康巴里要苍白,随着月光往下撒,笛拉看到了他流血的手掌。鲜血滴落,月光更大面积地洒向地面,这整片云泥都是红色的,像是吸饱了血的海绵。

"我为了你,"老者面目狰狞地看向康巴里,"以血灌溉,为羽萨种植血烟。这才平息了她的怒火,把你安然地关在前台,只罚你观察那曾被你伤害的外界人。这30年,我都是为了你……"

"15年吧,"康巴里静静地看着对方,"在我被关了的15年里,羽萨就已经被你感动了,愿意放我出来。但她却告诉我,只要我踩不住云的谎言在……"

第六道

"你怎么敢！"老者发出咆哮。

笛拉以为自己听错了，目光立刻看向康老头明晃晃的链子。

"只要我踩不住云的谎言存在，"康巴里神色疲惫地重复了一遍，"就算我出了前台，棉靴族也得替我永生永世地观察下去。呵！五大社最虚伪的社长家族，靠长年供奉，从羽萨那里获取链子，绑在踩不住云的孩子脚上，谎称社长家族不会出现棉靴族。"

"你怎么敢？"老者无力地呻吟道。

"你说羽萨是小心眼，就是不肯原谅我呢？还是被你的血烟惯坏了？如果要牵扯整个棉靴族，我必然是要扯断这根链子的。但羽萨却告诉我，你！你愿意再以血供奉，只恳求让我永远挣不开这链子。"

"你怎么敢？"

社长想为老者包扎，却被推开了。

"我不想再装了，从我出生起，就被父母亲套上假靴子。从我关进前台起，就被你绑上这假链子。我知道你们是为了保护我，为我好。可我已经在棉靴族待了30年，没有多少人记得我和硬块的关系了。你就让我，让我为那些只是想要活下去的孩子尽一回力吧。"

"除非，我死！"老者激动地挥着流血的手掌，"我们社长家族，绝不能出现棉靴族！"

屋里静默了很久，叶片似乎都不敢再摆动。

"我以为你肯见我……"康巴里摇了摇头，从衣服上撕下一块布，"我怎么可能让你死。"

康巴里半跪到老者面前，"你守护过我的尊严，没让羽萨当着所有人的面，脱去我的假靴子。没有你守护的15年，我估计已经疯了。但这之后的15年，我是时刻背着隐形风筝，才假装自己出不了前台的。我总想还你情，但我知道我还不清……哥！"老者终于肯让康巴里抓住自己的手，"为了棉靴族的事，我已经给你发了无数只送信儿。从今以后，不会再叨扰了。我只希望你，照顾好自己的身体。我们，永远都不会再见了。"

康巴里包扎完便往门外走，笛拉赶紧追上去。

"是不是，只要不再给羽萨血烟，"笛拉问道，"你就可以挣开这条链子，棉靴族……桑丘！是不是就可以出来？"

"叔，"社长追了出来，"我可以给你们派几名优秀的飞行员。""真的吗？"笛拉惊喜道。"你已经给白房子贷了款，"康巴里边走边拒绝，"还在第二轮中故意折掉了一家新创社。"

笛拉意外地看向社长，可心里还是希望康巴里能收下他的好意。

"贷款不用放心上，新创社也没有关系。有什么需要，您大可开口。"

集装箱不断在前面挡道，康巴里走不出去，只好停住脚。

"当年，"康巴里喘着气，"吉于夫为了拯救五大社，用歌声生剥了集有春云的藤蔓，这才让一直分离的三种云重新汇集。即使我之后骗取了那位歌唱家的嗓音，想要将其安入隐耳朵根。我也只是想挽回吉于夫遭反噬的嗓子，不想欠他罢了。我内心从未真正尊重过他，依旧觉得飞灵师的歌声就是用来骗云层的。可是昨天，图薇达的女儿在我面前大哭一场，我一直知道砍断搜集春云的藤蔓，会让定云员感受歌声的情绪传递不到飞灵师那里。因为我觉得那是不重要的！采云为什么还要有那么多情感，心无旁骛不是更好吗？但我没想到，飞灵师唱歌得不到回馈，长此以往，会让根须枯萎。当年即使吉于夫剥掉了集有春云的藤蔓，根须急速收缩，让飞在后面的棉靴族没采到多少冬云。但当时只要能提点速度，根须再要容下一家旅行社绰绰有余，不会像现在只有五道。我明白，再过些年，你们五大社也会受到影响。"

"砍断藤蔓是图薇达的想法……"

"她是我的学生，"康巴里看向社长，"这孩子，是我所有学生里最有天赋的一个，是她总结出了三季云和四季意识，发现了棉靴族原来也是有存在的意

第六道

义的。这倒是让我，一个伪装的高云层，心里有了波澜。可我最喜爱的学生，早被我教得根本看不上棉靴族了，怎么可能去认可他们，只会想着如何将棉靴族踩在脚下，让他们永无翻身之日。真是自作自受啊，我永远只想着如何让旅行社飞得快，从没考虑过那些没有被春云滋养过的植株，根本没有为传递情感长出空间，光是定云员采集和争夺的想法，就已经快将藤蔓撑破。不过，可以调整的，只要你们肯放弃些速度！图薇达这些年也发现问题了，就算她瞧不上棉靴族，也会为五大社去调整骨架。再不行，我向你推荐她的女儿，她女儿比她包容，有同情心。你可是硬块的社长，就算我不在了……"

笛拉担忧地看向康巴里，发现原本挡在身前的集装箱早已让开道来。

"叔，您觉得我帮棉靴族是为了拉拢您？"黑暗中，社长眼中泛出一丝光亮，"也算吧。有件事我要告诉您，我第二个孩子，昨日采雨幡洞云时出生的，他踩不住云。"

笛拉顿时湿了眼眶。

"您能告诉我，我该拿他怎么办吗？我也可以为他供奉一辈子的血烟，可是，一辈子穿假靴子，是什么感受？"

康巴里听着拂了好几把头发，原地挪动着，"棉靴族……一定会创办第六大旅行社的！"说完他踉跄地走向飞车，笛拉担心地跟在他身后。"我们接受硬块的帮助好吗？你不要做傻事。"

康巴里踩上飞车，笛拉发出一声惊叫，指着康巴里棉靴外的链子，金色链子在融化。而空气里，似乎弥漫着一股烟草味。

"是父亲！"社长快步往回冲。

康巴里也跌跌撞撞地往里跑，可空房子挡住了他的去路，任他怎么敲都不肯打开。只看到滚滚浓烟，带着赤红的火焰，拔地而起……

朝阳的血色早已褪去，一整天，天空都是悲伤的灰蓝调。只有到傍晚时

速失的空房子

分，云出来了，夕阳的橙光缓解了蓝天的阴郁，整个天空透出沉静的紫红色。此时棉靴族也会抽出空来，站在正门外的草地上。

此时康巴里也在，手托云泥，云泥上放一朵小花，无需多长时间，云泥便会在掌心融化。水珠滴落，静默片刻后，将花瓣撒于草地，康巴里便静静地回去了。已经是硬块社失火的第三天，他每天都会来草地为过世的哥哥祈福。似乎没有多少人注意到康巴里的金色链子消失了，或许注意到了也不会太声张吧。毕竟对棉靴族来说，这反而是一件令他们心安的事。

"吉冰飑怎么样？"笛拉与葵娜一起往回走。"他答应明天去立筒了，说会好好学。"

笛拉回过头，吉冰飑还站在草地上。比起南扎，他本就是安静的。但南扎一走，笛拉感觉吉冰飑也跟着消失了一般，那么安静，对南扎的死不哭不闹。虽然也照常来给客房送餐，但再也不和笛拉她们一起吃饭了。

"旺普去了串串社，"葵娜说道，"现在这种情况，也不可能再回来了。""你觉得能行吗？"头两天，悲伤还占据了上风。但随着第三次采集行动的临近，那股火辣辣的焦虑感又回到了笛拉的心头，第二轮雨幡洞云的采集，他们刚好排在第十位。

"你呢？"葵娜反问，"你确定不去见见凤灵吗？前几天，吉于夫为南扎哼安魂曲的时候，我看到他的宠物了，去厨房偷了一堆东西。"

笛拉皱了皱眉，毕竟自己没有真的做到让根须再生，只是吉于夫像揭晓谜底一样，说只要定云员能在听歌时给予飞灵师情感上的回馈，整个隐耳朵根都会焕发生机。定云员多是研究云的技术型人才，能做到一边分析云一边还要听懂音乐的，安格是一个。这种理性与感性兼顾的人才实在少，所以硬块旅行社的社长才会那么重视安格。只是如果安格一直留在硬块社，硬块社又坚定地采用骨架，砍断所有采集春云的藤蔓，那安格情感再丰富，也传递不到飞灵师那里。因为只有被春云，这种不带目的性的只负责承载作用的云滋养过的藤蔓，才懂得传递情感。其余的藤蔓，只能称为采云管道，如机器一般。

"见面，还是算了吧，"笛拉回答道，"如果我听不懂凤灵的歌，产生不了什么共鸣，根须还是不会再长。去找他，反而给他增添烦恼吧。""那你是担心吉冰飑？"

笛拉叹了口气，"虽然现在桑丘能负责飞行了，但我们终究排第十啊，一点云量优势都没有。我总觉得康老头应该接受硬块的帮助，哪怕是一位有经验的定云员呢。反正硬块是知道我和橘沁竹交换的，不用像其他旅行社那样还得瞒着。"

"可能他觉得自己欠硬块的债，已经还不清了吧！"葵娜朝笛拉耸了耸肩。"可现在这种情况，还需要在意这些吗？我们能进前六，这才是关键吧。而且你们都是高云层……"

"诶！"葵娜打断道，"我相信康社长已经把我和金宏，还有高典，都当成是这家旅行社的一员了。""高典？"笛拉不解道，"他还说进了前六，就让软肢收购我们呢。"

"那他是不知道根须还会再生，"葵娜对此很笃定的样子，"等裱糊的时候我再给他吹吹风，他就能继续在白房子待下去了。你也说了，软肢社都能把那么高强度的尔豆胶卖给他，我不信他心里不介意。"

"可这也不影响我们找硬块帮忙啊。"笛拉坚持道。

"棉靴族大概对帮忙，有心理阴影吧。"葵娜苦笑了一下，"这次回去，我父亲与我说的。当年高云层，在决定采用砍断藤蔓的骨架工艺后，就去劝说棉靴族。他们本就因为采云量少，每年飞抵春城都很勉强，一直都是最低位。高云层就谎称骨架都是羽萨赐的，棉靴族既然没有，那干脆就别飞了。五大社还答应每年帮助棉靴族降落和飞升，到时再分一些云给他们，这么省力的事棉靴族当然接受了。可你看看现在，图省事和帮忙的结果。""但这回我们又不会放弃飞……"

"喂喂！"金宏大呼小叫地冲了过来，"安格，安格醒了！""醒了？"葵娜拍了拍笛拉的肩膀，"这回行了，咱们靠自己！"

笛拉感觉像吸了一大口氧气，两眼放光，跑出两步后又转喊道："安格醒了！"

吉冰飑听到了，笛拉朝他用力招手，快步冲去客房。笛拉一进屋，康巴里已守在床前。

安格半靠在枕头上，整个人还很疲软。

"笛拉，"安格的面孔很僵硬，想微笑，却带不起嘴角，但那双眼睛，还是那双格外清亮的眼睛，"辛苦了。"

笛拉用力咬住嘴唇，不让自己哭出来。

"谢谢，"安格是在向葵娜和金宏道谢，"你们在房里说的话，我都听到了。"

金宏立刻"呜呜"地哭了起来，气得葵娜打了他一下。

这时，吉冰飑冲了进来，两条衣袖都是湿的，整个人已经开始哆嗦着抽泣，整张脸又开心又难过又委屈。

安格更用力地扯动嘴角，"吉冰飑，来。"吉冰飑冲过去抱住安格，哭得"嗷嗷"的。

安格醒后，吉冰飑便无需再去立筒社学习定云了，但葵娜还是带着他，亲自去立筒社道谢。

"高云层也不是每个人都讨厌棉靴族的，"吉冰飑满脸笑意地坐在厨房一角，身边围着好几个小棉靴，"我师父，卢工，他是主要定云员，他可喜欢我了。"

"那和安格先生比呢？谁厉害？""那肯定还是安格先生。""和橘小姐比呢？"葵娜斜着眼从他们面前飘过。"那就没法比了！"吉冰飑又笑得只剩门牙了。"真的吗？原来橘小姐是最厉害的。"

葵娜将橙汁递给笛拉，"他们现在天天在那儿排哪家旅行社的四大员厉害，一不小心排名下来了，昨天还对你满眼崇拜，今天就完全不待见你了，果汁都要自己榨。"

葵娜今天喝的是红紫苏、梅脯、番石榴、芦荟外加薄荷榨成的果汁，一般人配不出这"毒药"。

"你又被谁超过了？"笛拉好笑地问道。"我妈呀！"葵娜气不打一处来，"他们认为我没当过立筒的首席，肯定在哪方面还是不如她。我告诉你，我要是当了首席，那点秘密我全给她揭了！"

笛拉知道葵娜是刀子嘴豆腐心，"不过你妈说得也没错，你确实不适合当五大社的首席，因为你不讨厌棉靴族。"

角落的话题果然从定云员转移到了骨架员，葵娜闭眯着眼睛喝果汁，吉冰飑好像在告诉小棉靴葵娜曾经在立筒的事。图薇达并没有因为葵娜是自己的女儿而特别关照，反而格外严厉。练习刮藤条的时候，经常两只手都血淋淋的。

"她就像羽萨一样恶毒！"

大家不准备揭露高云层的谎言，主要是因为涉及到康巴里的过往，不想让他为难，所以羽萨得继续把不公平的恶名背负下去。

"葵小姐就是生活在她魔掌下的小天使！"小棉靴感叹道。

笛拉差点把果汁喷出来。

"太可怜了！"不等葵娜冲过去，大厨已经挥着铜勺呵斥起来，让他们赶紧往藤蔓上送早餐。

笛拉扭过头，看到安格心思沉重地托着下巴，身前放着一碗白粥和一碟炒鸡蛋。昏迷久了，胃口还没有恢复，两样食物完全就没动。

"我是真瘦了，你没醒的日子，我是天天在心里埋怨你和橘沁竹。是你忽悠我来这儿当成本员的，又是她把我从监狱赎出来的，结果呢！"金宏瞅了一眼厨房的棉靴族，"羽萨保佑，我宁可被炮弹轰一下，多快呀，漫天烟火不就一瞬间的事嘛！非得天天在这儿煎着，熬着。"金宏往嘴里塞了两个芝士煎饺，又灌了一大口牛肉汤，"没客人的时候，愁没钱……有客人的时候，愁没云！我在串串哪操过这种心啊，吃什么都不吸收。主要还是康社长，防不胜防呐！有他在，我根本胖不了。一不注意，买第三辆飞车了……"

"砰！"笛拉一把将果汁砸在桌上，吓得端餐盘的小棉靴都差点崴脚。

"我们又买新飞车了？什么配置？""你需要吗？"笛拉瞪着眼里透出贼光的葵娜。"我不是编云网，就是待在裱糊室。现在吉冰飑也不出去学习了，我也要放放风的吧。"葵娜一脸哀怨，"我在立筒，那车库里的飞车……""回立筒去！""你要我回去？就为了这么点钱，你说的是人话吗？"

安格笑着摇了摇头，早在昏迷时就已经习惯这种争吵了。但一瞥见眼前的食物，烦恼的神情又浮上眉梢。

"他可是社长，"金宏很为难，"而且他最近不是心情不好嘛，心情不好肯定就爱购物啊。""那贷款怎么办？"笛拉憋着嗓子，咬着牙，"硬块说贷款不用还了，康老头拒绝！可一回来就乱花钱，我们的云本来就不多，客人也没多少，我的视觉色彩还能赎回来吗？"

"雨幡洞云后不还有一个云层嘛，"葵娜就是故意刺激人的，"有机会的，急什么。""金宏？"安格在说话，"我迷迷糊糊中，好像有听到你挪用了……""话可不能乱说，你不吃了吧！"金宏将安格的粥揽了过去，"是康社长买东西太多，我攒了一堆代金券。"

笛拉哀嚎着抱住脑袋。

"五大社在飞升时，不是都会设立赌桌嘛，赌各家旅行社的排名。""你还去赌博！"笛拉筒直要崩溃了，"你不想想笛一……""赚了！""什么？""不过，也就一半的贷款钱吧。""你不会是，赌白房子赢，才赚的吧！"笛拉心里

第六道

顿时也燃起了火焰。

"那就真是赌博了，"金宏啃着所剩不多的炒鸡蛋，"我只是坚定地买硬块第一。今年硬块口碑急降，虽说买到了10000深寻的空房子，但社长被弹劾，内部经营又很疲软。软肢会宣传，抢了大量的客源。但据我了解，硬块的技术部门没有问题，果不其然，一飞就展现实力了，采管状云时还是赢过了软肢。"

"你就买了第一轮？"葵娜问道。"雨幡洞云的第一轮也买了，那就赚得不多了，硬块的口碑又回来了。等第二轮的时候，我想见好就收吧，钱已经在赎回的途中了。"金宏抹了抹嘴，"你们说，真要是有人在第二轮买我们能进前十，肯定会赚翻。"

"哐！"

一瓶半米高的酒瓶砸在了桌子上。

"喝点？"是大厨，一只粗壮的胳膊搭在安格虚弱的肩膀上，"食欲不佳，最好就来杯烈酒，再来块我秘制的腊肉。"

安格闻到那奇异的香味，居然笑了。

"大厨，"葵娜瞪着眼睛，"这酒超贵，您该不会也……"

大家一并看向大厨，她向金宏挑了挑眉："赚了，提现了一部分，剩余的，我准备接着买。"

"接着买？"金宏像是在与大厨交换某种暗号，"硬块最近因为公布了社长儿子是棉靴族……""羽萨保佑！"葵娜喊道，"他这一公布，社长家族的威信都遭到了冲击。大家都说什么我们都是每年上贡特产，羽萨才确保我们能踩住云的。"

那还好吧，笛拉心想，至少没揭露穿假鞋子的事。硬块社有这种情况，想必其他四家也有。

"现在大家都敢生二胎了，"金宏关注的是这点，"硬块的口碑不错……"

"我永远相信。"大厨抖动着眉毛,"我们是会创办第六大旅行社的。""我们?"金宏打量起笛拉、葵娜,还有喝下烈酒的安格,"这回买自己,大概也不算赌博了。"

"安格先生,"吉冰飚兴匆匆地跑了进来,"忙完了,咱们出发吧,现在飞车有空。"

安格举着喝空的酒杯,嘴里正嚼着腊肉。

"忘了,要去看山的,"笛拉拍了拍脑袋,但自己并不会开飞车,"五大社前两轮都是在山区采的云。""云街。"安格兴致昂扬地说道。

"那还等什么,"葵娜已迫不及待地站在门口,"走啊,放风去,我飙车一流。"

越往山区飞,迎面而来的逆风就越大。这对一路挂着白房子飞行的断翅鹏来说,完全是体力的考验。毕竟白房子不像五大社,可以通过骨架让云层在升力上起到很好的帮衬作用。一开始还能跟上,但眼瞅着距离越来越远……

"哐当,哐当!"

"动了?"葵娜探出窗外。

桑丘飞了过来,"你们赶紧试试,能转了。"

白房子下方有8个锈死的螺旋桨,这段时间,不用再操心定云的吉爷爷,终于抽出空来维修。但工程量巨大,整整两周,东杰叔他们都参与了维修工作,一直忙到现在,才让螺旋桨转动起来。

吉冰飚和安格一人负责四个螺旋桨,通过叶片正反,四个往上推,四个往下降,这就很像加速器与刹车器了。一开始还"哐当"作响,但很快,转动声就变得流畅起来。

"变重了,"笛拉传达着断翅鹏的感受,"这边……这边行,好像真的变

第六道

轻了！"

白房子放弃城区的积云，是一种冒险。但如果不冒这个险，作为前两轮排在第十位的旅行社，仅靠城区的云量是进不了前六的。

笛拉看到山区边的大草坪了，就是在那儿，当时才放寒假，天空还下着大雪，她看见冬城的雪幕师在抄云图。

"看到了。"笛拉的声音因激动而颤抖，朝阳的山脊上，出现了不间断的云街！

所谓云街，就是大量的积云顺着风向延伸出去。从地面看，会像铁轨一般汇聚于远方的一点。但在空中，它们其实是平行的。但别看云街壮观，维持时间长，云街下的气流，却与之前两轮遇到的单积云气流很不相同，安格之前形容它们是长螺旋滚筒状。"这些气流很无序，非常粗暴。能飞上去，我们就成功一半了。"

新创社不过来，是害怕被困在这可怕的气流中，到时只能看着五大社在高处集云，自己却被困在低处动弹不得。

"冰飑，"通过大厨的烈酒加腊肉疗法，安格已完全恢复，"你行的，你来控制。"吉冰飑很勇敢地答应了。

断翅鹏开始往上飞，现在对任何一家旅行社的大鹏来说，都是最轻松的时刻，无需找云，寻个云中间隙，就能飞到云上。而身下的白房子，开始出现剧烈的颠簸，还不断发生侧移。那是山凹间的穿堂风，无论是门框、气生根，还是葵娜探出窗外的脑袋，都有种被拽着头皮撕扯的感觉。

"飞过这个高度就行。"吉冰飑习惯性地碎碎念，两只眼睛压在曲折镜上，光从他绷紧的后脖颈，就能感受到他的专注。吉冰飑不仅不怕，更有种要向偶像展示自己的决心。通过前两轮的磨砺，吉冰飑已经能应对连续的几朵积云，白房子在吉冰飑的操作下真的飞过了低空最危险的地方，顺利盘到了热气流。

迷失的空房子

"要记得刹车，"安格温和地提醒道，"气流太强，容易被吸进云层，再要退出来会比较花时间。""好的。"

"咔哒！"云网碰到云底了，笛拉想往下飞，断翅鹏却在原处迟疑了一下，继续往前飞。透过云中间隙，笛拉看到旅行社往下降了一小段，但"鸟巢"上方很快又重新附上了一层云网，原来还能这样。

"接近云底时，要刹车，"吉冰飑现在完全按照安格的指令操控。"往下落时，要加速。"

白房子与意识云的配合，虽然比五大社直接让意识云感受到移动方向，要多出一步，但吉冰飑控制得很好，波浪式飞行，都不用盘热气流了。

"飞得漂亮，"安格赞许道，"笛拉，现在歌声很好听哦。"

笛拉像被轻触了一下额头，断翅鹏已经平稳地飞到云层上方，只要像其他五只大鹏那样，顺着云街飞就行。这是从未有过的感受，明明还在紧张地集云，明明还要为色彩而奋斗，但现在的笛拉，好像被凤灵拉起胳膊（翅膀），轻轻地随风摆动起来。这是进入春城后，从未有过的轻盈感，自己一直被焦虑、惶恐还有担忧包围着，但现在……她的脚跟轻轻落实。

"云底很黑，我得紧急刹车，"吉冰飑的声音，"大家坐好。"

笛拉稳住了，歌声真好听！笛拉和断翅鹏都有了种心花怒放的感觉，这是从未有过的开心。就像这两周，大家终于可以大声埋怨，不用担心说错一句话，就会让脆弱的关系分崩离析。

"如果观察不到前面的云，就注意前方的云影。"安格的温和，让一切看起来轻而易举。但五大社接连有大鹏被拽下云层，其实很难吧，波浪式飞行，需要极多的观云与飞行经验。笛拉感觉心跳在加快，是那种从心底漾开的悸动。随着歌声，悸动越发明确，那是幸福，幸福在逐渐到达顶点。

"出云街了！"吉冰飑惊呼一声。"转。"安格直接将白房子转了90°，向着身旁的云街飞去，而断翅鹏也条件反射般地做出转动。在笛拉沉浸于歌声

第六道

时，还能做出如此迅速的反应，实在是惊人。

"如果两朵云间的距离，大于相邻云街的，我们就换去另一边。"安格又教了一招集云法。

真是无比顺畅的集云过程啊，断翅鹏明明飞在云上，却能分毫不差地做出反应。五大社的大鹏还出现过被拽下云层的窘状，可白房子完全没有。笛拉忍不住向后看，安格正在询问金宏，"也不能采太多吧？"

"就算是集云间隙，我们的集云量也涨得飞快。"金宏非常兴奋，一直盯着计云阀看。"高典往裱糊层里加了点生长液，"葵娜说道，"我原本还担心云网太茂盛，会太重。可谁知道呢，这么多云。"

"不用担心撒粉，"桑丘忙完螺旋桨的事，就一直等在窗口，"我们务必要进前六。""那就第六？"安格又征询康巴里的意见。

康巴里正在试验他的新烟斗，20支排开，认认真真地往里填烟草，"都行都行，你看着办。"

"真没想到啊，上一轮排在第十位的白房子旅店，本轮的采云量排到了第六位，与排在第五的串串不相上下。"

"分局就非得这么介绍吗？"金宏哗哗地打着算盘，"各位，我们现在只要保住这个位置，不要被下面的软肢新创追上……""你是担心我们追上串串吧。"

金宏向葵娜鼓起了腮帮子："桑丘，我们的人均云量目前已经是第六了。但还要考虑所有飞行员的撒粉能力，还有根须的吸收率……""能行的。"葵娜替桑丘在手腕上绑上爪子粉。

大家表面轻松，心里其实都憋着劲。桑丘一跃而起，另四位小棉靴也紧跟着飞了出去。

"安格，"笛拉扭过头看着他，"刚才断翅鹏……"

安格向笛拉露出笑脸："好好享受歌声，不用担心。"

凤灵在云涡形成的间隙，将歌声从高亢转为下落。但笛拉已经能很好地感受到歌声的节奏，在云涡最上方悬停后，断翅鹏依旧循着歌声，轻轻摇摆，引得其他大鹏侧身避让。

第三轮排在第一位的是软肢社，不过集云量与排在第二位的硬块社相差无几，此时完全是比拼飞行员的能力了。相比硬块社的勇猛，软肢社在几趟中规中矩的飞行后，飞行员开始压低飞行高度，那可真是贴着云面飞了，感觉一个呼吸起伏，都会将腹部贴上云层。歌声在慢慢扬起，观众的欢呼声也逐渐高涨。每个云层中的大鹏性格不同，有些活跃直接在云上浮着半个身子转动，有些则偷偷藏在云里，只等飞行员靠近……云涡四周的观众沸腾了。

这确实是一场狂欢，但却是带着血腥味的。就在刚才，软肢的一位飞行员遭到交嘴鹏伏击，捂着一侧的眼睛，鲜血突突地从指缝间流出。其他飞行员上来掩护，想护送她下场，但却被她一把推开，继续围绕云场飞行。可坏掉的视力让她再一次被交嘴鹏顶到，整个人背着风筝摔到了云层上。多亏软肢的风筝柔韧性好，包裹着她翻了几个滚，飞行员还是顺利地跃上高空。但挥洒出的血迹让交嘴鹏格外兴奋，数只一并冲向她。太危险了，同伴们都不敢靠近。可这位飞行员还倒着飞，用仅剩的一只眼睛关注着，只等交嘴鹏们并拢成一颗脑袋，拉爆身上所有的爪子粉！粉末犹如滚烫的岩浆，顺着脖颈迅速流遍全身。交嘴鹏痛苦抽搐，身体掉了，脑袋却还在往上冲。此时飞行员伸出捂眼睛的手，推住云脑袋，带着血泪微微向它点头……

观众席像疯了一样，笛拉也再次被凤灵的歌声激起悸动……雨幡出现了，软肢社带走云层的瞬间，硬块社也冲了出去。笛拉的耳朵里回荡着各种声音，有观众们的呐喊，有葵娜短促的咒骂，金宏则在祈祷……

"我们集的云不是挺安静的嘛！"葵娜整个人都挂在了窗框上，吉冰飑已经翻出窗外。

"啾，啾"

第六道

笛拉第一次听到云状交嘴鹏发出如此完整的声音，断翅鹏都被激得猛拽藤条。

"如此亢奋！看来白房子旅店遇到了一群非常难搞的交嘴鹏。哎呀，又有飞行员退场了，棉靴族真是不擅长飞行啊……""啊！"

笛拉匆忙进屋，看到康巴里拿起一个烟斗，烫灭了一朵鹅肠菜，其实他更想烫的是在制造紧张的区长吧。

笛拉赶紧回到断翅鹏的身体中。交嘴鹏极度活跃，确实有三位棉靴族退出了云场，但他们是爪子粉撒光了，不是逃跑。原本五大社的观众，都坐着飞车下来观看了。维持秩序的工作人员一直让他们往云涡外闪，千万不能影响大鹏起飞。

革杉被一只浑身斑驳的交嘴鹏追着飞了好几圈，笛拉还是头一回看到伤得这么重，却还如此愤怒有力的交嘴鹏。革杉寻到一处缺口退出云场，爪子粉也用完了。但紧随而来的交嘴鹏也钻出了云网，扑向旅店和飞车。好几位举着风扇的工作人员，对着它一通猛吹，才将云赶回云场。云场上方，现在只剩桑丘一人。笛拉时刻关注着软肢新创社的大鹏，还好，还没有往中间去的迹象。而云场内，桑丘直接飞到了云场正中，悬停不动了。

"不行就下来吧！"有观众在大喊，嬉笑声传来。

十几只云形交嘴鹏向着桑丘飞冲而去，桑丘还是悬停不动，直到云涌上的瞬间，笛拉实在无法描述桑丘是怎么闪开的，速度太快了。交嘴鹏两两相撞，数量一下少了一半，原来是要让大鹏合并。堆积后的交嘴鹏继续冲向桑丘，桑丘无比专注，整个人就像一道光！交嘴鹏撞不到他，却在撞击中不断缩减数量，一次又一次，直到只剩下一个交嘴鹏脑袋。

笛拉注意到软肢社的大鹏好像要动了，但笛拉相信桑丘，他连活着的大鹏双翅都能砍断……果不其然，桑丘在喘息间打开绑在手腕上的粉袋，伸直手臂。粉末飘扬，像是在风中挥舞起一面旗帜。交嘴鹏飞冲上去，桑丘急闪，白色云层绕着身体飞行。贴太近了，那交错的利喙，那透明斑驳的脑袋，直接从桑丘的胸口蹭过，在桑丘的胸前留下了鲜红的血迹，但桑丘也非常顺利地将爪子粉留在了交嘴鹏的背部。交嘴鹏疼痛难耐，却继续冲向桑丘。桑丘继续旋转、引逗，毫无畏惧地让大鹏贴近身体，只为了让粉末最大限度地发挥功效。

"棉靴族，不可小觑啊！这位穿着棉靴的飞行员，名叫桑丘。他本是空房子旅店的店长，出不了门……"

天空一片哗然。

"但是大家看看，他不仅拥有串串的谨慎、板脸的速度、立筒的技巧、软肢的柔美，更有硬块的勇气。30年的蛰伏，棉靴族终于夺回羽萨的青睐了？棉靴族现在是在向整个春城宣告，他们终于回来了……"

伴随着凤灵越发动人的歌唱、桑丘的旋转，像是某种奇妙的舞步。每转一次，胸口都会沾上更多的血渍，可这血迹就像一朵朵鲜花，在身上绽放。

断翅鹏与软肢社的大鹏一前一后进入云场了。

"最后时刻，两家旅行社相差无几。棉靴族想要进入第三轮，必须要摆脱身下的软肢新创社。现在，桑丘要做什么？冰晶层已经在汇拢，不！桑丘在往下飞，他在砸向雨幡，这种时刻你只需要耐心等待……"

笛拉哭了，泪水止不住地往下流。

"明白了，他是在模仿上一轮的小棉靴，对……南扎！上一轮，那位小棉靴用自己的身体，在千钧一发间为白房子形成了雨幡。可惜他速度不够快，被下方的云层吞噬……现在，桑丘冲出雨幡了……软肢新创社跟得很近……"

笛拉哭得停不下来，强烈的情感在胸口激荡，脑子里全是"哐哐哐"的声音，断翅鹏不断往舞台内道飞，配上凤灵的歌声，

第六道

……这种瞬间的完美幻觉，会像浪头一样，在心里推出一波接一波的涟漪。那种感觉是比世间万物都要宏大的存在，那是一种神迹，也是我们飞灵师，最渴望得到的认可。

——《瞬间的完美幻觉》

笛拉看着根须不断往上生长，云层吸收，一扇黑褐色的木门顺着舞台轨道出现了。这是要推门进去吗？可笛拉推不开，而且这门锁很奇怪，不是常见的锁芯，只是两个光点。

断翅鹏张了张嘴，"交嘴！"笛拉恍然大悟——将脑袋伸向门锁，断翅鹏越发交错的利喙，刚好伸进两个光点之中，门开了。

"吱吱，吱吱！"小猴疯狂地冲过来搂住笛拉的脖子，又像在亲她，又像在咬她，扑面而来的还有一股浓郁的橙香。

"笛拉，来得刚刚好！"歌唱完了，笛拉终于在小猴晃动的尾巴间看到了凤灵，他还是那副眉清目秀的模样，只是相较去年，头发留长了些，整个人带着一种迷人的混乱感。

"稍等一会儿啊，"他开始榨果汁了？桌上已一片狼藉，笛拉看到了各种水果，凤灵的脸上还带着白色糖霜，一通忙活后给笛拉倒了一杯果汁，"快尝尝。"

小猴也更用力地抱紧笛拉的脑袋，希望她尝尝。可才准备喝，就听到了身后有开门声。

"你做到了，笛拉，"安格满脸惊喜冲进来，"根须都再生了。"

"你很烦诶，我这让笛拉尝果汁呢！"听凤灵的口气，他们应该是认识吧，"先尝先尝，别理他。"

笛拉心不在焉地抿了一口，顿时皱起了眉头，"这？""像不像？""像。"笛拉明白为什么凤灵这么折腾了，"外界的，假的果汁。"

迷失的空房子

"这就对了嘛！"凤灵和小猴都雀跃起来，"你待在春城，肯定各种果汁都喝过了，我必须得调点不一样的，要是调不出来，我都不好意思见你。""是这样吗？"笛拉又忍不住哭了。

"你看看，你看看！我就说她压力太大了吧，"凤灵在训斥安格，"我都说了，既然你已经醒了，那就赶紧让笛拉回家吧。""回家，"笛拉心慌意乱地喝了一大口，这让凤灵更开心了，"可是，安格，为什么？""你之前，是不是将交换门票给安格用过？"凤灵问道。

笛拉倒吸了一口气，"在深寻，不！是在外界，安格当时晕过去了，为了救他。""那张门票可是我为你申请的，安格自然用不了。不过，倒是让断翅鹏无形中认可了安格的意识。"

"我知道意识按进云笼后，肯定也能与断翅鹏产生连接，"安格打量着自己的拇指，"但没想到……""刚才在云街？"笛拉瞪起眼睛。

安格点了点头，"我也只是传递想法试试，但加速、旋转，居然都那么灵敏。""棉靴族七拼八凑，"凤灵感叹道，"真的在这隐耳朵根上凿出锁眼了。"

锁眼？笛拉重新打量起这间屋子，在视觉上还真是奇怪呢。像是有两层，内部的一层透着淡淡的枯木色，紧贴外表的一层是黑褐色的。整个屋子没有窗户，只靠那两个连在一起的光点，它们还在顺着屋面移动。

"新一年的隐耳朵根，得外面那层褪掉之后才会长出新的。等神鸟们飞到第三个云层，它们就会将利喙伸进各自的锁眼，与隐耳朵根融为一体后会裂开。这样羽萨，就比较方便拿它们做交换门票了，我也能收集到新一年的幼灵。"凤灵微笑着向笛拉解释。

这跟春城的火焰种子差不多。

"让她回家吧！"凤灵又对着安格说了一遍，"你能听不懂我的音乐吗？平时还总给我提那么多意见。""这次是最好的，我都被感动了，"安格说道，"是因为笛拉在这儿的缘故吗？""让她回去吧！"凤灵坚持道，"实在不行，我可以破例告诉你们第三个云……"

笛拉赶紧把喝空的杯子还给凤灵,那过甜过酸的橙汁已经顶到脑门,"定云员提前知道云层是会遭反噬的,幸好第三个我没看到。""哦,嗯?"凤灵漂亮的眼睛盯着笛拉。"走吧走吧!"

安格将笛拉从球形云泥上扶下来,康巴里此刻正叼着一根老式修长的烟斗,两只穿着棉靴的脚,翘在书桌上。屋外已一片狂欢,笛拉率先看到的是衣服口袋破掉的金宏,他肯定是挤着窗户被小棉靴们拉出去的。葵娜冲过去抱住飞回来的桑丘,他浑身血红,却开心得满脸通红。两只不知所措的手,最后还是紧紧抱住了葵娜。

"我错过了什么?"笛拉寻声望去,高典正端着一杯咖啡,倚着墙壁,他居然换上了白房子的工作服,若有所思地观察着眼前的一切。

人群中,有革杉、东杰叔、凌兰花,还有吉冰飏。他正跪在地上,抱了一满怀的云泥,边说边哭,看来是要把好消息告诉南扎。

"第三个云层,"安格也注视着欢快的人群,"无论什么云,都不会有云街这么有规律了。我要听歌,又要分析云。""你要相信吉冰飏。"笛拉赶忙说道。"我一直都很相信他,"安格目光柔和又坚定,"但你相信我们吗?"笛拉又一次哽咽了。

"可以让橘沁竹回来了,你的视觉色彩……"笛拉不住地点头,"我相信,我相信。""我们一定可以冲一个,更令人尊重的成绩。"

笛拉哭个不停,"要说,再见了吗?"安格怅然地看着笛拉,笛拉再次看向快乐的人群。"要不就这样吧,我不擅长告别。"

笛拉转身抱住安格,"替我跟断翅鹏说再见。"她身后的手按向了交换门票……

20 自己的战场

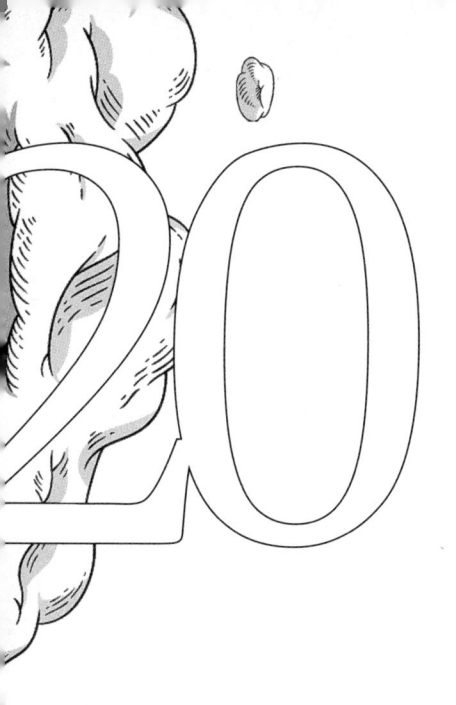

亲爱的笛拉：

即使我每天都在写日记，想要尽可能详细地记录下身边发生的一切。但我知道，无论怎样记录，我都没法把这段日子完完全全地交还给你。同样，我也实在无法揣测，你正在春城替我经历怎样的日子。我很不安——不安你的选择，也不安我所要面对的生活。但现在，随着日子一天天过去，过了雨水，过了惊蛰。这个时候，春城必须要采集完第一个云层了吧。而你，却还没有交换回来。而我，说来也惭愧，因为你这副年轻健康的身体，让我吃得下也睡得着。只是转念一想，是不是安格醒了？有他在帮忙定云……我的竞争心不免又起来了。但我确实非常高兴，高兴你在春城应该还算顺利。

笛拉，记得你在之前的信上说过，如果你是春城人，说不定会是我们板脸社的一员。可我在你身上，依稀看到的是硬块社的影子。在我差点掉出5000深寻时，你拽住了我。在安格昏迷时，你坚持要拍下他的空房子。我看到了你的善意，但要说到硬块的精明……我发现你们外界好像不是这样划分人群的。你们有你们独特的打分制、排名法，这样看起来似乎更容易帮助自己找到位置。只是太以此为标准的话，恐怕也会出现像春城那般的高低偏见吧。

作为一位已经下过四回深寻的人，其实我在第三次受重伤时，就已经问过自己，一味地追寻硬块旅行社是否值得？可能一直到当下，我才能给出明确的答案，为了这个目标，并不值得！但因追寻硬块旅行社所获得的经历，这些经历所教会我的思考，让我懂得，慕强只是个人追求，而不应该涉及到伤害。

笛拉，我很喜欢你美术班里的同学，他们能在繁重的学业中依旧保持快乐的情绪（虽然我认为一些同学不够努力，但，对个人追求，保持尊重！）。集体学习的生活，已经离我很远。能有这样的机会重回学校、重拾画笔，也是一件令人欣喜的事情。只是，为什么你们外界人不爱看云呢？都已经那么辛苦了，抬头看一下云，不费功夫的吧！

橘沁竹
谷雨前

"笛拉，"教室门被推开一条缝，探出脑袋的是笛拉的美术课陶老师，"成绩出来了……"

春去秋来，又一年冬季了。这个冬天，笛拉背起画架，与同学一起去到一座陌生的城市，参加了美术高考。这是一场准备了很久的考试，日日夜夜，只有黑白素描与水粉颜料相伴。当时从考场考完出来，笛拉背着画架、拎着水桶和颜料箱，独自一人在已经暗下的天色里，走了很长很长的一段路。

那段路，让笛拉回想起了自己刚转进图德高中时，面对陌生的学校，陌生的老师，还有已经彼此熟识的同学，想要融进去，真是困难重重。住校的第一天，笛拉就想跑回家。但怎么可能呢？自己还要如何让家人失望，只好一个人呆坐在宿舍里，内心飘荡着惶恐、孤独。

而那时，依赖笛拉意识为生的断翅鹏，正窝在云中换羽毛。季节交替，笛拉已经看到很多只交嘴鹏因受不了情绪波动，选择从云上坠落了。所以当笛拉看到断翅鹏用嘴一根根拔掉自己的羽毛时，心想它也快失控了吧，就像自己一样。但没想到的是，那样残酷的动作却给断翅鹏带去了新生，它比其他交嘴鹏更快地从换毛困境中飞了出来。当它飞出云团的那刻，笛拉马上离开床位，主动与一位新同学打招呼。心里想着，自己总不能输给一只鸟吧！

进了新学校，作为新学生，加上没有吴振羽垫背了，笛拉的学号彻彻底底成了最后一位。但笛拉一点都不在意了，反正都要从头开始，开头有多糟又有什么关系。就像之后从春城回来，欠了两个多月的课一样。笛拉知道，在这个环境里，只要自己努力，就一定能追上。而且橘沁竹还贴心地为她写了日记，记录每天所学的内容，更在日记中告诉她，等意识交换回来后，可以去找一位姓陶的美术老师。她不是学校外聘来的高考名师，但愿意为笛拉补课。之后的日子，笛拉每天白天正常上文化课，晚上就额外花3到4个小时在陶老师那里补习。那追赶的两个月，每到晚自习时，笛拉就独自一人走在教室和画室之间那条黑漆漆的走廊上。

"笛拉，成绩出来了……"

晚饭前的一堂自习课，没有老师盯堂，但教室却安静异常。这对美术班的"猴子猴孙"来说，实属难得。因为今天，是出美术考分的日子。笛拉本就心不在焉地写着作业，表面再平静，内心也波涛汹涌的，握笔的手还总有点不得劲，直到陶老师出现在门口。

她不明白陶老师为什么要压着身子，嗓音也比往日低，整个人都有种鬼头鬼脑的架势了，"你，第一！全校第一，色彩第一！"

陶老师是在压制她的激动。而那一刻，笛拉感觉自己又冲进了飓风眼，四周一片寂静，一丝波澜都没有。直到下课铃声响起，笛拉都不知道陶老师是什么时候离开的，同学们过来祝贺她，簇拥着她一起去食堂。

可笛拉却一个人走了，兴奋的她根本坐不下来吃东西。不过天这么冷，笛拉看着已经暗下来的天色，几团白亮的积云却还清晰可见，"三八云，你们听到了吗？"

笛拉决定先去澡堂，泡个澡。